KB162638

흥부전 연구 2

저자 소개

정 충 권(鄭忠權)

서울대학교 국어교육과 및 동 대학원 국어국문학과를 졸업하였으며 현재 충북대학교 사범대학 국어교육과 교수로 재직 중이다. 판소리 문학을 중심으로 하여 고전소설과 구비문학을 함께 연구하고 있다. 제1회 판소리학술상과 제10회 성산학술상을 수상한 바 있다.
주요 저서는 아래와 같다.

『판소리 사설의 연원과 변모』(2001)
『흥부전 연구』(2003)
『전통 구비문학과 근대 공연예술』 I · II · III(공저)(2006)
『흥보전 · 흥보가 · 옹고집전』(주석 및 현대역본)(2010)
『판소리 문학의 비평과 감상』(2016)

흥부전 연구 2

초판 1쇄 인쇄 2020년 7월 22일
초판 1쇄 발행 2020년 7월 31일

지은이 정충권
펴낸이 이대현

책임편집 임애정 | **편집** 이태곤 권분옥 문선희 백초혜
디자인 안혜진 최선주 김주화 | **마케팅** 박태훈 안현진
펴낸곳 도서출판 역락 | **등록** 1999년 4월 19일 제303-2002-000014호
주소 서울시 서초구 동광로46길 6-6 문창빌딩 2층(우06589)
전화 02-3409-2060(편집부), 2058(영업부) | **팩시밀리** 02-3409-2059
전자우편 youkrack@hanmail.net
홈페이지 www.youkrackbooks.com

ISBN 979-11-6244-539-6 93810

정가는 뒤표지에 있습니다.

* 잘못된 책은 바꿔 드립니다.
* 이 도서의 국립중앙도서관 출판예정도서목록(CIP)은 서지정보유통지원시스템 홈페이지(http://seoji.nl.go.kr)와 국가자료종합목록 구축시스템(http://kolis-net.nl.go.kr)에서 이용하실 수 있습니다.(CIP제어번호 : CIP2020028585)

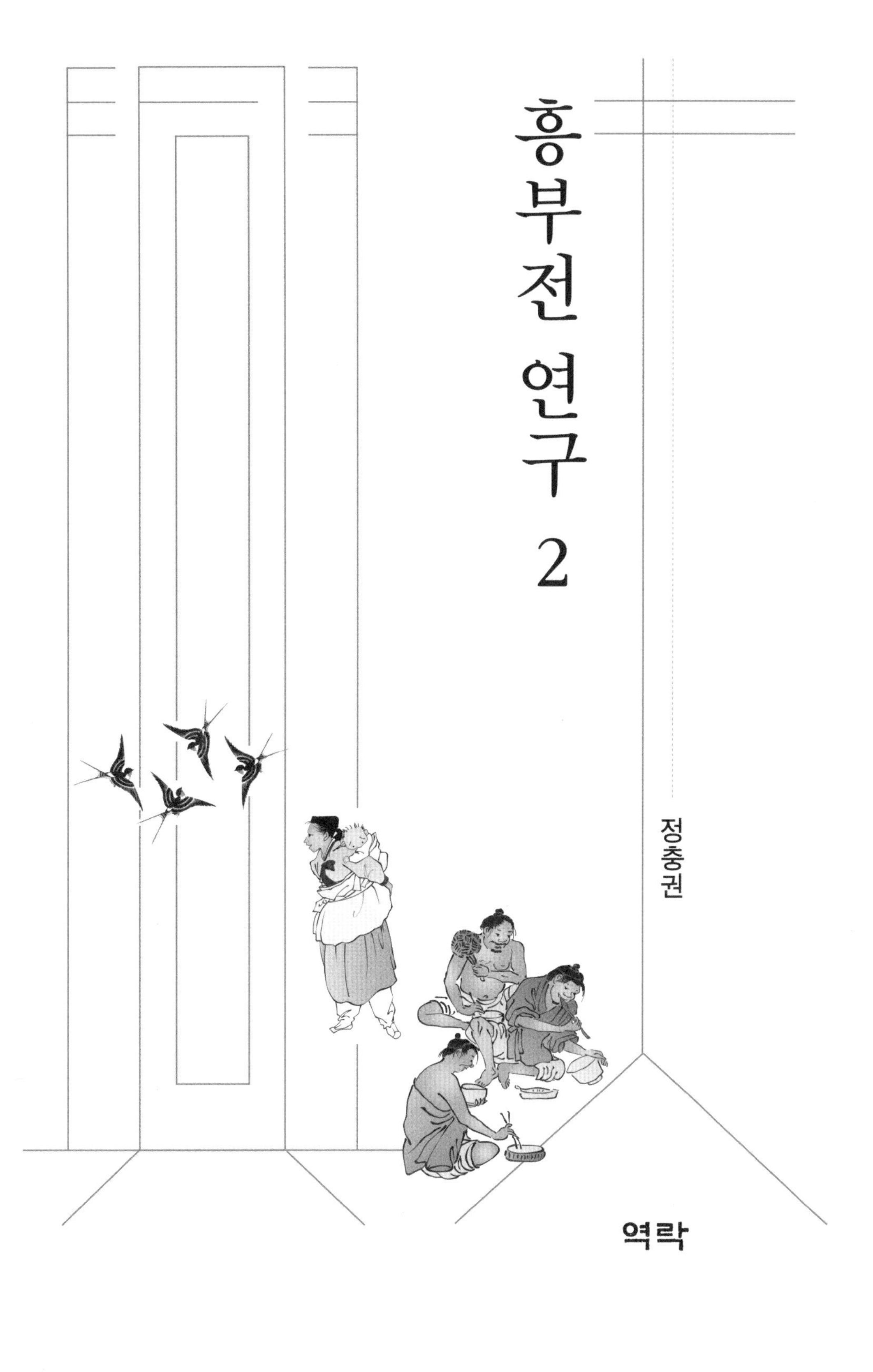

흥부전 연구 2

정충권

역락

머리말

2003년에 나온 『흥부전 연구』에 이어 그 이후에 쓴 <흥부전> 관련 논문들을 모아 그 두 번째 책을 내어 본다. 제명은 『흥부전 연구 2』로 하였다. 지난 번 책과의 연속성을 염두에 둔 제명이다. 책의 내용을 더 분명히 알 수 있게 하는 제명을 붙이는 것도 생각해 보았으나 그럴듯한 것이 생각나지 않아 그냥 이렇게 내기로 하였다.

이 책에서는 <흥보가>와 <흥부전>을 각각 창본과 소설본을 지칭하는 용어로 사용하고자 한다. 그 둘을 아울러 일컬을 필요가 있을 때에는 <흥부전>을 대표명으로 사용하고 경우에 따라 <흥보가(전)>이라는 용어도 사용하였다. 다만 등장인물의 이름은 놀보/놀부, 흥보/흥부를 병용하고자 한다. 책을 내면서 통일하는 것이 옳겠으나 원 논문의 표기를 그냥 두었다. 그때마다 그렇게 한 이유가 있으리라 생각되었기 때문이다.

제1부와 제2부의, 이본 연구와 대목 및 장면 연구에 실린 6편의 글들은 지난 번 책과의 연속성을 염두에 둔 글들이다. 대상 이본으로는 구활자본들과 김연수 창본을 추가하여 살펴보았고 구활자본들 중 신문연재본이기도 한 <연의각>은 더 집중적인 검토가 필요하다고 생각되어 별도로 논의하였다. 대목 및 장면으로는 박대목들과 '비단타령'에 특히 주목해 보았다. 지난 번 책에서는 '흥보박사설'과 '놀보박사설'을 따로 살핀 바 있었다. 그런데 이번에는 그 둘이 대조적 대응의 관계에 놓인다고 보고 그 속에 담긴, 당대 흥부와 같은 처지에 놓인 이들의 욕망을 드러내는 데 초점을 맞추어 함께 살펴보았다. '비단타

령' 대목에서는 그 언어 놀이적 성격에 주목하였다. 판소리 사설이 이토록 재미있는 것임을 새삼 재확인할 수 있었다. 장면 구현 양상을 살핀 논의는, 기존 틀에 얽매이지 않으려 한 역동적 속성을 지닌 민중적 감성에 더 가까이 다가가 보려 한 논의이다.

제3부의 글 두 편에서는 <흥부전>의 사회적 성격에 주목해 보았다. 하나는 <흥부전>의 형제 갈등에 초점을 맞추어 당대 하층 농가의 분가와, 이념으로서의 우애의 상관성에 대해 논의하였다. 그때나 지금이나 윤리란 경제적인 문제와 떼어놓고 생각할 수 없는 것임을 알 수 있었다. 다른 하나는 신재효본 <박타령>을 대상으로 하여 재화 인식의 문제에 집중하여 검토해 본 글이다. 이 두 편의 글들은 <흥부전> 작품론을 더 심화시키고자 한 글들이다.

제4부의 글들은 <흥부전>과 비교해 볼만한 작품들을 택하여 함께 살피는 작업을 시도한 글들이다. 굳이 의의를 부여해 본다면, <흥부전>의 외연을 탐색하는 작업이라 할 만한 것을 담은 글들이다. <바리공주>, 여성의 시각에서 본 형제 우애 설화, 형제 갈등이 담긴 여러 고전소설들, <흥부전>의 설정이 잠재적으로 이어졌다고 여겨지는 신소설들 등이 그 대상이다. 그런데 실은 이 제4부는 『흥부전의 외연』 혹은 『흥부전의 확산』 정도의 제명 하에 논의를 본격적으로 펴 따로 연구서를 낼 생각이었다. 그래서 『흥부전 연구』로서 총 3권의 책을 내고자 했었던 것이다. 하지만 더 이상 논의를 확장시키기 쉽지 않아 이 책 『흥부전 연구 2』에 담아 여기서 연구를 마무리하는 것이 좋겠다는 생각이 들었다.

<흥부전>의 작자들이 떠올린 바와 달리, 오늘날은 빈부와 선악의 문제를 직접적으로, 그리고 낭만적으로 대응시킬 수 있는 시대는 아니다. 하지만 여전히, 착하게 살아가고 있다고 여겨지는 사람들이 더 큰 고통을 당하는 모습을 자주 보게 된다. 착하게 살아온 만큼 열심히

산 것인데도 말이다. 세상은 왜 착한 이들을 투명인간 대하듯 하는지, 착하다고 하는 것은 대체 어떤 것인지, 만약 <흥부전>에 대해 혹시 계속 관심을 가지게 된다면 이런 문제들을 고민하고 싶다.

이미 썼던 논문이지만, 그것을 읽고 수정하며 덧붙이는 과정이, 이제는 생각만큼 쉽지는 않았다. 하지만 일단 시작한 일을 그만둘 수는 없었다. 이렇게라도 책을 낼 수 있게 되어 다행이라 생각한다. 이 책을 묶어내면서, 고마운 분들이 떠오른다. 늘 힘이 되어주는 내 가족과, 내가 별 도움이 되지 못함에도 계속 내 옆에 있어주시는 분들이 너무나 고맙다. 그래도 큰 욕을 먹지 않고 여기까지 올 수 있었던 것은 다 그 분들 덕이다. 끝으로, 이 책을 멋있게 꾸며 주신 역락의 이대현 사장님 및 편집진께도 감사를 표한다.

2020년 7월

정 충 권

차례

제 2 부 〈흥부전〉 대목과 장면 연구 • 109

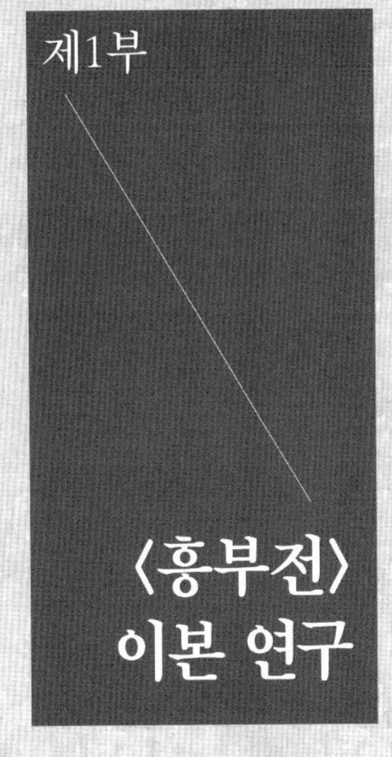

제1부

〈흥부전〉 이본 연구

제 1 장

구활자본 <흥부전>*

1. 머리말

이 글은 <흥부전>의 역사적 전개 과정에 유념하면서 특히 구활자본 <흥부전>들의 특징적 면모를 살피는 것을 목표로 한 글이다. 구활자본 <흥부전>을 대상으로 한 논의가 이미 있었기는 하나 그 내용상 특성이 집중적으로 다루어진 적은 없었다.

구활자본 <흥부전> 이본을 텍스트로 한 연구들은 크게 두 부류로 나누어 볼 수 있다. 하나는 상대적으로 이본들이 그리 많지 않은 <흥부전> 이본 현황상 구활자본들 중 하나를 택하여 여타 이본과 견주어 가며 <흥부전> 작품론을 펴는 경우이다. 이 경우는 작품론에 초점이 두어져 있어 기록본이자 구활자본으로서의 이본상 특성은 크게 고려하지 않는 경우이다. 이 글의 관심과 관련된, 다른 한 부류의 것은 근

---

* 이 글은 『판소리연구』 37(판소리학회, 2014)에 실린 「구활자본 <흥부전>의 특성」을 부분 수정한 것이다.

대초 새로운 소통 맥락을 염두에 두면서 구활자본 내지 그에 준하는 <흥부전> 이본들을 검토하는 경우이다. 후자의 연구에서는 특히 <燕의脚>을 중요시한다. <연의각>은 당시 명창인 沈正淳의 창본을 토대로 신소설 작가 李海朝가 刪正하여 『每日申報』에 연재한 텍스트이면서 구활자본 소설로 출간되어 당시 독자들에게 널리 읽힌 바 있어 여러모로 논란거리를 지닌 작품이기 때문이다. 이 글에서도 구활자본 <흥부전>의 첫 텍스트인 <연의각>을 중요시하고자 한다. 하지만 이 글에서는 이해조 산정의 의미와 의도 같은 기존 논란거리에 주목하기보다는, 이 텍스트가 여러 창자의 텍스트 가운데 이해조에 의해 선별되어 20세기초 <흥부전> 텍스트로 수용됨으로써 결과적으로 새로운 소통 환경 하에서도 널리 읽힐 수 있었던 내용상(서사적) 요인에 주목하고자 한다. 물론 이 점을 <연의각>만을 검토함으로써 살필 수는 없다. 경판본을 거의 그대로 가져온 신문관본 <흥부젼>, 경판본과 <연의각>으로부터 각각 사설을 가져와 조합하는 한편 그 나름대로 새로운 사설을 덧붙여 제작했으리라 여겨지는 박문서관본 <흥보젼>도 함께 검토해야 할 것이다.[1] 이 세 이본들을 통해 이 글에서 살피고자 하는

---

1) 이주영(『구활자본 고전소설 연구』, 월인, 1998, 234쪽)이 정리한 목록에 따르면 <흥부전> 구활자본은 현재 15종 가량이 알려져 있는 것 같다. 박문서관, 세창서관 등에서 출판된 <흥부젼>이라는 제명으로 된 것이 5종, 회동서관, 신구서림, 경성서적업조합, 영창서관, 세창서관 등에서 출판된, <연의각>을 대표 제명으로 한 것이 9종, 신문관에서 나온 육전소설 <흥부전>이 1종 등이 그것들이다. 이 중 <흥부젼>은 박문서관에서 3판까지 나왔고, <연의각>은 신구서림에서 5판(최호석, 「신문관 간행 「육전소설」에 대한 연구」, 『한민족어문학』 57, 한민족어문학회, 2010, 154쪽에 따르면 실제로는 6판이라 함.)이 간행되었다. 이 글에서는 신구서림에서 1913년 간행한 <연의각>(이후 이 텍스트는 <연의각>이라 지칭함.), 박문서관에서 1917년 간행한 <흥부젼>(內題는 <흥보젼>이라 되어 있음. 이후 박문서관본이라 지칭함), 신문관에서 1913년 간행한 륙젼쇼셜 <흥부젼>(이후 이 텍스트는 신문관본이라 지칭함. 다만 그 내용을 분석할 때는 경판/신문관본이라는 용어도 사용할 것임.) 등 세 텍스트를 분석 대상으로 택했다. 앞의 둘은 국립중앙도서관 디지털 원문자료를, 신문관본은 인천대 민족문화연구소 편, 『구활자본고소설전집』

바는 20세기초에 접어들어 소설본으로 소통된 <흥부전>들은 어떠한 특징적 면모를 지니게 되었는가 하는 점이다.[2] 그 특징적 면모란, <흥부전> 일반의 서사를 바탕으로 하면서도 이들 구활자본에 공히 나타나는 내용상의 것이면서 어느 정도는 당대적 이해(수용) 맥락을 상정할 수 있는 것을 말한다. 이는 <흥부전>이 20세기초 창 전승과는 다른, 구활자본 독서물이라는 소통 형태로 당시 독자들에게 그런 대로 널리[3] 읽힐 수 있었던 이유들이기도 할 것이다.

물론 이들 이본의 특징적 면모를 특별한 준거 없이 검토할 수는 없다. 이에 <흥부전> 이본의 계열을 작품의 역사적 전개 과정을 고려하여 창 전승과 기록 우위 전승으로 나누어 살핀 견해[4]를 참조하고자 한다. 이 견해에 따르면 <흥부전>은 주요 설정은 공유하면서도 점차 어느 때인가부터 서사단락, 장면, 인물 형상 등의 측면에서 차이를 보이는 두 계열의 것으로 분화되어 갔으며 그 중 한 계열은 기록 우위의 전승 양상을 보여 근대의 구활자본에 이른다고 한다. 그렇다면 구활자본들을 집중적으로 살피는 일은 기록 우위 전승 계열의 후대적 모습을 드러내는 작업에 해당한다 할 수 있다. 유의할 점은 이들 구활자본들로부터 기록물로서의 서술상 특성을 찾아내는 일은 그리 긴요한 일

17, 은하출판사, 1983에 영인된 것을 검토하였다.
그런데 근래 연구에 따르면 실물본 외에 여타의 목록과 광고에 소개된 것까지 합하면 <흥부전> 구활자본은 총 24회 출간되었다고 한다(최호석, 「활자본 고전소설의 총량에 대한 연구」, 『고전문학연구』 43, 한국고전문학회, 2013 참조).

2) 이 글과 유사한 데 착목한 기존 연구로는 최진형, 「「흥부전」의 전승 양상-출판문화와의 관련을 중심으로-」, 『어문연구』 34권 4호, 한국어문교육연구회, 2006이 있다. 그의 연구에서는 출판물, 곧 상업적 이윤 추구를 목적으로 한 기록물 텍스트로서 각각의 특성을 추출하는 데 초점을 맞추었다.

3) 최호석, 위의 글에서 작성한 목록에 따르면 1회 이상 실제로 발행된 것이 확실한 작품이 328종인데, 이 중 발행횟수로 <흥부전>은 23위쯤 된다.

4) 정충권, 「<흥부전>의 전승양상」, 『흥부전 연구』, 월인, 2003에서 이 점을 문제삼아 논의를 전개한 바 있다.

은 아니라는 점이다. 20세기초 이 계열의 이본들은 기록 전승만으로 이어졌으므로 당연히 기록물로서의 특성을 지닐 수밖에 없는 바, 이들로부터 그와 관련된 서술 특성을 찾는 일은 결국 동어반복에 그칠 수밖에 없기 때문이다.[5] 이 글에서 주목하고자 하는 것은 구활자본 <흥부전>들에 공통되는 삽화나 장면을 중심으로 한 내용상의 특성이다. 그리고 그것을 당대 수용 맥락과 관련지어 보는 것이다. 이를 통해 20세기초 <흥부전> 수용의 한 측면을 드러내어 보고자 한다.

2. <흥부전> 구활자본들

1) 〈연의각〉[6]

본 논의를 펴기 전에 우선 각 텍스트의 기본 사항들을 점검해 둘 필요가 있다. 먼저 <연의각>부터 살펴보기로 한다. 신구서림본 <연의각>은 심정순이 口述하고 이해조가 删正하여 『매일신보』에 1912년 4월 29일부터 6월 7일까지 연재한 <燕의脚(朴打令 講演)>에서 장단 표시를 없앤 후 거의 그대로[7] 출간한 텍스트이다. 그러므로 신구서림 구활자본 <연의각>에 대해 알기 위해서는 텍스트 연원의 관점에서 먼저 신문 연재본에 대해 알아야 한다.

1912년 이해조는 <옥중화>, <강상련>을 연재한 바 있었고 <연의

---

5) 이는 정충권, 위의 글, 83-87쪽의 논의에 대한 비판을 내포한다.

6) <연의각>에 대해서는 이 글에 이어지는 글에서 집중적으로 다룰 것이다. 여기서는 그 개략만 제시하기로 한다.

7) 홍보가 이방을 만나 매품 권유를 받는 대목에서 신문연재본에서는 삼백냥이 언급되어 있으나 구활자본에서는 삼십냥으로 고쳐져 있는 식의 차이와, 표기상의 차이 정도만 발견된다.

각>에 이어 <토의간>도 연재하였다. 이해조가 산정을 하여 『매일신보』 1면에 연재한 데서 알 수 있듯 이 기획은 야심찬 것이었다. 그리고 이들 텍스트에 바탕을 둔 구활자본들이 출간되어 판소리계 소설 구활자본들 중 높은 비중을 차지하게 되므로,[8] 이는 문학사적으로도 의미 있는 사건이었다고 할 수 있을 것이다.

그러나 후대 연구자 입장에서 볼 때 이들 텍스트의 실체를 파악하기는 쉽지 않다. 구술 창본을 거의 그대로 전재한 텍스트인지, 개작에 가까운 변모를 거친 후의 텍스트인지 판단하기 어렵다는 것이다. 더구나, <옥중화>, <강상련>은 현전 창본과도 비교 작업이 어느 정도 가능하지만,[9] <연의각>의 경우는 그 저본이라 할 만한 텍스트를 찾기 어려울 뿐더러 현전 창본 <흥보가>와 다른 대목들이 적지 않아 비교 논증 작업도 쉽지 않은 형편이다.

물론 <연의각>은 창본적 성격이 좀 더 강하기는 하다. <연의각>에 들어 있는 놀보심술사설, 흥보복색치레, 제비노정기 등 여러 單位辭說들이 현전 창본과 유사한 형태를 지니고 있다. 그리고 놀보처가 흥보의 뺨을 밥주걱으로 때리는 삽화도 동편제 <흥보가> 창본들과 공유한다. 또한 기본적으로는 나라에서 죄인 방송령을 내렸기 때문에 흥보가 매품을 못 파는 것으로 설정되어 있기는 하나, 흥보가 꾀쇠아비의 발등걸이를 걱정하는 부분도 있다. 이는 <연의각>이 창본과 관련성이

8) 오윤선(「<옥중화>를 통해 본 '이해조 개작 판소리'의 양상과 그 의미」, 『판소리연구』 21, 판소리학회, 2006, 399쪽)에 따르면 지금까지 발굴된 구활자본 <춘향전> 중 <옥중화>계로 분류될 수 있는 작품이 80%를 차지한다고 한다. <강상련>계 역시 80%, <연의각>계는 약 60%라 한다.

9) 송혜진, 「심정순창 심청가의 장단구성특징」, 『정신문화연구』 34, 1988 및 김종철, 「「옥중화(獄中花)」 연구 (1)-이해조 개작에 대한 재론-」, 『관악어문연구』 20, 서울대 국어국문학과, 1995 등 연구에서는, 이해조는 특별한 개입을 하지 않았을 가능성이 높으며, 따라서 <강상련>, <옥중화>는 실제 창본 텍스트에 가까우리라 보았다.

있음을 뜻한다.

하지만 엄밀히 비교할 때, 앞서 언급한 것처럼 매품을 못 팔게 된 이유가 죄인 방송령 때문인 것, 현전 창본에 반드시 포함되는 도승 등장 대목이 없는 것, 놀보에게 쫓겨난 흥보가 묘막에 거주하다가 다른 곳에 수숫대로 집을 짓는 것으로 설정된 것, 형 집 구걸 후 매품을 팔게 되는 순서, 짚신 삼는 품팔이가 구체화된 것 등은 현전 창본과 전혀 다르며, 경판본 등 기록본들의 경우와 유사하다. 놀보의 박에서 등장하는 군상들의 모습도 상대적으로 경판본의 것에 더 가깝다. 그러므로 심정순 창본 혹은 <연의각> 텍스트는 현전 동・서편제와는 다른, 경판본 계열의 <흥보가>와 관련이 있을 가능성이 높다. 그리고 음악성보다는 이야기성이 상대적으로 더 강한 텍스트였을 것이다. 이해조가 다른 창자가 아닌, 심정순의 <흥보가>를 택한 것도 그 때문이 아니었을까 한다.

이해조가 다른 창자들의 소리를 듣지 못했을 리 없다. 그렇잖아도 근대초 소설가로서 명성이 높던 그였던 터다. 그렇다면 '산정'이란, 채록과 정리의 함의를 지닌 용어였을 가능성이 높다. 창자가 부른 판소리의 사설은 그 채록 정리 작업만으로도 당시 그리 만만한 작업은 아니었을 것이다. 와전되었거나 불분명한 전승 대목은 추론을 통해 바로잡아야 했을 것이다. 그 채록・정리 과정에서 이해조가 덧붙이거나 고친 부분도 있었을 수 있다. 따라서 <연의각>은 애초에 상대적으로 이야기성이 강한 구술 텍스트였던 것인데, 근대초 작가에 의해 선택・채록・'정리'되어 당시 식자층 및 국문 독자들을 겨냥한 독서물로 출판된 텍스트였다고 보아야 한다. 현재 발견된 15종의 <흥부전> 구활자본 중 9종이 <연의각>에 의거한 것들이다.[10)]

2) 신문관본

신문관본 <흥부전>은 최남선이 六錢小說이라는 이름으로 기획하여 활자본으로 간행한 8종 10책[11] 중 하나이다. 육전은 당시로서는 파격적으로 싼 가격이었다. 이 점에 대해 애당초 최남선은 "텍업ᄂᆞᆫ 리를 탐ᄒᆞᄂᆞᆫ재 만흐니 엇지 한심치 아니ᄒᆞ리오"라 하며 당시 출판계의 문제점을 지적하면서 "글의 잘못된 것을 바로잡으며 올치 못ᄒᆞᆫ것을 맛당토록 고치여" 양서를 싼 값에 보급하겠다는 의도를 드러낸 바 있었다. 하지만 최남선의 이러한 의도와 달리 실은 "박리다매의 전략을 통해 독서물 시장을 폭넓게 장악하려 했던"[12] 상업적 의도가 깔려 있었으리라 보기도 한다. 곧 육전소설은 고전소설 이본 가운데 善本을 고른 것이 아니라 대체로 분량이 적은 경판본을 대상으로 하여 손을 보아 펴낸 것으로, 여타 출판사보다 현저하게 우위에 있던 자본력을 바탕으로 한 파격적인 저가 전략의 소산[13]이라는 것이다.

1913년 신문관에서 발행된 <흥부전>은 이와 같은 육전소설의 전형

---

10) 이해조의 판소리 산정 작업에 대해 근래의 논의에서는 정전화 기도 혹은 국문 독자를 고려한 문화적 수준 향상 의도가 있었다며 그 의도를 당대 맥락 하에 더 구체적으로 밝히려는 논의들이 나오고 있다. 엄태웅, 「이해조 刪正 판소리의 ≪매일신보≫ 연재 양상과 의미」, 『국어문학』 45, 국어문학회, 2008 및 황태묵, 「이해조 산정 판소리계 소설의 당대적 가치」, 『어문논집』 52, 중앙어문학회, 2012 등 참조.
배정상, 「『매일신보』 소재 이해조 판소리 산정(刪正) 연구-근대적 변환과 그 효과를 중심으로-」, 『열상고전연구』 36, 열상고전연구회, 2012, 267-269쪽에서는 구극 향유자들을 『매일신보』 신문 지면으로 끌어들이려는 의도도 있었다고 보고 있다. 당시 이해조의 판소리 산정 작업이 당대 구극 공연 문화와 밀접한 연관이 있으리라는 것이다. 이해조의 산정 작업 의도에 대한 더 깊이 있는 분석을 위해서는, 이 외에도 『매일신보』의 성격, 일제의 검열 제도 등 저층의 맥락도 고려해야 할 것이다.

11) 이주영, 「신문관 간행 <육전소설> 연구」, 『고전문학연구』 11, 한국고전문학회, 1996, 433쪽.

12) 이태화, 「신문관 간행 판소리계 소설의 개작 양상」, 고려대 석사학위논문, 2003, 12쪽.

13) 최호석, 「신문관 간행 「육전소설」에 대한 연구」, 『한민족어문학』 57, 한민족어문학회, 2010, 151쪽.

적인 모습을 지니고 있다. 여타 육전소설처럼 <흥부전>도 경판본들을 저본으로 하고 있다. 변개가 가해진 <심청전>의 경우와 달리, 경판25장본을 주된 모본으로 삼아 베끼면서 경우에 따라 경판20장본을 따르되 어구 차원에서 손질을 가한,[14] 경판본의 모사본에 가까운 텍스트이다. 그나마 흥보자식 음식타령 끝의 "불두덩이 가려오니 날 장가 드려듀오"를 그냥 "날 쟝가 드려 주오"로, 품팔이사설 끝의 "져녁의 ᄋᆞ희 민들기"를 "져녁에 집신 삼기"로 고친 것 정도가 큰 변화이다. 이 정도 어구 차원의 손질에 그친 것을, 옳지 못한 것을 마땅한 것으로 고쳐 양서를 보급하기 위한 목적을 추구했다고 보기는 어려울 것이다.[15] 따라서 최소한 <흥부전>의 경우 그야말로 '육전'이라는 싼 가격대의 보급판 발행이라는 점에서만 그 의의를 찾아야 할는지도 모른다.

하지만 당대 구활자본 <흥부전> 소통이라는 맥락 하에서 볼 때에는 신문관본 <흥부전>이 신구서림 <연의각> 계열본과, 이어서 언급할 박문서관 <흥보젼> 계열본과 더불어 한 축을 이루고 있는 것만은 분명하다. 경판 <흥부전> 자체의 형성 시기는 19세기 중엽으로 소급되므로 작품 속 내용이 20세기초의 시대 맥락과는 직접적인 관련이 없을 것이나, 이 텍스트 역시 당대에도 여전히 읽히고 있었고 게다가 구활자본으로도 소통되었다는 사실을 부정할 수 없다. 근대초 독자의 관점에서 볼 때는 경판본의 내용을 담은 신문관본 <흥부젼> 역시 그 나름대로의 의미 소통 매개체였던 것이다.

14) 신문관본 <흥부전>의 이러한 텍스트적 성격에 대해서는 김창진, 「흥부전의 이본과 구성 연구」, 경희대 박사학위논문, 1991, 54-57쪽 참조.

15) 최진형, 앞의 글, 218쪽 참조.

3) 박문서관본

한편 박문서관본 <흥보젼>은 1917년에 초판이 나와 3판까지 간행된 구활자본 <흥부전>이다. 저작 겸 발행자는 盧益亨인데 실제로 저작자일 가능성도 없지는 않다. 이 텍스트는 <연의각>을 주로 본뜨고 경판본을 부차적으로 본따 짜맞춘 이본으로 알려져 있으며,[16] 그렇게 재구성하는 데 있어 부분적으로는 서사적 유기성에도 신경 쓴 흔적은 있으나 특별한 기준이 있었다고 할 수는 없는 이본[17]이라고 한다. 이에 따라, 초기 <흥부전> 연구에서는 더러 분석 텍스트로 활용되기도 했으나, 근래에는 그렇게 많이 주목받고 있지 못한 이본이다. 하지만 이 텍스트는 박문서관에서 3판까지 간행되었고 1952년에 나온 세창서관본에까지 이어지고 있어 독자층이 얕았다고 할 수 없는 텍스트이며, 또한 경판본 <흥부전>(신문관본일 수도 있음)과 <연의각>을 조합하고 여타 텍스트도 참조하여[18] 새로운 사설들을 덧붙인, 독서물로서의 <흥부전>의 면모를 보여주고 있다는 점에서 근대초 구활자본 <흥부전>의 한 이본으로서 주목해야 할 텍스트라 생각된다.

박문서관본의 저작자는 "북을 치되 잡스러이 치지 말고 쑥 이러케 치랴다 … ᄂᆡ ㅣ 별별 이상ᄒᆞᆫ 고담 하나를 ᄒᆞ야 보리라"며 경판/신문관본 및 <연의각>과는 다른 독자적인 서두를 당당하게 제시하고 있다.

---

16) 김창진, 앞의 글, 223쪽.

17) 최진형, 앞의 글, 223쪽.

18) 박문서관본은 경판본 <흥부전>과 <연의각> 외의 텍스트도 참조했을 것이다. 예컨대 박문서관본의 흥보박사설 중 제2박에서 나오는 방세간, 사랑세간, 각색지물, 피륙, 비단 등의 서술은 『조선창극사』(정노식, 조선일보사, 1940, 225-226쪽)에 소개된 金奉文의 '博物歌'와 사설이 똑같다. 둘 간의 선후 관계를 확정짓기 어려운 것은 사실이나(예컨대 김석배, 「<조선창극사>의 비판적 검토(II)」, 『문학과언어』 21, 문학과언어연구회, 1999, 94-95쪽에 따르면 『조선창극사』의 것이 신명균본과 박문서관본으로부터 가져 온 것이라 본다), 박문서관본의 저작자가 경판본과 <연의각> 외의 다른 모종의 텍스트를 참고한 결과임은 분명하다.

저작자의 입장에서는 박문서관본이 특별한 텍스트로 받아들여지기를 원했던 것이다. 하지만 실제 저작시에는 기존 텍스트에 의존하지 않을 수 없었다. 박문서관본에서 사설을 재구성한 방식을 두 가지 사례를 통해 살펴보고 넘어가기로 한다.

> 흥보도 ㉠의혹ᄒᆞ야 ᄌᆞ세 보니 한가온ᄃᆡ 글 세ᄌᆞ를 썻ᄂᆞᆫᄃᆡ 보은표라 ᄒᆞ얏거ᄂᆞᆯ 아마도 이거시 박씨로셰 슈호의 ᄇᆡ얌도 구슬을 무러다가 살닌 은혜 갑ᄒᆞ스니 보은ᄒᆞ랴 무러온가 네라셔 쥬ᄂᆞᆫ 것을 흙이라도 금으로 알고 돌이라도 옥으로 알고 ᄒᆡ라도 복으로 알지 ᄒᆞ더니 고쵸일을 피ᄒᆞ야셔 동편 울아ᄅᆡ 터를 닥고 심엇더니 이ᄉᆞᆷ일에 싹이 나고 ᄉᆞ오일에 순이 버더 ㉡마ᄃᆡ마ᄃᆡ 입히 나고 줄기마다 ᄭᅩᆺ치 피여 박 네통이 열녓스니 ᄃᆡ동강상 당두리션갓치 종로인경갓치 륙환ᄃᆡᄉᆞ 법고갓치 둥두려시 달녓스니 흥보가 조화라고 문ᄌᆞ를 써셔 ᄒᆞᄂᆞᆫ 말이 륙월에 화락ᄒᆞ니 칠월에 셩실이라 ᄃᆡᄌᆞᄂᆞᆫ 여항ᄒᆞ고 소ᄌᆞᄂᆞᆫ 여분ᄒᆞ니 엇지 아니 깃불소냐 여보소 아기 어머니 비단이 ᄒᆞᆫ씨라 ᄒᆞ니 한 통을 싸셔 속을낭은 지져먹고 박아지ᄂᆞᆫ 파라다가 ᄡᆞᆯ을 파라 밥을 지여 먹어보셰 흥보 안ᄒᆡ ᄒᆞᄂᆞᆫ 말이 그 박이 하도 유명ᄒᆞ니 하로라도 더 굿치여 쾌히 견실ᄒᆞ거든 싸셔 봅셰 이쳐럼 의론ᄒᆞᆯ 제 ㉢팔월 추셕을 당ᄒᆞ얏ᄂᆞᆫᄃᆡ 굶기를 시작ᄒᆞ며 어린ᄌᆞ식덜은 어머니 ᄇᆡ곱ᄒᆞ 죽겟소 밥 좀 쥬오 얼넝쇠네 집에셔ᄂᆞᆫ 허연 것을 눈덩이쳐럼 뭉쳐 놋코 손바닥으로 부비여 가온ᄃᆡ 구멍 파고 살문 팟을 집어 느어 두 귀가 ᄉᆡᆺ족ᄉᆡᆺ족ᄒᆞ게 ᄆᆡᆫ드러 소반에 노옵듸다 그것이 무엇이오 어미 ᄒᆞᄂᆞᆫ 말이 그것이 숑편인ᄃᆡ 추셕날 ᄒᆞ야 먹ᄂᆞᆫ 것이란다 (박문서관본 <흥보젼>, 23쪽)

위의 것은 제비가 떨어뜨려 준 것을 보고 흥보부부가 정체확인 문답을 주고 받은 뒤의 대목 사설이다. 우선 ㉠은 <연의각>의 해당 대목 사설과 똑같다. 경판/신문관본의 이 부분에서는 제비가 지저귀는 말을 듣고 박씨임을 아는 것으로 되어 있는데, 위 박문서관본의 저작자는 보은표라 씌어 있는 것을 보고 박씨임을 아는 <연의각>의 설정이 더 일리 있다고 판단한 듯하다. ㉡은 점밑줄 부분 외에는 경판본의 사설과 유사하다. <연의각>에서는 ㉠의 서술에 이어 박이 자라는 모습을 묘사한 후 박짝을 엉덩이와 관련지어 희화화하는 부분이 있는데 박문서관본 저작자는 이 부분이 적절치 않다고 생각했던 것 같다. 하지만 이 부분을 경판/신문관본에서 가져 오다 보니 박 네 통이 열렸다는 언급까지 하게 됨으로써 착오가 생겼다. 박문서관본의 흥보박 개수는 다섯 개이기 때문이다. ㉢은 다시 <연의각>으로부터 가져 왔다. 그렇게 함으로써 박 타기 전의 가난상을 부각시켜야 한다고 생각했던 듯하다. 경판/신문관본에서는 ㉡에 이어 바로 제1박 톱질사설로 넘어간다.

위 대목에 이어지는 박문서관본 흥보박 대목의 내용물은 경판/신문관본과 <연의각> 흥보박 속 내용물들의 합집합으로 구성되어 있다.

	〈연의각〉	경판	박문서관
1	청의동자 한 쌍, 환혼주, 계안주, 능언초, 소생초, 총이초, 녹용, 인삼, 웅담, 주사, 각종	청의동자 한 쌍, 환혼주, 개안주, 개언초, 불노초, 불사약	청의동자 한쌍, 환혼주, 개안주, 능언초, 소생초, 총이초, 녹용, 인삼, 웅담, 주사 등
2	장안기물(각종 세간, 신발, 지물, 피륙, 비단 등)	방세간, 사랑세간, 부엌세간	방세간, 사랑세간, 각색지물, 피륙, 비단
3	순금궤	집짓고 난 후 곳간, 비단, 종·노적	순금궤
4		양귀비	일등 목수, 각색 곡식
5			양귀비

우선 제1박 내용물은 세 이본이 거의 같다. 그리고 각종 세간 기물들이 나오는 제2박 내용물도 세 이본의 설정이 유사하다. 다만 박문서관본의 해당 사설 자체는 <연의각>과 경판/신문관본이 아닌 다른 텍스트로부터 가져 왔다. 박문서관본의 제3박은 <연의각>에서 나오는 순금궤를 받아들였고, 제4박은 경판/신문관본 제3박의 집 짓기와 온갖 곡식[19] 등을, 제5박도 경판/신문관본 제4박의 양귀비 등장 설정을 받아들였다. 양쪽의 내용물을 대부분 받아들인 결과 박문서관본 흥보박 대목은 다섯 개의 박으로 구성되게 되었다.

이처럼 박문서관본 <흥보젼>은 경판/신문관본 <흥부전> 및 <연의각>을 저본으로 하여 여타 텍스트들도 함께 참조하면서 사설을 재구성한 텍스트로서, 그 전반에 걸쳐 관철시킨 특별한 기준은 발견하기 어려울지 모르나 부분부분 그 나름대로의 판단에 따라 사설을 취택한 텍스트였다. 필요하다고 생각되면 새롭게 사설을 첨가하기도 하였다. 박문서관본 저작자가 시도한 두 텍스트의 조합이 당시 성공적인 텍스트 창출 방식이었는지 단언을 내리기는 어렵다. 그렇지만 친연성을 지닌 이 두 이본을 중심으로 사설을 조합한 것 자체는 일리 있는 판단의 소산이라 생각된다.

결과적으로 20세기 초, 1910년대 이후 <흥부전> 독서물로서는 <연의각>과 박문서관본이 주류를 차지하게 되었다. 더구나 신구서림본 <연의각>과 박문서관본 <흥보젼>은 각각 5-6판, 3판까지 간행될 만큼 독자층을 확보했으며 1950년대에 세창서관에서까지 간행되기에 이

---

19) 물론 세부적으로는 조금 차이가 있기는 하다. 경판본에서는 비단이 제2박의 세간들과 어울려 있지 않고 제3박에 따로 등장하며, 제3박에서 집 짓고 난 뒤 곳간 속에는 온갖 곡식뿐 아니라 돈도 들어 있는 것으로 되어 있다. 이 설정은 박문서관본의 것과 다르다.

른다.

이제 이들 구활자본들의 공통 단락 혹은 유사 삽화를 통해 구활자본 <흥부전>의 특징적 면모를 살펴보고자 한다. 이는 그 당대적 수용 맥락을 짚어 보기 위한 단서가 될 것이다.

3. 구활자본 <흥부전>의 서사적 특성

1) 흥보의 힘겨운 노력과 이웃의 도움

위 세 이본들은 근대초 출판 문화의 소산들이라는 점에서는 같지만 그 형성 과정이 서로 달랐던 만큼 각각 특수한 면모를 갖추고 있다. 앞서 살핀 바와 같이 <연의각>은 심정순 창에 바탕을 두고 이해조가 산정하여 신문에 연재했던 것이며, 신문관본은 경판본을 거의 그대로 가져오면서도 <연의각> 못지 않은 호응을 얻기 위한 것이었고, 박문서관본은 이 두 텍스트에 상당 부분 의존하면서도 그 나름대로 새로운 이본으로서의 면모를 갖추고자 한 텍스트였다.

하지만 세 이본을 현전 창 전승 계열본들과 비교해 볼 때에는, 서로 간의 유사성이 더 두드러진다. 놀보에게 쫓겨난 흥보가 수숫대로 집을 짓는 한편, 그 집에 대해 희화적으로 묘사한 대목이 있는 점, 형의 집으로 양식 구걸하러 갔다 실패한 후 매품팔이 사건이 나오는 점, 짚신 삼는 품팔이가 구체적으로 그려져 있는 점, 현전 창본의 필수적 삽화인 도승이 명당터를 지정해 주는 삽화가 없는 점, 매품을 못 팔게 된 이유가 나라에서 방송령을 내렸기 때문으로 설정된 점, 놀보가 부자가 된 흥보집에 찾아가 부리는 행패의 강도가 높다는 점 등이 대표적이다. 여기에서는 세 이본에서, 특히 <연의각>과 박문서관본에서 함께 발견되는 이러한 공통 단락 내지 유사 삽화에 초점을 맞추어 구활자본 <흥부전>의 특징적 면모를 살펴보고자 한다. 물론 이러한 공통 단락 내지 삽화들은 <흥부전> 의미 구현에 있어 부수적인 차원의 것들일지도 모른다. 하지만 그러한 차원의 삽화, 장면들이 때로는 중요한 것들일 수도 있는 것이 판소리계 작품의 특징이다.

이 중 먼저 흥보 관련 삽화부터 살펴보기로 한다. 현전 동편제 창본의 경우 흥보는 형으로부터 쫓겨난 뒤 떠돌아다니다가 성현동 복덕촌에 정착한 것으로 되어 있다. 이러한 설정은 신재효본에 근원을 둔다. 하지만 경판/신문관본 및 박문서관본에서는 "산언덕 밋히 가셔 움을 파고 모여 안져 밤을 ᄉᆡ우고"(박문서관본) 집이 있어야겠다며 수숫대로 집을 짓는 삽화가 나온다. 그 집의 형상은 경판본의 사설로 널리 알려진 다음과 같은 형상이다.

> 안방을 볼작시면 엇지 너르던지 누어 발을 쌔드면 발목이 벽 밧그로 나가니 착고 찬 놈도 갓고 방에셔 맛모르고 이러스면 목아지가 집웅 밧그로 나가니 휘쥬잡기의 잡히여 칼슨 놈도 갓고 잠결에 게지ᄀᆡ를 켜량이면 발은 마당 밧그로 나가고 두 쥬먹은 두 벽으로 나가고 엉덩이ᄂᆞᆫ 울타리 밧그로 나가 동리 ᄉᆞ름들이 츌입시에 것친다고 이 궁덩이 불너드리라ᄂᆞᆫ 소ᄅᆡ의 깜작 놀나 이러 안ᄌᆞ ᄃᆡ셩통곡ᄒᆞᄂᆞᆫ 말이 ᄋᆡ고 답답 셔름이야 이 노릇을 엇지ᄒᆞᆯ고 (박문서관본 <흥보젼>, 4쪽)

이에 이어 흥보가 멍석에다 구멍을 뚫어 자식을 키우는 삽화, 아이들의 음식타령 등이 제시된다. 그 뒤 생쥐가 흥보집에서 쌀을 구하려다 가래톳까지 났다는 서술자의 말이 이어진 후, 흥보처가 남편에게 형 집에 좀 가보라고 권유하는 내용이 나온다. <연의각>에서는, 흥보가 묘막에서 지내다가 다른 사람 가세를 보고 샘이 나서 수숫대로 집을 지으려다 실패하고 다시 묘막으로 돌아온 뒤 위와 같은 집 형상에 대한 묘사가 나온다.

이러한 삽화와 묘사는 쫓겨난 흥보가 처한 가난이 심각한 상황에 이르렀음의 극단적 표현이다. 독자의 관점에서 볼 때 그 일차적인 책임은 형에게 있다. 그러므로 형에게 양식 구걸가는 삽화가 이에 이어 바로 나오는 것이 당연하다. 놀보에게 쫓겨난 뒤 유랑하다가 빈 집에 정착한 후 환자섬을 빌러 가는 삽화가 먼저 나오는 현전 창본에는 이런 삽화나 묘사가 거의 발견되지 않는다.

그런데 유의할 점은 위 인용을 통해 알 수 있듯 이러한 삽화가 독자로 하여금 흥보의 가난상에 연민의 정을 일으키도록 그려져 있는 것이 아니라 골계적 거리를 유지하면서 읽히도록 되어 있다는 점이다. 이는 일차적으로는 빈민의 고난상까지 웃음의 대상으로 삼아 독자로 하여금 흥미를 유발하려는 서술자의 의도에 말미암았다 할 수 있다. 그 결과 독자의 관점에서 볼 때 흥보는 사회적 대응력을 전혀 지니지 못한 인물로 읽히게 된다. 제대로 된 재목이 아님의 비유인 듯한, 수숫대로 집을 지으려 한 점, 처자식을 헐벗고 굶주리게 하면서도 전혀 대응책을 강구하지 못하다가 아내의 권유로 할 수 없이 형에게 양식 구걸을 가고 있는 점 등도 이와 관련된다.

그러나 그 웃음은 다시, 이런 대책 없는 인물을 냉정하게 내쫓은 놀보에 대한 반감으로 이어졌을 것이다. 양식 구걸 온 흥보에 대한 놀보 부부의 박대는 윤리적인 문제를 야기하기도 하지만 가진 자의 횡포로서의 보편성을 띠기도 한다. <연의각>의 흥보는 묘막에서 지내다가 가세가 굉장한 부자들에게 샘이 나서 자기 집을 지으려 하는 것으로 되어 있는데, 이러한 설정이 아무 의미 없이 제시된 것은 아닐 것이다. 흥보가 처한 가난의 심각성과 그의 사회적 대응력 문제가, 이러한 공통 삽화를 통해 환기되었을 것이다.

흥보와 관련하여 세 이본들이 공유한 사항 중 또 하나는 매품팔이 외에 또 다른 품팔이 행위가 구체적으로 그려지고 있으며 그 뒤에는 이웃의 배려가 깔려 있다는 점이다. 세 이본에는 공히 품팔이사설이 제시되고 있으며 짚신 삼는 삽화도 구체화되어 있다. 다만 그 위치는 조금 차이가 있다. 경판/신문관본에서는 형으로부터 양식 구걸에 실패한 후 자식들을 굶주리게 해서는 안 된다는 아내의 말에, 건너 장자집에 가서 짚을 얻어와 짚신을 삼아 팔아 보기도 하나, 그것도 여의치 않자 부부가 각종 품을 판다. 하지만 아무리 해도 끼니 해결조차 쉽지 않던 차에 본읍 김좌수로부터 자기 대신 매품을 팔아 보겠냐는 권유를 받게 되는 것이다.

<연의각>과 박문서관본에서도 형으로부터 양식 구걸에 실패하고 돌아 온 후 각종 품을 파는 것으로 되어 있다. 그런데 경판/신문관본과는 달리 각종 품팔이를 한 이후 환자섬을 빌러 갔다가 매품을 권유받고 그 매품팔이에 실패한 뒤 짚신을 삼는 삽화가 나온다. 매품팔이에 실패한 뒤의 분위기는 <연의각>과 박문서관본에서 서로 다르게 그려져 있다. 박문서관본에서는 매품을 못 팔고 돌아온 후 흥보가 서러워하니 아내가 이를 달래는 가운데 서로 희망은 잃지 말자며 위로하는 비장한 분위기 하에 사건이 제시되고 있는 반면, <연의각>에서는 매를 안 맞고 왔다며 흥보 아내가 즐거워하니 흥보 또한 각종 춤을 추며 흥겨워하는 분위기가 연출된다. 아무튼 그럴 즈음 김부자의 조카가 돈을 주러 들렀다가 매를 맞지 않고 돌아왔다는 흥보의 정직한 말을 듣고 칠팔 냥이라도 주고 간다. 하지만 흥보는 결국 생계를 해결하기 위

해 김동지에게 가서 짚을 얻어와서 짚신이라도 삼아야 했다.[20]

박문서관본에서는 짚신을 팔아 겨우 서 돈을 받아 온 후 매양 짚을 어찌 얻을 수 있겠냐며 설움타령을 늘어놓는 것으로 이 대목은 마무리된다. 하지만 <연의각>의 경우는 짚을 얻어와 짚신을 삼는 장면이 다음과 같이 실감나게 그려져 있어 주목된다.

> ᄀᆡ가죡쌈지 슌쓰지 ᄒᆞᆫ ᄃᆡ 션ᄯᅳᆺ ᄂᆡ여 숀에 쥐고 쓰적〃〃 셕〃 부뷔여 곱돌ᄃᆡ에 셥젹 담아 겻불 화로 휘져노코 ᄃᆡ를 계다 쑥 박고 침를 찔〃 흘니면셔 샹토 곱읏이 풀〃 넘게 읏지 독ᄒᆞ게 쌜앗던지 량짝 볼ᄯᅡ귀가 메쥬방아 위기듯 벅ㅅ〃 쌜다 툭〃 썰고 두 손에 집을 갈나잡고 부시럭〃〃〃 신날을 쥬루〃 한 발 남짓 여닯 치를 ᄭᅩ아 양머리 싹〃 부뷔여 잠ᄆᆡ여 발의 걸고 슈셤이질 ᄒᆞᆫ 연후에 안이 드는 칼노 ᄯᅳᆺ젹〃〃 잔털은 거슬너 ᄯᅳᆺ고 굴근 털은 셰로 ᄯᅳᆺ고 곱게 ᄯᅳᆺ어 발에 걸고 집 ᄒᆞᆫ 올 곱쳐다가 자감이에 단〃히 ᄎᆞ고 헌겁츨 집 셕거 압을 겨러다가 총을 ᄂᆡᆯ제 집 ᄒᆞᆫ 올 쑥 잘ᄂᆞ 헌겁에다 돌로〃 말아 쟝가락 ᄃᆡ죵ᄒᆞ야 겨러가다 총을 ᄂᆡ고 겨러가다 총을 ᄂᆡ고 ᄒᆞᆫ춤이리 ᄉᆞᆷ를 제 (신구서림본 <연의각>, 36-37쪽)

한 하층민의 노동이 생동감 넘치게 묘사되고 있다. 이는 생계 유지의 방편이자 가족의 일상을 지속시키는 바탕이다. 그러므로 이러한 장면은, 이렇게 열심히 살아가려는 흥보가 심각한 빈곤에 처할 수밖에 없는 사회 현실이 그리 소망스러운 것이 아님을 간접적으로 시사한다. <연의각>에서는 위 묘사에 이어, 비 맞고 집에 들어온 흥보처가 아이를 어르는 내용이 나오고, 흥보 자식들 음식타령에 흥보부부가 서러워

20) 박문서관본의 경우 실은 흥보가 매를 맞으러 갈 작정이면서도 겉으로는 아내에게 김동지집에 가서 짚 한 단 얻어 오겠다고 속인 바 있었다. 흥보의 마음속에는 애초에 짚신이라도 삼아야겠다는 생각이 있었다.

하지만 결국 서로 위로하며 달래는 것으로 이 대목이 마무리된다.

따라서 이처럼 각종 품팔이, 매품팔이에다 짚신 삼기 등을 통해 가족의 생계를 책임져야 했던 흥보의 힘겨운 노력과 분투가 강조되고 있다는 점은 구활자본 <흥부전>의 특징적 면모 중 하나라 할 수 있다. 앞서 형에게 양식 구걸 가던 흥보에 비할 때 지금의 흥보는 가족 부양을 위해 책임을 감당하려 하고 있으며 그에 따라 사회적 대응력도 갖춘 모습이다. 이는 매품팔이에 실패한 후 마지막으로 형에게 기대보려 했으나 몽둥이찜질만 당하고 돌아와 서러워하며 서로 자결을 시도하기도 하는 현전 동편제 <흥보가>의 흥보와는 전혀 다른 모습이다. 현전 창본의 흥보에게는 도승이 필요했던 것이다.

이와 관련하여 이들 구활자본 <흥부전>에서는 흥보가족에 대한 이웃의 도움이 설정되어 있음을 주목해야 한다. 장자 혹은 김동지는 흥보가 불쌍하다며 짚신 삼을 수 있게 짚을 가져가도록 배려해 준다. <연의각>의 김동지는 짚을 얻으러 온 흥보에게 밥도 먹고 가라 했으나, 흥보는 가족 생각에 혼자 먹지 못하고 밥을 집으로 가져 온다. 또한 <연의각>에서 사령들은 김부자 대신 매 맞으러 온 흥보에게 歇杖하자고 하고 있으며, 결국 흥보가 매를 맞지 못하고 돌아가게 되자 어떻게든 돈을 받을 수 있도록 해 주겠다고 한다. 매를 맞지 않고 집에 돌아온 흥보에게 김부자의 조카는 그래도 수고했다며 칠팔 냥 돈을 주고 간다.

땅이 없어 농사도 짓지 못하고 밑천 없어 장사도 못하는 흥보임을 잘 알고 있었기에 이웃은 흥보에게 관심과 배려를 보인 것이다. 물론 그렇다 하더라도 흥보가 가난으로부터 벗어나기란 쉽지 않은 일이었다. 하지만 그래도 이웃의 도움이 흥보에게 적잖은 힘이 되었을 것이다.[21] 이러한 흥보의 인간관계는 놀보박대목에 나타난, 이익과 돈에 의해 맺어지는 놀보의 인간관계와는 상반된 성격의 것이다.

2) 놀보의 부정적 형상 강화와 그에 대한 포용

부자가 된 흥보집에 찾아와 부자가 된 사연을 탐문하는 과정에서 놀보의 부정적 형상이 더 강화되어 나타난다는 점도 구활자본 <흥부전>의 특징적 면모 중 하나이다. 물론 현전 창본에서도 놀보는 흥보집에 와서 흥보처에게 권주가를 시키는 등 행패를 부리는 것으로 되어 있다. 경판본에서도 이미 흥보가 도적질을 했을 것이라 하는가 하면 양귀비를 자신의 첩으로 달라고 억지를 쓰는 모습이 보인다. 그런데 <연의각>과 박문서관본에서는 그러한 행패가 더 심해져 있는 모습을 보인다.[22] 괴춤에 손을 넣고 서서 잘 차려 입은 흥보아내를 보고는 영문기생 모양이라 하고, 칼로 장판을 그어 윷놀기 좋겠다며 가래침을 벽에다 뱉는가 하면, 음식상을 받고는 상을 발로 차서 음식들이 장판에 쏟아지게 한다.[23] 박문서관본에서는 이외에 양귀비를 첩으로

---

21) <심청가>의 경우 심청의 이웃 장승상 부인이 심청을 도와주는 사건이 창으로까지 자리잡았다. 그러나 <흥보가> 창본에서 흥보의 이웃이 거론되는 경우는 심정순의 창을 제외하면 거의 없다. 이는 <흥보가>의 판소리사상의 위상과도 관련이 있겠지만 필연성의 측면에서 장승상 부인 대목만큼의 서사적 의의를 부여하기 어렵다는 창자들의 판단 때문일 것이다.

22) 특히 <연의각>에서는 작품 전반에 걸쳐 놀보의 악인 형상이 강화되어 있다. 이에 대해서는 이 책 제1부 중 「<연의각>」에서 집중적으로 다루고자 한다. <연의각>을 본격적으로 다룬 최근 논의 가운데 장경남, 「<흥부전>의 인물 형상-경판본과 <연의각>의 비교를 중심으로-」, 『고소설연구』 34, 한국고소설학회, 2012에서도 이 점을 주인물 외에 보조인물과도 관련지어 다룬 바 있다.

23) 이와 비슷한 장면들이 19세기 중엽의 기록본인 연경도서관본 <흥보전>에도 보인다. 이 이본에서 놀보는 부자가 된 흥보를 찾아가 욕설을 하기도 하고 술에 취해 음식상 그릇을 박살 내고는 무안해하기도 한다. 구활자본 <흥부전>들에서는 그 연장선상에서 놀보의 악행 내지 심술 행위를 더 부각시켜 놓고 있는 것이다.

달라고 하고는 화초장을 가져가는 것으로 마무리되나, <연의각>에서는 다시 차려온 음식상 위의 술을 마시고는 주정을 하고, 흥보에게 화초장을 달라 하여 집으로 간 후까지도 행패가 이어진다. 다음은 그 한 부분이다.

> 얼시고 긔물답다 문의도 됴코 쟝식도 죳코 졔 아모리 어려워도 ᄂᆡ 억지에 견될쇼냐 악동어멈 이것 보소
> 놀보ᄌᆞ식이 악동이엿다 놀보계집 욕심은 졔 셔방보다 ᄒᆞᆫ칭 더ᄒᆞ야 됴ᄒᆞᆫ 것을 보면 긔져을 일수 ᄒᆡ 쟝에 갓다가 긔물 노닌 것을 보던가 돈 세ᄂᆞᆫ 것을 보다가 쥭어셔 업들어져 업혀와 셕달만의야 일러난 위인이라 웃지 욕심이 만턴지 남의 혼인 구경을 가면 신부에 ᄉᆡ 검침을 덥고 쌈을 ᄂᆡ여야 알틀 아니ᄒᆞᄂᆞᆫᄃᆡ (…)
> 놀보가 일홈을 이졋지
> 이것 일홈 무엇이야
> (쳐) ᄋᆡ고 가져온 ᄉᆞᄅᆞᆷ이 모로고 ᄂᆡ가 웃지 알아
> (놀) 뎡녕 몰나 너 죰 쥭어보아라
> 이놈이 계집을 쳐도 남 류달으게 쥬먹을 모나게 쥐고 져들랑 밋 갈리ᄶᅧ 위를 들입다 뷔뷔니 계집이 ᄯᅩᆼ물을 여러번 토하엿것다 놀보 쥬먹을 쥐고 네 못 이르겟ᄂᆞ냐 (신구서림본 <연의각>, 67-69쪽)

위에서 보듯 <연의각>에서는 놀보만이 아니라 놀보의 자식과 그 아내에게까지도 악인 내지 부정적 인물로서의 형상을 부여한다. 흥보가 양식 구걸 왔을 때 밥주걱으로 때리던 놀보아내의 모습과 흥보를 우습게 보는 놀보자식의 모습도 함께 떠올려 볼 만하다. 그에 앞서 이미 놀보는 흥보에게 드난을 하든 술장사를 하든 하라며 전혀 도움이 되지 않는 세간 나눔을 통해 노자 한 푼 주지 않고 구박하며 쫓아낸

바 있다. 그런데 더 가관인 것은 위처럼 놀보가 자신의 아내에게까지, 자신이 화초장 이름을 잊어버려 놓고 그 이름을 모른다고 폭력을 가하고 있는 것이다. 이처럼 <연의각>과 박문서관본은 놀보를, <흥부전>의 이본들 중에서도 가장 부정적인 심성을 지닌 인물로 형상화한 이본들이라 할 수 있을 것이다.

구활자본 <흥부전>의 악인 놀보 형상은 놀보박 대목의 서술에까지 이어진다. 악인인 만큼 그가 겪는 몰락과 징벌은 수용자에게 쾌감을 불러일으켰을 것이기 때문이다. 주지하다시피 현전 창본에서는 놀보박 대목이 축소되어 있으며 그에 따라 놀보 몰락의 비중도 상대적으로 약화되어 있다. 하지만 구활자본들에서는 놀보의 몰락과 징벌 문제에 여전히 큰 비중을 두고 있으며 그것도 '흥미롭게' 서술함으로써, 끝까지 욕망의 끈을 놓지 않는 탐욕스런 인물의 몰락으로 인한 가학적 쾌감을 높이고 있다. 이는 경판본 놀보박 대목의 양상이 구활자본들에까지 이어진 데 따른 것이다. 경판본에서는 옛 상전과 상여꾼 등 군상에게 돈을 잃었을 뿐 아니라 강도 높은 신체적 징벌도 당한 것으로 설정된다. 초란이패가 일시에 내달아 놀보를 거꾸로 떨어뜨리기도 하고, 양반의 명을 받은 하인들이 놀보의 뺨을 치는가 하면, 사당 거사 역시 놀보를 헝가레쳐 오장이 튀어나올 듯하게 하기도 하고, 무당조차 장구통으로 놀보의 흉복통을 친다. 놀보는 장비에게도 호되게 당하여 뺨이 뭉그러지며 혀가 빠질 듯하기도 한다. 결국 박국을 끓여먹고 미친 듯 당동당동하다, 하나 남은 박을 타니 박 속에서 똥줄기가 나와 온 집안에 쌓이게 된다.

이에 비해 <연의각>의 놀보박 대목은 박의 개수도 8개에 그쳐 있으며 신체적 징벌은 다소 약화되어 있다. 하지만 수용자의 가학적 심리를 자극하며 흥미롭게 그려져 있는 것은 크게 다르지 않다. 첫째박에서 나온 양반들과 일곱째 박에서 나온 왈자들이 놀보처에게 수청을 들라 하여 진퇴양난에 빠지게 하는가 하면, 놀보는 그 박국을 끓여먹고 당동당동하다가 이웃의 양반에게 집을 빼앗기고 만다. 급기야 마지막 박에서 장비가 나와 씨름을 하자며 괴롭히자 놀보가 살려달라고 빌고 이에 장비는 심술에는 좋은 약이 있다며 똥물 한 그릇을 퍼서 놀보에게 먹인다.

박문서관본 놀보박 대목의 경우 제1박과 제4박에서는 <연의각>의 사설을 가져왔으며 그 외에 제10박까지 경판/신문관본의 해당 대목 사설을 수용하였다. 앞서 살핀 경판본의 놀보 징벌의 양상과 특징을 그대로 받아들이고 있는 것이다. 제11박 이후는 다소 바꾸어 놓았으나 크게 달라지지는 않았다고 보아야 한다. 제11박에서는 장비가 등장하여 형제 불목한 죄를 추궁한 후 놀보의 덜미를 잡고 공기 놀리듯하여 정신을 잃게 한다. 이어 제12박에서는 박을 탔으나 아무것도 나오지 않자 국을 끓여 먹고는 온 가족은 물론 이웃 왕생원까지도 당동 소리를 낸다. 끝내 미련을 버리지 못하고 탄 마지막 박에서는 똥줄기가 쏟아져 놀보집을 가득 채움은 물론 앞뒤집 사는 양반들에게까지 똥이 밀려간다. 이에 이웃 생원이 놀보를 잡아 와서 부모 불효, 형제 불목, 일가 불화했음을 질타한 후 똥을 다 치우라 한다. 놀보부부는 오백냥을 들여 거름장사들을 시켜 똥을 쳐낸 후 통곡한다.

결국 이들 구활자본은 경제적 몰락뿐 아니라 신체적 차원을 포함한 흥미로운 징벌을 가함으로써 수용자의 가학적 쾌감을 유발하고 있다는 점에서 공통된다. 박대목 뒷부분의 당동소리 삽화와 놀보 집이 똥으로 파묻히는 삽화는 각각 놀보의 정신적, 경제적 파멸을 상징한다고 볼 수 있다. 놀보는 자신이 지닌 모든 것을 잃어버린 것이다. 이는 이들 구활자본에서, 앞서 살핀 것처럼 놀보를, 부정적 심성을 지녀 공동체적 차원에서 결코 용납할 수 없는 인물로 형상화한 것과 이어진다. 그러한 인물의 부정적 형상을 강화한 만큼 그에 대응되는 혹독한 징벌을 통해 당위의 세계를 구현하려 한 것이다. 박문서관본에서 흥보에 대한 보상을 5개의 박으로까지 확장한 것의 반대 급부인 것이다.

그런데 흥미로운 것은 경판/신문관본과 달리 <연의각>과 박문서관본으로 이어지는 결말 부분의 내용을 비교 검토해 보면 오히려 그러한 놀보를 포용하는 내용이 덧붙어지고 있다는 점이다.

> 왼집이 혼이 써셔 ᄃᆡ문 밧그로 나와 문틈으로 엿보니 되ᄯᅩᆼ 물지ᄯᅩᆼ 즌ᄯᅩᆼ 마른ᄯᅩᆼ 여러 가지 ᄯᅩᆼ이 합ᄒᆞ여 ᄂᆞ와 집우가지 ᄊᆞ히는지라 놀뷔 어이업셔 가ᄉᆞᆷ을 치며 ᄒᆞ는 말이 이런 일도 ᄯᅩ 잇는가 이러ᄒᆞᆯ 듈 아ᄅᆞ시면 동냥ᄒᆞᆯ 박ᄋᆞ지ᄂᆞ 가지고 나오더면 조흘 번ᄒᆞ다 ᄒᆞ고 쌘쌘ᄒᆞᆫ 놈이 쳐ᄌᆞᄅᆞᆯ 잇글고 흥부ᄅᆞᆯ ᄎᆞᄌᆞ가니라 (경판25장본 <흥부전> / 신문관본)[24]

> 놀보 긔가 막혀 ᄋᆡ절리 안져 비ᄂᆞᆫ구나
> 비ᄂᆞ니다 〃 〃 〃 〃 장군님젼에 비ᄂᆞ니다 살여쥬오 쇼인목숨 이제ᄂᆞᆫ ᄀᆡ과쳔신ᄒᆞ야 부모에 효도ᄒᆞ고 동ᄉᆡᆼ에 우ᄋᆡᄒᆞ고 일가에 화목ᄒᆞ고 남의게도 불의지ᄉᆞ 안이ᄒᆞᆯ 테오니 쇼인 목숨을 장군님젼에 살아지다
> 이러틋 ᄋᆡ걸ᄒᆞᆯ제 져 장ᄉᆞ의 일은 말이
> 심술잇ᄂᆞᆫ ᄃᆡᄂᆞᆫ 됴흔 약이 잇ᄂᆞᆫ이라
> ᄒᆞ고 ᄯᅩᆼ물 ᄒᆞᆫ 그릇을 퍼먹이니 놀보가 구ᄀᆞᆯ난 놈 ᄂᆡᆼ수 마시듯 ᄒᆞ고 나셔 제 ᄋᆞ오 ᄎᆞ져가셔 박 심으다가 ᄑᆡ가망신한 말을 ᄒᆞ고 ᄃᆡ셩통곡ᄒᆞ니 흥보에 착ᄒᆞᆫ 마음 집 짓고 셰간 쥬어 근쳐에 살이ᄂᆞᆫᄃᆡ 놀

24) 김진영 외, 『흥부전 전집』 2, 박이정, 2003, 39쪽. 신문관본의 마무리 부분도 이와 똑같은 내용이다.

보 ᄀᆡ과쳔션ᄒᆞ야 우ᄋᆡ가 ᄃᆡ단ᄒᆞ니 그 뒨 일은 ᄌᆞ연 짐작ᄒᆞ리로다 (신구서림본 <연의각>, 98-99쪽)

이ᄯᆡ 흥보ㅣ 놀보의 ᄑᆡ가망신ᄒᆞᆷ을 ᄋᆞᆯ고 ᄃᆡ경ᄒᆞ야 일변 노복을 시겨 교ᄌᆞ 두 ᄎᆡ와 말 두 필을 거ᄂᆞ리고 친이 건너와 놀보양쥬와 죡하를 교자 ᄐᆡ우고 말을 ᄐᆡ워 졔 집으로 도라와 일변 안방을 치우고 안돈시긴 후 의식을 후이 ᄒᆞ야 ᄡᆡ로 공궤ᄒᆞ며 ᄂᆞᆯ로 위로ᄒᆞ고 일면으로 죠흔 터를 뎡ᄒᆞ야 슈만금을 드려 집을 졔 집과 ᄀᆞᆺ치 짓고 셰간 집물이며 의복 음식을 한갈ᄀᆞᆺ치 ᄒᆞ야 그 형을 살게ᄒᆞ니 놀보ᄀᆞᆺ흔 몹슬놈일망졍 흥보에 어진 덕을 감동ᄒᆞ야 젼일을 회과ᄒᆞ고 형뎨 셔로 화목ᄒᆞ야 남의 업ᄂᆞᆫ 형뎨가 되니라 흥보ᄂᆡ외ᄂᆞᆫ 부귀다남ᄒᆞ야 팔십향슈를 ᄒᆞ고 ᄌᆞ숀이 번셩ᄒᆞ야 ᄀᆡᄀᆡ 옥슈경지 ᄀᆞᆺᄒᆞ여 가산이 ᄃᆡᄃᆡ로 풍죡ᄒᆞ니 그 후 ᄉᆞᄅᆞᆷ들이 흥보에 어진 덕을 칭숑ᄒᆞ야 그 일흠이 ᄇᆡᆨ셰에 민멸치 아니ᄒᆞᆯ ᄲᅮᆫ더러 광ᄃᆡ의 가사의ᄭᆞ지 올나 그 ᄉᆞ젹이 쳔ᄇᆡᆨ ᄃᆡ의 젼히 오더라 (박문서관본 <흥보젼>, 60쪽)

경판/신문관본의 경우 몰락한 놀보가 개과천선했다는 언급이 없으며 그가 흥보 또는 공동체에 의해 받아들여졌다는 언급 역시 없다. 오히려 서술자는 놀보가 동냥할 바가지나 가지고 나왔으면 좋았을 뻔했다고 하거나, 자기가 내쫓은 흥보를 찾아가는 뻔뻔한 놈이라고 하며 조롱의 시선을 거두지 않는다. 놀보의 몰락 자체로 결말지어지고 있는 것이다. 이는 빈부와 선악이 엇갈린 모순이 당위의 차원에서 해소되는 권선징악을 끝까지 관철시킨 결말이다.

반면 <연의각>과 박문서관본에서는 놀보가 개과천선함은 물론 동생 흥보에 의해서도 포용되는 것으로 결구된다. 또하나의 당위적 이념이 구현되고 있는 것이다. 현전 <흥보가> 창본들이 대체로 놀보의 개과천선과 우애의 회복으로 결말지어진다는 점을 고려할 때, 두 텍스트의 이러한 결말은 당시 창 전승 <흥보가>의 그것을 받아들인 데 말미암았을 가능성이 있다. 다만 현전 창본 대부분에서는 흥보가 소식을 듣고 놀보집으로 가서 직접 장비에게 형의 용서를 구하는 것으로 설정되나 <연의각>에서는 놀보 스스로 깨우쳐 개과천선한 것으로 되어 있고 그런 놀보를 흥보가 받아들이는 것으로 되어 있다. 그 어느쪽이든 형제 간의 우애를 지향하는 것으로 결구되고 있는 것이다.

그러나 앞서 살핀 바와 같이 놀보의 부정적인 심성을 강화하고 그에 대한 징벌까지 흥미롭게 구현한 텍스트에서 그러한 놀보가 스스로 개과천선했다고 하는 것은 작품 내적 논리상 부합되지 않는다.[25] 경판/신문관본의 결말과 <연의각>의 결말을 모두 참조했을 박문서관본의 저작자는 놀보를 포용하기는 하되 바로 이러한 점까지 고려한 결말을 마련한 듯하다. 위 인용한 바와 같이 박문서관본에서는 흥보가 형이 패가망신했음을 알고 놀보가족들을 데려와 집, 세간, 의복, 음식 등을 마련해 주니 그 모습을 보고 놀보가 개과하여 비로소 형제가 화목해졌다고 처리하였다. 하지만 흥보가 다가가기 전까지 서술자는 '놀보ᄀᆞᆺ흔 몹쓸놈'이라는 말을 써 가며 놀보가 개과하기는 쉽지 않은 인물이라는 단서를 덧붙여 놓았다. 놀보는 몹쓸놈이지만 흥보의 어진 덕으로 인해 깨우침을 얻게 되었다는 것이다. 이는 놀보의 개과천선이나 형제 간 우애의 회복보다는 그러한 놀보를 포용할 수 있었던 흥보의 덕을

25) 19세기 중엽 즈음의 이본인 연경본 <홍보젼>에서도 놀보가 패망하는 데서 작품이 끝이 난다. 놀보의 향후 행방에 대해 전혀 관심을 보이고 있지 않는 것이다. 또한 필사 연대는 알 수 없지만 경판20장본을 거의 그대로 가져 온 것으로 알려진 김문기 소장본의 결말에서도 놀보가 국을 끓여먹고 미쳐 들로 산으로 밤낮없이 뛰어다녔다는 언급으로 끝맺는다. 이처럼 놀보의 악인 형상이 부각되어 있으면서 놀보박 대목이 그에 대한 가학적 쾌감을 유발하는 측면이 강한 텍스트의 경우 이러한 식의 결말이 작품 내적 논리상 어울린다고 볼 수 있다.

높이 평가하는 데 비중이 두어진 결말이다. 끝 부분에 흥보만의 후일담이 덧붙여져 있는 것도 그러한 의도 때문일 것이다.[26] 그러므로 흥보의 어진 덕을 굳이 강조하면서 그에 대한 또 다른 보상을 강화한 이러한 식의 마무리는 고소설 일반의 후일담을 따른 것인 듯하면서도 당대 맥락과도 모종의 관련이 있으리라 본다.

4. 구활자본 <흥부전> 서사 특성의 수용 맥락

공통 삽화들에 의거해 살펴 본 앞서의 논의에서, 이들 구활자본에서는 심각한 가난으로 인해 갖은 품팔이를 해야 하는 흥보의 처지와 그의 힘겨운 분투를, 그를 도와준 이웃과 함께 그려내고 있음을 살폈다. 놀보의 경우는 상대적으로 부정적 형상을 강화하였으며, 놀보박 대목에서는 그러한 놀보의 몰락을 흥미롭게 형상화하는 한편, 결국 몰락하여 빈민의 대열에 들어설 수밖에 없어진 놀보를 포용하는 쪽으로 나아갔다. 박문서관본의 경우 이를 위해 흥보가 나서는 것으로 처리하였다. <흥부전> 일반의 서사를 토대로 하면서도 이러한 특성이 부각된 구활자본 <흥부전>들이 20세기초 출판되었으며 또한 널리 읽혔던 것이다. 이는 경판본 서사 특성의 연속선상에서 구활자본 <흥부전> 저작자들이 취택한 개작 방향이었다. 하지만 구활자본 <흥부전>들에 이러한 서사적 특성이 부각되어 있다 하더라도 그것이 당대의 어떠한 수용 맥락과 관련되는지 파악하기는 어렵다. 당시 서구 문물의 충격,

26) 오영순본 <장흥보전>에서도 흥보가 높은 질의 삶을 이어나갔다는 후일담이 덧붙어 있으면서도 흥보가 놀보를 구제했다는 언급은 전혀 없다. 패망하여 걸식하게 된 놀보와의 대조적 측면을 부각시켰을 뿐이다.

근대 계몽 담론과 출판계의 상황, 고전소설 독자들의 동향 등 정치적, 사회적, 문화적 요인들을 두루 고려해야 하나 이는 쉽지 않으며, 설혹 그러한 요인들을 고려한다 하더라도 그것들을 <흥부전>의 당대적 수용과 직접적으로 관련짓기는 어렵기 때문이다. 여기서 추론을 통해 그 가능성을 제시하는 데 그치는 것은 어쩔 수 없는 일이다.

일단 한 가지 지적할 수 있는 사항은, 이 시기 <흥보가>·<흥부전>이 연행물로서의 수용과 독서물로서의 수용으로 분화됨으로써 구활자본 <흥부전>들은 당대 독서물 및 소설본들의 수용과 동일한 맥락 속에 놓이게 되었다는 점이다. <흥부전> 역시 지식인의 저술, 서적상들의 출판 및 그 소산물들의 유통 등의 망 속에 편입되었다는 것이다. 이 점과 관련하여 우선 고려해야 할 것은 당대 지식인의 계몽 담론으로서의 수용일 것이다. 그 한 사례로 李人稙의 <銀世界>에서 놀보박 대목을 작품 속으로 끌어와 반중세적 의식을 드러내기 위해 우의적으로 활용한 경우를 들 수 있겠다.[27] 이 경우도 놀보의 부정적 형

27) <은세계>의 해당 대목을 들면 다음과 같다.

"옥남의 마음에 우리나라 일은 놀부의 박 타듯이 박은 타는데 경만 치게 된 판이라고 생각한다. 박을 타는 것 같다 하는 말은 웬말인고? 옛날 놀부의 마음이 동포 형제는 다 빌어먹게 되더라도 남의 것을 뺏어서 내 재물만 삼으면 좋을 줄로 알던 사람이라.

(…)

한 통을 타면 초상 상제(初喪喪制)가 나오고, 또 한 통을 타면 장비(張飛)가 나오고, 또 한 통을 타면 상전이 나오니, 나머지 박은 겁이 나서 감히 탈 생의를 못하나 기왕에 열려서 굳은 박이라, 놀부가 타지 아니하더라도 제가 저절로 터지더라도 박 속에 든 물건은 다 나오고 말 모양이다. 놀부가 필경 패가하고 신세까지 망쳤는데, 도덕 있고 우애 있는 흥부의 덕으로 집을 보전한 일이 있었더라. 그러한 말은 허무한 옛말이라. 지금 같은 문명한 세상에 물리학으로 볼진대 박 속에서 장비가 나오고 상전이 나올 이치가 없으니, 옥남이가 그 말을 참말로 믿는 것이 아니라. 그러나 옥남의 마음에 옛날 우리나라에 이학박사(理學博士)가 있어서 우리나라 개국 오백년 전후사를 추측(推測)하고 비유하여 지은 말인가 보다, 그렇게 생각하여 의심나고 두려운 마음이 주야 잊지 못하는 것이 옥남의 일편(一片) 충심이라.

옥남의 마음에 우리나라에는 놀부의 천지라 세도 재상도 놀부의 심장(心腸)이요, 각도 관찰사도 놀부의 심장이요, 각읍 수령도 놀부의 심장이라. 하루바삐 개혁당이 나서서

상에 더 주목하고 또한 이를 강화한, 앞서 살핀 구활자본 <흥부전> 서사 특성의 연장선상에 놓인다 할 수 있다. <은세계>는 판소리 및 창극과 밀접한 관련을 지닌 것으로 알려진 작품이기도 하므로 이러한 활용이 의미 없는 현상은 아닐 것이다. 하지만 이 경우는 이인직의 의도가 강하게 부각된 경우여서 <흥부전>의 후대적 수용의 한 사례로 특기해 두기만 하고 넘어가기로 한다.

중요한 것은, 그렇잖아도 열악하던 서적계의 현실에다 1907년 이후 일제의 서적, 언론계 간섭・탄압이 점차 강화되면서 계몽 담론을 표면화하기 어려운 상황 하에 구활자본 소설들이 출현했다는 점이다. 서적상들의 입장에서는 소설 출간이 그 나름대로 위기를 타개하는 한 방법이었고, 이러한 서적상들의 이해 관계에 당시 절망적인 사회분위기가 맞물리면서 독자들의 관심은 대중적 통속 취향의 소설들에 이끌렸으리라 한다.[28] 구활자본 <흥부전>들도 이러한 수용 맥락의 영향을

일반 정치를 개혁하는 때에는 저 허다한 놀부떼가 일시에 박을 타고 들어앉았으려니 생각한다."(전광용 외 편, 『한국신소설전집』 1, 을유문화사, 1968, 459-460쪽.)

누나와 함께 미국에 유학 가 있던 옥남이 신문을 통해 고국 소식을 접하면서 든 생각을 서술자의 말로써 제시한 부분이다. 여기서 이인직은 옥남의 내면을 통해 놀보의 형상과 놀보박 대목을 바탕으로 <흥부전>을 계몽 담론으로 활용하고 있다. 현금 우리나라는 마치 놀보가 박을 타는 대로 경을 치듯 하는 상황 하에 놓여 있는데, 그 근본적인 이유는 세도재상, 각도 관찰사, 수령 등이 동포들은 어떻게 되든 자기 잇속만 차리면 된다고 하는 놀보 심성을 지니고 있기 때문이라는 것이다. 동포 공동체, 국가 차원의 공공적 이익이 아닌 사익만 추구하는 기득권층이 자리잡고 있는 이상 우리나라는 근대적 개혁을 이루어낼 수 없으며 말 그대로 박을 타는 대로 경을 칠 수밖에 없다는 것이다. 놀보는 개혁에 대한 수구 방해 세력에, 놀보박 대목은 그러한 이들이 주도권을 쥔 우리나라의 당시 형국에 대응시켜 수용하고 있다. 여기서 작자 이인직의 이러한 반봉건적 인식이 당대 현실과 어떠한 정합성을 지니는가 하는 문제를 따지지는 않고자 한다. 그리고 놀보박 대목을 끌어온 것이 그의 주장을 부각하려 한 의도가 앞서 있어, 억지스러운 듯한 느낌이 있음도 굳이 지적할 필요는 없으리라 본다. 하지만 놀보의 부정적 심성과 그에 대한 징벌에 해당하는 놀보박 대목에 초점을 두어 당대 한 지식인에 의해 일종의 계몽 담론으로 활용되기도 했었음은 인정할 수 있을 것이다.

28) 이에 대해서는 한기형, 「1910년대 신소설에 미친 출판・유통 환경의 영향」, 『한국 근

받을 수밖에 없었을 것임은 분명하다. 앞서 살핀 서사적 특성 가운데 흥보 관련 삽화 중 특히 골계적 장면을 중요시한 것, 경판본 놀보박 대목의 놀보가 징벌을 당하는 모습을 받아들이면서도 박문서관본의 경우 특히 놀보가 당하는 모습을 확장하여 그 가학적 쾌감을 충족시키며 더 흥미롭게 서술하고 있는 것 등은 그 대중적 취향을 고려한 결과일 것이다.

또한 판소리 공연물의 경우 청중이 장면 단위의 창을 통해 표출되는 사설/음악을, 그것을 통해 떠올려지는 이면과 견주어보며 그 정황을 판단하게 되는 데 비해, 어디까지나 상대적인 관점이지만, 독서물의 경우 善惡의 대립과 그 결과로서의 보상/징벌이 독자들에게 어느 정도는 선명히 전달될 필요가 있었을 수 있다. 그렇게 함으로써, 대중에 더 가까이 다가갈 수 있다고 보았을 것이다. 앞서 살폈듯, 구활자본 <흥부전>들에서는 인물, 사건, 상황 설정면에서 흥보의 긍정적인 면모와 놀보의 부정적인 면모 및 그에 대한 보상과 징벌의 측면을 강화하였다. 애초에 <흥부전>은 설화적 차원의 선악 및 빈부 대립 문제에다 당시 부상하는 계층과 몰락해가는 계층의 사회적 위상/신분 문제 및 경제적 가치관의 문제를 중첩시켜 입체적으로 조명해갔던 작품이다. 하지만 구활자본들에서는 다시 선악 대립에 더 비중을 두어 인물 심성의 문제를 더 부각시키고 있는 바, 이는 놀보를 명확히 악인으로 규정하면서 인물 평가 관련 논란을 줄이는 결과가 되었다. 이에 따라 작품의 이면적 주제보다는 표면적 주제가 부각된 셈이 되었다. 선악의 분명한 대립과 흥미 유발을 통한 뒷받침 및 심성 차원의 보편 윤리 강조는 대개 대중성의 주요 요소들이다. 최남선이, 선악 대립이 상대적

대소설사의 시각』, 소명출판, 1999, 231-232쪽 참조.

으로 더 잘 나타나며 놀보의 악인 형상이 비교적 뚜렷한 경판본을 그대로 가져와 신문관에서 간행한 것도 이러한 수용 맥락에 대한 고려가 있었을 것이다. 이해조가 <연의각>을 연재하려 하면서 "ᄎᆞ호브터ᄂᆞᆫ, 박타령(燕의脚)을, 산명개ᄌᆞᆨᄒᆞᆯ 터인ᄃᆡ, 춘향가의 취지ᄂᆞᆫ, 렬힝을 취ᄒᆞ얏고, 심청가의 취지ᄂᆞᆫ, 효힝을 취ᄒᆞ얏고, 이번에 개ᄌᆞᆨᄒᆞᄂᆞᆫ, 박타령은, 형뎨의 우ᄋᆡ를, 권쟝ᄒᆞ기 위ᄒᆞᆷ이니"[29]라 한 것도 유사한 맥락 하의 언술이 아닌가 한다. 물론 교화와 흥미, 곧 계몽성과 대중성은 태생상 소설이 지니던 두 짝이다. 다만 당시 여러 가지 여건으로 인해 계몽적 내용의 빈 자리에 孝, 烈, 友 등 전통 윤리를 내세울 필요가 있었던 것이다. 이는 1910년대 가정을 주요 공간으로 삼은 당시 소설들의 특성이기도 했다.

하지만 그러한 가운데에서도 되새겨야 할 점은 있다. 앞서 살핀 것처럼 박문서관본 결말 부분에서는 패망한 악인 놀보를 포용하고 있으면서도 후일담을 거론하면서까지 굳이 흥보의 德을 요란하게 찬양하고 있었다. 악인 놀보를 이렇게 포용할 가치가 있는가 하는 문제와 별도로 흥보의 도덕성은 높이 평가받아야 한다는 관점의 소산이다. 이는 타자에 대한 배려와 관심을 환기하는 의도로 읽을 수 있다. 이와 더불어, 생계를 위해 힘겨운 분투를 하는 흥보를 주변 이웃들이 도와주는 일련의 사건 설정 역시 음미할 사안이다. 그것은 이웃의 불행을 공동체적 시각에서 수용하는 일, 또는 타자에 대한 배려가 여전히 근대 이후에도 필요한 가치임을 뜻하고 있기 때문이다. 당대 신문에 선행, 자선 관련 기사가 실려 이런 일들이 공공연히 권장되기도 했던 일과 관련지어 볼 수 있는 것이다.[30]

---

29) 『每日申報』 1912. 4. 27일자(http://www.mediagaon.or.kr 기사 참조).

30) 이와 비슷한 착안 하에 당시 <연의각> 연재시 『매일신보』 경제 기사들을 살펴 관련지

5. 맺음말

이 글은 <흥보가> 및 <흥부전> 전승 양상을 살펴보기 위한 한 작업으로, 구활자본 <흥부전>의 서사적 특성과 그 당대적 수용 맥락을 살피는 것을 목적으로 하였다. 대상 텍스트는 신구서림본 <연의각>, 신문관본 <흥부젼>, 박문서관본 <흥보젼> 등이다. 이 세 구활자본들을 대상으로 하여 우선 각 이본들에 대한 기본 지식을 점검한 후 서사적 공통점에 초점을 맞추어 서로 비교해 보았다.

이 세 이본들 중 특히 신구서림본 <연의각>과 박문서관본 <흥보젼>을 중요시하여 공통 단락 내지 유사 삽화를 추출하여 살피고 그 서사적 특성을 추출해 본 결과 다음 사항들을 알 수 있었다. 먼저 공통되는 흥보 관련 삽화를 통해 볼 때, 심각한 가난으로 인해 갖은 품팔이를 해야 하는 흥보의 처지와 그의 힘겨운 노력을 형상화하면서 이웃의 도움도 함께 그려내고 있음을 알 수 있었다. 놀보의 경우는 여타 이본에 비해 상대적으로 부정적 형상을 강화하였으며 놀보박 대목에서는 그러한 놀보의 몰락을 가학적 쾌감을 의도하며 흥미롭게 그려내고 있었다. 다만 그러한 놀보라 하더라도 결국에는 포용되는 것으로 결말짓고 있었다.

이러한 특성을 근거로 하여 20세기초 구활자본 <흥부전>들의 수용 맥락을 추론해 보았다. 이들 특성은 구활자본 <흥부전>이 연행물이 아닌 독서물, 특히 당대 소설본 소통과 같은 자리에 놓이게 됨으로써 나타난 것들로 보아야 했다. 당시는 일제의 서적·언론계 탄압이 강화되어 가면서 계몽 담론을 표면화하기 어려운 상황이었다. 이때 서적계

은 논의로는 최기숙, 「자선과 저금: 『매일신보』 '경제' 기사의 문화사적 지형과 <연의각> 연재의 맥락」, 『고전문학연구』 46, 한국고전문학회, 2014 참조.

의 현실 타개책은 대중성을 띤 구활자본 소설들을 출판하는 일이었다. 구활자본 <흥부전>들에서 흥보 관련 골계적 삽화와 놀보의 패망이 담긴 놀보박 대목을 흥미롭게 그린 것과, 흥보의 힘겨운 노력을 부각하고 놀보의 부정적 형상을 강화함으로써 선악의 대립을 더 선명히 부각시킨 것은 이와 관련된다고 보았다. <흥부전>과 같은 판소리계 소설의 표면적 주제가 계몽의 빈 자리를 메꾸어줄 수 있으리라는 저작자의 의도도 개입되었을 것이다. 하지만 그 가운데에서도 부정적 인물 놀보를 바른 길로 이끄는 흥보의 어진 덕은 전통적 가치이면서도 타자에 대한 배려의 측면에서 당대에도 여전히 유효한 가치로 평가될 수 있었으리라 본다. 흥보가 힘들 때 도와준 이웃들의 행위 역시 마찬가지였을 것이다.

이 글은 <흥부전> 작품 세계의 전개에 있어 구활자본 <흥부전>의 위상을 살피는 데 일차적인 목적이 있었던 글이다. 이를 통해 <흥부전> 근대적 수용의 한 면모를 제시해 본 것이다. 실은 <흥부전>의 후대적 계승 및 담론적 활용의 문제는 당대 신소설을 포함한 더 많은 작품들을 검토하고 또한 당대 논의들을 더 살핀 후에야 본격적 탐색이 가능할 것이다.

제 2 장

<연의각>*

1. 머리말

주지하다시피 李海朝는 신소설의 작가이다. 그런 그가 일련의 판소리계 작품들을 『매일신보』에 연재하였다. <獄中花>, <江上蓮>, <燕의脚>, <兎의肝> 등이 그것들이다. 이 중 <獄中花>는 朴起弘調 <春香歌>를, <江上蓮>과 <燕의脚>은 沈正淳의 口述을, <兎의肝>은 심정순과 郭昌基의 口述을 토대로 한 것이라 밝히고 있다.

이들 중 <강상련>의 경우, 어느 계통의 것인가 하는 논란은 있지만, 거의 판소리 창본의 轉寫本으로 인정받고 있으며,[1] <옥중화>도 조합본이 아닌, 朴基洪이 불렀던 <춘향가>의 전사본을 토대로 한 것이라

---

* 이 글은 『개신어문연구』 24(개신어문학회, 2006)에 실린 「<연의각>의 계통과 성격」을 기초로 하여 3장을 새로이 첨가하였으며 그 외 부분 수정을 가한 글이다.

1) 송혜진, 「심정순창 심청가의 장단구성특징」, 『정신문화연구』 34, 1988에서 이러한 작업을 시도했다. 다만 그 계통에 대해 송혜진은 중고제라 하였으나 유영대, 『심청전 연구』, 문학아카데미사, 1991, 101쪽에서는 유보적 태도를 취했다.

여겨지고 있다.[2] 이러한 논의들의 기본 입장은 이해조의 역할이 최소한의 것에 국한되리라는 것과, 이해조가 토대로 한 텍스트가 실제의 창본이었음을 전제로 하고 있다는 것이다. 하지만 <연의각>은 아직 판소리 창본의 전사본인지 이해조의 개작본인지 혹은 편집본인지 하는 문제가 본격적으로 거론된 바 없다. 다만 "沈正淳이란 廣大의 唱本을 臺本으로 하였으면서 얼마 가필하지 않고 그대로 轉寫하다시피 한"[3] 것이라는 견해와, 플롯 위주로 짜여 있지 더늠 위주로 짜인 것이 아니므로 판소리 창본이 아니라는 견해[4]가 검증 작업 없이 대립적으로 제기되어 있을 뿐이다.

그런데 문제는 <연의각>의 경우 판소리 창본과의 친연성 여부, 다시 말해 실제 전승 바디와 일치하느냐의 여부를 논증하기가 어렵다는 데 있다. 현재 전하는 <흥보가>는 동, 서편제의 소리 및 둘이 섞여 있는 소리, 그리고 동초제 등으로 대별해 볼 수 있다고 한다.[5] 하지만 그 사설이 <연의각>과는 많이 차이가 나기 때문에 비교 작업을 통해서는 이러한 논증 작업이 쉽지 않다는 것이다. 따라서 우선 제한된 자료를 통해서나마 <연의각>의 계통을 추정하는 것이 선결 작업으로 등장한다. 이 작업을 기초로 하여 과연 <연의각>이 창본의 전사본인가 아닌가 하는, 텍스트 성격의 문제를 살필 수 있을 것이다. 본고는 이상의 작업을 토대로 하여 <연의각>의 이본사적 위상을 드러내고자 한

2) 김종철, 「옥중화(獄中花) 연구(1)-이해조 개작에 대한 재론-」, 『관악어문연구』 20, 서울대 국어국문학과, 1995 참조. 김현양, 「「옥중화」의 계보」, 『동방고전문학연구』 1, 동방고전문학회, 1999도 유사한 관점에 서 있기는 하나 이해조의 개작 의식이 텍스트에 개입되었을 가능성을 인정해야 한다고 보고 있다.

3) 윤용식, 「신재효 판소리 사설과 이해조 판소리계 작품과의 비교연구」, 서울대 석사학위논문, 1982, 126면.

4) 배연형, 「전통음악을 근대공연예술로 발전시킨 심정순명창」, 『객석』, 1990.5, 289쪽.

5) 최동현, 「<흥보가>의 전승 과정과 창자」, 『판소리 동편제 연구』(최동현 · 유영대 편), 태학사, 1998, 166-170쪽 참조.

다.[6] 이를 위해서는 <연의각> 앞부분에 제시된 "名唱 沈正淳 口述 解觀子 刪正"의 의미를 반드시 짚고 넘어가야 할 것이다. 이에 대해서는 본 논의 후반부에서 다루기로 한다.

2. <연의각>의 계통

<연의각>[7]의 계통을 명확히 밝혀내는 것은 불가능하다. <흥보가(전)>의 여러 이본들과의 비교를 통해 사설의 동이점을 찾아보는 정도의 작업이 가능할 뿐이다. 이 작업을 통해 우선적으로 지적할 수 있는 것은 <연의각>이 신재효본이나 현전 창본쪽보다는 경판본 <흥부전> 쪽에 상대적으로 더 가깝다는 점이다.

첫째, <연의각>에서는 도승이 등장하지 않는데 이 점이 경판본과 같다. 현전 창본들은 동서편을 막론하고 도승이 등장하여 명당터를 잡아주는 것으로 되어 있다. 도승 등장 여부는 <흥보가(전)> 이본들의 계통을 판별하는 중요한 기준이다. 도승이 등장하지 않을 경우 흥보가 부자가 된 직접적인 원인은 제비 다리를 고쳐주었다는 데 있으며 그때 작품의 초점은 흥보의 선행과 이에 대한 제비의 보응에 놓이게 된다. 반면 도승이 등장할 경우는 초월적인 세계가 이중으로 작용하게

6) 필자는 「<흥부전>의 전승양상」, 『흥부전 연구』, 월인, 2003에서 <흥보가(전)> 이본들을 검토한 후 <흥보가(전)>이 크게는 唱 전승 우위의 양상과 기록 전승 우위의 양상으로 대별된다고 본 바 있다. 이때 <연의각>에 대한 논의는, <흥부전> 이본이 더 발견된 후 착수해야 할 것 같아 미루어 두었으나, 더 이상 특별한 이본이 발견되지 않아 중간단계의 것을 여기 정리해서 제출하고자 한다.

7) 그 텍스트로는 『매일신보』(1912년 4월 29일-6월 7일)에 연재된 것을 택한다. 필자가 살핀 영인본의 글자를 판독하기 어려울 경우는 김진영 외, 『흥부전 전집』 1, 박이정, 1997의 것을 활용했다.

되어 흥보의 부 성취의 원인이 다소 모호해진다. 부 성취의 직접적인 원인이 도승의 명당터 점지에 있을 수도 있고 제비 다리를 고쳐 준 데 있을 수도 있다고 볼 때, 제비의 도움은 그렇다 치더라도 도승의 도움으로 인해 부자가 될 필연적인 근거는 작품 어디에서도 찾을 수 없기 때문이다.[8] 주지하다시피 도승 삽화는 <흥보가>의 역사에 있어 비교적 후대에 첨가된 것이다.[9]

둘째, <연의각>에서는 쫓겨난 흥보가 묘막으로 가서 지내다가 다른 곳에 수숫대로 집을 짓는 것으로 설정되어 있는데 이것 역시 경판본과 상통한다. 경판본에서처럼 <연의각>에서도 집 안에 누우면 발목이 문 밖으로 튀어 나오고, 일어서면 머리가 지붕 위로 나오기도 하는 등 수숫대 집에 대한 골계적 묘사가 발견되고 있는 것이다. 이 부분은 흥보가 처한 극단적인 빈곤상을 알려 주는 긴요한 부분으로서, 이선유 창본과 김창환 바디의 창본에 그 흔적이 남아 있는 것으로 보아 분명히 특정 시기의 <흥보가>에서는 불리었던 부분이다. 현전 창본들에서는 쫓겨난 흥보가 여기저기 전전하다 복덕촌의 어떤 빈 집에 정착하는 것으로 그려지고 있을 뿐이다.

셋째, <연의각>에서는 나라에서 죄인 방송령이 내려 흥보가 매품을 파는 데 실패하는 것으로 처리되어 있는데, 이 점 역시 경판본과 같다. 신재효본의 경우는 순서상으로 밀리어 매품을 못 파는 것으로 되어 있고 현전 창본에서는 대체로 발등걸이를 당하는 것으로 설정된다.

넷째, <연의각>에서는 흥보가 매품 파는 데 실패한 후 김동지댁에서 짚을 얻어와 짚을 삼는 품팔이가 등장하는 점이, 매품을 팔려 하기

8) 정충권, 「경판 <흥부전>과 신재효 <박타령>의 비교」, 앞의 책 참조.

9) 신재효본 <박타령>에서도 도승은 등장한다. 그러나 1853년에 최초 필사된 것으로 보이는 하버드大 연경도서관본 <흥보전>에서도 도승이 등장하지 않는다. 이로 미루어 볼 때, 도승 등장 삽화는 19세기 중엽 이후 <흥보가(전)>에서 나타났던 것 같다.

전에 나타나기는 하지만, 경판본의 경우와 상통한다. 이 삽화는 필사본들에서는 더러 발견되나 현전 창본 중 어느것에서도 발견되지 않는 삽화로서 <연의각>과 경판본 <흥부전>이 어느 정도의 친연성을 지닌다는 중요한 증거이다.

다섯째, 놀보박사설에 등장하는 군상들이 경판본의 경우와 유사하다. <연의각>의 놀보박사설에 등장하는 군상들과 경판본의 그것들을 비교해 보면 다음과 같다.

○<연의각> : ①옛 상전, ②선물 배자 받으러 온 사람, ③무당, ④상여, ⑤초란이패, ⑥사당·거사, ⑦왈자, ⑧장비

○경판본 <흥부전> : ①ᄀᆡ야고ᄌᆞ이, ②노승, ③상여, ④무당, ⑤짐군, ⑥초란이패, ⑦옛 상전, ⑧사당・거사, ⑨왈자, ⑩소경, ⑪장비, ⑫국 끓여먹음, ⑬똥

옛 상전, 무당, 상여, 초란이패, 사당・거사, 왈자, 장비 등 일곱 박의 내용물들이 공통된다. 게다가 <연의각>에서는 따로 박을 타는 것으로 설정하지는 않았지만 박국을 끓여 먹는다든지 장비가 똥물 한 그릇을 놀보에게 퍼 먹인다든지 하는 삽화가 더 있는데, 이들까지 포함한다면 아홉 개의 박에서 나온 내용물들이 거의 같은 것이 된다.

이외에도 세부적으로는 품팔이사설이 있다든지 정체확인사설이 장황히 불린다든지 흥보가 아내를 위로하는 사설이 있다든지 하는 등의 공통점이 더 있지만 이들은 이 두 이본만의 공통점이라 볼 수는 없으므로 굳이 언급하지 않겠다. 이 정도로도 <연의각>은 경판본과 어느 정도의 친연성을 지닌 이본임이 충분히 짐작될 수 있으리라 본다.

하지만 그렇다고 해서 <연의각>을 경판본 <흥부전>과 같은 계통

의 이본이라 단정지을 수는 없다. <연의각>에는 경판본과 다른 점도 적잖이 발견되기 때문이다. 예컨대 <연의각>에는, 경판본에는 없는 돈타령, 제비노정기, 주안상사설, 화초장사설 등이 발견된다. 이들은 모두 현전 창본에서 불리는 사설들이다. 게다가 현전 창본에서 공히 전승하고 있는 다음 삽화도 <연의각>에는 있다.

> ▲자진모리
> (…) ᄋᆡ고 여보 형슈씨, 이 동ᄉᆡᆼ 좀 살녀쥬오
> 와락 쒸여 드러가니, 이 년 ᄯᅩ한 몹슬 년이라
> 남녀가 유별ᄒᆞᆫᄃᆡ, 엇의를 드러오노
> ᄒᆞ며, 밥 푸던 쥬걱으로, 흥보의 말은 ᄲᆞᆷ을 직ᄭᅳᆫ ᄯᆡ려노니, 흥보가 그 ᄲᆞᆷ 한 번을 마즌즉, 두 눈 사이에셔, 불이 확ᄭᅳᆫ 나고, 졍신이 휘돌다가, ᄲᆞᆷ을 슬몃이 만져 보니 밥이, 볼ᄯᅡ귀에 뭇엇다가, 손에 만져 뵈이며 밥ᄂᆡ가, 코으로 드러오니, 흥보 ᄒᆞᄂᆞᆫ 말이
> 형슈씨ᄂᆞᆫ ᄲᅣᆷ을 쳐도, 먹여 가며 치니, 곰압소, 이 ᄶᅡᆨ ᄲᅣᆷ 마져 쳐 쥬오, 밥 좀 만히 붓게 쳐 쥬시오, 그 밥 갓다가, ᄋᆞ희들 구경이나 식이겟소
> 이 몹슬 년이, 밥쥬걱을 놋코, 부지ᄶᅡᆼ이로 흥보를 ᄯᅵ려 노으니, 흥보가, ᄆᆡ만 잔ᄉᆞ득 맛고, ᄌᆞ긔 집으로 도라오며, 신세ᄌᆞ탄 울음 운다
> (『매일신보』 1912년 5월 5일-5월 7일)

이 삽화는 연구자에 따라서는, 바로 이 <연의각>에서 비롯된 것으로 보기도 한다.[10] 하지만 그 결정적인 근거는 찾을 수 없다. 심정순이 부르던 실제 바디에서 이렇게 불리었을 수도 있기 때문이다. 20세기 이후에 접어들면 유파를 막론하고 좋은 사설이 있으면 따오기도

10) 김창진, 「흥부전의 이본과 구성 연구」, 경희대 박사학위논문, 1991, 213쪽.

했던 판소리 창자들의 습성을 염두에 둔다면 <연의각>의 母本 사설로부터 동편제 <흥보가> 창자들이 수용한 것일 수도 있는 것이다.

<연의각>은 이처럼 현전 창본과 유사한 점이 있으면서도 인물 형상의 측면에서 볼 때에는 차이점이 발견된다. 송만갑 바디 박봉술 창본의 경우, 쫓기어난 흥보가 품을 팔려고 하기는커녕 어느 곳에서도 정착하지 못하고 처를 구박하기까지 하는 것으로 설정된다. 그 가난을 견디다 못하여 흥보처가 자살을 시도하기도 한다. 그러나 <연의각>의 흥보는 각종 품을 팔기도 하고 또한 도저히 헤어날 길 없는 가난 속에서도 아내를 위로한다. 흥보의 형상이 현전 창본만큼 일그러져 있지는 않은 것이다. 반면 놀보의 경우는, 후술하겠지만, 현전 창본과 비교해 볼 때 더 심술궂게 그려지고 있다. 흥보를 때릴 때 마당쇠까지 때리는가 하면 부자가 된 흥보의 집에서 칼로 장판을 긋고 가래침을 뱉기도 한다. 이러한 인물 형상은 현전 창본과는 다른 모습이다.

결국 <연의각>은 경판본 계통의 이본과 공통되는 내용이 발견되는 한편, 경판본에는 없으면서 현전 창본에서는 불리고 있는 사설들을 보유하고 있되, 현전 창본과는 약간 다른 인물 형상을 그려놓고 있는 이본이라 할 수 있다. 특히 신재효본 <박타령>과는 직접적인 교섭의 양상이 발견되지 않는다. 따라서 만약 <연의각>이 실제 심정순의 창본이라면 이는 현전하는 동·서편제와는 다른 계통의 창본일 것이며,[11] 기록 정착본이라 하더라도 경판본과는 다른 계통의 이본일 것이다. 현

11) 여기서 심정순이 충청도 출신이며 中古制에 속하는 인물이라는 점을 상기할 필요가 있다. 사실 심정순은 정노식의 『조선창극사』에서도 나와 있지 않은 인물이지만 실은 장안사의 단장으로서 한 극단을 이끌던 주요한 인물이다. 심정순은 송혜진에 의해 中古制에 속하는 인물임이 알려졌고 근래에는 이 점이 더욱 명확해졌다(배연형, 「판소리 중고제론」, 『판소리연구』 5, 판소리학회, 1994). 근래 최혜진, 「심정순 창본 <흥보가>의 판소리적 특징과 의미」, 『비교민속학』 52, 비교민속학회, 2013에서 이 문제를 자세히 다루어 참조가 된다.

재로서는 <연의각>은 경판본과 현전 창본과는 다른 제3 계열의 이본이라 규정할 수밖에 없다고 본다.

3. 題名, 姓氏와 <연의각>

그렇다면 이해조는 왜 <흥보가(전)> 혹은 <박타령>을 <연의각>이라는 제명으로 고쳤으며, 등장인물에게 '연씨' 성을 부여했는가. 이 점들에 대해 여기서 알아보기로 한다.

1) 題名의 변화

이해조 신문 연재본에서는 기존 판소리계 작품을 산정하면서 <옥중화>, <강상련>, <토의간> 등 새로운 제명을 사용하였다. <흥부전>에도 <연의각>이라는 새로운 제명을 부여했음 물론이다. 이해조 이후 기존 고소설 작품을 활자본으로 출간하면서 이처럼 새로운 제명을 부여하는 일은 점차 당시 출판 문화의 관례로 자리잡아 갔다.

19세기 <흥부전>은 <흥보(부)가>/<흥보(부)전>[12]과 <匏打令>/<박타령> 등 제명이 병용되었었다. '-타령'이 민속예능적 성격의 명칭이라면 '-가'는 공연예술적 성격의 명칭이다. 이 둘이 병용되었음은, 공연예술적 성격을 획득한 이후까지 그 이전의 명칭이 사용된 데 말미암았을 것이다.[13] 그리고 주인공의 이름을 내세운 제명과 사건 전개상

12) 내제명으로 <놀보흥부가라>(김진영 46장본)를 쓴 경우도 있기는 하다.

13) 서종문은 "아직 口碑歌唱物의 존재양태에서 그리 벗어나지 못하고 있었던 판소리가 유식한 판소리 애호가들의 영향을 받아서 점차 公演歌唱演藝物로 세련되어 가면서 '-打令'에서 '-歌'로 인식되기에 이르렀다는 뜻"으로 본다. 서종문, 「'-歌'와 '-打令'의 問題」,

제비가 준 박씨로 인해 흥보가 부자가 되고 놀보가 망하는 후반부를 중시한 제명이 함께 쓰인 데 말미암았을 수도 있다.

그런데 이해조는 이에다 <燕의脚>이라는 새로운 제명을 부가했다. 왜 그랬을까. 그것은 일차적으로는 신소설식의 제명 관습을 그대로 가져 왔기 때문이다. 이인직의 <혈의누>, 이해조의 <화의혈> 등을 상기하면 충분할 것이다.

또한 燕의 脚 곧 제비 다리는 <흥부전> 사건 전개에 있어 결정적인 전환의 계기가 되는 매개물이자 가장 인상적인 화소이기 때문이었을 것이다.[14] 이를 내세워 신소설식의 제명을 삼은 것은 근대 작가 이해조 다운 발상이었다고 생각한다. 낯익은 고전 작품임에도 불구하고 새로운 제명을 통해 당시 독자들에게 새롭게 다가가려는 의도가 배어 있었다고 볼 수 있다. 이 제명이 구활자본에까지 이어진 것이다.

판소리계 소설의 경우 이해조가 시도한, 기존 작품을 구활자본으로 출간하면서 새로운 제명을 내세우는 것은 점차 일종의 출판 문화로 유행해 갔다. <흥부전>의 경우는 오히려 여타 작품에 비해 새로이 붙여진 제명이 적은 편이다. <춘향전>의 경우, 작품 내용상 큰 변화 없이 간행하면서 <옥중가인>, <신옥중가인>, <증상연예옥중가인>, <만고열녀춘향전>, <연정옥중화>, <원본광한루기> 등의 제명을 내세운 구활자본들이 보인다.

그러한 식의 제명 바꾸기는 당시 극장가에서 판소리 및 창극으로

『국어교육연구』 15, 국어교육학회, 1983, 45-46쪽 참조.

14) <옥중화>, <강상련>, <토의간>도 마찬가지이다. 다만 <강상련>의 제명에 대해서는 이문성, 「≪매일신보≫에 연재된 이해조 산정 <강상련>의 특징과 의미」, 『판소리연구』 32, 판소리학회, 2011, 223쪽의 언급을 참조할 수 있다. 그에 따르면 이해조가 <江上蓮>이라는 제명을 붙인 것은 綱常의 道인 孝를 실천하고자 목숨을 걸고 물에 빠졌다가 물 밖으로 살아 돌아온 심청의 이야기임을 담고자 했기 때문이라 하였다.

공연될 때에도 이어졌던 것 같다.

<光武臺>

-舊劇 : 구극(17회) / 춘향가(33회), 옥중화(10회), 어사출도(12회), 개량 춘향가(1회), 어사순찰광경(1회), 암행어사시찰(1회), 농부가(3회), 심청가(29회), 연의각(1회), 박타령(18회), 개량 제비타령(1회), 장자고분지탄(19회), 백상서타령(5회), 효자소설(6회)

-판소리 : 판소리(73회), 병창 판소리(14회) / 사랑가(18회), 병창 사랑가(6회), 이별가(4회), 춘향가(1회), 심청가(2회), 농부가(1회), 중타령(3회)

-戲 : 방자노름(4회), 이도령노름(1회), 흥부노름(2회), 기생노름(1회), 무당노리(1회), 무당노름(15회), 땅재주(78회), 장님노름(12회), 우숨거리(9회), 소극(2회), 줄타는 재주(47회), 줄노름(1회), 탈노름(1회), 재담(1회), 담배장사(15회)[15]

<흥부전>만 하더라도 <흥보가>, <흥부전>, <박타령>, <연의각> 외에 <개량제비타령>, <흥부노름> 등의 제명들이 더 발견된다. 이처럼 새로운 제명을 덧붙임으로써 독자, 관객으로 하여금 익숙한 내용을 새롭게 느끼게 하고 다른 이본과의 차별성을 부각시키고자 했던 것이다. 이러한 <연의각>을 시작으로 <흥부전>도 근대적 소통 속에 놓이게 되었던 것이다.

---

15) 정충권, 「1900~1910년대 극장무대 전통공연물의 공연양상 연구」, 『판소리연구』 16, 판소리학회, 2003, 256쪽의 것 중 필요한 것만 따옴.

2) 姓氏의 변화

이해조가 흥보에게 '燕'이라는 姓을 부여한 것도 이러한 맥락에서 이해할 수 있다. 원 <흥부전>의 흥보와 놀보에게는 성씨가 없었다. 그러다 점차 '박'씨 성이 덧붙게 되었는데, 이해조는 심정순 구술본을 산정하면서 '박'씨를 '연'씨로 바꾸어 놓았다. '연'씨 성의 부여는, 그가 작품 제명을 <연의각>이라고 한 것과 조응시키고자 했기 때문일 가능성이 높다. 제명을 새롭게 붙인 것처럼 흥보에게 새로운 성씨를 부가함으로써 독자로 하여금 낯익은 작품을 새롭게 느끼게 하고 여타 이본과의 차별성을 부여하려는 의도에 따른 것이 아닐까 한다. 흥보에게 부여된 연씨 성은 <연의각>이라는 제명의 구활자본들은 물론, 경판본과 <연의각>을 주요 저본으로 하여 새로운 텍스트로 만들어진 박문서관본에까지 이어진다. 그 결과 신문관본을 제외한 구활자본들의 흥보는 대부분 연씨 성을 지니게 되었다.

흥보의 성씨 변화에 대해 조금 더 자세히 알아 보기로 한다. 앞서 언급했듯 18세기에 형성되었을 것으로 보이는 원 <흥보가>에서는 흥보와 놀보의 성씨에 대한 언급이 없었을 것이다. 만약 실제 사건을 모델로 하여 작자가 <흥부전> 이야기를 형성시킨 것이라면 성씨가 언급되었을 법하다. 그런데 흥보, 놀보식의 이름은 먹보, 떡보, 울보와 같이 인물의 특징을 부각시킨 민담적 작명에 따른 것이다. 가문이나 혈통에 그리 큰 가치를 부여하지 않는 하층민적 사고의 반영인 것이다.[16] 이는 <흥부전> 이야기의 근원이 민담에 있음을 입증하는 한 증거이다. 현전 이본 중 가장 오랜 것으로 여겨지는 경판본과 연경도서관본에서 흥보의 성에 대한 언급이 없는 것도 이 때문이다.[17]

16) 서대석, 「흥부전의 민담적 고찰」, 『흥부전연구』(인권환 편저), 집문당, 1991, 51쪽 참조.

그러다 신재효본에 와서 '朴'씨 성이 부여되며 그것이 창본 <흥보가>에까지 이어져 오늘날에 이르고 있다. 아니면 창본 <흥보가>에서 박씨 성이 부여되었었는데 이를 신재효가 받아들였을 수도 있다.

흥보에게 성이 부여된 것은 판소리계 작품이 당대 사회 변동을 민감하게 담아내어 간 결과이다. 흥보는 형에게 쫓겨난 후 극빈자로 살아간다. 농사 지을 땅도 없고 장사할 밑천도 없어 그저 품팔이만 할 수 있을 뿐이었는데, 그나마 아무리 품을 팔아도 아이들을 먹여살릴 방도가 없었던 것이다. 매품팔이조차도 결국에는 실패하고 만다. 이러한 흥보의 모습에는 당시 자신의 농토로부터 유리되어 떠돌던 농민들의 형상이 담겨 있다. 그들의 가난은 아무리 노력해도 벗어날 수 없는 팔자와 같은 것이었다.

그런데 이러한 흥보에 점차 양반의 형상이 추가되어 간다. 그 첫째 이유는 조선 후기의 사회적 변동이 작품에 반영되었기 때문이다. 양반들 중에는 생계 수단을 갖지 못하고 또한 벼슬길에도 나가지 못해 이름만 양반이지 실은 극빈자나 마찬가지의 상태에 놓인 이들도 실제로 나타났던 것이다. 청중/독자의 암묵적 동의 하에, <흥보가>의 작가는 이들 당대 몰락 양반의 형상을 흥보에게 덧입혀 갔다. 농민보다는 양반이 심각한 빈곤상에 놓이는 것이 더 흥미롭다고 보았을 것이다. 그에 따라, 현실 대응력을 잃어버렸으면서도 양반적 자의식을 유지하고자 하는 양반 흥보의 모습이 강하게 풍자된다. 하지만 그 속에는 선하고 학식 있는 흥보가 가난하게 살 수밖에 없는 심각한 사회 모순도 비판된다.

둘째, 흥보에게 성씨가 부여되어 간 것은, 점차 사회적으로 혈통의

---

17) 흥보 놀보의 姓에 관한 논의는 김창진, 「<흥부전> 발상지의 문헌적 고증–<흥부전>의 발상지를 찾아서 (1)–」, 『고소설연구』 1, 한국고소설학회, 1995 참조.

중시하는 양반적 사고가 널리 퍼져 나갔고, 하층의 위상이 격상되면서 저마다 성씨를 갖는 것이 자연스러워지게 된 것 등과도 관계가 있을 것이다.

흥보의 양반 형상은 후대 이본으로 갈수록 점차 강화된다. 다음은 현전 창본 중 하나에서 인용한 것인데, 아예 밑줄친 부분처럼 潘南 朴氏라는 본관까지 부여되고 있다.

> (아니리) 별안간 걱정이 하나 생겼것다. “환사 호방하고, 인사할 일이 걱정이여. 하쇼를 하자니 나는 반남 박가 양반인듸 내가 아식 밑지겄고, 하소를 하자니 저 사람들이 듣기 싫어할 것이요, 이 일을 어쩌꼬” 하고 내려가다가 제 손수 자다 꿈깨듯 허것다. “옳다, 생각했다. 내가 웃음으로 좀 따져 볼밖으” 질청 안을 썩 들어서니 아전들이 우 일어나며, “아니, 이거여 박생원 아니시오?” “헤헤헤헤, 알아맞혔구만 알아맞혀. 거 늬 아이락하듸? 환사 호방 다 댁내가 평안하시고? 헤헤헤.”, “예, 우리야 다 편소마는. 박생원 백씨장 기운 안녕하시요?” “헤헤헤, 우리 형님이야 여전하시제, 헤헤헤헤헤.”, “아니, 박생원 어찌 오셨소?” (…) (박봉술 창 <흥보가>)[18]

환자를 빌러 가면서 명색이 양반인데 중인인 호방에게 말을 높여야 할지 낮추어야 할지 고민하는 부분이다. 결국 대충 얼버무리고 만다. 호방도 흥보를 박생원이라 부르고 있다. 生員은 애초에는 소과인 생원과에 합격한 사람을 부르던 칭호였다. 연씨로 설정된 <연의각>에서는 생원과 서방 호칭이 함께 쓰인다.

> (리) 이 고을 김부쟈를 언의 놈이 영문에 무소을 ᄒᆞ야 김부쟈를 압

18) 김진영 외, 『흥부전 전집』 1, 박이정, 1997, 589쪽.

> 샹 관ᄌᆞ가 왓ᄂᆞᆫᄃᆡ 김부쟈ᄂᆞᆫ 맛츰 병이 나고 친쳑도 바이 업셔 ᄃᆡ신가 리 업셔 나를 보고 그 의론을 ᄒᆞ니 연싱원이 김부쟈의 ᄃᆡ신 영문에 가셔 ᄆᆡ를 마즈면 그 삭으로 돈 삼ᄇᆡᆨ 량 줄 터이니 그 돈 삼ᄇᆡᆨ 량은 예셔 환을 ᄃᆡ여 쥴 것이니 영문에 가 ᄆᆡ를 대신 맛고 오ᄂᆞᆫ 것이 연싱원 ᄆᆞᄋᆞᆷ에 엇더하시오 (<연의각>)[19]

> 이리ᄒᆞ며 츔을 츌 제 김부쟈의 족하가 지나가다가
> 연서방 집에 잇나
> 흥보 나오며
> (흥) 어 – 집에 잇네
> (김) ᄌᆞ네가 쥬린 사ᄅᆞᆷ이 영문에 가셔 그 ᄆᆡ를 맛고 엇지 단여왓나 (<연의각>)[20]

앞의 것에서는 연생원으로, 뒤의 것에서는 연서방으로 호칭되고 있다. 상대와의 관계에 따라 이러한 호칭은 달라지는 것이 관례이기는 하나 그보다는 흥보에게 양반적 형상과 서민적 형상이 공존하기 때문이라 보는 것이 더 타당할 것이다. <연의각>보다 후대 이본인 박문서관본 <흥부젼>에서는 <연의각>의 위 해당 대목들을 가져 오면서 모두 '연생원'으로 고쳐 놓고 있다. 다만 구활자본 이본들에서 연씨의 본관까지 밝혀 놓은 경우는 아직 찾지 못하였다.

이상으로 살핀 것처럼 현전 창본과 몇몇 필사본들에서는 흥보에게 '박'씨 성이 부여되는 경우가 많고, 구활자본 <흥부전>들에서는 대부분 '연'씨 성이 부여되고 있다. 박씨라는 성씨가 부여된 이유는, 상식적으로 판단할 때 제비가 준 박의 씨로 인해 흥보가 부자가 되었다는

19) 위의 책, 81쪽.
20) 위의 책, 88쪽.

작품 속 설정 때문일 것이다. 반면 연씨 성은 흥보가 제비로 인해 부자가 되었음을 고려한 것인 한편, 앞서 언급한 것처럼 기존 텍스트와 달리 설정하려는 저작자의 의도에 기인한다고 본다.

두 가지 사항만 첨가하고자 한다. 하나는 <흥부전> 필사본 중에는 오영순본처럼 '장'씨로 설정된 경우도 있다는 것이다. 그 이유는 분명치 않다.[21] 다른 하나는 <흥부전>의 두 인물 중 대체로 흥보의 성씨 언급이 더 많다는 점이다. 흥보와 달리 놀보에게는 점차 양반 형상이 아닌, 천민 출신 부자의 형상이 덧붙여져 갔기 때문일 것이다.

4. <연의각>의 성격

1) 〈연의각〉 사설의 성격

<연의각>은 창본의 전사본인가, 아니면 기록 정착본인가. 이 문제에 대해 명확히 판단 내리기는 어렵다. 현전 창본과 <연의각>을 비교해 보면 오히려 차이점이 더 많이 발견되고 있으므로, <연의각> 사설과 현전 창본 사설을 비교하는 것 자체로는 이 문제를 해결할 수 없다. 따라서 일단은 <연의각> 사설을 <흥보가> 전승의 일반적인 특성에 견주어서 논의해 볼 필요가 있다. 이때 더늠과 單位辭說[22]은 주요 준거가 될 수 있을 것이다.

『조선창극사』에는 <흥보가>의 더늠[長處]으로 네 대목이 거론되어

21) '활'씨로 설정된 필사본 이본도 있다고 하나(김창진, 위의 글, 108쪽) 글자가 명확히 판독되지는 않는다.

22) 단위사설이란 기존의 삽입가요에 해당하는 용어로서 필자가 고안한 용어이다. 이 용어의 개념에 대해서는 정충권, 「판소리의 무가계 사설 연구」, 서울대 박사학위논문, 1999, 3쪽 참조.

있다. 權三得의 '놀보가 제비 후리러 나가는 대목', 文錫準과 金奉文의 '흥보 박타는 대목', 崔相俊의 '흥보가 놀보에게 매 맞는 대목', 金昌煥과 張判介의 '제비노정기' 등이 그것들이다.

이 중 덜렁제로 불리는, 권삼득의 더늠인 '놀보가 제비 후리러 가는 대목'은 비교적 오랜 전승 내력을 가진 더늠으로서 현재까지 전승된다. 그런데 <연의각>에서는 이 대목이 온전치 않다. 특히 '~ 제빈가 의심하고'사설이 발견되지 않는다. 중고제의 명창 이동백도 이 대목의 음반을 남기고 있다는 점을 상기해 볼 때 이는 <연의각>이 기왕의 <흥보가> 唱을 이었다고 보기 어렵게 하는 요인이 될 수 있다.[23] 그러나 <연의각>에 '놀보가 제비 후리러 가는 대목'이 전혀 없다고 볼 수는 없다. 곧 "놀보의 거동 보소 삭군 십여 명을 다리고 졔비 몰너 나간다 긴 막ᄃᆡ 둘너 메고 그물 ᄆᆡ져 두리쳐 메고 졔비 몰나 나간다 이리 가며 휘여 뎌리 가며 휘여"로 축약되어 있기는 하지만 분명히 발견되고 있는 것이다. 따라서 <연의각>의 창본적 성격을 완전히 부정할 수는 없을 것이다.

'놀보가 제비 후리러 가는 대목'의 경우와는 달리 '흥보 박타는 대목', '흥보가 놀보에게 매 맞는 대목'과 '제비노정기' 등은 비교적 온전히 전승되고 있다. 물론 그렇다고 해서 현재 전승 바디의 것과 사설이 완전히 같지는 않다. 하지만 더늠이란 애초에 사설쪽보다는 음악쪽이 우위에 놓이는 개념이므로 그 속에서 사설은 얼마든지 변이가 가능했을 것으로 추정된다.

또한 단위사설의 측면에서도 주요 사설이 <연의각>에 들어 있음을

23) 배연형, 「전통음악을 근대공연예술로 발전시킨 심정순명창」, 289쪽에서는 권삼득 더늠의 '제비 후리는 대목'이 흔적도 없다는 점을 강력한 증거로 들며 <연의각>을 그대로 창본으로 믿기는 어렵다는 견해를 피력한 바 있다.

볼 수 있다. 현전 창본과의 대비를 위해 동편제 박봉술의 <흥보가>와 <연의각>에서 단위사설이라 생각되는 것들을 각각 뽑아 정리해 보면 다음과 같다.

○박봉술 <흥보가> : 놀보심술사설, 흥보자식 음식사설, 흥보복색치레, 돈타령(1), 흥보처 축원, 흥보 축원(구걸), 중타령, 명당풀이, 흥보 제비점고사설, 흥보 제비노정기, 제비 넘노는 사설, 네 갔더냐 사설, 가난타령, 흥보박 톱질사설(1), 돈타령(2), 흥보박 톱질사설(2), 비단타령, 흑공단 복색치레, 송화색 복색치레, 흥보박 톱질사설(3), 집치레, 세간사설, 주안상사설, 제비 후리는 사설, 놀보 제비점고사설, 놀보 제비노정기, 놀보박 톱질사설(1), 노인 치레, 놀보박 톱질사설(2), 상여소리, 놀보박 톱질사설(3), 사당패 잡가, 전라도제 각설이타령, 경상도제 각설이타령, 초라니고사, '귀'字사설, 흥보 축원

○<연의각> : 놀보심술사설, 묘막치레, 집치레, 흥보복색치레(1), 흥보부부 품팔이사설, 흥보복색치레(2), 돈타령, 볼기내력사설, 흥보처 축원, 아기 어르는 소리, 흥보자식 음식사설, 설움사설, 흥보 제비노정기, 제비 넘노는 사설, 정체확인사설, 가난타령, 흥보박 톱질사설(1)(궁합타령), 흥보박 톱질사설(2)(九九歌), 세간사설, 비단타령, 비단 복색사설, 흥보박 톱질사설(3), 집치레, 주안상사설(1), 주안상사설(2), 축문, 네 갔더냐 사설, '풍'字사설, 놀보박 톱질사설(1), 놀보박 톱질사설(2)('대'字사설), 놀보박 톱질사설(3)('통'字사설), 무당복색치레, 상여소리, 초라니고사, 산천초목, 육자백이, 놀보 축원

위 두 텍스트의 단위사설들을 비교해 보면 밑줄친 중타령, 명당풀

이, 묘막치레, 집치레, 볼기내력사설 정도를 제외하고 별로 큰 차이가 발견되지 않는다. 그 중 집치레와 볼기내력사설은 이선유 창본에서도 발견되므로 창 전승과 무관하다 볼 수 없다. 다만, 놀보박사설 부분에서는 두 텍스트 간에 서로 다른 것들이 발견되기는 하나 이는 창자 개인의 장기에 따른 변이에 기인한다고 볼 수도 있다. <연의각>은 <흥보가>의 핵심 단위사설들을 대부분 수용하고 있는 셈이다.

물론 같은 제명의 단위사설이라지만 그 내용이 다른 경우도 발견되기는 한다. 예컨대 돈타령이 그러하다. 위 두 텍스트 중 박봉술 창본에서는 돈타령이 "잘난 사람은 더 잘난 돈, 못난 사람도 잘난 돈. 생살지권을 가진 돈, 부귀공명이 붙은 돈"으로, <연의각>에서는 "이션이ᄂᆞᆫ 금돈 쓰고 한나라 관공님은 위ㅅ나라에 가셧슬 졔 상마ᄒᆞᆯ 쌔 은 일쳔 량 하나ᄒᆞᆯ 쌔 금 일쳔 량 말로 되여 드렷스되"로 구체화되어 있어, 그 사설의 내용이 완전히 다르다. 이 중 앞의 돈타령이 널리 불린다. 하지만 후자의 돈타령도 불리지 않았다고 볼 근거는 없다. 또한 돈타령은 경판본은 물론 현재 알려진 필사본에서는 거의 발견되지 않는다는 점[24]도 기억해 두어야 할 점이다. 따라서 <연의각>은 실제로 심정순의 구술을 채록한 것을 토대로 한 텍스트일 가능성이 있다.

2) '删正'의 실체

그렇다면 심정순의 구술본을 토대로 이해조가 행한 '删正'이란 어떤 작업이었던가. 어디까지가 심정순의 구술에 의한 것이고 어디부터가 이해조의 산정에 의한 것인가. 이 문제를 규명하기 위해서는 <연의

24) 예컨대 오영순본, 임형택본, 김동욱A본, 사재동A본, 하버드大 연경도서관본 등에서는 돈타령을 찾을 수 없다.

각>의 서사적 긴밀성 문제를 먼저 짚고 넘어가지 않을 수 없다.

우선 앞뒤의 수치가 일치하지 않는 부분들이 있다. 예컨대 흥보가 매품을 파는 대목에서 고을 이방이 흥보에게 매품값으로 돈 삼백량을 약속하지만, 흥보가 집에 돌아와 흥보처에게 말할 때와 매품 팔러 갈 때에는 삼십량을 받을 생각인 것으로 나오는 것, 그리고 놀보박 대목에서 박이 일곱 통이 열렸다고 서술해 놓고 실은 여덟 통이 벌어지는 것 등이 그러한 부분들이다. 이는 판소리 구술시 얼마든지 나타날 수 있는 현상이기도 하지만 기록 전사자의 착오에 의해 나타날 수도 있는 현상일 것이다.

전후 사건 서술이 일관되지 않는 경우도 발견된다. 다음은 흥보가 매품 팔 것을 이방으로부터 권유받는 부분 중 일부이다.

▲ 안이리
(…) 흥보 이 말이 반가워셔 ᄆᆡ 맛질 ᄉᆡᆼ각은 안이ᄒᆞ고
(흥) 여보 ᄆᆡᄂᆞᆫ 몃 도나 되겟소
(리) 한 삼십 도 될 터이지
(흥) ᄆᆡ 삼십 도를 마즈면, 돈 삼ᄇᆡᆨ 량을, 다 나를 쥬나
(리) 아모렴 그러치, ᄆᆡ 한 ᄀᆡ의, 한 량식이지
흥보가 이 말 듯고
여보 이런 말 ᄂᆡ지 말오, 우리 동리, 꾀쇠아비가 알면, ᄂᆡ 발등을 드듸여, 먼져 갈 터이니, 소문 ᄂᆡ지 말으시오(『매일신보』 1912년 5월 8일)

앞서 언급했듯 <연의각>에는 경판본처럼 나라에서 방송령이 내려 매품을 팔지 못하는 것으로 처리된다. 그런데 그에 앞서 위의 밑줄친 부분과 같이 이방과 대화할 때 흥보는 꾀쇠아비로부터 발등걸이를 당

할 것을 걱정하고 있는 것이다. 엄밀히 말해서 흥보가 발등걸이를 당하는 것은 집으로 돌아 와 아내에게 자랑삼아(?) 말하던 것을 이웃집 사람이 엿들은 데 말미암는다. 이선유 창본을 제외한 현전 창본 대부분이 이렇게 설정되어 있다. 그렇다면 흥보가 매품 팔 것을 권유 받는 부분에서 꾀쇠아비 얘기가 나오는 것은 적절하지 않다.

놀보가 뱀을 몰러 나가는 것도 전후 맥락이 어긋난다. 그에 앞서 흥보 제비는 뱀 때문에 다리를 다친 것이 아니기 때문이다.

> (가) ▲안이리
> (…) 져 졔비 고집ᄒᆞ야, 흙 물고 검불 물어 역ᄉᆞ를 맛친 후에, 쳣 ᄇᆡ 삿기 겨오 쳐셔, 죠삭비시습(鳥數飛時習) ᄒᆞ야, 날기 공부 넘노다가, ᄃᆡ발틈에 발이 ᄲᅡ져, 휘느러져 ᄯᅳᆨ ᄯᅥ러지며, 다리 직근 부러져셔, 발〃 ᄯᅳᆯ며 쥭게 되니, 흥보 착ᄒᆞᆫ 마음 졔비 삿기 손에 들고(『매일신보』 1912년 5월 16일)

> (나) ▲안이리
> (흥) 형님 젼에, 긔망ᄒᆞ야 엿ᄌᆞ오릿가, 졔비가 ᄂᆞᆯ아 와, ᄉᆡᆨ기 쳐셔, ᄉᆡᆨ기가 ᄂᆞ려져, 다리가 부러진 것을, 족의 겁즐로, 동여 주엇더니, 그 졔비가 올봄에, 박씨를 물어다 주기에, 그 박씨를 심엇더니, (…)(『매일신보』 1912년 5월 26일)

(가)는 흥보 집에 제비가 찾아와 다치기까지의 과정을 서술한 것이며 (나)는 놀보가 흥보에게 부자 된 내력을 물었을 때 흥보가 대답하는 부분이다. 그 어디에도 뱀은 등장하지 않는다. 그런데도 놀보는 제비 한 쌍이 들어와 집 짓는 것을 보고 뱀을 몰러 나가는 것으로 되어 있는 것이다. 이는 분명한 당착이다.

물론 현전 창본에서도 흥보 제비가 다리를 다치는 이유가 일정하지는 않다. 경판본의 경우도 그러했지만, 정광수 창본의 경우도 뱀이 나타나 다른 제비들은 잡아 먹히고 남은 한 마리의 제비 새끼가 땅으로 떨어져 발목이 다치는 것으로 설정되어 있으나, 박봉술 창본 같은 경우는 그냥 날기 공부하다가 다치는 것으로 되어 있기 때문이다.

이러한 당착 현상은 심정순의 구술본 자체가 그러했기 때문에 나타난 현상인가, 아니면 이해조의 산정 작업의 결과적 현상인가. 전자 쪽의 가능성이 일단은 더 높지 않을까 한다. 만약 이해조가 심정순의 구술본을 적절히 刪正했다면 이런 부분들은 고쳐졌을 것이기 때문이다. <옥중화>를 검토한 한 연구자의 지적처럼 이해조의 산정 작업이 개작 차원의 것이 아니라면[25] 이러한 현상은 얼마든지 나타날 수 있었으리라는 것이다. 그리고 서로 다른 두 바디의 서사적 전개를 다 알고 있는 창자라면 실제 구술시 혼동을 일으킬 수도 있었을 것이다.[26]

그렇다면 <연의각>으로부터 이해조의 손길을 전혀 발견할 수 없는 것일까? 정보가 거의 없는 상황에서 우리는 경판본이나 신재효본, 그리고 여타 창본에는 발견되지 않는 <연의각> 고유의 사설들에 주목할 수밖에 없으리라 본다. 다음 사설들이 그러한 예들이다.

(다) ▲안이리

이 ᄯᅢ에 놀보ᄂᆞᆫ, 셰간 뎐답을 차지ᄒᆞ고, 져 혼ᄌᆞ 호의호식ᄒᆞ며, 제부모ᄭᅴ, 졔ᄉᆞ를 지ᄂᆡ여도, 졔물을 안이 작만ᄒᆞ고, ᄃᆡ젼으로 놋코 지

25) 김종철, 앞의 글, 193쪽.

26) 앞서 언급한 두 사례 외에 홍보박 제1박에서 청의동자가 나와 밥 먹다 죽을 뻔한 홍보를 환약을 먹여 살려 내는 것도 서로 다른 이본 혹은 바디의 두 사건의 혼합에 기인한다. 경판본의 경우는 청의동자가 나와 각종 명주와 명약을 주나 효험 빠르기는 밥보다 못하다고 하며 끝나나, 현전 동편제 <홍보가> 창본에서는 박 속의 쌀궤에서 나온 쌀로 밥을 먹다 홍보가 배탈이 나는 것으로 설정되어 있기 때문이다.

ᄂᆡᄂᆞᆫᄃᆡ, 편ㅅ갑이면 편ㅅ갑이라, 과실ㅅ갑이면, 과실ㅅ갑이라, 졔각기 긔록ᄒᆞ야, 버려놋코, 졔ᄉᆞ 쳘샹 후에 ᄒᆞᄂᆞᆫ 말이 (…)(『매일신보』 1912년 4월 30일)

(라) ▲평타령

(…) 막ᄂᆡ 족하가, 셔당에 갓다 오다가, 졔 자근 아비를 보고, 드러가더니, 놀보 보고

아부지, 밧게, 실갓 쓴 량반 한 사ᄅᆞᆷ이 오난ᄃᆡ, 거름을 이샹히 비틀〃〃 거르며, 문간에, ᄒᆞ인들을 보고도 말을 안이ᄒᆞ며 트집긔운이 잇게 셧셰오

이 놈 ᄌᆞ식도, 졔 ᄌᆞ근아비인 줄, 번연히 알아도, 말을 이리 ᄒᆞ니, (…)(『매일신보』 1912년 5월 3일 - 5월 4일)

(마) ▲안이리

(…) 갈노 쟝판을 득득 그으며 윳도 놀기 조켓다

칵ᄒᆞ면 가ᄅᆡ침을 한 덩이ㅅ식 벽의다 ᄇᆡ앗트니 흥보 쳐 이른 말이

셩쳔 놋타구 광쥬 ᄉᆞ타구 의쥬 당타구 동리 왜타구 갓쵸 노왓ᄂᆞᆫᄃᆡ 침을 웨 벽에다 ᄇᆡ아흐셔오

놀보놈 ᄒᆞᄂᆞᆫ 말이

우리 본ᄅᆡ 눈에 보이ᄂᆞᆫᄃᆡ로 아모 ᄃᆡ나 밧소 (…)(『매일신보』 1912년 5월 24일, 김진영 외, 『흥부전 전집』 1, 박이정, 1997, 107면)

(바) ▲평타령

(…) 얼시고 이 즘ᄉᆡᆼ아, ᄂᆡ 집으로 드러가셰, 졔비집으로 스르〃 지ᄂᆡ면, 졔비삿기 ᄯᅥ러지ᄂᆞᆫ 날 나ᄂᆞᆫ 부쟈 되ᄂᆞᆫ 것이니 네 은혜를 ᄂᆡ라셔 갑뒤, 병아리 한 뭇, 계란 열 ᄀᆡ, 한번에 ᄂᆡ여 쥬마, 쉬 - 드러가자

독ᄉᆞ가 독이 나셔, 물냐고 혀만 늘넘〃〃 ᄒᆞ니, 발로 ᄇᆡ아지를 딱 드듸잇가

ᄋᆡ고
ᄒᆞ더니 눈이 어둡고, 정신을 노아, 업혀 드러와, 힌 쥭에 물닌 ᄃᆡ를 담그고, 침으로 좁고 셕웅황을 바르니, 모진 놈이라, 쥭지 안코 살아나셔, (…)(『매일신보』 1912년 5월 28일 – 5월 29일)

(다)는 신재효본에서도 발견되는 사설로서 흥보가 놀보집에 양식 구걸갔을 때 하인이 해 준 말 속에 포함되어 있던 것이다. 그런데 <연의각>에서는 위의 형태로 아예 놀보심술대목에 이어서 서술자의 목소리로 바로 제시된다. 흥보가 쫓겨나는 것은 그 직후이다. 돈밖에 모르는 위인으로서의 면모를 처음부터 규정해 놓고 있는 것이다. (라)는 놀보의 아들조차 흥보를 무시하고 있는 부분이며, (마)는 부자가 된 흥보의 집에 찾아가 놀보가 행패를 부리는 부분이고, (바)는 엉뚱하게도 놀보가 뱀에게 물려 죽을뻔한 위기를 넘기는 부분이다. 이 사설들은, (마)와 유사한 내용이 필사본들에서 더러 발견되는 정도일 뿐, 경판본과 현전 창본들에서는 거의 보이지 않는 사설들이다.

이런 부분들의 공통점은 놀보의 부정적인 면모를 강화하고 있다는 점이다. 자신의 욕심으로 인해 뱀에게 물리는 것도 그 연장선상에 놓인다. 심지어는 그러한 심술궂은 성격이 그의 가족들에게까지 확장된다는 것도 중요한 현상이다. 추측컨대 흥보가 그의 형수에게 뺨을 맞는 대목이 <연의각>에서 발견되는 것도 이와 관련지어 납득할 수 있을 것 같다.

이해조의 산정 작업은 이처럼 놀보와 그 가족들의 부정적 형상을 강화하는 쪽으로 이루어지지 않았을까 한다. 그렇게 하는 것이 <연의각>의 주제를 더 분명히 드러낼 수 있다고 보았을 것이다. 이러한 방향은, 새로운 환경에 적응하지 못하는 흥보의 형상을 그려가는 한편 놀보에 대한 징벌 자체가 그리 중요시되지 않게 된, 당시 창본 <흥보가>의 흐름과는 반대되는 방향이었다. 신소설 작가 이해조는 그러한 방향은 원 <흥부전> 이야기와는 어긋나는 것이라 생각했을 가능성이 있다. 분명치는 않으나, 심정순 구술본을 택한 것도 이와 관련되지 않을까 한다.

刪正에는 이와 함께 다음과 같은 것도 포함될 것이다.

> ○잘 되엿다 잘 되엿다 허허 내 일 잘 되엿다 만일에 ᄆᆡ를 마졋스면 속졀업시 쥭을 것을 황뎨폐하 덕ᄐᆡᆨ으로 됴흔 영화 보옵시고
> ○공즁에 놉히 써셔 샹ᄒᆡ로 밧비 가셔 항구에 모든 ᄌᆡ물 각ᄉᆡᆨ 비단 만반물화 고로 고로 구경ᄒᆞ고
> ○진신 마른신 당혜 운혜 궁혜 반겨름 목화 구쓰 쟝궁 휘궁 각지 젼동 팔지 다 나온다

첫째 것은 흥보가 매품을 팔려 하다가 나라에서 방송령이 내려 실패하고 돌아 올 때 신세 자탄을 하면서 중얼거리는 말로서 황제 폐하[27]라는 호칭이 주목되고, 둘째 것은 흥보 제비노정기의 한 부분으로 근대에 접어들어 점차 더 많이 교류를 갖게 된 상해라는 지명이 등장하는 것이 주목된다. 또한 셋째 것은 흥보박 속에서 나온 내용물로 외래어인 구쓰가 사용되고 있다는 점이 주목된다. 이러한 어휘들은 <옥중화>의 전례[28]에 비추어 볼 때 이해조가 첨가한 것들일 가능성일 높다.

이상의 논의를 종합한다면 <연의각>은 심정순 구술본을 토대로 하

27) 여기서 하나 언급하고 넘어 갈 점은 이 '황제 폐하 덕택'이 반어적으로 사용되고 있다는 점이다. 이 사설이 신세 자탄으로 불리고 있으며 돈을 벌 수 있는 기회를 황제 폐하 덕택으로 놓쳤음을 상기할 필요가 있다.

28) 예컨대 '농부가' 대목의 장부사업가를 들 수 있겠다.

면서도 이해조가 그 나름대로의 관점을 투영시켜 부분적으로 고친 이본이라는 결론을 내릴 수 있다.[29)]

5. <연의각>의 이본사적 위상

당시의 <흥보가(전)>은 신재효본 이후 등장 인물에 대한 재평가가 반영되어 가는 과정에 놓여 있었다. "흥보의 경우는 경제적 궁핍을 겪는 기존 형상에다 화폐 경제라는 새로운 환경에 적응하지 못해 간 데 따른 내면적 자의식이 부각되어 갔으며, 놀보의 경우는 기존의 형상에다 변화하는 사회경제적 현상 속에서 화폐 우위의 경제관을 확고히 다진 인물로서의 형상이 더욱 강화되어 갔다."[30)] 놀보에 대한 징벌의 성격을 띠던 놀보박사설 대목의 전승도 약화되던 것이 추세였다.

그런데 <연의각>에서는 놀보에 대해 계층적 형상을 부여하기보다는 심술궂은 심성을 지닌 악인으로서의 형상을 부여하는 데 더 비중을 두고 있다. <연의각>에서는 앞서 언급한 것들 외에, 다른 어떤 이본들에서도 볼 수 없는, 놀보 재산 분배 삽화, 놀보가 흥보를 쫓아낼 때 마당쇠까지도 때리는 삽화, 놀보가 주안상을 발로 차는 삽화, 놀보가 아내를 폭행하는 삽화 등이 더 발견된다. 이들은 공히 놀보의 악한 심성을 드러내는 삽화들이다. 이러한 삽화를 <연의각>에서는 독자적으로 첨가해 놓거나 다른 이본과는 달리 설정해 놓고 있는 것이다.

이와 함께 주목할 점은 <연의각>이 현전 창본 <흥보가>와는 달리

29) 이러한 견해는 <강상련>과 <옥중화>에 대한 기존 논의와는 다른 견해인 바, 앞으로 더 면밀한 검토가 필요할 것이다. 다만, 이해조가 산정한 일련의 판소리 작품들에서 이해조의 손길을 무시할 수 없으리라는 것은 분명하다고 본다.

30) 정충권, 「<흥부전>의 전승양상」, 앞의 책, 87쪽.

흥보에게는 어떠한 왜곡된 형상도 덧붙여 놓고 있지 않다는 점이다. 주지하다시피 현전 창본에는 흥보가 자기는 집에 있으면서 고추장 얻어 오지 않았다고 처를 구박하는 삽화나, 흥보가 양식 구걸하러 가기 위해 치레를 차릴 때 빈곤함에도 불구하고 체면은 차리려는 허위의식을 드러내는 대목, 매품도 못 팔게 되어 자결을 시도하기까지 하는 삽화 등이 대부분 들어 있다. 그러나 <연의각>에서는 이러한 내용의 사설들이 보이지 않는다. <연의각>에서는 오히려 옛 <흥보가(전)>에서부터 전승해 왔을 것으로 추측되는 수숫대로 만든 집치레, 품팔이사설, 흥보가 아내를 위로하는 사설, 볼기내력사설 등이 발견되고 있는 것이다.

결국 <연의각>은 당시 창 우위 전승의 <흥보가(전)>과 달리 흥보를 선인으로, 놀보를 다시 심성이 고약한 악인으로 형상화하는 데 초점을 둔 이본이라 할 수 있다. <연의각>은 인물 형상을 옛 <흥보가(전)>에서의 그것으로 되돌리려는 의도가 개입된 이본인 것이다. 그러한 의도 하에 끼워넣은, 놀보처가 흥보 뺨을 때리는 삽화가 다시 창본 <흥보가>에 수용되었다는 것은, 당시 <흥보가(전)>에서도 여전히 인물 형상 측면에서 이본들 사이에 논란이 있었고, <연의각>의 설정이 일리가 있다는 것이 받아들여졌음을 말한다. 이런 점에서 <연의각>은 20세기초 <흥보가(전)>의 주요 이본이라 할 수 있을 것이다. 그러했기에 <연의각>은 그 후 출판된 구활자본 <흥부전>에까지 큰 영향을 미쳤던 것이다.

<연의각>의 이본사적 위상은 판소리 <흥보가>의 한 계통이 20세기 초엽에 접어들어 근대 작가의 손길을 거쳐 그것도 근대 매체로 등장한 신문에 연재되었다는 데서도 찾을 수 있다. 물론 이에 대해 더 적합한 의미 부여를 위해서는 이해조가 한 일련의 작업의 의도를 알

아야 할 것이다. 근대 작가인 이해조가 왜 시조・가사집과 함께[31] 판소리 작품을 택했고, 또한 <흥보가>의 경우 왜 하필 심정순의 것을 택했는가 하는 점을, 여타 저작물들과 함께 살펴보아야 하는 것이다. 더구나 평소 자신이 긍정적으로 보지는 않았을[32] 판소리 작품에 대해 어떻게 하여 관심을 갖게 되었는가 하는 점도 궁금하다. 당시 이해조의 의식이 "나라의 식민지화와 함께 서서히 보수화"[33]해 갔기 때문인지, 아니면 애초에 판소리에 대한 긍정적인 관심을 갖고 있었기 때문인지 분명치 않다. 향후 이에 대한 연구가 필요할 것이다.[34]

판소리와 근대 작가와의 만남은 판소리사의 관점에서 볼 때 중요시해야 할 현상이다. 이행기의 산물인 판소리 및 판소리계 소설은 근대로 향하는 길목에서 근대 작가와의 만남을 통해 새롭게 변신해야 할 시대적 필연성이 있었기 때문이다. 그러나 이러한 시도가 후대에까지 활발히 이어진 것 같지는 않다. 후대의 구활자본 <흥부전>은 대부분 <연의각>의 전사본이거나 <연의각>을 토대로 하여 부분적인 변이를 보이는 정도에 그치고 있기 때문이다.

---

31) 이해조는 또한 1914년 전통 가곡을 정리하여 朴春載 구술의 『정선조선가곡』을 간행하기도 했는데(최원식, 『한국근대소설사론』, 창작사, 1986, 158쪽), 이 사실 역시 판소리 작품의 간행과 함께 이해할 필요가 있다.

32) 이해조는 <자유종>에서 인물을 통해 판소리계 소설을 포함한 고전소설에 대해 음탕교과서니 처량교과서니 하며 비판적 발언을 하게 한 적이 있다.

33) 최원식, 앞의 책, 159쪽.

34) 이 문제와 관련하여 근래에는 신문 연재의 맥락과 관련한 논의가 이어지고 있다. 배정상, 「『매일신보』 소재 이해조 판소리 산정 연구-근대적 변환과 그 효과를 중심으로-」, 『열상고전연구』 36, 열상고전연구회, 2012에서는, 구극 향유자들을 『매일신보』 지면으로 끌어들이려는 의도도 있었다고 본다. 그리고 최기숙, 「자선과 저금: 『매일신보』 '경제' 기사의 문화사적 지형과 <연의각> 연재의 맥락」, 『고전문학연구』 46, 한국고전문학회, 2014에서는 <연의각>이 연재될 때 함께 게재된 기사들을 점검하면서 <연의각>을 읽는 독자로 하여금 '저금을 통해 흥부에서 벗어나기', '자선을 통해 놀부에서 벗어나기'라는 새로운 독법을 의도했다고 분석한다.

6. 맺음말

이상 <연의각>의 계통, 성격, 위상 등의 문제를 살핀 결과를 정리해 보면 다음과 같다.

첫째, <연의각>이 실제 심정순의 창본이라면 이는 현전하는 동·서편제와는 전혀 다른 계통의 창본일 것이다. 혹은 기록 정착본이라 하더라도 경판본과는 다른 계통의 이본일 것이다.

둘째, <연의각>은 <흥보가>에서 일반적으로 발견되는 더늠이나 단위사설들을 대부분 지니고 있다. 따라서 애초에 이해조가 산정하고자 한 텍스트는 창본이었을 것이다. 하지만 이해조의 산정은 단순한 어구 수정에 그치지 않고 놀보와 그 가족들의 심술궂은 형상을 덧붙이는 개작 차원의 것일 가능성이 있다.

셋째, <연의각>은 흥보와 놀보에 대한 20세기 초엽의 평가를 담은 <흥보가(전)>의 한 이본이라는 점에서, 그리고 <흥보가(전)>이 근대 작가와의 첫 만남을 이룬 이본이라는 점에서 적잖은 의의를 지닌다.

본 논의는 <연의각>에 대한 집중적인 논의를 통해 그 계통과 성격을 알아 보았으며 이해조 刪正 작업에 대해서도 새로운 견해를 제시해 보았다. 그러나 이해조가 왜 심정순의 구술본을 택했는지, <옥중화>와 <강상련>과 달리 <연의각>에서는 왜 개작 차원의 산정을 했는지에 대해서는 충분한 논의를 개진하지 못했다. 이 점을 제대로 규명하기 위해서는 이해조의 작가 의식 및 당대의 정황을 종합적으로 고려해야 할 것이며, 또한 20세기 초엽의 판소리 향유의 실상에 대한 파악도 필요할 것이다.

제 3 장

김연수 창본 <흥보가>*

1. 머리말

동초 金演洙는 근현대 판소리 역사에 있어 가장 주목할 만한 명창 중 한 분이다. 일반적으로 명창이란 소리 잘 하는 이를 말한다. 하지만 진정한 명창이라면 그 나름대로의 판소리관을 정립하고 기존 판소리를 자기 식으로 해석하여 일가를 이룬 이여야 한다. 그렇게 함으로써 공연 문화의 변화에 대응하여 자기 시대의 고민을 판소리 속에 담아내고 후속 세대에게도 양질의 전통을 이어준 자여야 한다. 동초는 이러한 관점에서 볼 때 진정한 명창이라 할 수 있다. 그는 선생들로부터 소리를 배운 후 그 소리들 중에서 장점들을 위주로 자신의 소리를 다시 만들되, 그 과정에서 마음에 들지 않는 부분은 다시 짜고 고쳐 나갔다고 한다. 그 결과 어느 누구의 소리와도 같지 않은 독특한 소리가

---

* 이 글은 『문학치료연구』 28(한국문학치료학회, 2013)에 실린 「동초제 <흥보가>의 구성과 특징」을 부분 수정한 것이다.

되었다고 한다.[1] 특히 그는 사설을 짜는 데 공을 많이 들여 자신의 소리를 스스로 짜지 않고서는 결코 새로운 판소리사의 지평을 열어갈 수 없다는 평범한 진실을 보여준 이[2]라고 평가되기도 한다.

동초 김연수의 판소리에 대한 기왕의 연구는 이러한 시각 하에 그의 판소리가 지닌 특성을 살피는 쪽으로 진행되어 왔다. 특히, 그가 새롭게 짠 창본의 구성 방식 및 그 지향점은 주요 논의거리였다. 김경희[3]에 따르면 그의 <춘향가>는 정정렬제의 사설과 음악을 근간으로 하면서도(총 84대목 중 72.6%가 유사) 신재효본과 <옥중화> 등에서 사설을 가져와 대목을 확대하였는데, 궁극적으로는 이면에 맞는 소리를 지향하여 기존의 사설이라 하더라도 그 나름대로 내용을 철저히 분석하여 악조와 선율을 짰다고 하였다. 또한 그의 <수궁가>에 대해서는 이경엽[4], 최혜진[5]의 연구가 주목된다. 이경엽의 연구에서는 동초제 <수궁가>가 유성준제를 근간으로 삼되 신재효의 사설을 차용하는 등의 방식으로 새로운 대목을 추가하여 다시 짰다고 했으며, 여기에는 서사적 합리성, 문학적 완결성, 연극적 특성 중시 등 지향성이 발견된다고 하였다. 그리고 최혜진의 연구에서도 동초가 음악적으로나 사설상으로 합리성을 추구하여, 와전되어 왔던 사설들을 바로 고쳐 정리했으며 신재효의 사설을 끌어와 문학적으로도 풍성한 바디가 되도록 했다고 하였다. 김혜정의 연구[6]는 <수궁가>를 대상으로 했지만 임방울과 비

1) 최동현 주해, 『동초 김연수 바디 오정숙 창 오가전집』, 민속원, 2001, 17쪽.
2) 배연형, 「김연수의 판소리 사설, 그 생명력의 원천」, 『판소리연구』 24, 판소리학회, 2007, 126쪽.
3) 김경희, 『김연수 판소리 음악론』, 민속원, 2008 및 「김연수제 춘향가의 소설 옥중화 수용과 의미」, 『한국전통음악학』 6, 한국전통음악학회, 2005. 김경희는 새로운 소리제를 완성하기까지 김연수가 추구한 것은 사설의 합리적 전개, 사설의 정확한 의미 전달, 판소리의 연극적 특성 등이라고 하였다.
4) 이경엽, 「판소리 명창 김연수론」, 『판소리연구』 17, 판소리학회, 2004.
5) 최혜진, 「김연수 바디 <수궁가>」, 『판소리 유파의 전승 연구』, 민속원, 2012.

교하여 김연수의 음악적 특성을 살핀 연구이다. 임방울이 대중들이 좋아하는 계면조 위주의 빠르고 흥겨운 속도감을 중요시했다면, 김연수는 이면에 맞는 분명한 악조의 선택과 성음 표현을 중요시했다는 것이다. 이외에 김연수의 <심청가>에서는 완판 계열의 사설 흐름을 유지하되 신재효본의 사설을 가져오는 한편 서사적 유기성을 견지하려는 노력을 보인다는 연구[7]도 있었다.

김연수 판소리의 전반적인 특성에 집중한 논의도 있었다. 최동현[8]은 오정숙의 판소리와 관련하여 그 스승인 김연수의 판소리를 평하는 자리에서 그의 판소리가 지닌 특성으로 극적 성격, 정확한 사설, 다양한 부침새 기교의 사용, 합리성과 일관성 등을 제시한 바 있다. 서사적 합리성 중시의 특성은 그 의식에 있어서는 신재효의 계승자라 할 수 있을 정도라 하기도 했다. 또한 배연형[9]은 김연수가, 판소리가 지닌 언어적 아름다움, 재미, 문학적 표현을 중시했음에 주목하면서 그의 판소리는 기존 바디를 재해석하면서 재창조한 그 자신의 작품이기에 진정한 가치가 있다고 하였다. 근래의 연구 중에는, 김연수의 판소리 사설은 청각적 전달력이 강하고, 내용의 밀도가 균일하게 높고, 변화가 많으며, 참신한 내용과 탄탄한 플롯을 지니고 있는데, 이는 라디오 연속 방송에 적합한 판소리를 만들려는 김연수의 의지와 노력이 빚어낸 결과라는 논의[10]도 있다. 김연수의 현전 사설은 라디오 방송을 위

6) 김혜정, 「김연수와 임방울의 선택과 지향-수궁가를 중심으로-」, 『판소리연구』 20, 판소리학회, 2005.

7) 전상경, 「김연수본 「심청가」의 성격 고찰-신재효본 「심청가」와의 비교를 중심으로-」, 『문학과 언어』 15, 문학과 언어연구회, 1994.

8) 최동현 주해, 앞의 책, 13-18쪽.

9) 배연형, 앞의 글, 118-120쪽.

10) 이유진, 「라디오방송을 위한 판소리 다섯 바탕: 김연수 판소리의 특질과 지향」, 『구비문학연구』 35, 한국구비문학회, 2012.

한 연속판소리 기획의 소산물이라는 것이다. 이 문제는, 김연수의 창극 활동 및 판소리 전수 활동을 함께 고려한, 향후의 더 깊이 있는 고찰이 필요하리라 생각된다.

위 논자들은 김연수가 기존의 소리에 토대를 두되 신재효의 사설 등 여타의 것들을 참조하면서 그 자신의 방식으로 재창조해낸 점을 특히 높이 평가하고 있다. 이와 더불어 그 기준 내지 지향점으로, 연극적 특성 강조와 서사적 합리성과 일관성 중시 등이 핵심적 사항으로 거론되었다. 따라서 향후의 논의들은 이러한 점들을 김연수의 사설들을 통해 더 면밀히 살펴야 하는 과제가 부여되었다고 할 수 있다. 김연수가 기존 바디에 새로운 사설들을 덧붙여 나간 구체적인 방식은 어떠한지, 그리고 왜 그렇게 했는지 더 깊이 있는 점검이 필요한 것이다. 이미 김연수 판소리 사설의 지향점으로서 으레 지적되는 서사적 합리성의 측면도 그 실질적 정체까지 규명된 것은 아니다. 이에, 본고에서는 기존 연구에서 본격적으로 논의되지 않은 텍스트인 김연수의 <흥보가>를 통해 이 점들을 살펴보고자 한다. 물론 한 뛰어난 명창의 판짜기 지향점을 문학 연구자의 한 사람으로서 제대로 드러내기는 쉽지 않을 것이다. 또한 공연물 자체를 텍스트로 삼기 어려운 형편상 기존 연구에서 거론된 연극적 특성도 제한적으로 언급할 수밖에 없을 것이다. 따라서 여기서는 사설의 측면에서만이라도 그의 의도와 지향점을 설득력 있게 제시할 수 있다면 그 정도로 만족하고자 한다.[11]

11) 본고에서 검토한 텍스트는 사후에 출간된 그의 창본 『창본 심청가 흥보가 수궁가 적벽가』(문화재관리국, 1974, 129-218쪽)을 그대로 옮긴 김진영 외, 『흥부전 전집』 1, 박이정, 1997, 353-449쪽의 것이다. 최동현 채록, 『동초 김연수 창 판소리 다섯바탕 흥보가 해설집』, 신나라, 2007의 채록본도 함께 참조했으나 이 창본의 사설과 거의 같았다.

2. <흥부전>의 전승양상과 김연수의 <흥보가>

필자는 <흥부전>의 전승양상에 대해 창본과 기록본을 포함한 여러 이본들을 두 계열로 나누어 살핀 적이 있다.[12] 기록 전승 우위의 계열과 창 전승 우위의 계열이 그것이다. 이 둘은, 물론 기본 서사 전개는 동일하나, 인물 형상, 세부적인 삽화·사설의 면에서는 무시 못할 차이를 지닌다. 전자의 <흥부전>에서는 흥보가 쫓겨난 후 제대로 된 집이라 할 수는 없으나 자신의 집을 마련하려 하고 있으며, 먼저 형 놀보에게 양식 구걸한 후 여의치 않자 각종 품팔이를 하는 것으로 되어 있다. 매품팔이도 그 중 하나이다. 결국 방송령 등의 이유로 매품팔이에도 실패하자 흥보부부는 서러워한다. 하지만 서로 위로하며 최소한의 희망마저 잃지는 않으려 한다. 흥보박대목과 놀보박대목을 장황하게 꾸미고 있고 놀보에 대한 징벌에 많은 비중이 할애되고 있음도 이 계열 이본의 특징이다. 반면, 후자, 곧 창 전승 우위의 <흥부전>에서는, 쫓겨난 흥보가 떠돌아다니다가 빈 집에 정착한 후 자신은 빈둥거리면서도 가속을 구박하는 일그러진 가장으로 설정된다. 매품을 팔려다가 발등거리당해 실패하고 형에게 양식 구걸을 하려 하나 오히려 몽둥이찜질만 당한다. 그 후 서로 자결을 하려 하는 등 심각한 상황에 놓여 있을 때 도승이 등장하여 집터를 잡아주게 된다. 이 계열의 흥보박대목은 쌀궤·돈궤, 비단, 집 마련 등으로 점차 정제되어 가고, 놀보박대목은 축소되거나 불리지 않게 되는 변화를 보이는 것도 특징이다. 이러한 분기의 단서는 19세기 중엽의 이본이라 할 수 있을 경판본과 신재효본의 비교를 통해 찾아 볼 수 있었다.

---

12) 정충권, 「<흥부전>의 전승양상」; 「경판 <흥부전>과 신재효 <박타령>의 비교」, 『흥부전연구』, 월인, 2003 참조.

필자는 창 전승 우위의 <흥부전>의 사례로 김연수의 <흥보가>에 대해서는 적극적으로 다루지 않았었다. 현전하는 여타 <흥보가>와 세부 삽화면에서 차이가 있어 그 나름대로의 개성을 지닌 창본이라 생각했기 때문이다. 하지만 위의 틀을 적용해 볼 때 김연수의 <흥보가>도 창 전승 우위 <흥부전>의 서사 구성을 근간으로 하고 있음을 알 수 있다. 쫓겨나 여기저기를 떠돌다 복덕촌이라는 곳에 정착하고 있으며, 매품팔이 삽화가 먼저 나오고 형에게 양식 구걸 가는 삽화가 그 뒤에 놓인 점도 같다. 그 후 서로 자결을 하려 하는 등 심각한 상황에 놓여 있을 때 도승이 등장하는 점도 상통한다. 동초 자신이 작성한 연보에서 <흥보가>를 송만갑으로부터 배웠다고 한 바 있음을 참조한다면, 동편 <흥보가>와 유사한 설정이 발견됨은 당연한 일일 것이다. 그러므로 김연수 <흥보가>의 근간 구성도, 경판본에서 구현된 바 있는 피탈 계층과 수탈 계층의 대결의 측면보다는 가지지 못한 자인 흥보의 비참상이 더 강화되어 있고, 윤리적으로 여전히 문제가 있기는 하나 상대적으로 그 점이 다소 희석된 놀보를 포용하는, 현전 창본 <흥보가> 전승의 연장선상에 놓여 있다고 볼 수 있다.

하지만 세부 삽화·사설들을 비교 검토하면 현전 창본 <흥보가>와 다른 것들도 적잖이 발견된다. 예컨대, 동편 <흥보가>에서는 잘 불리지 않는 흥보선행사설, 품팔이사설 등이 동초의 <흥보가>에는 들어 있으며, 대망이가 나타나 제비 새끼들을 잡아 먹는 삽화도 첨가되어 있다. 놀보가 화초장 외에 화한단과 돈궤까지 가져가는 것으로 설정되어 있고, 흥보박대목에서는 각종 약주, 양귀비 등도 더 등장하는 것으로 되어 있다. 이러한 삽화들은 신재효본으로부터 가져온 것이다. 물론 그 중 일부는 서편제인 김창환 바디 <흥보가>와도 유사하나 그 부분도 실은 신재효본으로부터 차용한 것들이므로 그 원천 사설은 신재효본이라 할 수 있다. 김연수 <흥보가> 사설은 신재효본의 사설에 근거를 두고 확장되어 있음이 주요 특징인 것이다.[13)]

그런데 김연수는 기존 사설을 어떤 대목은 그대로 부르지만 대부분 자기식으로 고쳐서 부른 명창으로 알려져 있다. 신재효본의 사설과 기존 <흥보가> 사설이 뒤섞여 있는 경우도 있고 거기에다 새로운 사설을 첨가하기도 했다. 게다가 원천 사설을 찾기 어려운 경우들도 더러 있음을 감안한다면, 이러한 현상은 김연수가 그 나름대로의 기준 하에 자신의 사설을 편집·구성하려 한 결과임을 알 수 있다. 그렇다면 우선 그러한 편집·구성 방식이 어떠했는지 구체적으로 드러낼 필요가 있다.

3. 김연수 창본 <흥보가>의 구성

동초제 <흥보가>의 사설 구성 문제에 대해서는 최동현[14)]이 이미 논의한 바 있다. 그에 따르면 <춘향가>의 경우처럼, 동초의 <흥보가> 역시 자신이 배운 바디 외에 다른 바디의 소리 및 사설뿐 아니라 신재효본을 포함하여 당시 기록본의 사설까지 폭넓게 차용했을 가능성이 높다고 한다. 그는 그 중에서도 김연수의 <흥보가>에 영향을 미쳤을 가능성이 있는 텍스트로 송만갑 바디, 신재효본 <박타령>, 김창환 바디 등 셋을 거론한 바 있다. 이 중 일단 송만갑 바디 사설과 신재효 <박타령>이 김연수의 <흥보가>에 미친 영향은 충분히 인정된다.

13) 만약 경판본 <흥부전>으로부터 사설을 가져 왔다면 인물 형상, 작품 의미 구현의 면에서 서로 어긋나기도 했었을 것이다. 물론 이는 <흥보가>에만 해당하는 사안이다.
14) 최동현 주해, 앞의 책, 37-45쪽.

그런데 김창환 바디의 경우는 더 면밀히 따져 보아야 할 점들이 있다. 우선 김창환 바디와 동편 <흥보가>가 공유하는 사설들은 포괄적 차원에서 김연수 <흥보가>에 미친 영향 관계를 인정할 수는 있다. 하지만 김창환 바디 <흥보가>와 김연수 <흥보가>에서 공히 발견되는, 신재효본을 원천으로 한 사설 부분에 대해서는 텍스트 간의 영향 관계 규명이 쉽지 않다. 김창환 바디 역시 신재효본의 사설을 적잖이 참조한 것으로 보이기 때문이다. 김창환 바디를 부르는 정광수 창본 <흥보가>를 신재효본과 비교한 결과에 따르면 정광수창 <흥보가> 사설 전체의 36%-45%정도의 유사성을 확인할 수 있다고 한다.[15] 이는 정광수 자신도 후대에 출판된 신재효의 사설을 참조했기 때문이기도 하겠으나 애초에 김창환의 <흥보가> 자체가 그러했기 때문일 것이다. 그러므로 김연수 <흥보가>에 보이는 신재효본 사설이 김창환 바디를 참조했던 데 기인한다는 판단도 가능하다. 다음 사설들을 비교하며 이 점을 간략히 따져보기로 한다.

> 비난이ᄃᆞ 〃〃 형임 젼의 비ᄂᆞᆫ이ᄃᆞ 형졔ᄂᆞᆫ 일신이라 ᄒᆞᆫ ᄧᅩᆨ각을 버리오면 둘 다 병신 될 거시니 외어긔모 어이ᄒᆞ리 동ᄉᆡᆼ신셰 고사ᄒᆞ고 졀문 안ᄒᆡ 어린 ᄌᆞ식 뉘 집의 가 의탁ᄒᆞ여 무엇 멱여 ᄉᆞᆯ니릿가 장공예 엇던 ᄉᆞ람 구셰 동거ᄒᆞ여ᄂᆞᆫᄃᆡ 아우 ᄒᆞᆫ나 잇ᄂᆞᆫ 것을 나가라 ᄒᆞ난 잇가 쳑영은 김ᄉᆡᆼ이ᄂᆞ 금난지의 알아잇고 상쳬ᄂᆞᆫ ᄭᅩᆺ시로되 담낙지경 푸여스니 형님 엇디 모르시오 오륜지의 ᄉᆡᆼ각ᄒᆞ여 십분통촉ᄒᆞ옵소셔 (신재효 <박타령>)[16]

15) 정충권, 「<흥보가> 창본의 비교」, 앞의 책, 210쪽에서는 아니리로 처리되는 대목까지 하나의 대목으로 보고 정광수 창본과 신재효본을 대목별로 비교한 결과 36%정도의 유사성을 확인할 수 있다고 했고, 김석배, 「김창환제 <흥보가>에 끼친 신재효의 영향」, 『판소리연구』 15, 판소리학회, 2003, 46-47쪽에서는, 아마 서술량을 기준으로 한 것 같은데, 정광수 창본의 약 45%정도가 신재효본의 직접적인 영향을 받았다고 했다.

【중머리】 (단계성) (안의리로도 한다)

비나이다 비나이다 형님전(兄任前)에 비나이다 형제(兄弟)는 일신(一身)이라 한 편짝을 떼어 베면 둘 다 병신(病身)이 될 것이니 외어기모(外禦其侮)를 어이하리 동생신세(同生身勢) 고사(姑捨)하고 젊은 아내 어린 자식(子息) 무엇 먹여 살리리까 장공예(張公藝)는 어이하야 구세동거(九世同居)하였더이까 척령(鶺鴒)은 짐승이나 금란지의(金蘭之誼)를 알았으며 상체(常棣)는 꽃이로되 담락지정(湛樂之情) 품었으니 형님(兄任) 어찌 모르시오 오륜지의(五倫之義)를 생각하여 십분통촉(十分洞燭)하옵소서 (정광수 창본 <흥보가>)[17]

【늦인중머리】

(…) 〔흥〕 아이고 형님 웬 말씀이요 형제는 일신이온 바 한 쪼각을 바리시면 둘 다 병신이 될 것이니 외어기모(外禦其侮) 어이허며 제 신세는 고사허고 젊은 아내 어린 자식 뉘 집에가 의탁허며 무엇 먹여 살리리까 옛날의 장공예(張公藝)는 구대동거(九代同居) 허였는듸 아우 하나 있는 것을 나가라고 허옵시니 이 엄동 설한풍에 어느 곳으로 가오리까 지이산으로 가오리까 태백산으로 가오리까 백이숙제(白夷叔齊) 주려 죽던 수양산(首陽山)으로 가오리까 (김연수 창본 <흥보가>)[18]

위의 것들은 놀보에게 쫓겨나면서 흥보가 형에게 하는 말로, 같은 대목의 사설들이다. 세 텍스트의 사설들을 비교해 보면 김연수가 둘 중 어느 것을 직접 참조했는지 분별하기 어려움을 알 수 있다. 하지만 정광수 창본에서는 어구상의 출입이 있기는 하나 신재효본의 해당 대목을 그대로 가져온 반면, 김연수 창본에서는 신재효본의 해당 대목

16) 강한영 교주, 『신재효 판소리 사설집(全)』, 보성문화사, 1978, 328-330쪽.
17) 김진영 외, 『흥부전 전집』 1, 박이정, 1997, 137쪽.
18) 위의 책, 356쪽.

중 전반부만 가져 오고 후반부는 강도근, 박봉술 등 동편의 사설을 덧붙이고 있다는 점을 주목할 필요가 있다. 김연수 창본의 경우, 신재효본 사설을 수용하기는 했으나 정광수 창본의 경우와 달리 다른 바디의 사설을 덧붙여 해당 대목 사설을 재편집하고 있는 것이다. 이에는 기존 텍스트에 대한 그 나름대로의 고증 작업이 뒷받침되어 있었다고 보아야 한다. 그러므로 김연수는 김창환 바디를 매개로 했다기보다는 신재효본 사설을 직접 참조하여 자신의 사설을 짰다고 보아야 한다.

하지만 그렇다고 해서 김연수가 김창환 바디의 사설을 참조하지 않았다고 할 수는 없다. 신재효본 사설을 김창환 바디에서 그 나름대로 고쳐 수용한 부분을 김연수가 그대로 받아들인 경우도 있기 때문이다.[19] 예컨대 정광수 창본 중 다리가 다 아문 놀보 제비가 강남으로 들어가는 부분의, “강남(江南)으로 들어가서 놀보의 전후내력(前後來歷)을 장수전(將帥前)에다 고하니 제비왕이 분을 내어 갚을 보자 원수 구자(仇字) 바람 풍자(風字) 쓴 박씨 하나를 내어주며 이것 갖다 놀보 주어 원수를 갚게 하라”와 같은 사설이 그러하다. 원래 신재효본에서는 이 부분에 놀보 제비가 박씨 하나 얻어 둔다는, 간략한 언급만 있을 뿐이었다. 뒤에 놀보처에 의해 그 박씨에 원수 ‘구’자 바람 ‘풍’자가 씌어졌음이 인지된다. 따라서 제비 장수가 놀보 제비에게 박씨를 줄 때 글자를 인식시키는 위 사설은 김창환 바디의 작자가 서사상의 필요에 의해 첨가한 것이다. 그런데 이 사설이 김연수 창본에도, 장수가 제비왕으로 바뀌어 있기는 하나 그대로 들어 있음을 볼 수 있다. 김연수는 이에 이어 놀보 제비와 제비왕이, 이러한 이름이 씌어진 박씨를 놀보가 심을 리 있겠느냐며 문답하는 내용까지 덧붙인다. 그렇다면 위 사

19) 물론 동·서편 <흥보가>에서 공유하는 사설의 경우는 김창환 바디의 영향을 인정해야 한다고 볼 수도 있기는 하다.

설의 존재는 김연수가 김창환 바디의 사설을 참조하기도 했다는 증거가 될 수 있다고 본다. 김연수는 송만갑 바디의 동편제 <흥보가>, 신재효의 <박타령> 등과 더불어 김창환 바디도 함께 참조했던 것이다.

김연수는 그 외 다른 텍스트들도 참조했을 것이라 판단된다. 그의 <흥보가>에는 매품을 팔러 나갈 때 아내가 이를 말리자 흥보가 볼기를 두어 쓸 데 있냐며 볼기사설을 부르는 장면이 있다. 이때 부르는 볼기사설은 강도근, 박봉술, 정광수 창본 및 신재효본에는 들어 있지 않지만, 심정순 창본, 이선유 창본과 연경도서관본 <흥보젼>, 임형택본 <박흥보전> 등에서는 두루 보이는 사설이다. 동초는 이들 중 한 텍스트에서 볼기사설을 가져 왔을 가능성이 있다. 그리고 동초 <흥보가>의 놀보박 제3박은 놀보가 화가 나서 박을 집어 던졌더니 깨어지면서 돈이 쏟아져 구경꾼들이 주워 도망쳤다는 삽화로 이루어져 있는데, 이 삽화는 이선유 창본에서도 보인다. 아마 텍스트의 범위를 더 확장해 보면 이러한 부분들을 더 발견할 수 있을 것이라 생각된다.[20)]

이상으로 살핀 것처럼 동초의 <흥보가>는 자신이 배웠다고 한 송만갑 바디 사설과, 신재효본 및 김창환 바디의 사설을 주로 참조하면서 그외의 텍스트로부터도 사설을 가져 와서 그 나름대로의 방식으로 사설을 짠 결과물이라 할 수 있다.

그렇다면 그는 어떠한 방식으로 판을 짜려 했으며 또한 사설을 짰는가. 물론 기존의 사설을 그대로 가져와야 했던 부분도 있을 수밖에 없었다. 소리를 새롭게 짜기가 쉽지 않거나 사설과 음악을 새롭게 마련할 필요가 없다고 판단했을 경우 혹은 기존 명창의 더늠을 인정해

20) 김연수는 자신의 다른 텍스트로부터도 사설을 가져 왔다. 예컨대 부자가 된 흥보집으로 놀보가 찾아 왔을 때 김연수는 흥보 방치레를 장황히 제시하는데 이는 자신의 <춘향가>에서 가져 온 것이다.

야 할 경우는 그렇게 했을 것이다. 하지만 많은 대목들에서 기존 사설을 재구성하거나 특정 사설을 덧붙인 것을 볼 수 있다. 그렇게 함으로써 자신의 것으로 專有하고자 한 것이다. 과연 그러한 재구성의 방식은 어떤 것이었을까.

일단, 기존 사설 이어붙이기 방식이 눈에 띈다. 앞서 거론한 바 있는, 놀보에게 쫓겨나는 흥보 대목을 다시 떠올려 보자. 이 대목을 김연수는 "형제는 일신이온 바 ~ 아우 하나 있는 것을 나가라고 허옵시니"까지는 신재효본의 것을 가져 온 후, "이 엄동 설한풍에 ~ 수양산(首陽山)으로 가오리까"라는 송만갑 바디 <흥보가>의 사설을 이어붙여 제시하고 있다. 아우를 쫓아내는 일의 부당성 항변은 신재효본의 것을, 쫓겨난 뒤 갈 곳 없다는 흥보의 하소연은 송만갑 바디의 것을 가져 온 것이다. 다음 흥보박 제2박 톱질사설도 이러한 이어붙이기 방식으로 짠 사설이다.

【중머리】

(…) 〔흥〕 당기여라 톱질이야 좋을시고 좋을시고 밥 먹으니 좋을시고 수인씨(燧人氏) 교인화식(教人火食) 날 위하여 마련했나 강구로인(康衢路人) 함포고복(含哺鼓腹) 날만치나 먹었으며 엽피남묘전준지희(饁彼南畝田畯至喜) 날만치나 먹고 즐기든가 어여루 톱질이야 만고에 영웅들도 밥 없으면 살 수 있나 오자서(伍子胥) 도망(逃亡)헐 제 오시(午時)에 결식(缺食)허고 한신(韓信)이 궁곤(窮困)헐 제 표모(漂母)에게 기식(寄食)이요 진문공전간득식(晋文公田間得食) 한광무호타맥반(漢光武滹沱麥飯) 중헌 것이 밥 뿐이라 실근실근 톱질이냐 어여루 당기여라 시르렁 실근 톱질이야 강상(江上)에 둥둥 떴는 배가 수천석(數千石)을 실었인들 내 박 한 통을 당헐손가 이 박을 타거들랑 은금보화만 나오느라 이 박에서 나오는 보화는 우리 형님 갖다가 드릴란

다 시르렁 실근 어여루 당겨주소 (김연수 창본 <흥보가>)[21]

전반부는 신재효의 사설을, 후반부는 송만갑 바디의 사설을 가져와서 이어붙여 하나의 唱으로 처리했다.

만약 이어붙이기가 여의치 않거나 장면을 더 확장할 필요가 있을 때에는 신재효본 사설과 송만갑 바디의 사설을 따로 분리하여 각각의 창으로 나란히 제시하기도 했다. 흥보박 제1박 톱질사설의 경우가 그러한데, 먼저 송만갑 바디의 제1박 톱질사설을 제시한 후, 박 내력을 가지고 사설을 지어 멕이겠다는 흥보의 아니리에 이어, 신재효의 제1박 톱질사설을 가져 와 톱질사설을 1회 더 제시하고 있는 것이다.

이처럼, 송만갑 바디의 사설과 신재효본의 사설을 이어붙이거나 병렬 제시하는 것이 김연수식 사설 짜기의 기본적인 방식이었던 것 같다.[22] 자신이 배운 <흥보가>는 그것대로 중시하면서 사설의 품격도 높이려는 의도를 읽을 수 있다. 위 인용한 부분에서처럼 신재효본으로부터는 한시문구들이 포함된 사설들을 가져 왔는데, 배연형[23]은 김연수 사설의 이러한 점이 그의 한문 지식과 판소리 사설에 대한 자신감의 소산이라 한 바 있다.

그런데 김연수식 사설 짜기는 위의 경우처럼 기존 사설의 편집에 그치지 않고 그것들을 자신의 시각 하에 분석한 후 스스로 마련한 듯

---

21) 김진영 외, 앞의 책, 399-400쪽.

22) 이외에 놀보박 제5박 톱질사설의 경우처럼 '어여루 톱질이야'라는 후렴을 더 첨가하여 신재효본의 해당 사설을 더 나누어 노동요와 같은 모습을 보이게 한 방식도 발견된다.

23) 배연형, 앞의 글, 114-120쪽에서는, 김연수는 1966년 지구레코드사에서 판소리 다섯 바탕을 발췌 녹음했는데, 그가 판소리의 눈 대목을 선택하지 않고 언어유희를 한껏 보여주도록 짜인 사설, 한자·고사성어에 대한 지식이 내포된 사설이 들어 있는 대목을 녹음한 이유에 대해 논의한 바 있다. 그에 따르면 김연수가 어려운 사설임에도 불구하고 정확하게 붙임새를 붙여가는 것을 보면 이 사설을 완벽하게 이해하고 있었으리라 볼 수 있으며 결국 그는 자신의 사설을 자랑코자 이런 대목들을 택했으리라 하였다.

한 사설을 끼워넣어 재구성함으로써 복잡한 과정을 거친 모습을 보이기도 한다. 다음은 그러한 과정을 거쳤으리라 추측되는 대목으로, 흥보가 매품을 팔기로 약속하고 집에 돌아와 아내와 대화를 나누는 부분이다.

【중중머리】
〔효〕 흥보 마누라 나온다 흥부 마누라가 나오며
〔처〕 어디 돈 어디 돈 돈 봅시다 어디 돈 이 돈이 웬 돈이요 일수월수(日收月收) 변(邊)을 얻어왔소 체계변전(滯計邊錢)을 얻어왔소
〔흥〕 아니 그런 돈이 아니로세 일수월수(日收月收)를 왜 얻으며 체계변전(滯計邊錢)을 왜 얻겠나
〔처〕 그러면 이 돈이 웬 돈이요 길거리에 떨어진 돈을 오다가다가 주어왔소
〔흥〕 아 아니 그런 돈이 아니로세 이 돈 근본을 이를진대 대장부 한 번 걸음에 공돈같이 생긴 돈이로세 돈돈돈 돈 봐라 못난 사람도 잘난 돈 잘난 사람은 더 잘난 돈 생살지권을 갖은 돈 부귀공명이 붙은 돈 맹상군(孟嘗君)의 수레바퀴같이 둥글둥글 도는 돈 얼시구 좋구나 지화자 좋네 얼시구나 돈 봐라
【아니리】
〔흥〕 자 이 돈 가지고 양식 팔아오오
〔효〕 양식 팔고 고기 사다 자식들 다리고 배 부르게 먹었것다 그날 밤 흥보 마누라가 자식들 다 잠드려 놓고 조용히게 묻는 말이
〔처〕 여보 배 부르게 먹고나니 좋기는 허오마는 그 돈이 어디서 났소
〔흥〕 여보 큰일부터는 비불발설(秘不發說)해야 허요 다른 돈이 아니라 우리 골 좌수(座首)가 병영(兵營)에 상사범(常事犯)을 당

> 하였습디다 그래서 내가 좌수(座首) 대신으로 가서 곤장 열 개만 맞고오면 한 개에 석 냥씩 열 개면 서른 냥 아니요 날 말 타고 다녀오라고 마삯 닷 냥을 줍듸다그려 만일 뒷집 꾀수아비란 놈이 알면 발등 거리를 헐 터이니 쉬 - (김연수 창본 <흥보가>)[24]

흥보가 매품을 파는 사건이 신재효본에는 없으니 위 사설은 송만갑 바디 사설을 참조했을 것이라 추측할 수 있다. 하지만 정작 송만갑 바디의 창본들을 위 사설과 비교해 보면, 유사한 듯하면서도 다른 점이 있음을 알 수 있다. 그 중에서도 상대적으로 위와 좀 더 가까운 강도근 창본 사설의 해당 부분과 위의 것을 비교해 보면, 김연수는 이 대목에 대한 자신의 분석을 토대로 사설을 재구성했을 가능성을 상정할 수 있다.

강도근 창본에서는 돈타령이 먼저 제시된다. 그 다음, 흥보처가 돈을 보고 일수변, 월수변을 얻어 온 것이냐 하자 흥보가 아니라고 하고, 다시 路上에서 주워왔냐고 하자 아니라고 하며 매품을 팔기로 약속하고 받은 말삯이라고 하는 문답이 이어진다.

반면, 위 김연수 창본에서는 이 순서가 뒤바뀌어 있다. 문답이 앞에 나오고 돈타령이 뒤에 제시되고 있는 것이다. 그러면서 그 돈의 출처를 흥보처가 모른 채 하나의 唱대목이 끝나는 것으로 되어 있다. 김연수가 위처럼 문답을 먼저 제시하고 돈타령을 뒤에 둔 것은 일차적으로는 이 대목을 일종의 정체확인의 형식으로 재구성하고자 했기 때문인 듯하다. 그와 함께 돈의 근본이 담긴 돈타령이 이 대목의 중심에 놓이게 되었다. 생살지권을 가진 돈의 위력 앞에 돈의 출처는 실은 그

24) 김진영 외, 앞의 책, 365쪽.

리 중요한 것이 아니었다고 보았을 수 있다.

또한 김연수 창본에서는 돈타령으로 창을 맺으면서 대장부 한 번 걸음에 공돈 같이 생긴 돈이라며 출처를 명시하지 않고 아니리 대목으로 넘기고 있다. 여기에는 그 나름대로의 치밀한 계산이 있었던 것 같다. 강도근 창본의 경우 매품을 팔기로 하고 받은 말삯이라는 남편의 말에 흥보처는 가슴 아파하기만 한다. 그 돈으로 음식을 해 먹었다는 언급은 할 여지가 없었던 것이다. 하지만 김연수 창본의 위 아니리 대목에서는 그 돈의 출처를 알지 못했으므로 그 돈으로 양식 팔고 고기 사다가 자식들을 배불리 먹일 수 있었다. 불쌍한 흥보 가족으로 하여금 그 돈으로나마 허기를 채울 수 있도록 하는 것이 인간적인 배려였을 수 있다. 그 날 밤 흥보처는 조용히 다시 그 돈의 출처를 묻는다. 그제서야 흥보는 그 돈의 출처를 얘기한다. 거기에다 꾀수아비의 발등거리를 염려하기까지 한다. 위에는 인용하지 않았지만 이에 이어 흥보처는 펄쩍 뛰어 일어서며 흥보에게 소리 높여 가지 마라고 애원한다. 조용한 밤중이었으니 아마 흥보 뒷집에 사는 꾀수아비는 모두 다 엿들었을 것임에 틀림없다. 김연수는 이러한 점까지 예상하며 송만갑 바디의 이 대목을 위와 같이 재구성했던 것이다.

신재효본의 경우도 역시 재구성의 대상이 된 것은 마찬가지이다.

【자진머리】

〔효〕 흥보가 건너간다 흥보 거동 볼작시면 꼭 얻어올 줄 알고 큼직헌 오장치를 평양 가는 어둥이 뽄으로 등에다 짊어지고 서리아침 치운 날 팔장 찌고 옆걸음 쳐 놀보 사랑을 건너간다 대문간 당도허니 그 새 형세 더 늘어서 가세가 더욱 웅장허구나 수십 간 줄행랑을 일자로 지었는데 한가운데 솟을대문 표현히 날아갈 듯 대문 안에 중문이요 중문 안에 벽

문이라 거장헌 종놈들이 쇠털벙치 청창(靑氅) 옷에다 문마다 수직(守直)타가 그 중에 마당쇠가 흥보를 보았구나

【아니리】

〔마〕 아이고 서방님 마당쇠 문안이요

〔흥〕 오냐 마당쇠야 잘 있더냐 그 동안 큰 서방님 문안 안녕허시며 성정이 좀 어떠시냐

〔마〕 아이고 말도 마십시요 작은 서방님 쫓아낸 후로는 악음이 더욱 바짝 나서 제향(祭饗)도 대전(代錢)으로 바친답니다

〔흥〕 아니 이 놈아 제향(祭饗)을 어떻게 대전(代錢)으로 바친단 말이냐

【자진머리】

〔마〕 제향날이면 접시에다 엽전을 한 주먹씩 가득가득히 담아놓고 술이라 과실이라 어포(魚脯) 육포(肉脯) 인절미라 어전(魚煎) 육전(肉煎) 편적(片炙) 산적(散炙) 생선이라 오색탕(五色湯)이라 채소라 수증계(水蒸鷄)라 말끔 찌를 붙여 어동육서(魚東肉西) 홍동백서(紅東白西) 동두서미(東頭西尾) 내탕외과(內湯外果) 좌포우혜(左脯右醯) 분향(焚香) 재배(再拜)로 파제(罷祭) 날이면 쏴 닦어 버리고 궤 속에다 도로 넣습니다 들어가시지 마옵시요 만일 들어가셨다는 부러진 몽둥이 거말장 허오리다

【아니리】

〔효〕 흥보가 이 말을 들으니 등에 찬물을 퍼얹인 듯 쥐덫이 내려진 듯 왼몸이 벌렁벌렁 간담이 서늘허나 하인(下人)말만 듣고 안들어 갈 수가 없어 에라 기왕 온 길이니 인사(人事)나 드리고 갈 밖에 없다 허고 놀보 집으로 들어가 제 형이건만 대청에를 올라가지 못허고 하청배로 뜰 밑에 엎듸여

〔흥〕 형님 동생 흥보 문안이오 (…) (김연수 창본 <흥보가>)[25]

25) 김진영 외, 앞의 책, 371-372쪽. 창과 아니리의 구분은 최동현 채록본을 참조하여 보충

위는 흥보가 놀보에게 양식 구걸 갔다가 마당쇠를 만나 놀보의 근황을 듣는 부분이다. 이 중 '흥보가 건너간다-'는 단락의 사설은 신재효본의 것을 거의 그대로 가져 왔다. 하지만 '서리아침 치운 날 팔장 찌고 옆걸음 쳐 놀보 사랑을 건너간다'는 사설은 신재효본의 것이 아닌 송만갑 바디의 것을 가져와 삽입하였다. 또한 신재효본에 있던 흥보복색치레는 빼버렸다. 관청 행차가 아닌 형의 집에 가는 차림으로 그러한 복색치레는 긴요하지 않다고 생각해서일 것이다.

그런데 그 다음 부분은 "샌님 요새 기력이 어떠하며 대관절 성품은 좀 어떻냐. 말 마시오. 요새 바짝 약아 가지고 제사를 지내도 대전(代錢)으로 바쳐요. 대전으로 바치다니. 아, 그런 것이요. 젯상 위에다 접시만 딱 놓고, 엽전을 이건, 탕감 살 것이요. 이건, 밤 대추 살 것이요. 머, 떡 살 것이요. 그렇게 놓았다가 새벽이면 찬물에 씻쳐서, 딱 드려놓읍디다."라고 되어 있는 강도근 창본 사설에 가깝다. 아마 김연수는 여기서부터는 송만갑 바디의 사설을 참조한 듯하다. 하지만 놀보가 제수를 돈으로 대신한다는 내용은 애초에 신재효본에 있던 것이므로 이 사설은 송만갑 바디의 작자가 신재효본의 것을 수용하여 세부적 사항을 부가한 데 따른 것이다. 그런데 김연수는 여기서 나아가 더 세부적인 내용의 사설을 마련하여 상 차림의 실상에 가깝게 다가가고 있다. 엽전에 제수들의 찌를 붙여 차린 상 차림은 흥미로운 장면일 뿐더러 놀보의 성격을 잘 형상화할 수 있으리라 판단했기 때문이었을 것이다. 김연수는 이러한 방식으로 기존 텍스트들을 조합하면서 필요하다고 판단되는 곳에서는 자신의 사설을 만들어 넣었던 것이다.

그는 아예 특정 대목 자체를 새롭게 짜서 넣기도 했다. 위 인용한

하였다.

사설 뒷부분은 놀보의 성격 때문에 간담이 서늘해짐에도 불구하고 흥보가 형을 만나러 가기로 결심하는 내용이 담겨 있다. 이에 대응되는 신재효본의 해당 부분에서는 흥보가 형을 만나러 늙은 종과 같이 가자고 하나, 늙은 종은 같이 갔다가는 둘 다 탈이 날 것이니 흥보 혼자 가라고 하는 것으로 되어 있다. 그러나 김연수는 늙은 종에 해당하는 마당쇠를 그러한 인물로 그리려 하지는 않았으므로 이 부분은 자신의 사설에 포함시키지 않았다. 오히려 흥보가 몽둥이찜질을 당하고 쫓겨난 직후의 대목으로 김연수는 마당쇠가 놀보 심보를 미워하여 請鬼經을 읽는 대목을 추가하였다. 현재로서는 그 원천 사설을 발견할 수 없으므로 이는 김연수가 스스로 지어낸 사설일 가능성이 높다고 여겨진다.[26] 김연수의 사설을 논의할 때 많이 언급되는, 흥보의 열일곱 번째 아들이 송편 얻어먹으려고 아이들의 가랑이 사이를 기어 다녔다는 삽화도 역시 마찬가지이다.

결국 그는 자기 식의 사설을 짬에 있어 기존 사설은 물론 더늠까지도 서슴지 않고 고쳤다. 기존 텍스트를 해체하여 재구성했는가 하면 아예 새로운 대목을 자기 식으로 마련하기도 했다. 동초제 <흥보가>는 이렇게 해서 태어났다. 그렇게 함에 있어 그는 당당했다. 이는 그 나름대로의 판소리관에 따른 기준과 원칙이 있었기 때문일 것이다. 다음 장에서는 그 점을 논의해 보고자 한다.

26) 물론 이러한 대목의 사설을 스스로 만들었는지, 기존 텍스트를 참조했는지 확실치 않다. 이 문제는 향후 더 많은 <흥보전> 이본들이 발굴될 때 재론되어야 할 사안이다.

4. 김연수 창본 <흥보가>의 특징

1) 인물 형상의 측면

일찍이 필자는 <흥부전> 이본들을 두 계열로 나누어 검토한 바 있는데, 그 중 창 전승 <흥보가>로 이어진 계열에서는 착하기만 한 흥보의 형상에다 화폐 경제라는 새로운 환경에 적응하지 못하여 무능해 보이기도 하는 형상을 부가하는 한편, 윤리관에 문제가 있기는 하나 선진적 경제관을 소유함으로써 악인의 형상이 다소 희석된 놀보는 포용하는 쪽으로 나아갔다고 보았다. 그리고 이에는 신재효본의 영향이 없지 않으리라 하였다.

앞서 언급했듯 김연수의 <흥보가> 역시 이러한 계열에 속한다고 볼 수 있다. 대책 없는 흥보의 형상을 가난상 묘사와 더불어 드러내고 있으며 결말 대목에서는 개과천선한 놀보를 흥보가 포용하는 것으로 되어 있기 때문이다. 하지만 동서편 <흥보가>와 비교해 볼 때 인물 형상면에서 소폭의 차이가 느껴진다.

우선 흥보의 경우 善行사설을 제시하여 이러한 성품을 지닌 흥보를 쫓아내는 놀보의 부정적 형상을 강화한다. 그리고 신재효본에서부터 보이는 것으로 박봉술 창본 등에 이어진, "마누라 시켜 밥 얻어오면 고초장 아니 얻어왔다고 담뱃대로 때려도 보고" 하는 등의 사설도 보이지 않는다. 일그러진 가장으로서의 형상화에까지 나아가지는 않고 있는 것이다. 게다가 김연수 <흥보가>에는, 여타 바디에서는 사라지는 추세에 있던 품팔이사설이 들어 있다. 각종 품을 팔다 마지막으로 택한 것이, 호방의 권유이기는 하나 매품팔였으며, 그것도 여의치 않자 형에게 양식 구걸 가는 것으로 되어 있는 것이다. 이는 흥보가 무책임하거나 무능한 인물이라고만 볼 수 없게 하는 일련의 설정들이라 할 수 있다.

물론 김연수의 <흥보가>에서도 흥보 가족의 가난상이 골계적으로 형상화되어 있어 흥보에 대한 비웃음의 시선이 발견되기는 한다. 놀보에게 쫓겨난 뒤 동네 사람이 도와주어 겨우 머물게 된 집의 형상이 사람이 제대로 몸을 가눌 수 없는 곳이라 한 것, 흥보 자식이 29명이나 된다고 하고 그 이름을 하나씩 붙인 후 강아지 행렬 같다고 한 것, 게다가 흥보 자식들을 멍석에다 구멍을 내어 기괴스럽게 키운다고 한 것, 흥보 자식들의 음식타령, 그 중 한 자식이 송편을 얻어먹기 위해 다른 아이들의 가랑이를 기어다녔음에도 먹을 것을 얻지 못하고 뺨만 맞았다는 것 등이 이러한 사례에 속한다. 하지만 전후 맥락을 자세히 더 따져 보면 흥보의 무능함에 대한 비웃음의 시선만 발견되는 것은 아님을 알 수 있다. 예컨대 놀보에게 쫓겨난 뒤 겨우 머물게 된 집 형상이 말이 아니라고 해 놓고는 바로 이어서 품팔이사설을 제시하여 어떻게든 살아보려는 흥보의 노력을 제시한다든지, 큰아들이 장가 보내달라는 말에 매품팔이하여 벌 돈 30냥 중 10냥은 큰아들 장가보내자고 제의한다든지 하는 것들이 그러하다. 흥보의 한 자식이 다른 아이들의 가랑이를 기어다녔다는 삽화도 실은 골계미와 함께 흥보 자식들에게까지 이어지는 흥보가족의 고난상이 강도 높게 전달되고 있다.[27] 여타 바디에 비해 김연수의 <흥보가>에서는 흥보를 그래도 살아보려 노력하는 선한 인물로 형상화하는 데 상대적으로 비중을 두고 있는 것이다.

---

27) 흥보가족의 가난상을 골계적으로 형상화하는 것은 기록 전승 우위 계열의 특징이다. 이러한 형상화 방식은 극도의 가난을 다소 객관화하여 바라볼 수 있게 함으로써 공감의 효과를 야기한다고 할 수 있다. 김연수 역시 이러한 효과를 적절히 파악했으므로 관련 삽화를 새로이 마련하여 부가한 것이다.

그러나 그럼에도 불구하고 김연수가 흥보를 대상화하여 바라보며 웃음을 유발하는 대목들을 마련한 것은 골계적 재미를 추구하려는 의도 때문이 아닌가 한다. <흥보가>는 재담소리라고들 한다. 이에는 재담만 잘하면 <흥보가>를 쉽게 부를 수 있다는 폄하의 시각이 담겨 있기는 하나, 거꾸로 말하면 재담을 잘하지 못하는 창자는 <흥보가>를 재미있게 살려내지 못하리라는 뜻도 된다. 김연수는 <흥보가>의 이러한 특성도 중요하다고 생각했던 것이다. 아마 김연수가 특히 골계적 재미를 추구하려 한 대목은 흥보박대목 제1박에서 나온 쌀로 밥을 해 먹으며 노는 대목일 것이다. 여기에서는 송만갑 바디의 사설과 신재효본의 주요 사설을 다 가져오고 있어 거의 골계적 재담의 집합체가 되어 있음을 볼 수 있다. 그것도 모자라 그는 흥보가 눈 똥이 높이 뻗쳐 나가서 황룡 같더라는 삽화까지도 끌어온다. 이 삽화는 이선유, 강도근 창본[28]에도 들어 있는 것으로 보아 예전 <흥보가>에서는 간혹 불리었던 것 같긴 하지만, 박봉술, 박록주 등 동편제 창본들에서는, 그들이 실제로는 불렀을 수도 있으나, 보이지 않는다. 터무니없는 이야기라 보았기 때문일 것이다. 그런데도 김연수는 버리기 아까웠는지 자신의 <흥보가>에 굳이 성악가의 농담이라 하면서도 포함시켜 놓았다. 그것은 이 삽화의 재미에 대한 미련 때문일 것이다.

김연수가, 부자가 된 흥보의 집에서 놀보가 화초장과 화한단, 돈궤 등을 모두 가져오는 것으로 설정한 것도 이와 관련된 것이라 여겨진다. 김연수는 놀보가 화한단과 돈궤를 가져 오는 신재효본의 설정을 받아들여야 한다고 생각했을 것이다. 잇속에 밝은 놀보의 성격을 고려할 때 그렇게 해야 합리적이라 본 신재효의 개작 방향에 동의한 까닭

28) 이선유 창본의 것은 위의 책, 338쪽 참조. 강도근 창본의 것은 김기형 역주, 『강도근 5가 전집』, 박이정, 1998, 257-258쪽 참조.

이다. 그러나 김연수는 이와 함께 원래의 화초장 대목도 함께 가져 왔다. 화초장 대목은 놀보가 그 화려함에 매료되어, 흥보에게 달라고 하여 가져 오다가 이름을 잊어버리는 골계적인 대목이다. 돈궤, 화초장은 둘 중 하나만 가져가는 것으로 설정해도 충분하다. 그럼에도, 김연수는 둘 다 가져 가는 것으로 설정하였다. 이는 신재효식의 합리성도 중요하지만 골계적 재미도 놓치지 않으려는 데 이유가 있었다고 볼 수밖에 없다.

후대 동편제 <흥보가> 전승상 점차 약화되어 가는 흐름 속에 놓여 있던 놀보박대목을 김연수가 재구・강화한 것도 이와 관련되리라 본다. 서사적 합리성을 중시하는 그로서 흥보박대목이 있으면 놀보박대목도 있어야 한다고 보았을 것이다. 기존 사설들 중에서도 신재효본의 사설은 불완전하게 전승되던 동편제의 놀보박대목을 충분히 보완할 수 있을 정도의 짜임새를 지니고 있다고 판단하여 이를 대거 수용하였다. 게다가 놀보박대목은 심술스러운 인물을 흥미롭게 괴롭히는 골계적인 재미에 초점이 두어져 있는 대목이므로 사설의 재미를 중시하는 그의 의도에도 부합하는 대목이었을 것이다.

그런데 김연수가 놀보박대목을 온전히 그려내려 한 것에는 놀보가 패망하는 데서 오는 골계적 웃음과 즐거움을 극대화하려는 데 의도가 있었으므로 그러한 의도를 최대한 살리기 위해서라도 놀보의 악인적 형상을 강화할 필요가 있었다. 여타 바디처럼 놀보가 흥보를 내쫓을 때 일리 있는 이유를 드는 것으로 설정한 것은 김연수 <흥보가>의 경우도 마찬가지이다. 하지만 다음과 같은 부분은 김연수 나름대로 놀보의 심성을 부정적으로 형상화하려는 의도가 구현된 사설이다.

【자진머리】

〔놀〕 일원산(一元山) 이강경(二江景)이 삼포조(三浦潮) 사법성(四法聖) 오개주(五介州) 육도둔(六道屯)의 파시평(波市坪)을 찾아가서 삼사월 긴긴 해에 수많은 자식들은 생선 엮기를 가르치고 제수는 인물 곱고 태(態)가락이 장히 좋아 삼패기생(三牌妓生) 제격이니 노름방을 꾸며놓고 술상 끼고 옆에 앉어 방전불전 투전공과 간간히 술을 주고 술값 회계 다 찾이면 말경엔 판전돈이 모다 네 것이 될 것이요 제수 선웃음 한번이면 호기있는 잡기군(雜技軍)들 서로 보기를 원허여 물 쓰듯 돈 쓸테니 이삼 년만 그리허면 거부장자가 될 것이다 (김연수 창본 <흥보가>)[29]

본래 '일원산 이강경' 운운하는 부분은 신재효본에서는 서술자의 목소리로 제시되어 흥보가 유랑하며 떠돌았음을 알게 하던 부분이다. 그런데 김연수는 위와 같이 쫓겨나는 흥보가 어디로 가야 하냐고 묻자 놀보가 일러 준, 흥보의 갈 곳으로 고쳐 놓았다. 그리고 살아갈 방책도 함께 가르쳐 주고 있는데 그것은 노름판과 술집을 통한 건전하지 못한 기생적 방식의 삶이다. 이는 흥보가 어떻게 살아가든 자신과 상관없다는 악담에 가까운 말이다.

양식 구걸 온 흥보를 몽둥이찜질을 하여 쫓아내는 놀보를 보고, 놀보 하인 마당쇠는 놀보가 망하기를 바라며 귀신을 청하는 청귀경을 읽는 것으로 설정되어 있는데, 이 역시 김연수 나름대로의 놀보 형상화 방식의 일환이었다고 보아야 한다. 김연수의 <흥보가>는 동서편 <흥보가>의 인물 형상을 수용하고 있으면서도 상대적으로 놀보의 악인 형상을 강화하고 흥보의 긍정적인 형상을 더 부가했던 것이다.

29) 김진영 외, 앞의 책, 357쪽.

2) 서술 방식의 측면

동초제 판소리 사설의 특징이자 동초의 작사 기준으로 가장 많이 거론되어 온 것은 서사적 합리성 추구일 것이다. 전후의 서사적 맥락에 대한 고려가 사설 구성의 주요 기준이었다는 것이다. 예컨대, 앞 장에서 다룬 바 있지만, 흥보가 말삯으로 받아온 돈 닷 냥의 출처를 아내에게 말하고 아내가 가지 말라며 울부짖는 시간대를 굳이 밤중으로 설정한 것은 전후 서사의 합리성에 대한 배려 때문이었다고 본다. 뒷집 꾀수아비가 엿듣고 정보를 입수할 만해야 했던 것이다. 또한 흥보 박대목 중 집을 짓고 난 뒤에 방치레를 제시하고 있는 것, 부자가 된 흥보집을 놀보가 방문했을 때 다시 방치레를 끼워 넣어 놀보로 하여금 동생의 富를 실감케 한 것 등도 이러한 맥락 하에서 해명할 수 있다. 특히 결말 대목에서 장비의 호통을 듣고 놀보가 기절했을 때 흥보가 還魂酒를 가져와 놀보를 살려내게 한 것은 차라리 치밀하다고 해야 할 서사적 논리 반영의 결과이다. 김연수의 <흥보가>에는 이처럼 서사적 논리를 '치밀하게' 고려하여 첨가한 부분들이 여기저기서 발견된다. 다음과 같은 경우들이 그러하다.

(가)

【아니리】

〔효〕 그 때에 흥보가 처자를 앞세우고 정처없이 다닐 적에 더구나 흥보처는 부자댁 며느리로 먼 길 걸어 보았겠나 어린 자식 업고 안고 울며 불며 따러 다니다가 수삭만에 하로는 복덕촌이란 곳을 찾아 들어가니 인심도 거룩허고 농장도 수근(水根)이 튼튼허여 사람 살기 좋은지라 그 때 마침 촌전(村前)으로 집 한 채가 비어 있어 동인에게 사정헌 바 집을

영구히 허락커늘 동리 솥 하나 얻어 걸고 근근히 지내갈 제 (김연수 창본 <흥보가>)[30]

(나)

【아니리】

〔효〕 놀보 제비 세 마리는 강남으로 들어가 제비왕께 현신 후에 놀보놈 전후내력 낱낱이 주달허니 제비왕이 분을 내여 원수 구자(仇字) 바람 풍자(風字) 쓴 박씨 하나를 내여주며

〔왕〕 이것 갖다 놀보 주어 원수를 갚게 허라

〔효〕 놀부 제비 여짜오되

〔제〕 원수 구자(仇字) 바람 풍자(風字)를 보면 놀부가 이 박씨를 심을 리 있사오리까

〔왕〕 네 모르는 말이로다 놀보놈이 심술은 고약허나 글은 많이 배웠느니라 고 놈 유식 자랑허여가며 기여코 심을 테니 걱정말고 전하여라

〔효〕 저 제비 받아 물고 제 처소에 돌아가 명춘을 기다릴 제 (김연수 창본 <흥보가>)[31]

(가)는 놀보에게 쫓겨난 흥보가 복덕촌의 빈 집에 정착하는 대목의 사설이다. 그런데 여타 바디의 텍스트에서는 어떻게 해서 그곳에 살게 되었는지 명확한 설명이 없는 것이 일반적이다. 신재효본의 이 부분 역시 빈 집 한 칸이 있어 잠시 살아보는 것으로 되어 있을 뿐이다. 하지만 김연수는 위와 같이 동네 사람에게 사정하여 빈 집에서 살 것을 허락받고 거기에다 솥도 하나 얻어 근근히 살 수 있게 되었다고 그 사연을 굳이 설명하고 있다.

30) 김진영 외, 앞의 책, 358쪽.
31) 위의 책, 425쪽.

그리고 (나)는 놀보에게 당한 제비가 전후 내력을 제비왕에게 주달하니 제비왕이 원수 '仇'자, 바람 '風'자가 씌어진 박씨를 내어 주는 부분이다. 이때 놀보 제비가 박씨에 부정적인 글자가 씌어 있으니 놀보가 심을 리 있겠느냐고 하자 제비왕은 틀림없이 심을 것이라고 대답하고 있다. 작품 속 놀보는 제비왕이 예상한 것처럼 유식함을 자랑하며 기어코 박씨를 심는다. 그런데 여타 텍스트에서는 이처럼 부정적인 글자가 씌어져 있음에도 불구하고 놀보가 박씨를 심을까 염려하는 부분은 들어 있지 않다. 위 놀보 제비와 제비왕의 문답은 김연수 스스로 서사적 논리에 입각하여 던져 본 의문이면서 또한 답변이었던 것이다. 이는 작중 정황에 대한 면밀한 비정에 따른 것이다.

동초의 <흥보가>에는 이처럼 서사적 합리성 또는 치밀한 서사 논리 인식에 의거하여 마련한 사설들이 적잖이 들어 있다. 위에서 다룬 것 외에, 흥보가 成造 후에 집안에 우환이 없어지고 부자들이 竝作으로 논마지기씩 붙여주었다는 언급, 셋째 박에서 양귀비가 나와 흥보가 아내의 방에서 열흘 자면 첩의 방에는 하루 자겠다고 하자 흥보처가 셋이서 그것을 맹세해야 한다고 하는 부분, 제비 다리를 부러뜨린 놀보에 대해 제비의 심리와 놀보의 심리를 대조적으로 묘사한 부분 등에서 역시 서사 논리에 대한 김연수의 치밀한 배려가 보인다. 이는 어떻게 보면 신재효의 개작 의식과도 통한다고 볼 수 있다.

김연수는 또한 필요하다고 생각되면 서사의 빈 틈으로 비집고 들어가 새로운 삽화를 마련하여 세부 서사를 확충하기도 했다.

【아니리】

〔효〕 흥보가 이리 고생을 허고 가난허게는 지내도 자식은 부자였다 내외간에 금슬이 좋아 자식을 풀풀이 낳는듸 일년에

> 꼭꼭 한 배씩을 낳는듸 의례건 쌍둥이요 간혹 셋씩도 낳고 내외간에 서로 보고 웃음만 웃어도 그냥 입태(入胎)를 허여 그럭저럭 주어보테논 자식들이 깜북이 없이 꼭 아들만 스물아홉을 조릇이 낳었것다 이 놈들을 제대로 작명헐 수도 없고 그냥 아무케나 불러보는데 갑실(甲實)이 을실(乙實)이 병실(丙實)이 정실(丁實)이 무실(戊實)이 기실(己實)이 경실(庚實)이 신실(辛實)이 임실(壬實)이 계실(癸實)이 자실(子實)이 축실(丑實)이 인실(寅實)이 묘실(卯實)이 진실(辰實)이 사실(巳實)이 오실(午實)이 미실(未實)이 신실(申實)이 유실(酉實)이 술실(戌實)이 해실(亥實)이 아롱이 다롱이 검둥이 노랭이 복실이 발발이 떨렁이 이렇듯 불러노니 처음에는 천간지로 나가 그럴듯 허더니 나종에 보니 말끔 강아지 행렬(行列)이 되었던 것이었다 수다헌 자식들을 의복 지어 입힐 수 없어 흥보가 꾀를 하나 생각해가지고 부자집을 다니며 신짚을 얻어다가 멍석을 절어가되 목이 들고날만허게 절어가다 궁길내고 절어가다 궁길내고 이십팔숙으로 궁길내여 자식들을 앉혀 놓고 환상죄인(還上罪人) 칼 씌우듯 멍석을 딱 씌워노니 몸뚱이는 안보이고 대굴박만 멍석 위에 흑태(黑太) 메주 늘어논 뽄이 되였겄다 이 놈들이 울어도 앉어 울고 잠을 자도 앉어 자고 이러고 앉아 놀다가 (김연수 창본 <흥보가>)[32]

일찍이 신재효는 <박타령>에서 나이 마흔도 되기 전에 흥보가 자식을 25명이나 낳게 된 것이 한 해에 한 배씩 한 배에 둘셋씩 낳았기 때문이라고 억지스런 설명을 덧붙인 적이 있었다. 김연수는 위 사설 앞 부분에 신재효의 이러한 설명을 그대로 가져 왔다. 그런데 김연수

32) 위의 책, 358-359쪽. 창, 아니리의 구분은 최동현 채록본을 참조하였다.

는 한 술 더 떠서 아들을 29명으로 설정하고 作名까지 한 후 강아지 행렬 같다는 사설을 더 제시하고 있다. 멍석에 아이 기르는 삽화도 신재효의 것을 바탕으로 하여 자기 식으로 고쳐 덧붙였다.

흥보 자식 작명사설은 서사적 합리성 추구와는 거리가 있다. 흥보 자식의 이름 제시가 서술상 그리 긴요한 것도 아니다. 김연수는 흥보 자식이 29명이나 되니 이름은 어떻게 붙였을 것인가 하는 흥미로운 의문을 던져 보고 이에 스스로 답함으로써 세부 서사를 확충한 것일 뿐이다. 그러므로 이는 물론 전후의 서사 논리에 근거를 둔 것이기는 하나, 차라리 서사의 확충 의도에 말미암은, 부분의 세부적 사물이나 상황의 포착이라 해야 할 현상이다. 김종철[33]은 일찍이 이러한 현상에 주목하여 이 역시, 세부적 사물 속으로의 잠행이자 미시 세계의 추구로서 서사적 사건 자체는 증대시키지 않되 서술 분량은 크게 증대시킬 수 있으므로 장면 극대화 원리와 통하는 판소리 서술 원리 구현의 한 모습이라 한 바 있다.

김연수의 <흥보가> 중, 앞서 언급한, 놀보가 양식 구걸 온 흥보를 매질하여 쫓아낸 뒤 마당쇠에게 집가심을 하라 하자 마당쇠가 오히려 놀보를 쫓으려고 청귀경을 읽는 삽화, 흥보의 열일곱번째 아들이 송편을 얻어 먹으려고 친구들 가랑이 사이로 기어다니는 수모를 겪었다는 삽화 등도 서사 전개상 긴요하지 않은 세부의 확충이라는 점에서 위의 경우와 상통하는 삽화이다. 동초가 이러한 방식으로 세부 삽화를 마련한 것은, 이러한 식의 서술 방식이, 기존 사설에 있던, 매품을 팔려다가 발등거리 당한 삽화, 흥보가 박 속에서 나온 쌀로 밥을 하여 그것을 던져 먹는 등의 소위 밥놀이를 하는 삽화, 놀보박대목에서 옛

33) 김종철, 「판소리문학의 미적 운용 원리 연구」, 『국어교육』 108, 한국국어교육연구학회, 2002, 365-367쪽.

상전이 능천낭으로 놀보의 세간을 빼앗는 삽화 등이 제시되는 경우와 유사하다고 파악했기 때문일 것이다. 김연수는 판소리 사설 구성 원리 중 하나라 할 수 있을, 세부에 대한 집중적 서술이 판소리 다운 서술이라 인식하고 이를 적절히 응용했던 것이다. 실은 앞서 언급한 치밀한 세부 사항 설정 역시 넓게 보면 사설 구성 원리에 대한 그의 이러한 인식과 관련이 있다고 생각된다.

김연수 <흥보가>의 서술 방식으로 또 하나 특기할 점은 한시문구들을 동원하여 품격 있는 재미를 의도하고 있다는 점이다. 판소리 사설에는 한시문구들이 적지 않다. 이는 양반 향유층을 겨냥한 데 따른 것이기도 하나 사설의 품격을 높이려는 창자들의 전략[34]에 기인한 것이기도 했다. 동초는 특히 그러한 전략을 중요시한 것으로 보인다. 그래서 한문을 공부한 그답게 한시문구가 들어 있는 사설을 마련하는 재미를 스스로도 느꼈을 것이며, 지식층 청중들로 하여금 작중 상황과 한시문구들을 비교하는 지적 즐거움을 느끼도록 했다. 앞서 언급한 바 있듯, 동초는 흥보박 제1박 톱질사설에 송만갑 바디의 것과 한문구가 많은 신재효의 것을 함께 제시하였으며 제2박 톱질사설 역시 두 텍스트로부터 따와서 이어 붙였다. 그러므로 이는 일반 대중과 지식층이 각기 그 나름대로의 재미를 느끼도록 하는 한편 유식한 사설을 통해 품격을 높이려는 전통적인 판소리 창자의 작시전략의 연장선상에 놓여 있다고 보아야 한다.

그런데 한시문구에 자신이 있었던 김연수의 경우는 더 나아가 자기과시의 단계에까지 이르고 있음을 볼 수 있다. 앞서 논의한 것처럼 원수 '仇'자, 바람 '風'자가 씌어진 박씨를 심지 않을 수도 있으리라는 놀

34) 판소리 창자의 작시 전략으로서의 '자식 자랑' 혹은 '박식 자랑'에 대해서는 서대석, 「구비서사시인의 작시전략」, 『한국학연구』 8, 고려대 한국학연구소, 1996, 267-268쪽 참조.

보 제비의 말을 굳이 첨가해 둔 것도 이와 관련하여 이해할 수 있다. 신재효본의 한시문구들을 수용한 것 역시 마찬가지이다. 나아가, 그는 자신이 판단하기에 착오라 생각될 경우 신재효본의 것도 수정하고 있다. 놀보박 제1박에서는 놀보의 옛 상전이 등장하는데, 신재효본의 경우 '范彊, 張達, 許褚 같은 설금찬 여러 놈이 몽치 들고' 함께 등장하는 것으로 되어 있으나, 김연수는 이 부분을 '樊噲 같은 하인들이 뭉치 들고'로 고치고 있는 것을 예로 들 수 있다. 범강, 장달은 장비 수하 장수들로 장비에게 매를 맞은 후 장비의 목을 베어 오나라에 항복한 인물들이다. 동초는 주인을 배반한 장수들의 이름을 하인을 비유하는 말로 쓰는 것은 적절치 않다고 생각하고 한고조 휘하의 용맹스런 장수인 번쾌로 바꾸어 놓았던 것이다. 이는 동초가 중국 고사에 대해서도 그 나름대로의 식견이 있었음을 뜻한다.

김연수가 이처럼 자신의 사설을 재창조하면서 유식한 한시문구를 신재효본으로부터 받아들이고 서사 논리를 고려한 서사 세부의 치밀한 확충을 시도하면서 골계적 재미도 놓치지 않으려 한 의도는 무엇일까. 일단 이러한 모습은 판소리의 음악적 예술성을 중시하면서 놀보박대목을 생략하기까지 한 강도근, 박록주 등 <흥보가>의 경우와는 다르다. 그렇다면 김연수는 창극 활동과 연속판소리 관련 라디오 방송 활동을 하면서 일반 대중에게 가까이 다가가려 했던 것에서 보듯 대중의 취향에 맞추려 한 것인가. 그렇다고 볼 수도 있고 그렇지 않다고 볼 수도 있다. 골계적 사설들을 흥미롭게 짜고 서사 세부의 치밀한 확충을 시도한 것은 대중을 의식한 것이 분명하다. 하지만 적잖은 한시문구들을 정확히 비정해 가며 애써 사설 속에 포함시킨 것은 현대 일반 대중의 취향을 고려한 데 따른 것이라 보기는 어렵다. 이 점을 김연수 자신이 몰랐을 리는 없다. 그럼에도 불구하고 그렇게 한 것은 김연수 나름대로의 판소리관에 따른 것이라 보아야 한다. 판소리 창자로서 대중의 취향을 고려해야 하기는 하나 명창으로서 고집스럽게 지켜야 할 것은 지켜야 한다고 생각했던 것이다. 그러한 절충적 인식이 김연수식 사설 짜기의 한 기준이 아니었을까.

아무튼 분명한 것은 김연수가 '사설'의 재창조에 전력을 기울였다는 사실이다. 그는 당시 판소리계의 문제점을 진단한 결과 가장 큰 문제점은 판소리의 '사설'에 있다고 판단했고 향후 이 문제가 해결되지 않으면 판소리의 미래도 보장되기 어렵다고 판단했던 것은 분명했다. 그의 <흥보가>도 그러한 인식과 진단의 소산이었던 것이다.

5. 맺음말

이상으로 동초제 <흥보가>의 구성과 특징을 살펴보았다. 그 결과를 간추리면 다음과 같다.

우선 <흥보가> 전개의 큰 흐름 속에서 볼 때 김연수의 <흥보가>는 흥보가 쫓겨나 여기저기를 떠돌다 복덕촌이라는 곳에 정착하고 있으며, 매품팔이 삽화에 이어 형에게 구걸하러 가는 삽화가 그 뒤에 놓여 있고, 그 후 서로 자결을 하려 하는 등 심각한 상황에 놓여 있을 때 도승이 등장하는 점 등의 면에서 창으로 전승되는 여타 <흥보가>와 맥을 같이한다.

하지만 그는 여러 선생들로부터 소리를 배운 후 그 나름대로 사설을 짜서 독특한 개성을 갖추었음에 주목해야 한다. 그의 사설은 그가 배웠다고 한 바 있는 송만갑 바디의 <흥보가>와 신재효본 사설을 근간으로 하면서 여타 텍스트들을 참조하여 재창조한 것이었다. 동편제의 사설과 신재효본 사설을 이어붙이기도 하고 기존 사설을 해체하고 그 사이에 자신이 마련한 듯한 사설을 끼워넣기도 했다. 여타 바디에 비해 두드러진 차이라 하기는 어려우나 상대적으로 놀보의 악인 형상이 강화된 점도 발견할 수 있었다.

이렇게 재구성한 결과 그의 <흥보가>는 큰 틀에서는 서사적 합리성을 지향했다고 볼 수 있지만, 치밀한 서사 논리 고려 및 이에 따른 세부 서사 확충의 측면을 더 주목해야 하리라 보았다. 이와 함께 골계적 재미 추구, 유식한 한시문구를 통한 사설 품격 부여 등도 그의 판소리적 지향점이라 볼 수 있었다. 그렇다 하더라도 이러한 특징은 기존 사설에 대한 엄밀한 비정을 통한 정확한 전달력에 기반한 것이었다. 다만 이러한 지향점이 일반 대중인 청중을 겨냥한 데 따른 것인지는 확실치 않다. 하지만 분명한 것은 그가 보기에 당시 판소리계의 가장 큰 문제점은 판소리 '사설'의 어떠한 문제에 있었으며 그 문제가 해결되어야 향후 판소리계가 새로운 지평을 열어낼 수 있으리라 보았다는 점이다.

물론 이러한 논의들은 김연수의 <흥보가>를 기준으로 한 것일 뿐이다. 이러한 논의가 그의 여타 레퍼터리에까지 이어질 수 있는지는 확실치 않다. 그리고 음악적 측면과 연극적 측면에 대해서도 더 살펴야 할 사항들이 많이 있을 것이나 이 글에서 감당할 수는 없었음을 밝혀 둔다.

제2부

〈흥부전〉 대목과 장면 연구

제 1 장

박대목의 대비적 고찰*

1. 머리말

판소리 창자(작자, 서술자)의 서술 전략 중 대표적인 것은, 서사적 정보 제시의 부담감으로부터 어느 정도 벗어났다고 판단될 때, 수용자(청중, 독자)가 관심을 보일 만한 대목에 이르러 서술량을 최대한 늘려 짬으로써 그들의 호응을 지속적으로 확보하려는 전략일 것이다.[1] 판소리의 적잖은 장면들이 그러한 전략의 소산임은 이미 알려진 바와 같다. 그런데 그 중에서도 특히 과도하다 싶을 정도로 확장된 장면들이 있어 주목된다. <흥부전>의 흥보박, 놀보박대목[2]이 그것들이다. 이들 대목은 부자가 된 동생 집을 놀보가 찾아오는 사건을 제외한다

* 이 글은 『국어국문학』 164(국어국문학회, 2013)에 실린 「<흥보전> 박대목들의 대비적 고찰」을 부분 수정한 것이다.

1) 김대행, 「정보와 놀이를 섞어 엮는 판짜기-판의 구조화 원리와 이중주적 문화」, 『우리시대의 판소리문화』, 역락, 2001 참조.

2) '박사설'이 아닌 '박대목'이라는 용어를 쓴 것은 이 글에서 사설 차원의 미세한 검토가 아닌, 그 내용물에 대한 검토를 행하고자 하기 때문이다.

면 단 두 장면일 뿐인데도, 작품 전체에서 적게는 1/4에서 많게는 2/3에 이를 정도의 서술량을 차지[3]하고 있는 것이다. 이는 이 대목에 대한 수용자들의 호응이 컸을 뿐더러 창자들도 특히 힘 기울여 이 대목의 사설 혹은 내용물들을 덧붙여 나갔음을 뜻한다. 형성기 <흥보가> 창자들은 이 대목을 어떻게 꾸며 나갔을까. 이 글에서 살피고자 하는 첫 과제는 이것이다.

이 문제에 대해 기왕의 연구를 통해 해명의 큰 틀은 마련되었다고 볼 수 있다. 놀보박대목은 창자의 경험과 견문의 세계를, 흥보박대목은 소망의 세계를 바탕으로 하여 형성되었을 것이며, 판소리 공연 현장의 개방성 또는 필사자의 개입 등 요인에 의해 서술량이 더욱 늘어났으리라는 것이다.[4] 또한 자신이 익히 알고 있던 각종 단위사설들을 적절한 곳에 구사하여 청중의 호응을 지속시켜 갔을 창자의 작시법[5]도 주요 요인으로 작용했을 것이다. 그런데 큰 틀에서는 그러한 요인으로써 해명할 수 있다 하더라도, 각 박에서 나오는 구체적인 내용물들로서 왜 하필 청의동자, 각종 기물들, 옛 상전, 장비 등등이 설정되었는지는 별로 논의된 바 없다. 박대목의 형성 문제는, 그 서술 방식이나 전략의 관점에서 논하기 이전에 결말 대목으로서 그 내용물들의 기원 내지 설정 이유에 대해서도 논의가 이루어져야 하는 것이다. 이 글에서는 <흥부전>이 설화에 소재적 원천을 두고 있음과 흥보와 놀

---

3) 서종문, 「<흥보가> '박사설'의 생성과 그 기능」, 『판소리사설연구』, 형설출판사, 1984, 151쪽.

4) 위의 글, 151 및 163쪽 참조. 정충권, 「흥보박사설의 형성과 변모」; 「놀보박사설의 전승 양상」, 『흥부전 연구』, 월인, 2003에서도 흥보박사설과 놀보박사설에 대해 형성과 변모의 관점에서 각각 논의한 바 있다. 본고는 이 두 편 기존 논문들의 종합편이라 할 수 있을 것이다.

5) 서대석, 「구비서사시인의 작시전략」, 『한국학연구』 8, 고려대 한국학연구소, 1996, 267-268쪽.

보가 상반된 결말을 맞는다는 점에 착안하여 '대조적 대비'의 관점에서 구체적인 내용물들을 살피고자 한다. 물론 이러한 작업이 박대목 내용물들의 설정 이유 모두를 다 해명해 낼 수는 없겠으나 그래도 박대목의 형성 문제를 새로운 시각에서 살피게 되는 의의는 있으리라 본다.

그 다음 과제는 당시 수용자들이 왜 이 박대목들에 호응을 보였던가 하는 점이다. 이는 당시 수용자들은 이 대목들에서 자신들의 삶과 견주어 어떠한 의미를 발견하고 있었던가 하는 문제와도 관련될 것이다. 물론 이 문제에 대해서도 기왕의 지적이 있었다. 당시 주 청중이었을 하층민이 기대한 심리적 보상이 허구적으로나마 충족되고 있으며 그것도 흥미롭게 그려지고 있다는 지적[6]이 그것이다. 곧 그들이 흥보와 놀보에게 주어지는 상벌의 결과에 대해 지지를 보이는 한편 흥보 박대목에 그려진 富에 대해서는 평소에 지닌 소망이 간접 충족되는 쾌감을 맛보았으리라는 것이다. 또한 박대목의 심리적 보상 문제에 집중한 한 연구[7]에서는 흥보박이 세 개로 그친 것은 당대인들이 생각한 행복의 적정선에서 멈춘 결과인 반면, 놀보박이 흥보박보다 더 많은 박의 개수를 보이는 것은 만족하지 못하는 욕망의 추구를 문제 삼았기 때문이라 보기도 했다. 이는 놀보박이 상대적으로 흥보박보다 길어진 데 대한 그 나름대로의 이유 규명이라 볼 수 있다. 이 글에서는 기존 성과를 수용하면서 박대목들이 일종의 욕망 담론임에 주목하여 이 대목들의 표상적 의미를 찾아보고자 한다. 곧 흥보박, 놀보박대목에 담긴 당대의 세속적 행복론을 살펴 당대인의 심성에 더 가까이 다가

---

6) 서종문, 앞의 글, 165-166쪽.
7) 김종철, 「흥부와 놀부 박의 화두-행복과 욕망, 그리고 선악-」, 『선청어문』 36, 서울대 국어교육과, 2008, 61-64쪽.

가 보고자 하는 것이다.

2. 초기[8] 박대목들의 양상

앞서 거론한 작업을 행하기 위해서는 초기 <흥보가> 박대목들의 양상을 알아야 한다. 그러나 현전 창본들을 통해 형성기라 할 수 있을 18세기 <흥보가>의 모습을 아는 것은 거의 불가능하며, 19세기의 모습조차도 알아내기가 쉽지 않다. 예컨대 오늘날 널리 불리는 동편제 <흥보가>의 흥보박(예컨대 강도근, 박봉술, 박록주 창의 경우)은 세 개의 박으로 구성되는데 각각 제1박에서 쌀궤, 돈궤가, 제2박에서는 비단이, 제3박에서는 목수가 나오는 것으로 되어 있다. 목수가 집을 짓고 난 후에는 간략한 집치레와 사랑치레가 이어진다. 食, 衣, 住가 완전히 분화된 모습이다.

그런데 19세기의 <흥보가>에서도 이렇게 불리었는지는 확실치 않다. 오히려 이 양상은 특정 시기에 교환가치 우위의 논리가 침투하면서 모종의 변모를 거친 후의 모습[9]일 가능성이 높다. 물론 이보다 앞선 시기의 창본으로 이선유 창본과 심정순 창본이 전하고 있기는 하나 그 이전 <흥보가>의 모습이 어느 정도 지속되고 있는지 알기 어렵다. 결국 조금이라도 이른 시기의 <흥보가>에 가깝게 다가가기 위해

---

8) 여기서 '초기'란 <흥보가> 작품 형성기를 지칭하는 용어가 아니라 현재 전승되고 있는 창 <흥보가>가 오늘날 전하는 모습으로 짜여지기 전의 시기, 또는 19세기의 기록본들을 통해 부분적으로나마 추론 가능한 19세기 중엽 전후의 시기를 지칭한다. '초기'라는 용어가 문제가 있기는 하나, 그것을 자세히 풀어쓰기가 번거로워 편의상 이렇게 한정하여 사용하고자 한다.

9) 정충권, 「홍보박사설의 형성과 변모」, 앞의 책, 240쪽.

서는 19세기에 생산된 것임이 분명한 기록본들을 참조하지 않을 수 없다. 이때 주목할 수밖에 없는 이본이 경판본, 연경도서관본, 신재효본 들이다. 경판본은 1860년 무렵 출간되었을 것이라 추측되며[10] 연경도서관본의 모본은 1853년에 필사된 것이고,[11] 신재효본은 1870년대 정도로 생성 시기를 추정할 수 있다[12]고 한다. 물론 이 이본들은 창본이 아니며 신재효본의 경우는 개작본이므로 당시 <흥보가>의 면모를 직접적으로 담아낸 것은 아니다. 하나, 현재로서는 19세기 <흥보가>의 면모를 알기 위해 이 텍스트들을 검토하는 것 외에 다른 방법이 없다. 다행인 것은, 신재효본의 개작 양상을 단서로 하여 추론해 볼 때 이 이본들이 당시 <흥보가> 창으로부터 멀리 떨어진 것은 아니리라는 판단을 내릴 수 있다는 점이다.[13] 이 즈음 <흥보가> 박대목의 내용물 역시 이 텍스트들을 통해 추론할 수 있을 것이다.

세 이본[14]에서 등장하는 흥보박 속 내용물들은 다음과 같다.

	경판본	연경도서관본	신재효본
제1박	청의동자 한 쌍, 환혼주, 개안주, 개언초, 불노초, 불사약	돈궤, 쌀궤	청의동자 한 쌍, 환혼주, 개안주, 개언초, 벽이룡, 불사약, 불노초, 쌀궤, 돈궤
제2박	방세간, 사랑세간, 부엌세간	비단, 보물, 인삼 등 약재, 각종 세간	비단, 보패, 온갖 쇠, 안방세간, 사랑세간, 부엌세간 등

10) 김창진, 「흥부전의 이본과 구성 연구」, 경희대 박사학위논문, 1991, 203쪽.
11) 이상택, 「연경도서관본 한국고소설에 관한 일연구」, 『관악어문연구』 16, 서울대 국어국문학과, 1991, 13쪽.
12) 강한영, 『신재효판소리사설집(全)』, 보성문화사, 1978, 33쪽.
13) 정출헌, 「판소리 향유층의 변동과 판소리 사설의 변화–<흥부가>의 사설을 중심으로–」, 『판소리연구』 11, 판소리학회, 2000, 102-107쪽에서도 이 점을 인정하고 있다.
14) 각 이본의 텍스트는 강한영, 앞의 책 및 김진영, 『흥부전전집』 2, 3, 박이정, 2003에 실린 것을 검토하였다.

제3박	집짓고 난 후 곳간, 비단, 종·노적	양귀비	양귀비, 남녀 종, 석수, 목수 등 수백 명. 기와집 수천 칸 지음
제4박	양귀비		

세 이본은 기록본들이며 서로의 영향 수수 관계를 알아낼 수 없는 이본들이다. 그럼에도 불구하고 세 이본 흥보박대목의 내용물에는 별 차이가 없음을 알 수 있다. 등장 순서 역시도 비슷하다. 그러므로 아마 이 즈음 <흥보가>의 흥보박대목도 이러한 내용물들로 이루어졌으리라 생각된다. 사설의 세부적 전개와 박 속에서 나온 내용물에 대한 인물들의 태도 등에서는 차이가 있을 수 있으나, 그 내용물만큼은 신재효도 특별한 개작을 가하지 않았던 것이다.

이 이본들을 통해 볼 때 이즈음의 흥보박대목은 3-4박 정도의 것이, 그 내용물로는 청의동자 한 쌍이 전해준 약주와 약초 혹은 돈궤와 쌀궤가 먼저 나오고, 이어서 많은 세간들과 값비싼 물건 혹은 보물들이 나온 후, 목수들이 등장하여 집을 짓고 끝에는 양귀비가 등장하는 것으로 이루어져 있었으리라 여겨진다. 특히 세 이본에 공통적으로 양귀비가 등장하고 있음이 주목된다. 이는 당대 <흥보가>의 흥보박에서는 양귀비가 반드시 등장했었음을 뜻한다.

그렇다면 이 즈음의 놀보박은 어떠했던가. 세 이본의 놀보박에서 등장하는 내용물들을 정리하면 다음과 같다.

	경판본	연경도서관본	신재효본
제1박	개야고 장이	일백오십명 양반들(전생, 차생 상전들), 능천낭	노인(옛 상전), 능천낭

제2박	무수한 노승	걸인 수백명	걸인(봉사, 병신들)
제3박	상여 행차	사당 · 거사 천여명	사당 · 거사
제4박	팔도무당	화주승	검무장이, 북잡이, 풍각쟁이, 각설이패, 외초라니
제5박	만여명 등짐군	상여 행차	상여 행차
제6박	초란이	풍각쟁이	장비
제7박	양반 천여명 (옛 상전)	외초라니	
제8박	만여명 사당 · 거사	장비	
제9박	만여명 왈자		
제10박	팔도소경(경무)		
제11박	장비		
제12박	국 끓여먹음		
제13박	똥		

앞서 살핀 흥보박의 경우와 달리 박의 개수도 서로 다르며 등장 순서도 다르고 등장하는 이들의 면면에도 차이가 있다. 이는 흥보박대목에 비해 놀보박대목에서는 상대적으로 작시상 창자의 재량이 더 많이 허용되었음을 뜻한다고 본다.[15] 하지만 그렇다고 해서 그 내용물들을 임의로 등장시킬 수 있었던 것은 아니었다. 위 세 이본 모두에 공통적으로 등장하는 양반(옛 상전), 상여 행차, 사당 · 거사패, 초라니패, 장비 등 다섯은 이 대목에서 반드시 등장하는 군상이었던 것으로 보인다. 그 외에 능천낭(능천 주머니), 걸인, 풍각쟁이, 승려, 소경 등도 두 군데

15) 세 이본의 사설들을 서로 비교해 보면 박 속에서 등장한 이들이 놀보를 대하는 태도나 방식 및 놀보가 그들을 대하는 태도나 방식면에서도 차이가 발견된다.

에서 발견되는 것으로 보아 필수적이지는 않으나 주요 구성 요소들이었으며, 이들과 유사한 속성을 지녔다고 여겨지던 무당, 등짐군, 각설이패 등도 더러 등장했던 것 같다. 19세기 중엽 즈음 <흥보가>의 놀보박에서는, 세 이본을 통해 귀납할 수밖에 없다는 논증상의 문제는 있지만, 위의 필수적 또는 임의적 등장물들이 뒤섞여 있었던 것으로 추측된다.

후대 <흥보가>에서는 놀보박대목의 전승이 약화되어 간 것이 그 추이이다. 인물에 대한 시각의 변화와 판소리 공연 환경의 변화 및 창자 개인의 개성 등 작품 내외적 요인이 그 동인으로 작용했을 것이다. 그 결과 한 동안 동편제 <흥보가>에서 놀보박대목은 축소되어 불리거나 아예 불리지 않았었다. 서사적 완결성을 꾀하며 놀보박대목을 새롭게 짜서 부르게 된 것은 20세기 후반인 근래에 접어들어서이다.[16]

3. 흥보박과 놀보박의 대비적 고찰

이상에서 살핀 것을 다시 정리한다면 19세기 중엽의 흥보박 내용물들은 청의동자 한 쌍・약주・약초・돈궤・쌀궤, 많은 세간과 보패, 목수의 등장과 집 건축, 양귀비 등으로 구성되었을 것이며, 놀보박은 옛 상전, 상여 행차, 사당・거사패, 초라니패, 장비 등을 필수 구성 인자로 하되, 능천낭, 걸인, 풍각쟁이, 각설이패, 무당, 승려, 소경, 등짐군, 똥 등이 뒤섞여 구성되었을 것이라 볼 수 있었다. 그런데 양측의 군상

16) 이와 관련해서는 박송희 <흥보가>의 놀보박대목의 변화를 집중적으로 살핀 최혜진, 「<흥보가> 놀보 박 대목의 전승 현황과 의미-김정문 바디를 중심으로-」, 『열상고전연구』 25, 열상고전연구회, 2007 참조.

들을 보면 상반된 속성을 지닌 짝들이 눈에 띈다. 예컨대 동자:노인, 세간・보패:능천낭, 양귀비:장비 등의 짝이 그러하다. 그렇다면 형성기 <흥보가>에서는 흥보박과 놀보박이 서로 대조적 대응 관계를 염두에 두고 짜여지지 않았을까 하는 가정을 해 볼 수 있다.[17)]

이러한 대응적 관계에 대한 인식은, 딱 맞아떨어지는 것은 아니지만, 앞서 검토한 이본들의 문면에 아예 드러난 경우도 있다. 예컨대 경판본에서는 놀보박에서 장비가 등장할 때 '비로다'는 언급을 통해 놀보로 하여금 양귀비를 떠올리게 하고 있다. 수용자는 어긋나는 결과를 통해 유발되는 즐거움을 맞보게 되는 것이다. 또한 신재효본에서도 놀보가 흥보박 속 내용물과 견주어서 그 내용물을 예측하는 부분이 있다. 넷째 박에서 나오는 아이를 보고 동자라 상상하기도 하고 상여가 나올 때도 쌍교라 하며 서시가 탔으리라 생각한다. 그리고 걸인 봉사들이 줄을 잡고 나올 때 그 줄을 돈꿰미라 생각한다. 물론 놀보의 이

17) 이러한 착상은 이미 정충권, 「놀보박사설의 전승양상」, 앞의 책, 250-252쪽에서 제시한 바 있다. 여기서는 이때의 착상을 더 구체화해 보고자 하는 것이다. 물론 이에 대해 "두 박은 조선후기에 화폐경제가 발달하면서 자연스럽게 형성된 화폐경제와 실물경제에 대한 심도 있는 성찰을 보여주는 공통점을 가지고 있으나, 각각의 박을 구성하는 기본 원리는 다르다."며 놀보박과 흥부박은 별개의 관점을 가지고 살펴야 한다고 비판한 논의도 제시된 바 있다(하성란, 「놀부박사설의 성격과 화폐경제인식-퇴장화폐 문제를 중심으로-」, 『한국어문학연구』 55, 한국어문학연구학회, 2010, 299-300쪽). 그러나 이러한 비판은 텍스트에 대한 통시적 고찰을 염두에 두지 않은 데 연유한다. 현전하는 텍스트에서는 두 박대목이 후대에 각각의 논리 속에서 변모된 모습을 보이고 있는 것이다. 물론 그 텍스트라 할 수 있을 세 이본들이 19세기 중엽의 것이고 그것도 기록본이어서 형성기 <흥보가>와는 거리가 있다는 점은 인정할 수밖에 없는 한계이다.
놀보박대목이 19세기 중후반에 이미 唱으로 짜여져서 본격적으로 불리고 있었을까 하는 점에 대해서는 확언하기 쉽지 않다는 점을 덧붙여 둔다. 최동현(「<흥보가> '놀보박 타는 대목'의 전승에 관한 연구」, 『판소리연구』 35, 판소리학회, 2013, 241쪽)의 경우처럼, 놀보박대목에 초점을 맞추어 볼 때 <흥보가>는 19세기 중후반까지도 구조적으로 안정되지 못하고 유동적인 상태에 있었으리라 보는 견해도 있기 때문이다. 하지만 이는 음악적 구성면까지를 고려한 데 따른 것이며, 세 기록본을 통해 볼 때 최소한 아니리의 형태로라도 어떻게든 공연 현장에서 구연되었다고 보아야 할 것이다.

러한 예상은 실질적으로 대응되는 짝들을 관련지었다기보다는 대부분 신재효의 의도적 개작의 소산이기는 하다. 장비의 군사들인 포수, 정수에게서, 앞서 흥보박으로부터 나온 목수, 석수를 연상토록 한 것 역시 마찬가지이다.

하지만 이러한 대응적 인식은 그 나름대로의 분명한 근거가 있었다고 보아야 한다. 애초에 <흥부전>은 대조적 성격의 인물 중 후자의 모방 행위로 인해 전자와는 상반된 결과를 낳는 모방담적 서사 구조를 지니고 있었기 때문이다. 이러한 대응적 관계는 이야기로서의 특성을 상대적으로 더 많이 지니고 있던 형성기 <흥보가>에서는 훨씬 더 긴밀했을 가능성이 높다. 두 개의 박대목으로부터 대응적 관계를 쉽게 찾기 어려워진 것은 후대 <흥보가>의 전개 과정 속에서 각 박대목에 貧民의 꿈과 賤富에 대한 가학적 보상이라는 사회적 의미가 부가되면서 각각 그 나름대로의 논리를 갖추어 가게 되었기 때문일 것이다.

하지만 그 흔적까지 완전히 지워지지는 않았으며, 몇몇 이본에 담긴 흔적들을 통해 대조적 대응의 관계를 재구할 수는 있다고 본다. 그 대조적 대응의 관계는 때로는 긴밀성을 갖춘 경우도 있겠으나 다소 느슨한 경우도 있을 수 있으며 구성 요소들이 복합적인 관계를 지닐 경우도 있을 것이다. 이 점도 유념하면서 도식화해 보면 다음과 같다.

먼저 언급해 둘 것은 <흥부전> 근원설화[18]로 거론되는 것들에서의 보상과 징벌, 곧 상승과 하강의 짝이다. 근원설화들에서의 보상은 대부분 富의 획득으로 나타난다. 이때의 富는 천성의 자연스러운 표출 혹은 댓가를 바라지 않는 선행에 대한, 초월계로부터의 것이다. 하지

---

18) 그 간 <흥부전> 근원설화로 거론되어 온 것들은 <박타는 처녀>, <방이설화>, <단방귀장수>, <말하는 염소>, <善求惡求說話>, <혹부리 영감>, <소금장수>, <부자방망이>, <금도끼 은도끼> 등이다. <흥부전>의 근원설화에 대해서는 인권환, 「흥부전의 설화적 고찰」, 『흥부전연구』(인권환 편), 집문당, 1991 참조.

만 그에 대한 짝인, 모방을 통한 의도적 접근 혹은 댓가를 의도한 행위에 대한 초월계로부터의 징벌이 富의 박탈로 나타나지는 않는다. 모방자 역시 최초의 행위자와 유사한 처지에 있는 사람이므로 잃을 수 있는 富를 갖춘 이는 아니기 때문이다. 그로 인해 설화들에서는 모방자에 대한 징벌이 코를 뽑히거나 매를 맞는 등의 신체적 침탈 혹은 죽음으로 제시된다. 근원설화에서의 상승과 하강의 짝은 '부의 획득' 對 '자신이 가진 것조차 지키지 못함' 곧 '신체적 침탈 혹은 죽음'으로 설정된 경우가 대부분이었던 것이다. 바로 이 짝이 <흥부전>에서도 가장 일찍 박대목에서 자리잡은 짝이었을 가능성이 높다. 경판본 놀보박대목에서는 초란이패가 놀보를 거꾸로 떨어뜨리며 양반을 따라나온 하인들이 놀보의 뺨을 때리고 사당 거사패가 놀보를 헝가레쳐 오장이 나올 듯하게 하는가 하면 무당조차도 장구통으로 놀보의 가슴과 배를 치는 등 신체적 침탈을 중요한 비중으로 제시해 두고 있다. 그러므로 흥보박의 돈, 값비싼 세간들, 보패 등 富를 상징하는 내용물과, 놀보박의 신체적 징벌의 짝은 <흥부전> 박대목 중에서도 일찌감치 생긴 짝이었다고 볼 수 있다.

다만 놀보가 부자인 점을 감안하여 점차 신체적 징벌은 축소되고 다른 두 이본의 경우처럼 능천낭 등 여러 가지 양상을 통한 '富의 상실'이 그에 대응되는 놀보박의 짝으로 자리잡아갔을 것이다. 경판본의 경우 신체적 징벌과 부의 상실이 공존하나 연경도서관본과 신재효본에서는 부의 상실쪽에 초점이 놓이고 있음을 볼 수 있다. 돈, 끊임없이 나오는 값 비싼 세간들과 보패들 등을 통한 부의 획득과, 능천낭 및 박 속 등장(인)물에 대한 비용 지출을 통한 부의 상실은, <흥부전>의 주된 제재인 貧富의 문제와 관련해볼 때 여러 짝들 중에서도 가장 핵심적인 짝이었을 것이라 여겨진다.

두 박대목에서는 이처럼 부의 획득과 상실을 주된 줄기로 삼는 한편, 박 속 등장(인)물 자체의 대비를 통해 상승과 몰락의 정도를 강화시키고 있음도 유의해야 한다. 우선, <흥부전> 박대목의 또 다른 짝으로는 '청의동자 한 쌍'과 노인 혹은 양반으로 등장하는 '옛 상전'(놀보 조부모의 상전)의 짝을 들 수 있다. 여기서 청의동자를, 약주나 약초를 전해주는 기능적 존재일 뿐이라고만 볼 수도 있기는 하나, 흥보와 청의동자와의 만남이 지닌 의미 자체까지 무시할 수는 없다. 우리 서사문학에서 청의동자는 초월계의 사자로서의 역할을 하는 경우가 많다. 초월계의 뜻, 곧 신의 뜻을 지상에 전해주는 半神的 존재인 것이다. 그러므로 아무나 그러한 존재를 만날 수 있는 것은 아니다. 선택된 자만이 만날 수 있는 것이다. 그리고 선택되었다는 것은 그가 고귀한 자임을 뜻한다. 비몽사몽 간이지만 二妃를 만날 수 있었던 인물은 춘향, 심청이었던 것이다.[19] 그러한 고귀함은 현실 속 제도로는 포괄할 수 없는 차원의 고귀함이다.

반면 놀보박대목에서는 놀보 앞에 옛 상전이 등장한다. 그는 놀보가 실은 천민이었음을 만천하에 폭로하는 역할을 한다. 숨기고 싶은 신분상의 정체가 최하층 천민이었음이 밝혀진 것은 놀보에게 있어 치명적인 사건이다. 결국 청의동자와 옛 상전의 짝은 각각 현실 제도로는 포괄할 수 없는 고귀함과 현실 신분 제도상 가장 비속함의 짝이다. 이러한 극단적 대비가 이 짝들의 이면에 내포되어 있는 것이다. 이들이 각각의 박대목에서 제일 처음 등장하는 것으로 설정된 것은 그 대조 속의 함의가 중요하다고 생각했음을 뜻한다.

청의동자와 옛 상전의 등장과 관련이 있기는 하나 또 다른 범주로

---

19) 사재동A본에서는 흥보의 꿈에 청의동자가 나타나 흥보를 광한전으로 데려가 어진 덕을 찬양받게 하는 삽화가 있다. 이러한 변이도 위의 맥락 하에서 이해할 수 있을 것이다.

설정해야 하리라 생각되는 짝은 약주·약초 對 상여 행차의 짝이다. 청의동자가 준 환혼주, 개안주, 개언초, 불노초, 불사약 등은 生生力을 더욱 강화시키는 매개물들이다. 병에 걸리지 않고 아무 탈 없이 오래 살고 싶은 것은 인간이라면 누구나 소망하는 바이다. 더구나 불노, 불사란 인간의 영원한 꿈이기도 하다. 몇몇 이본들에서는 이것들까지 먹을 것으로 바꾸려 하는 것으로 설정해 흥보가 극단적 빈곤에 처해 있었음을 부각시키기도 한다. 따라서 그러한 점에 더 비중을 두어 해석해야 할는지도 모른다. 하지만 약주·약초를 통해 여기서 흥보에게 주어진 복은 인간이라면 누구나 소망하는 생생력, 곧 건강과 壽라는 점도 중시해야 한다. 富는 壽가 뒷받침되지 않는다면 별 의미가 없는 것이다.

약주·약초가 생명의 이미지와 관계가 있다면 요령을 흔들며 등장하는 상여 행차는 죽음의 이미지와 관계가 있다. 물론 옛 상전이자 노인의 죽음 자체가 놀보와 관련을 지니는 것은 아니다. 문제는 놀보의 집을 허물고 그 자리에 묘를 쓰려 한다는 데 있었다. 그렇게 된다면 놀보의 집터는 死者의 묘터가 되게 되고 놀보 가속들은 하루 아침에 집을 잃고 거리로 나 앉게 될 수밖에 없다. 상여 행차가 불러 일으킨 죽음의 이미지는 놀보에게 있어 생존에 대한 위협의 이미지이기도 했던 것이다. 이처럼 약주·약초 대 상여 행차의 짝에는 生 對 死 또는 건강과 壽 對 생존에 대한 위협이라는 의미적 대조가 내포되어 있다. 전자는 동자가 가져다 준 것이고 후자는 노인과 관련되어 있는 것도 그 대조적 대응을 의식했음의 표지이다.

그 다음 살필 것은 흥보박에서 목수가 나와 집을 지어주는 사건과 관련된 짝들이다. 목수, 석수 등은 흥보의 住의 문제를 해결해 준다. 목수가 등장하여 집을 짓는 부분은 오늘날 흥보박에서도 중요시되고 있는데, 주로 마지막 박에 놓인다. 아무래도 먹고 입는 것이 해결되어야 住의 문제로 관심이 옮겨질 수 있을 것이기 때문이다. 그렇다면 이에 대응되는 놀보박의 짝은 놀보의 집이 허물어지는 것이어야 한다. 이러한 관점에 설 때 앞서 살핀 것처럼 놀보집을 묘터로 쓰겠다는 상여 행차의 등장이나 박에서 똥이 나와 놀보집을 덮어버린다거나 하는 것이 그에 대응되는 짝이 될 수 있다.

그리고 집의 건축은 정착 생활을 전제로 한다는 점에 주목할 필요가 있다. 농경 사회에서 정착해 살아가기 위해서는 땅이 있어야 하고 생산수단, 노동력이 있어야 한다. 이러한 조건이 갖추어졌을 때 정착 생활이 가능하므로 결국 정착 생활을 할 수 있다는 것은 안정된 삶을 유지할 수 있음을 말한다. 집의 건축이란 이러한 정착 생활, 안정된 삶의 代喩라 볼 수 있다. 그러나 놀보박에서 등장하는 걸인, 사당 거사류의 연희 집단은 그렇지 않다. 이들은 안정된 삶을 유지하는 정착 집단에 기생해서 살아야 하는 유랑 집단이다. 그러므로 목수(집의 건축) 對 걸인 및 연희패의 짝은 정착과 유랑, 안정된 삶과 불안정한 삶을 대응시킨 짝이라 할 수 있다. 결국 놀보는 모든 것을 잃어버리고 걸인, 연희패류의 삶으로 전락하고 만다. 놀보박에서 나온 군상들은 미래의 놀보 자신이었던 것이다.

끝으로 살필, 양귀비 對 장비도 적절한 대조적 대응을 이루는 짝이다. 양귀비는 경판본과 신재효본의 흥보박 중 마지막 박에서 나오며, 놀보박의 장비도 거의 마지막 박에서 나온다. 이 둘의 등장으로 각각의 박대목이 마무리되는 것이다. 물론 오늘날 전승되는 <흥보가>에서는 양귀비가 등장하지 않는다. 하지만 앞서 살핀 바와 같이 19세기의 <흥부전>에서 양귀비를 등장시키고 있음을 무시할 수 없다. 과연 초기 <흥보가>에서는 양귀비를 등장시켰을까. 등장시켰다면 놀보박의 장비와는 어떻게 관련될까. 이 문제를 해결할 수 있는 단서가 근래에 제시된 바 있다.

柳夢寅(1559-1623)이 편찬한 『於于野談』에는 『鍾離葫蘆』라는 중국측 문헌을 제시하며 그 중 두 편을 소개한 부분이 있다. 그런데 근래 최용철교수[20]에 의해 조선에서 간행된 목판본 『종리호로』[21]가 발굴되어 그 속에 실린 78편의 소화가 공개된 바 있다. 이 소화집에 실린 18번째 작품 <獻臀>을 주목할 필요가 있다. <헌둔>은 어떤 사람이 버려진 유해를 수습해 주었더니 그날 밤 양귀비가 집으로 찾아 와 침석을 받들고자 한다고 했고 이를 모방한 이웃 사람에게는 그날 밤 장비가 찾아와 엉덩이를 봉헌하겠다고 한 이야기이다.[22] '妃', '飛'의 동음

20) 최용철, 「조선간본 중국소화 『종리호로』의 발굴」, 『중국소설논총』 16, 한국중국소설학회, 2002.

21) 김준형, 「『종리호로』와 우리 나라 패설 문학의 관련 양상」, 『중국소설논총』 18, 한국중국소설학회, 2003에 따르면 『종리호로』는 1622년 평양에서 간행된 것이되, 중국 문학의 영향을 많이 입어 그 미의식도 중국적인 데 가깝기는 하나, 우리 패설집에 많은 영향을 끼쳤다고 하였다. 김준형교수는 필자에게 직접 소화집의 간행연도를 확증해 주었으며 장한종의 『어수신화』에서는 양귀비와 항우로 바뀌어 있음도 알려주었다. 이 자리를 빌어 감사의 뜻을 표한다.

22) 최용철, 앞의 글, 285쪽에 전재한 내용을 번역하면 다음과 같다. "한 사람이 들판에 버려진 遺骸를 발견하고 불쌍히 여겨 묻어 주었다. 그날 밤 문을 두드리는 소리가 나서 누구냐고 했더니 '妃'라고 했다. 다시 물었더니 '첩은 양귀비입니다. 馬嵬의 亂을 만나 遺骨이 수습되지 못했는데 그대가 묻어주어 감사드립니다. 이에 枕席을 받들고자 합니다.'라고 했다. 이웃 사람이 그 말을 듣고 몹시 바랐다. 그도 역시 들판에 버려진 遺骸를 찾아 묻어 주었다. 그날 밤 문들 두드리는 자가 있어 누구냐고 했더니 '飛'라고 했다. '당신은 양귀비입니까?'라고 물었더니 '장비입니다.' 라고 했다. 그 사람은 몹시 두려워하며 억지로 대답하기를 '장장군이 어찌하여 이곳으로 오셨습니까?'라고 물었다. '나는 關中의 亂을 만나 遺骨이 수습되지 못했는데 그대가 내 유해를 수습해 준 것에 감사드리니 특별히 볼기로써 奉獻하겠네.'라고 했다." (有人於郊外見遺骸暴露, 憐而瘞之, 夜聞扣門聲, 問之, 應曰: "妃" 再問, 曰: "妾楊妃也, 遭馬嵬之亂, 遺骨未收, 感君掩覆, 來奉枕席." 因與極歎而去, 隣人聞而慕焉, 因遍覓郊外亦得遺骸瘞之, 夜有扣門者, 問之, 應曰: "飛" 曰: "汝楊妃乎?" 曰: "俺張飛也." 其人懼甚, 强應曰: "張將軍何爲下顧?" 曰: "俺遭關中之亂, 遺骨未收, 感君掩覆, 特以鹿臀奉獻.").
이 글을 완성하고 난 후 안 것이지만 <홍부전>의 양귀비와 장비의 대응에 대해서는

이의를 활용한 성소화이자 모방담인 것이다. 바로 이러한 이야기가 <흥보가> 박대목 속으로 흘러들어와 한 짝의 자리를 차지하게 된 것이 아닐까. 그것을 전제할 때 경판본의 장비가 놀보에게 해괴한 행위를 시키는 것, 그리고 연경도서관본의 장비가 놀보에게 '비역'을 요구하는 것 역시 어느 정도 납득이 된다. 그리고 양귀비와 장비가 한 짝을 이루는 이유도 해명 가능하다.

이미 부자가 되었고 커다란 집도 얻은 흥보에게 양귀비 첩까지 등장시킨 이유는 무엇일까. 미인 첩을 둘 수 있다는 것이 부 혹은 귀의 상징이라 할 수 있다면, 그것은 부자 흥보로 하여금 부를 체감케 하는 증표라 볼 수 있었기 때문이 아닐까. 만약 그렇다면 이로써 흥보는 세속적 의미에서 최고의 부자가 되었다고 할 수 있을 것이다. 이와 달리 놀보는 장비로 인해 곤경을 겪는다. 그 곤경은 역설적으로 아무것도 가진 것 없게 된 놀보의 몰락의 증표가 되는 셈이다. 이 일이 쾌감을 불러 일으키는 것도 그 때문이다. 다만 오늘날 불리는 <흥보가>에서는 양귀비가 등장하지 않는다. 그리고 장비도 형제 간의 우애를 회복시키는 매개적 역할을 하는 점잖은 존재로 바뀌었다.[23] 아마 이러한 변화는 19세기 후반 판소리사의 굴절과 깊은 관련을 지니리라 생각한다.

이상으로 흥보박과 놀보박 내용물이 대조적 대응의 관계를 지닌다고 보고 그 짝들을 재구성해 보았다. 느슨한 대응의 관계를 보이는 경우도 포함하여 그 결과를 도식화하는 것이 허용된다면 다음과 같이

이미 이훈종, 『흥부의 작은마누라』, 한길사, 1994, 236-239쪽에서 지적된 바 있었다. 여기서는 일본 落語 중 하나를 인용한 바 있다.

23) 심정순 창본의 장비 대목에서는 이 두 가지 면모가 모두 나타나고 있다. 장비는 박 속에서 등장하여 씨름(비역을 암시하는 말인 듯함)을 하자고 놀부를 몰아부쳐 결국 놀보로부터 개과천선하겠다는 다짐을 받는다. 작품 결말은 장비가 놀보에게 심술에는 좋은 약이 있다며 똥물을 한 그릇 퍼서 먹이는 것으로 이루어져 있다. 김진영, 『흥부전 전집』 1, 박이정, 1997, 130-131쪽.

정리할 수 있을 것이다.

<흥보박> : <놀보박>
○富의 획득 : 육체적 징벌·富의 상실(자신이 가진 것조차 지키지 못함)
○貴 : 賤
○壽・건강 : 생존상의 위협
○住(정착) : 터의 상실 혹은 불안정한 삶
○美人妾 : 성적 모욕

4. <흥부전> 박대목의 표상

이처럼 대조적 대응을 이루는 짝들을 발견할 수 있다는 것은 초기 <흥보가>가 여타 레퍼터리에 비해 상대적으로 이야기적 성격이 강했음을 뜻한다. <흥보가> 형성에 있어 이야기꾼의 개입이 컸을 가능성은 이미 학계에서 제기된 바[24] 있는데 그 흔적들 중 하나가 이러한 대응적 짝들의 존재일 수 있다.

<흥부전>의 설화적 근간은 모방담이다. 모방담이란 한 인물의 선행 또는 자연스러운 행동에 대한 보상과 그것을 모방한 또 다른 한 인물의 악행 또는 의도적인 행동에 대한 징벌로 이루어진다. 그 보상과 징벌의 내용은 앞서 살폈듯 일반적으로 富의 획득과 자신이 가진 것조차 지키지 못함(곧 신체적 침탈, 죽음 등)으로 나타났다. <흥부전>의 두

24) "<흥보가>는 소리꾼들에 의해 음악적 세련의 과정을 거치면서 형성되었다기보다, 이야기꾼들에 의해 다양한 재담이 모이면서 해학적인 판소리로 형성되었을 가능성이 있다"고 한 최동현(「<흥보가>의 전승 과정과 창자」, 『판소리 동편제 연구』, 태학사, 1998, 166쪽)의 견해가 그 대표적인 견해이다.

인물의 행위 역시 이와 유사하므로, 두 행위에 대한 보상과 징벌의 핵심은 富의 획득과, 자신이 가진 것의 상실, 곧 부자인 놀보를 고려한, 富의 상실로 나타났던 것이다.

그런데 이 대목이 호응을 얻자 초기 창자-이야기꾼들은 富의 문제를 근간으로 하면서 기타 요소들을 더 첨가했었으리라 추정된다. 흥보에 대한 보상과 놀보에 대한 징벌이라는 최소한의 원칙만 유지한다면 이야기 구조상으로는 무엇이든지 놓일 수 있었다. 앞서 살핀 바와 같은 貴:賤, 壽・건강:생존에의 위협, 住(정착):터의 상실 혹은 불안정한 삶, 美人妾:성적 모욕 등은 그러한 식으로 선택된 것이다. 부의 획득과 상실을 근간으로 하면서 이들 짝이 대조적 대응을 이룰 수 있다고 판단된 것이다. 창자-이야기꾼의 취향에 따라 최소한의 원칙만 지킨다면 박대목에는 어떤 짝이든지 포함될 수 있었을 것이다. 당시 이본이 더 발견된다면 사정이 달라질 수 있음을 감안해야 하겠으나, 위의 짝들이 19세기 중엽 <흥부전>에 포함되어 전하고 있는 것은 이 짝들에 대한 당시 창자-이야기꾼 및 수용자들의 동의에 기인한 것일 터이다.

다만 그 후에 貧民의 욕망 충족과 賤富에 대한 복수 등 심리적 보상 기능이 중시되면서 각 박대목 나름대로의 논리를 강화시켜 간 것으로 보인다. 거기에다 수용자의 호응 정도에 따라 각종 가요들과 재담들을 삽입하면서 장면화를 지향해 나갔을 것이다. 이때 연희패는 장면을 구체화하고 공연물로서의 성격을 강화하는 데 유용한 구성 요소였다. 우리가 2장에서 살핀 바와 같은 박대목들의 모습은 두 대목이 큰 호응을 받던 시기의 단면들인 것이다.[25]

---

25) <흥보가> 박대목들은 19세기 중엽 이후 계속 변모를 겪었다. 한동안 놀보박이 더 흥미롭게 짜여지기도 했지만 오히려 축소되거나 불리지 않기도 했던 것이다. 실은 <흥보가> 박대목은 오늘날까지도 변모를 겪는 과정 속에 있다.

그렇다면 이 즈음 <흥보가>의 창자-이야기꾼들이 흥보박, 놀보박의 내용물들을 앞서의 항목들로 구성한 이유는 무엇이었을까. 결과적으로 위 내용물들이 표상하는 바는 무엇일까. 일단 작품 속 흥보와 놀보에게 주어진 보상과 징벌로는 이상의 것들이 과다하다는 점을 문제 삼아 볼 만하다. 앞서 살핀 것처럼 흥보박에는 富 획득 측면의 보상만 제시되어 있는 것은 아니다. 富 외에 貴, 壽・건강, 住(정착), 美人妾 등 그 이상의 보상들이 함께 제시된다. 냉정하게 본다면 흥보가 제비 다리를 고쳐주기는 했지만 그것이 이 정도의 보상을 받을 만큼의 선행이었다고 보기는 어렵다. 놀보 역시 마찬가지이다. 동생을 구박하여 쫓아내고 제비 다리를 부러뜨린 악행에 대한 징벌이라 하지만, 징벌의 수준을 가늠하기는 쉽지 않으나, 그것이 신체적 침탈과 富의 전면적 상실에다 천민 신분의 노출, 생존에의 위협, 터의 상실 및 성적 모욕까지 당할 정도는 아니었다.

그럼에도 불구하고 과도하다 싶을 정도의 보상, 징벌을 내리도록 설정한 이유는 일차적으로는 현실의 불가능성을 허구적 설정을 통해 넘어서려는 강력한 보상 심리의 작용으로 설명해 볼 수 있다. 현실 속 흥보가 굶주림으로부터 벗어나기란 쉽지 않으리라는 것을 잘 알고 있었던 만큼 그리도 고생한 흥보를 그렇게 둘 수는 없었으며, 기득권층의 횡포가 부당한 것임을 안 만큼 그것을 용납하고만 있을 수는 없었던 것이다. 현실과 환상의 간극이 크다고 해서 환상의 가치가 감소되는 것은 아니다. 정신적 치유 혹은 위안도 중요한 문학의 기능 중 하나이기 때문이다.

그런데 이러한 시각을, <흥보가>의 문면을 넘어서서 좀 더 확장해 볼 수도 있을 것 같다. 판소리의 장면들이 부분으로서의 독립성 내지 독자성을 지니고 있다는 점은 그 간 지속적으로 지적되어 온 바이다.

이때의 독자성이란 전후 서사 맥락으로부터의 독자성만을 뜻하는 것은 아니다. 작품 문면으로부터 벗어나 당대의 총체적 면모를 지향하는 특성까지를 뜻한다. 놀보의 행위를 넘어서서 성인은 물론 아이들의, 그리고 악행임이 분명한 것 외에 장난스러운 행위까지 담고 있는 놀보심술사설을 상기해 보면 충분하지 않을까 한다. 그렇다면 흥보박대목에서 그려지는 환상과 꿈은 당대 하층의 욕망의 총체적 목록이자 표상이었을 수 있는 것이다.

흥보박에서 제시된 욕망의 내역들은 앞서 살핀 것처럼 富, 貴, 壽·건강, 住(정착), 美人妾 등이다. 건강하게 오래 살고 싶은 것은 인간이라면 누구나 바라는 가치 지향이다. 그렇지 못하다면 그 어떠한 부귀영화도 부질 없는 것이므로 이는 인간의 삶의 전제 조건이라 할 수 있다. 이러한 전제 조건이 갖추어질 때 누구나 그 다음으로 바라는 바는 그럴듯한 집에서 부유하게 사는 것이다. 흥보박에서는 바로 이러한 욕망을 실감나게 그려낸다. 게다가 그 내역들이 그저 제시되는 것이 아니라 극단적 무한 지향 형태로 제시되고 있다. 환혼주, 개안주, 개언초, 불노초, 불사약 등 약주·약초의 명명도 심상찮으며, 엄청난 규모의 집도 부족하여 돈궤와 쌀궤는 비워도 비워도 계속 차고 각종 세간들은 그 수와 종류를 헤아리기 어려울 정도로 많이 나열된다. 이는 물질적 욕망의 극대화된 표출에 해당한다. 그런데 흥보박에서는 이것만으로도 모자라 미인첩을 더 등장시킨다. 미인첩은 남성적 시각에서 삶의 질적 측면에서의, 세속적 부를 체감케 하는 징표이다. 그러므로 흥보박에 구현된 욕망은 극히 물질적, 세속적 욕망인 것이다. 그것이 행복의 물적 토대였기 때문이다. 그렇게 해서 이룬 행복한 삶은 다음과 같이 제시된다.

> 양구비을 쳡을 삼고 사랑으로 지ᄂᆡᆯ 적의, 죠흔 명당(明堂) ᄉᆡ로 ᄌᆞ버<바> 사면(四面) 팔쳑(八尺) 와가(瓦家)셩쥬 고ᄃᆡ광실(高臺廣室) 지여두고, 후원(後園)의 약밧 가라 인ᄉᆞᆷ ᄉᆞᄉᆞᆷ 갓쵸 사라<심어> 당나라의 옛 곳쵸며 상ᄉᆞ목의 봉(鳳)을 올<킈>여 오동(梧桐) 쏙의 질드리고, 압뜰의 버들 심어 오류정ᄌᆞ(五柳亭子) 삼아두고, 청숑(青松) 오쥭(烏竹) ᄃᆡ을 심어 ᄉᆞ면으로 울을 ᄉᆞᆷ고, 삼산(三山)은 압페 잇고 령쥬산(瀛州山)은 뒤예 셧ᄃᆞ, 거울 갓탄 연못가의 오류션ᄉᆡᆼ(五柳先生) 슈양버들 문슈변(門水邊)의 흔날리고, 월아(月夜)의 독셔당의 실건 ᄌᆞ식 글 일키고 얼인 ᄌᆞ식 졋 물이고, 유정부쳐(有情夫妻) 마쥬 안져<ᄌᆞ> 세간사리 의논한니, 보고 듯난 세상ᄉᆞ을 마음ᄃᆡ로 허고 산니 흥보 팔ᄌᆞ 뉘 안니 부러 하리. (연경도서관본)[26]

고대광실 같은 집에서 후원을 가꾸면서 유유자적하는 삶을 그리고 있다. 흥보박 내용물 속에는 지식, 명예, 품위 있는 삶 등 정신적 측면의 욕망은 제시되어 있지 않다. 정신적 가치의 추구는 이처럼 물질적 요건이 갖추어지고 난 후의 문제였던 것이다.

흥보박대목에는 富가 이러한 소망스런 삶의 전제 조건으로 제시되고 있을 뿐 부의 윤리, 철학 등은 발견할 수 없다. 부에 뒤따르는 공공성이나 사회적 책임도 의식되지 않는다. 오히려 소유하면 소유할수록 더 많은 것을 소유하려는 인간의 극히 세속적인 욕망이 부각되어 있을 뿐이다.[27] 그런 점에서 볼 때 흥보박에서 지향하는 부는 물신화한 부이며 차라리 그 욕망의 육화에 해당한다. 그것은 이러한 욕망이 부를 갖추지 못한, 그리고 현실 속에서 부자가 되는 것이 거의 불가능하다고 여겨지던 이들의 것이기 때문이다. 그들에게 있어 부란 현실 원

26) 정충권 옮김, 『흥보전 · 흥보가 · 옹고집전』, 문학동네, 2010, 275-276쪽.
27) 주변 사람들을 생각하며 부를 나누려는 생각이 후대 창본들에서 보이기는 한다.

리에 의해 다가갈 수 있는 영역의 산물이 아닌, 차라리 초월적 영역의 것이라 생각하는 것이 더 나았다. 그렇다고 해서 부에 대한 이러한 시선을 병적인 것이라 보아서는 안 된다. 오히려 욕망의 환상적 성취 그 자체만으로도 의미 있다고 본, 당대 하층의 소박하면서도 솔직한 심성에 기인한다고 보아야 한다.[28] 부의 획득 과정이 문제시되지 않았던 것, 부와 윤리, 도덕의 문제를 거론하는 것이 별 의미가 없었던 것이 바로 이 때문이다.

반면, 놀보박대목에서는 부에 대한 반성적 고찰이 가해진다. 그것은 놀보로 대표되는 부자들을 타자화한 시선에 기인한다. 물론 놀보박에서 놀보가 지향한, 부에의 욕망 역시 속성상 흥보박에서 그려진 것과 그리 큰 차이는 없다. 흥보박에서 무한 나열 방식으로 구현된 부를 향한 욕망은 놀보박에서는 망하는 줄 알면서도 계속 박을 탈 수밖에 없는 부에 대한 강한 집착으로 표상된다. 놀보가 지향하는 부 역시 흥보박의 그것처럼 육화된 욕망 그 자체인 것이다. 하지만 놀보박에서는 흥보박의 경우와 달리 이에 대해 비판적 시선이 게재된다. 놀보가 실은 천민이었음은 부에 대한 집착의 천박함의 비유라 할 수 있으며, 놀보에게 가해지는 육체적 징벌은 가진 자에 대한 맹목적 부정이자 그러한 천박함에 대한 비판이기도 하다. 특히 걸인, 소경, 승려, 각종 연희패들은 바로 놀보와 같은 부자가 지녀야 할 윤리의 문제를 표상하는 군상들이다. 놀보는 이들에게 돈을 주어 보내지만 이들은 실은 부의 집중 현상의 희생양이면서 놀보류 부자들의 존재와 동전의 양면을 이루는 일종의 그림자였던 것이다. 그들을 터의 상실로 내몬 자들 속

28) 흥보의 부 획득과 관련하여 그의 정서적 건강성을 문제 삼는 논의는 김임구, 「부자가 되는 세 가지 방법-재산 형성의 정당성 시각에서 본 『흥부전』」, 『비교문학』 39, 한국비교문학회, 2006, 41-46쪽 참조. 다만 그의 논의는 <흥부전>에 대한 기존 논의를 충분히 검토한 것이 아니어서 논란의 여지가 있다고 본다.

에 놀보류 부자들의 책임이 없다고 할 수 있을까. 그러므로 놀보가 선진적 경제관을 무기로 하여 개별자로서 부를 축적한 일 자체는 부정할 성질의 것은 아니지만, 그러한 부의 축적 행위는 보이지 않는 여러 타자들의 삶과 맞물려 있다는 것, 나아가 그것이 타자의 희생을 댓가로 이루어진다는 것을 걸인, 연희패 들의 등장을 통해, 놀보류의 부자들에게 전하려 한 것은 아닐까. 그렇다면 부란 높은 데서 낮은 데로 '흘러야' 하며 이는 부의 윤리성 문제와 연결되지 않을 수 없는 것이다.

놀보박이 흥보박과 대조적 대응의 관계를 지녔을 것이라는 앞서의 논의를 다시 상기할 때 두 박대목에서 부를 지향하는 욕망의 특성 자체는 큰 차이가 없다고 할 수 있다. 흥보박이 富와 福에의 욕망을 극대화한 것이라면 놀보박은 능천낭삽화가 표상하듯 오히려 그러한 욕망으로 인해 몰락하는 형상을 그려놓고 있는 것이다. 그러므로 그것들은 동일한 욕망 표상의 이형태라 할 수 있으며, 인간 삶에 닥칠 수 있는 양 극단, 곧 상승과 하강의 꼭지점들의 표상일 수 있다. 욕망이란 만족을 모르는 심리 작용으로서 그 욕망의 주체로 하여금 불현듯 이처럼 파멸로 이끌 수도 있다는 것이다. 게다가 부란 한편으로는 선망의 대상이면서 다른 한편으로는 윤리의 이름으로 책임을 물을 수도 있는 비판의 대상일 수도 있다는 이중적 시선[29]도 게재한다. 두 박대목들은 이러한 측면에서 부에 대한 이중적 표상을 담고 있다 할 수 있을 것이다.

---

29) 최기숙, 「돈의 윤리와 문화 가치-조선후기 서사 문학의 경제적 상상력」, 『현대문학의 연구』 32, 한국문학연구학회, 2007, 204쪽에서, 대상을 보는 관점과 맥락 설정 방식은 본고와 차이가 있으나, 본고에서처럼 <흥부전>에 나타난 당대 부유층을 바라보는 이중적 시선에 대해 언급한 바 있다.

5. 맺음말

본고에서는, 초기 <흥보가>에서는 흥보가 박을 타는 대목과 놀보가 박을 타는 대목이 서로 대조적 대응의 짝을 이루었을 것이라 보고 이 점을 19세기 중엽 즈음에 생산된 이본들을 대상으로 하여 검토해 보았다.

경판본, 연경도서관본, 신재효본 등 세 이본의 흥보박대목과 놀보박대목을 검토해 본 결과, 흥보박대목의 구성물과 놀보박대목의 구성물이 각각 한 쪽은 가난한 자가 부자가 되게 하고 다른 한 쪽은 부자가 몰락하게 하는 것을 근간으로 하면서도, (1) 富의 획득 : 육체적 징벌 또는 富의 상실(자신이 가진 것조차 지키지 못함), (2) 貴 : 賤, (3) 壽 혹은 건강 : 생존에의 위협, (4) 住(정착) : 터의 상실 혹은 불안정한 삶, (5) 美人妾 얻음 : 성적 모욕 등의 짝이 발견됨을 알 수 있었다. 이러한 짝들이 발견됨은 <흥보가> 형성시의 모방담이라는 설화적 틀이 그 이후에도 지속되고 있었음을 뜻했다. 물론 富의 획득과 상실이 핵심이었을 터이나 점차 수용자들의 호응에 맞추어 그 외의 구성 요소들을 덧붙여 갔던 것이다.

그 다음으로는 이러한 구성물들을 단서로 하여 19세기 중엽 <흥보가> 박대목들이 표상하는 바를 살피고자 하였다. 흥보박의 구성 요소들을 분석한 결과 이들은 하층 남성의 물질적, 세속적 욕망의 표상들이었다. 지식이나 명예와 같은 정신적 욕망이라 할 것들은 찾을 수 없었기 때문이다. 놀보박도 애초에 흥보박과 대조적 대응의 관계 하에 형성된 만큼, 부를 향한 물질적, 세속적 욕망이 배면에 깔려 있음은 흥보박과 다르지 않았다. 하지만 놀보박에서는 타자의 삶을 도외시한 부 지향은 부정되어야 한다는 것, 곧 부의 윤리 문제를 제기하고 있다는 점에서 차이가 있었다. 그러므로 <흥부전>의 두 박대목에서는 부란 한편으로는 선망의 대상이면서 다른 한편으로는 윤리의 이름으로 책임을 물을 수도 있는 비판의 대상일 수 있다는, 당대인의 富에 대한 이중적 심리를 표상한다 할 수 있었다.

본 논의는 <흥부전> 박대목들, 곧 흥보박과 놀보박의 형성 원리와 함의를 달리 설정한 기존 논의에 대한 이의 제기로부터 출발한 것이다. 그것도, 그 면모를 추측하기 쉽지 않은 초기 <흥보가>를 가상적으로 상정하여 논의를 진행하였다. 따라서 각 박대목들이 각자의 논리 속에 변모해 간 후대적 모습은 크게 고려하지 않았다. 이러한 문제는 필자의 기존 논의에서 어느 정도 해명했다고 생각하지만 여전히, 더 규명해야 할 문제들은 있으리라 본다.

제 2 장

‘비단타령’과 언어 놀이*

1. 머리말

주지하다시피 ‘비단타령’은 <흥보가>의 흥보 박 타는 대목에 나오는 單位辭說들[1] 중 하나이다. 이러한 부류의 사설들은 애초에는 판소리계 소설이 판소리 연행의 과정을 거친 것임을 입증하기 위해 거론되었을 뿐이었으나,[2] 점차 판소리 사설 형성(구성) 및 판짜기 원리 규명과 관련하여 반드시 짚고 넘어가야 할 대상으로 간주되어 갔다.[3] 그 결과 이제는 그러한 사설들의 존재가 판소리 장르의 본질적 성격과

* 이 글은 『선청어문』 36(서울대 국어교육과, 2008)에 실린 「<흥보가> ‘비단타령’에 나타난 언어 놀이」를 부분 수정한 것이다.

1) 필자는 ‘揷入歌謠’라는 용어 대신 ‘單位辭說’이라는 용어가 더 적절하리라 제안한 바 있다. ‘삽입’이라는 용어는 그 자체로도 문제가 있으며, ‘가요’만으로 그 모두를 포괄할 수는 없다고 생각했기 때문이다. 또한 창자들도 판을 짜는 데 있어 유용한 한 단위로 이들을 인식하고 있기 때문이다(정충권, 『판소리 사설의 연원과 변모』, 다운샘, 2001, 12-13쪽).

2) 김동욱, 「판소리 삽입가요 연구」, 『한국가요의 연구』, 을유문화사, 1961.

3) 그 대표적인 연구로는 서대석, 「판소리의 전승론적 연구」, 『현상과 인식』 3권 3호, 1979를 들 수 있다.

직결된다는 점에 대해 누구도 부정할 수 없게 되었다.

그러나 그 후에는 기존 연구를 발전적으로 계승한 연구들이 잘 보이지 않는 것 같다. 대개의 경우 전승, 변이를 살피고 해당 단위사설의 서사적·연행적 기능을 추출하는 것 정도에 그쳤다. 근래에는 그러한 양상을 중심으로 한 판소리의 장르적 본질 문제에 대해 아예 별로 관심이 두어지지 않고 있는 실정이다.[4] 만약 그 이유가 이들 사설에 대한 논의가 충분히 이루어졌다는 판단에 있다면, 단언컨대, 재고하라고 하고 싶다. 사설 주석에 있어 불완전한 부분이 아직 있으며, 그 부분을 분명히 하면서 향유자들의 수용 맥락을 짚어나가는 과제와, 당대에 있어 그러한 수용 맥락의 문화적 의미[5] 및 그것이 오늘날에까지 던져주는 함의를 알아 보는 과제는 여전히 미진한 단계에 놓여 있기 때문이다. 본고는 <흥보가>의 '비단타령'을 대상으로 하여 이 점을 살펴보고자 한다.

우선, 왜 하필 <흥보가> '비단타령'인가 하는 것은 여기서 짚고 넘어가야 하겠다. '비단타령'은 실은 판소리에서만 불리던 것은 아니다. 巫歌 '성조축원'과 고사소리에서도 불리었으며 잡가 '비단타령'과 민요 '비단타령'으로도 존재했다. 이 중 민요 '비단타령'은 현 채록본을 통해 볼 때 제보자가 판소리 창자나 여타 소리꾼으로부터 배워서 부른 것일 가능성이 높으며,[6] 『한국가창대계』에 실려 있는 잡가 '비단타

4) 애초에 이 글을 쓴 시점은 2008년이었으므로, 기존 논의를 고치면서 다시 검색해 본 결과 이유진, 「판소리 텍스트의 서정성 연구」, 서울대 박사학위논문, 2012를 비롯한 중요한 논의들이 있었다. 향후 이들 논의들을 점검하면서 새로운 연구 방향을 모색할 필요가 있을 것이다.

5) 필자는 판소리 단위사설 속 지식을 대상으로 한, 「판소리 사설에 나타난 관용적 지식 담론의 문화적 의미」(『판소리연구』 31, 판소리학회, 2011)라는 글에서 그 문화적 의미를 집중적으로 살핀 바 있다.

6) 예컨대, 임동권 편, 『한국민요집』 3, 집문당, 1975, 467-469쪽의 '비단타령'은 출처 미상의 歌集에서 전사한 것이다. 그리고 『한국민요집』 5, 집문당, 1980, 212-213쪽의, 동래

령'은 <흥보가> '비단타령'과는 다른 성격의 것이다. 반면 무가 속의 '비단타령'과 고사소리 속의 '비단타령'은 <흥보가>의 그것과 형태상으로나 기능상으로나 밀접한 관련을 지닌다. 사설 형성에 있어 판소리가 무가에 빚진 바 크다는 점은 이미 밝혀진 바 있는데, <흥보가> '비단타령' 역시 예외는 아닐 것이다. 추측컨대 '비단타령'은 이미 무가 단계에서부터 단위사설로 존재했고 그것이 판소리로 수용되었을 가능성이 높다. '나열' 형식은 설혹 그것이 소수에 그치더라도 無限을 지향하며 이를 통해 기주의 소망을 현실화하고자 하는, 무가의 주요 서술 방식이기 때문이다. 고사소리 속 '비단타령' 역시 과정을 명확히 추론해 낼 수는 없으나, 무가·판소리의 그것과 영향 수수 관계에 놓여 있는 것임이 분명하다.[7]

그런데 <흥보가> '비단타령'은 다른 '비단타령'과 차별성을 지닌다. 애초에는, 여타 세간사설과 어울려 있는 무가 '비단타령'처럼, <흥보가>의 '비단타령'도 여타 세간, 기물, 보패치레 중 일부였을 것이나, 그 중 '비단타령'만은 다른 치레에 비해 점차 상대적 우위를 점하면서 독립적인 위상을 확보해 갔으며, 현재 전승되는 동편제 <흥보가>에서는 아예 제2박 대목에서 여타 세간치레들을 밀어내고 단독으로 불리고 있기 때문이다.

지방에서 채록했다는 '비단타령'과 『한국구비문학대계』 6-5, 한국정신문화연구원, 1985, 436-437쪽(해남군 화산면)의 '비단타령'은 판소리 창자 혹은 무당이나 소리꾼으로부터 배워서 부른 것으로 판단된다. 토속 민요는 아닌 것이다.

7) 고사소리에서 불리는 '비단타령'에 대해서는 「<기념음반> '고사소리' 해설 및 사설」, 『한국음반학』 7, 한국고음반연구회, 1997의 것을 참조할 수 있다. 여기서 채록한 고사소리를 부른 창자인 공대일, 최광렬은 고사광대일 뿐 아니라 판소리광대이기도 하다. '비단타령' 등은 정초 집돌이 고사소리에서 불리어졌을 것이다. 고사소리는 크게 절걸립패 계통, 성주굿 계통, 광대 고사소리 계통의 셋으로 분류되는데(손태도, 「광대 고사 소리에 대하여」, 『한국음반학』 11, 한국고음반연구회, 2001, 73쪽), '비단타령'은 절걸립패쪽보다는 성주굿 계통과 광대 고사소리 계통의 레퍼터리였을 것이다.

왜 하필 '비단타령'만 살아 남은 것일까. 필자는 그 이유로서, 食·衣·住의 3분화된 인식의 개입, 교환가치가 사용가치보다 더 높아진, 비단의 사회적 기능, 19세기에 접어들어 판소리가 민속 예능적 기반으로부터 벗어나 예술의 수준에까지 이르게 된 향유 기반의 변모 등 주로 사설 외적 요인을 위주로 하여 거론한 바 있다.[8] 하지만 이러한 요인들은 어디까지나 환경적 요인일 뿐이다. 선입견을 버리고 <흥보가>의 '비단타령' 사설 자체에 주목하면 그것이 지향하는 바는 어디까지나 '언어적 재미'에 있었다는 것을 알 수 있다. '비단타령'은 심각한 의미의 전달과 각성이 아닌 즐거움과 재미의 만끽에 향유의 초점이 있었으며 그 점이 '비단타령'으로 하여금 경쟁적 우위를 점하게 했을 가능성도 있다는 것이다.

필자는 그러한 즐거움과 재미의 기제가 언어 놀이에 있다는 점을 주목하고자 한다.[9] 물론 이러한 언어 놀이는 판소리 사설 전반에 걸쳐 나타나는 현상이기도 하다. 하지만 그 중에서도 <흥보가>의 '비단타령'은 가장 뚜렷한 양상을 드러낸다. 그러하기에 이 '비단타령'을 주목하지 않을 수 없는 것이다. 본고에서는 이 점을 유념하여 먼저 <흥보가> '비단타령'에 나타난 언어 놀이의 양상을 주석 작업을 병행하며 살펴보고, 이어서 그러한 언어 놀이의 문화적 함의를 논해 보고자 한다.

---

8) 정충권, 「홍보박사설의 형성과 변모」, 『흥부전 연구』, 월인, 2003, 236-241쪽.

9) 김대행, 「유사성 창조의 문화적 의미」, 『국어교과학의 지평』, 서울대출판부, 1995, 288-302쪽에 따르면, 문화란 분류의 활동이고 지식이란 그 문화의 분류 체계에 기반을 두어 이루어지므로 '교수와 거지의 같은 점과 다른 점', '전두환과 이주일의 같은 점과 다른 점' 같은 유머가 지닌 터무니없음은 이러한 지식의 문화적 관용성을 넘어서는, 새로이 유사성을 창조하는 행위로서의 성격을 지닌다고 하였다. 그리고 이러한 유사성 창조 행위는 언어 자체의 즐거움을 향유하는 놀이문화로서 언어 활동 능력 향상과 관련하여 깊이 있게 따져야 할 것이라 보았다.

2. '비단타령'에 나타난 언어 놀이의 양상

우선 <흥보가> '비단타령' 전모를 드러내고, 개괄적으로 지적할 것은 해둘 필요가 있을 것 같다. 다음은 박봉술 <흥보가>의 '비단타령'이다.

(잦은 중중몰이)
왼갖 비단이 나온다, 왼갖 비단이 나온다. 요간부상으 삼백척 번떴다 일광단, 고소대 악양루으 적성 아미 월광단, 서황모 요지연의 진상하던 천도문, 천하 구주 산천 초목 기려 내니 지도문, 태백이 기경산천 후으 강남 풍월 한단, 동정 명월 화창헌듸 장부 절개 송금단, 등태산소천하의 공부자의 대단, 남양 초당 경 좋은듸 천하 영웅의 와룡단, 옥경 선관 금선이요, 천고일월이 명주라. 사해 요란 분분헌듸 뇌고 함성 영초단, 풍진을 시르르 치니 태평 건곤에 대원단, 염불타령을 치어 놓고 춤 추기 좋은 장단, 가는 님 허리를 안고 가지 말라 도로 불수, 님 보내고 홀로 앉어 독수공방에 상사단, 화운이 운문이요, 삼복 염천에 죽하단, 추월지공단이요, 엄동 대한의 설랭이라. 쓰기 좋은 양태문, 매매 흥정 갑사로다, 절개있는 모초단, 구십 노인의 아롱주, 뚜드럭 꾸뻑허니 말굽 장단, 서부렁섭적 허니 세발랑릉, 뭉거뭉거 구름장단, 청사, 홍사, 튕경이며, 백랑릉, 모래 사주, 통의주, 방의주, 해남포, 도리매, 당포, 몽기 삼성, 철남포, 수주, 모탑에 홍의주, 성천 분주, 필누비며, 대고 자주, 원주 자주, 해주 자주, 북도다루가 다 나오고, 왼갖 비단이 나온다. 함경도 육진포, 회령 종성 만사포, 임한산 세모수, 장성 모수, 선남이며, 쌍주, 문주, 초주며, 흑공단, 백공단, 청공단, 홍공단, 송화색까지 그저 꾸역꾸역 나온다.[10]

---

10) 뿌리깊은 나무, 『판소리 다섯 마당』, 한국브리태니커회사, 1982, 141-142쪽. 박봉술 창본 <흥보가> 외에는 김진영 외, 『흥부전 전집』 1-3, 박이정, 1997-2003에 실린 텍스트를 살펴보았다.

언뜻 보기에 비단 포목류가 아무 원칙 없이 나열된 것 같지만 자세히 보면 치밀하게 계산된 율격적 변주에 의해 사설 자체가 구조화되어 있음을 알 수 있다. 처음에는 4음보 1구가 의미 단위였으나 중간쯤에서 한 구당 2음보로 바뀌더니, 뒷부분에서는 아예 1음보 1단어로 된 포목류가 급박하게 나열되면서 끝맺어지고 있는 것이다. 이와 같이, 한 의미 단위를 이루는 음보 수의 변화를 통해 창자는 박 속에서 비단들이 한도 끝도 없이 쏟아져 나오는 장면을 실감 나게 전달할 수 있었을 것이다. 그 결과 청중은 비단들이 눈 앞에 펼쳐져 있는 듯한 환영에 사로잡혔을 것임에 틀림없다. 아마 여기에는, 평조 혹은 계면조 중중몰이 장단의, 즐겁고 흥겨운 악상을 떠올리게 하는 음악적 요소도 한 몫을 담당했을 것이다. 따라서 일차적으로, <흥보가> '비단타령'은, 평소에는 쉽게 해 입을 수 없던 값비싼 비단[11]들을 풍성하게 거론함으로써 혹은 거론하는 것을 들음으로써 가상적으로나마 욕망을 해소하는 데 그 지향점이 있었다고 보아 무방할 것이다. 그와 더불어 흥보의 富도 실감나게 다가올 수 있었을 것이다.

그러나 점차 '비단타령'의 지향점은 그것이 지닌 기능이나 효과보다는 사설 그 자체, 정확히 말해 '언어 그 자체가 유발하는 재미'에 두어져 간 것으로 보인다. 위 '비단타령'이 바로 그러한 형태의 것인데 그 많은 세간 중에서 비단만 살아남은 것도 이와 무관하지 않을 터이다.

이러한 형태의 '비단타령'에서는 이제 더 이상 기표로서의 비단명들이 기의로서의 실제 비단들을 지시하지 않는다고 볼 수도 있다. 과장하여 말한다면 '비단타령'에서 '비단'은 없다. 그리고 그 자리는 새로운 기의를 부가하는 언어 놀이가 대체하였다. 곧 비단명과, 그 비단명

11) 비단은 궁중이나 생활에 여유가 있는 집에서 주로 쓰였고 일반 백성들은 綿을 많이 이용했다고 한다. 김영자, 『한국의 복식미』, 민음사, 1992, 35-50쪽 참조.

에 덧붙여지는 수식어구와의 연결고리를 파악하고 음미하는 언어 놀이가 대체한 것이다. 따라서 '비단타령'을 제대로 이해하기 위해서라도 그 언어 놀이에 주목하지 않을 수 없다.

위 '비단타령'의 언어 놀이에는 그 나름대로의 규칙이 있다. 반드시 비단명인 기표를 연결고리로 하여 관련 사항들을 덧붙여 새로운 구를 만들어야 한다는 점이 그것이다. 때로는 애초의 기표와 기의가 다시 하나의 기표가 되어 또 다른 연결고리를 형성할 수도 있다. 그 결과 '비단타령'의 구들은, 청중의 입장에서는 그 연결고리를 알아내어야 하는 일종의 수수께끼가 되었다. 만약 그 연결고리를 알아챈다면 즐거운 언어 놀이가 되는 것이고, 알아채지 못하면 조금은 위축되기도 했겠지만 그것으로 그만인 것이다.

수식어구와 비단명의 연결고리를 알아채어 놀이를 제대로 즐길 수 있기 위해서는 한자어와 관련된 당대의 문화 지식을, '비단타령'의 작자와 공유하고 있어야 했다. 그러므로 오늘날의 우리가 '비단타령'의 언어 놀이에 참여하기 위해서는 그 문화 지식을 되살리는 수밖에 없다. '비단타령'에 대한 세밀한 주석 작업이 뒤따라야 하는 이유도 이 때문이다.

연결고리가 되는 그 문화 지식의 성격을 기준으로 할 때 '비단타령' 언어 놀이의 양상은, 다음 몇 가지 정도로 나누어 살필 수 있다.

① 중국 인물 및 고사와 漢詩文句에 대한 지식이 전제가 되는 경우

먼저, 중국 인물 및 고사와 漢詩文句에 대한 지식이 전제가 되는 경우부터 살펴보기로 한다. 대부분의 '비단타령'은 "요간부상으 삼백척 번 떴다 일광단, 고소대 악양루으 적성아미 월광단"(박봉술 창본)[12]으로 시작된다.[13] 여기서의 일광단과 월광단은 각각 햇빛과 달빛 무늬를 놓은 비단일 것 같은데 실제로 그런 비단이 있는지의 여부는 확실치 않다. 그런 비단이 있을 수도 있고 없을 수도 있으나, 작자나 청중에게 그것은 별로 중요하지 않았을 것이다. 그들에게는 어떤 비단이냐가 아니라 비단 이름을 '어떻게' 제시하느냐 하는 점을 더 흥미로워 했기 때문이다.

아마 '비단타령'의 작자는 '해'로부터 '부상'을 연상하였을 것이고, 또한 '부상'이 포함된 구절인, <수궁경회록(水宮慶會錄)>의 '소간부상삼백척(笑看扶桑三百尺)'을 떠올렸을 것이다. 그렇다면 '소간부상삼백척의 일광단'은 "'부상(해 뜨는 곳) 삼백척을 웃으며 바라보니' 라고 할 때의 해를 연상케 하는 일광단"이라는 뜻이 된다. 월광단의 경우도 마찬가지이다. '달' 하면 떠오르는 인물은 李白이었을 것이다. 따라서 위의 '적성아미'는 애초에 '적선(謫仙)의 아미산 또는 <아미산월가(峨眉山月歌)>'였을 것이다. <아미산월가>는 지금 중국 사천성 서부에 있는 산인 아미산에 떠오른 달을 보고 이백이 시상을 얻어 지은 작품이라 한다. 고소대와 악양루는 이백의 또 다른 시의 무대이면서 달을 완상하던 곳일 터이다. 그렇다면 '고소대 악양루 적선 아미산(아미산월가)의 월광단'은 '고소대와 악양루를 노닐던 이백이 아미산에서 보던 달을 연상케 하는 월광단'이라는 뜻이 된다. 이처럼 해와 달을 연결고리로 하여 연상에 연상을 거듭하는 자유 연상을 통해 일광단과 월광단을

12) 인용한 부분을 '박봉술 창본'과 같이 제시한 것은 그 구절을 인용한 원문이 박봉술 창본에서라는 것이지 이 구절이 이 이본에서만 나온다는 뜻은 아님을 밝혀 둔다.

13) '비단타령'이 이렇게 日과 月, 그리고 이에 이어 天과 地로 시작하는 것은 天地肇判으로부터 시작하던 무가의 흔적일 것이다. '비단타령'의 의미상 흐름은, 日月天地로부터 시작하여, 뛰어난 중국 역사 속 인물들과 국가 간 전쟁을 거론한 후 태평스런 시대를 기원하는 국가적·공적 차원의 일에서, 평온한 가정에서의 손님 접대와 남녀 간 사랑, 이별, 그리움, 절개 등 개인의 일상사로 이어진다.

수식하는 구절들을 생성시킨 것이다. 지식층 청중은 이러한 연관 관계를 쉽게 알아챌 수 있었을 것이다.[14)]

그렇다면 위 박봉술 창본의 "요간부상으 삼백척 번 떴다 일광단, 고소대 악양루으 적성아미 월광단"은 본래의 구절이 와전된 것인 셈이다.[15)] 그러나 이를 와전되었다고 처리하고 말 것은 아니라고 본다. 애초의 연결고리를 깨닫지 못하던 이들이 그들 나름대로 의미를 풀어내어 새로운 연관성을 부여한 것이기 때문이다. '삼백척'에 '번'이 어색하게 이어져 있는 것은 '삼백척'을 '삼백번'으로 이해한 데 따른 것이라 볼 수 있다. 해가 삼백여번 떴다는 것은 한 해를 뜻하기도 한다.[16)] 아예 이 '번'이 어색하다고 보아 '떴다'를 꾸며주는 '번뜻'으로 풀어낸 각편들도 많다. 또한 '적성아미'를 謫仙과 峨眉가 아닌 적성과 蛾眉로 풀어낸 것은 붉은 색의 초승달이라고 해야 월광단과 관련된다고 생각한 데 따른 것일 터이다. 이는 연상의 연결고리가 되는 지식이 수반되지 않을 때 또 다른 연결고리를 부여하여 연관성을 높이려는 의도의 소산일 것이다. 이러한 현상은 위 구들의 이해에 전제되는 지식이 더 이상 보편적으로 받아들여지지 않게 되었거나, 그러한 지식을 알지 못하는 창자와 청중이 판소리 향유에 참여했을 때 나타난 현상일 것이다.[17)]

---

14) '비단타령' 언어 놀이는 이러한 구들이 중심을 이룬다. 예컨대 "절개있는 모초단"(박봉술 창본, 김연수 창본, 오영순 소장 27장본)의 경우도 진시황과 茅草의 일을 알지 못하는 한 의문의 구로 남을 수밖에 없다.

15) 이러한 와전은 '태백이 기경산천 후으 강남 풍월 한단'에서도 발견된다. 이 구절은 본래는 '태뵉이 긔경비상텬(太白이 騎鯨飛上天)ᄒᆞ니 강남풍월이 한다년(江南風月이 閑多年)ᄒᆞ던 슈문단'(심정순 창본)에서처럼, 이태백이 죽고 난 후에는 풍월이 다년간 한산했다는 연결고리로 이어져 있던 것이기 때문이다.

16) 박녹주 박송희 창본에서는 '요간부상의 삼백천번 떴다 일광단'으로 되어 있다.

17) 아예 '해 돋았다 일광단 달 돋았다 월광단'(경판 25장본)과 같이 되어 있는 것도 반드시 그렇지는 않겠지만 이러한 현상과 관계가 있을 것이다. 또는 초기 '비단타령'에서 마련

② 漢字에 대한 지식 자체가 전제가 되는 경우

그 다음으로 漢字에 대한 지식 자체가 전제가 되는 경우를 살펴 본다. "나는 짐생 우단이요 기는 김생은 모단이라"(박동진 창본)는 羽자와 毛자를 풀어서 연결지은 것이며, "상풍구월(霜風九月)에 축장포(築場圃) 백곡등풍(百穀登豊) 숙초(熟綃)"(정광수 창본)는 鍊絲로 짠 紗의 하나인 熟綃의 '熟'자를 곡식이 여무는 것으로 풀어서 百穀登豊을 덧붙인 것이다. 그런데 이들 예는 비단 이름에 포함된 한자의 본래 훈이 유지되고 있는 예들이나, 아예 同音異義 현상을 이용해 자의적으로 풀어내고 있는 경우가 더 많다. "추월적막 공단(貢緞)이요"(김연수 창본)에서 貢緞은 두껍고 무늬가 없으며 윤기가 있는 고급 비단인데 그 '貢'을 '空'으로 연결짓고 있으며, "삼순구식(三旬九食)의 궁초단(宮綃緞)"(정광수 창본)과 "걸식과객(乞食過客)의 궁초단(宮綃緞)"(김연수 창본)에서는 엷고 무늬가 둥근 비단을 뜻하는 宮綃의 '宮'을 '窮'으로 풀어내고 있다. "팽조(彭祖)와 동방삭(東方朔)이 오래 사는 수주(水紬)"(정광수 창본)의 수주도 壽紬로 간주되고 있는 것이다.

간혹은 전혀 상반되는 연결고리가 부여되기도 한다. 예컨대 "엄동설한 뉵화문"(경판25장본)에서 육화문에 엄동설한이 덧붙은 것은 '六花'가 '눈[雪]'을 뜻하기도 하기 때문이었다. 그러나 실제로 각편들을 검토하면 "유월념천 뉵화단"(오영순 소장 27장본)의 형태가 더 많다. 심지어는 "삼복염천 육화문"(이선유 창본)의 형태도 발견된다. 이는, 역으로 더울 때는 눈처럼 찬 것이 좋다는 연결고리를 새로 부여하였거나, 육화의 '六'을 六月의 '六'과 연결 지었기 때문일 것이다.[18] 이처럼 한자 지

된 형태였을 것이다.

18) 물론 확실치는 않지만 '육화'를 '죽하(竹下)'로 읽었을 수도 있다. 박봉술 창본에서는 '삼복 염천에 죽하단'으로 풀어내고 있다.

식이 전제되는 경우라 하더라도 애초의 한자 훈에 얽매이지 않고 얼마든지 자의적인 끼워 맞추기가 허용되는 것이 '비단타령' 언어 놀이의 특징이라 할 수 있다. "임 보내고 홀로 앉아 독수공방(獨守空房) 상사단(相思緞)"[19](김소희 창본)은 아예, 존재하지 않을 가능성이 높은 비단의 이름을 만들어서 독수공방이라는 상황과 관련시킨 경우이다.

'福'과 '壽'자가 그려진 비단을 일컫는 듯한 福壽緞을 富貴多男과 관련짓는 것(김연수 창본), 호랑이 무늬가 새겨진 비단인 듯한 虎皮緞을 '심심궁곡(深深窮谷) 송림간(松林間)에 무섭다'[20](김소희 창본)와 관련짓는 것 등은, 한자에 대한 지식에다 상식적 판단이 매개된 경우이며, "적설(積雪)이 만건곤(滿乾坤)헌듸 장부기상(丈夫氣像)의 송백단(松柏緞)"(김연수 창본), "승젼고 궁궁 울여 항복 바든 왜단"(오영순 소장 27장본), "万東庵大報祠에 万世不忘 明紬"(신재효본)[21] 등은, 한자 지식 외에 이념이나 관념도 매개되어 있는 경우이다. 때로는 위 '명주'의 경우처럼 과도한 이념이 부가되기도 하는데, 이런 식의 연결이 가능하다는 점 역시 '비단타령' 언어 놀이의 특징이다.

③ 특정 사물의 모양이나 기능, 속성 등에 대한 지식도 전제 되는 경우

그 다음으로는 漢字 지식 외에 특정 사물의 모양이나 기능, 속성 등에 대한 지식도 전제 되는 경우이다. "초당전(草堂前) 화계상(花階上)의 머루 다래 포도문"(김연수 창본)은 직물의 포도 무늬를 흥취 있게 표현한 것이고 "화란춘성(花爛春城) 만화방창(萬化方暢) 봉접(蜂蝶) 분분 화초

19) 이 외에 "됴즈룡의 상스단"(경판25장본)의 형태로 결합된 경우도 있다.
20) 아예 "어허 무셔 호피단"(김동욱 소장 14장본)처럼 축약되어 있기도 하다.
21) 이 중 명주실로 무늬 없이 짠 피륙 일반을 일컫는 '明紬'의 '明'은 "천고일월이 명주라"(박봉술 창본)와 같이 그저 밝다는 뜻만 취해지기도 한다.

단(花草緞)"(정광수 창본)은 비단에 그려진 꽃이나 나비 무늬를 화창한 봄날의 풍경과 관련지은 것이며, "큰방 골방 가루다지 국화새긴 완자문"(박녹주 박송희 창본)은 '卍'자 무늬가 꽃무늬와 어우러진 것을 집 방문들에서 흔히 발견되는 '卍'자 무늬와 관련지은 것이다. 실제로 花紋, 花蝶紋, 花寶紋, 卍字花紋 등은 당시 직물들에서 흔히 사용되던 무늬들이었다.[22]

그런데 주목할 점은 문이 '紋'을 벗어나 '門'으로 그 記意가 변하고 있으며 그것이 또 다른 묘미를 느끼게 하는 경우도 있다는 점이다. 위의 卍字紋도 실은 큰방 골방의 가로다지문에서 발견되는 무늬이기도 하므로 卍字紋이 아닌 卍字門으로 읽더라도 별 문제가 되지 않는다. 아예 '紋'이 아닌 '門'을 내세운 것도 있다. "유란화각 높흔 집 번쩍 들어 쟝지문"(심정순 창본)과 "꽃섭플 결가지에 얼크러졌다고 넌출문"(박동진 창본)의 障紙門 혹은 障子門과 넌출문은 실제의 문들을 뜻한다.[23] 장자문은 한옥에서 주로 안방이나 사랑방 같은 큰 방이나 연이어 있는 방을 다양하게 쓰기 위해 둘로 나눌 때, 혹은 방과 마루 사이에 설치한 문이며, 넌출문은 문짝 넷이 죽 잇달아 달린 문을 말한다. '번쩍 들어'와 '얼크러졌다'는 표현은 이 문들이 지닌 이러한 기능과 속성을 지칭하는 말이다.

---

22) 단국대학교 석주선기념박물관, 『조선시대 피륙[織物]의 무늬』, 2002에 실린 각종 무늬 그림 참조. 조선시대의 직물 무늬로는 용문, 봉황문, 기린문, 학문, 사슴문, 박쥐문, 나비문, 거북문, 호랑이문, 원앙문 등 동물문과, 연화문, 사군자문, 소나무문, 석류문, 포도문, 목단문, 표문・호로문, 지초문, 인동당초문, 보상화문, 천도문 등 식물문, 운문, 수파문, 산악문 등 자연문 외에 길상어문, 기하문, 십장생문 등이 있었다고 한다(안명숙・김용서, 『한국복식사』, 예학사, 1998, 194-208쪽 참조).

23) 물론 '넌출문'은 길게 뻗어 나가 늘어진 식물의 줄기가 새겨진 무늬를 말한다고 볼 수도 있기는 하다.

④ 고유어와 한자어의 동음이의적 특성을 활용한 경우

또한, 사물에 대한 것은 아니지만, "염불타령을 치어놓고 춤추기 좋은 장단", "뚜드럭 꾸뻑허니 말굽 장단"(박봉술 창본), "만경창파 조개 장단"(이선유 창본), "뭉게뭉게 구름 장단"(임형택 소장 26장본)과 같이 여러 이형태로 등장하여 각각 다른 리듬감을 느끼게 하는 句들에서의 '장단'은 '단'자만 붙어 있을 뿐이지 비단과는 전혀 무관하다.

'비단타령'의 작자는 이처럼 자유 연상을 통한 끼워 맞추기의 차원을 넘어서 동음이의를 활용한 언어 놀이까지 마음껏 구사하고 있음을 볼 수 있다. 그 과정을 통해 어떤 경우는 한자어를 고유어로 수용하여 새로운 의미를 부가하기도 한다. 그러한 구절 중 대표적인 것이 "알뜰 사랑 정(情)든 님이 나를 버리고 가겨주, 두 손목 덥벅 잡고 가지 말라 도리(桃李)불수"(정광수 창본)이다. 여기서 '가겨주'는 본래 '아롱아롱한 무늬가 있는 중국 비단'을 뜻하는 '가계주'를 말한다.[24] 애초에 '가계'가 어떤 한자로 이루어져 있는지 알 수 없지만 그것이 무엇이든 위에서는 고유어인 '가다'의 활용으로 연결지어 버리고 있다. 또한 도리불수[25]도 본래는 '桃와 李처럼 생긴, 부처 손같이 만든 패물'을 말하나 여기서는 머리를 좌우로 흔드는 '도리질'의 '도리'와 '不手'가 연결된 것으로 느껴지게 한다.

반면에 고유어를 한자어로 수용하여 새로운 의미를 부가하는 경우도 있다. "통영칠(統營漆) 대모반(玳瑁盤)에 안성유기(安城鍮器) 대접문"(김소희 창본)은 통영칠을 한 대모 쟁반과 안성산 유기 같은 고급 그릇으로 손님을 待接하면 좋겠다는 말이다. 이때 대접 같이 둥근 무늬[26]를

24) 신재효는 이 구절을 "怜今夜宿娼家 玉鬓紅顔 가기紬"로 고쳐 놓아 '歌妓紬'의 뜻으로 해석하였다.

25) 도리사라면 중국에서 나던 紗의 한 종류를 말한다.

지시하는 대접문의 '대접'은 여기서 전혀 다른 의미를 내포하고 만다.

더 나아가 한자어와 고유어가 교묘하게 어우러지면서 고유어가 한자어를 압도하는 단계에까지 나아가는 구절들도 있다. "등태산(登泰山) 소천하(小天下)의 공부자(孔夫子)의 대단(大緞)"(김연수 창본)과 "미매흥정 갑ㅅ로다"(심정순 창본)가 대표적인 예이다. '대단'은 '漢緞'이라고도 하는 중국산 비단의 하나이다. 여타 사례를 볼 때 본래는 '大緞'이 아닌 '大觀'이라 해야 할 부분이었다. 그런데 여기서는 비단 이름 운자를 맞추느라 '大緞'이라 한 것이다. '대단'이란 우리말로는 '대단하다'의 어근이기도 하다. 그렇다면 이 구절은 공부자의 대관을 떠올리는 한편 공자의 식견이 대단하다는 함의도 담고 있는 것이 된다. "미매흥정 갑ㅅ로다"도 마찬가지이다. '甲紗'란 품질이 좋은 얇은 紗를 말한다.[27] 따라서 이 구는 흥정을 하여 좋은 품질의 비단을 산다는 뜻이 된다. 그러나 '갑사'는 우리말로 '값이 싸다'는 뜻으로 여겨질 수도 있다. 사는 사람의 입장에서 흥정은 값싸게 이루어지는 것이 최고이다. "미매흥정 갑ㅅ로다"라는 구는 이러한 의미까지 담겨 있어 그것까지 알아채는 것이 그 묘미를 제대로 아는 것이 된다. 이때 '값싸'는 애초의 '갑사'를 압도해 버린다.

'비단타령' 언어 놀이는, 이상으로 살핀 것처럼, 당대의 문화적 지식을 배면에 깔고 비단명의 기표인 한자어를 매개로 하여 새로운 기의를 관련시킴으로써 애초의 것과는 전혀 다른 성격의 질서를 발견하는 창조적 놀이임을 알 수 있었다. 다만 이 놀이에 참여하기 위해서는 전제적 지식이라 할 수 있을, 중국 인물 및 고사와 漢詩文句에 대한 지식,

26) "두리두리 디졉문"(신재효본)처럼 그 모양만을 수식어로 풀어낸 경우도 있다.

27) 갑사는 현재도 쓰고 있는 직물로 당시 일반 가정에서는 여자의 치마저고리, 댕기 등에 쓰였고, 궁중에서는 비빈들의 스란치마와 왕의 면복과 관복 등에 쓰였다 한다. 김영자, 앞의 책, 46쪽 참조.

한자에 대한 지식, 생활 문화이기도 한 지식, 한자어와 고유어의 관계에 대한 지식 등이 뒷받침되고 약간의 언어적 감각이 있어야 했다. 그렇기만 하다면 누구든 앎의 즐거움을 맛볼 수 있었으며 그것은 결국 자신의 지식을 과시하는 일이 되기도 하였다. '비단타령'을 창작하는 일도 그러했겠지만 그것을 듣거나 읽는 일 역시 창조적인 언어 놀이에 참여하는 일이었던 것이다.

3. '비단타령' 언어 놀이의 문화적 함의

'비단타령'이 더 이상 비단이라는 지시 대상을 향하지 않고 언어 그 자체를 향하면서 놀이적 성격을 띠게 된 것, 그리고 그러한 현상이 당대의 판소리 사설에 나타났다는 것은 중요한 문화론적 함의들을 지닌다.

먼저, 그것이 언어 놀이의 성격을 띤다는 점은 아무리 강조해도 지나치지 않을 것이다. 이 언어 놀이는 기표와 기의의 기존 관계를 허물어뜨리고 새로운 질서를 만들어내는 창조적 언어 문화이기도 하기 때문이다. '日光緞'의 '日'에 대해 扶桑 三百尺으로부터 떠오른 그것이라고 구체적인 맥락을 부여하는 일, '가계주'의 '가계(게)'에, 알뜰 사랑情든 임이 나를 버리고 떠나간다는 뜻의 기의를 부가하는 일, '대접문'에서의 '대접'이 지닌 둥근 그릇의 기의를, 통영칠을 한 대모 쟁반과 안성산 유기로 '接待'한다는 기의로 전이시키는 일 등 현상을 얼마든지 발견할 수 있는 것이다. 英綃緞의 '영초'에는 요란함이, 毛綃緞의 '모초'에는 절개가, '한단'에는 한산함이, '공단'에는 적막함이 새로운 기의로서 부가되는 것은 그 언어 놀이의 규칙상으로는 극히 당연한 일이었다. 그 과정에서 아예, 장단, 상사단, 함포단과 같은 새로운 비단이 탄생하기도 하였다. 그것은 형식적으로는 비단 이름이기도 하므로 이는 새로운 기표의 생성에 해당한다고 볼 수 있다. 또 다른 기의의 부가에서 새로운 기표의 생성에까지 이르는 '비단타령'의 이러한 언어 놀이는 차라리 언어적 실험이라고 할 정도로 언어 문화에 있어 창의성을 촉발하는 효과를 지니고 있었다고 생각한다. 만약 애초의 연결고리가 불분명하다고 판단되면 수식어구를 변용하거나 새로운 수식어구로 대체함으로써 또 다른 연결고리를 부가하는 일도 자연스럽게 이루어졌다.

결국 '비단타령'의 언어 놀이는 단순한 언어 놀이가 아닌 새로운 관계의 발견이자 기존 언어 사용 규칙을 넘어서는 창조적인 놀이였던 것이다. 이질적인 것에서 유사한 것을 발견하고 유사한 것에서 이질적인 것을 창안해 내는 이러한 창조적 언어 활동은 알게 모르게 언어 능력 향상에 기여하는바 적지 않았을 것이다. 이때의 언어는 역동성을 부여받는다.

당시 판소리는 전 지역 전 계층으로부터 호응을 받음으로써 우리말 소통의 매개적 텍스트로서의 위상을 획득한 바 있다. 이러한 당대문화적 위상에 비추어 볼 때 공식적 교재가 없던 시절 판소리 사설은 국어 교재의 역할까지도 했으리라 볼 수도 있다. 그렇다면 '비단타령' 같은 대목에서의 언어 놀이는 당시 국어교육 제재이자 현장이기도 했지 않을까. 언어 문화의 관점에서 판소리의 '비단타령'류 대목에 대한 새로운 연구가 필요하다고 보는 이유도 이 때문이다.

또 하나는 비단명이 한자어로 되어 있는 데서 오는 계층적 소통의 문제이다. 본래 비단은 몇몇을 제외하고는 하층이 쉽게 접할 수 있는 것이 아니었다. 게다가 비단 이름이 한자어로 되어 있기 때문에 그 한자를 기초로 하여 풀어낸 '비단타령'은 애초에는 식자층의 소산일 가능성이 높다. 중국 고사나 한시구를 활용한 것을 보아서도 그렇지만, 毛綃로부터 茅草를, 貢으로부터 空을, 水로부터 壽를, 宮綃의 '宮'으로부터 '窮'을, 漢으로부터 閑을, 紋으로부터 門을 끌어낸 것도 식자층의 작품이리라는 것이다. 따라서 '비단타령'은 특정 계층만 놀이를 즐길 수 있는 폐쇄적 문화의 소산이라 간주할 여지도 없지 않다.

그러나 우리가 주목해야 할 점은 그 연결고리가 한자 자체가 아닌, 한자의 우리식 발음 곧 한자어의 동음이의에 있다는 점이다. 따라서 그러한 놀이가 식자층에 의해 주도되었다 하더라도 이미 그 과정 속에서 한자・한문의 폐쇄성이 허물어지고 있다고 보아야 한다. 또한 완자문, 장지문, 포도문, 넌출문과 관련된 구들을 이해하는 데 한자 지식은 별로 필요치 않다. 기존 수식어구가 애매하다고 판단되면 청중이 이해할 만한 수준에서 새로운 연결고리를 만드는 일도 서슴지 않았다. 게다가 '비단타령'의 일부에서는 한자어와 우리 단어가 동음이의라는 새로운 질서 속에서 재편되는 데까지 나아가고 있음을 특히 유의해야 한다. '大緞'이 '대단'으로, '甲紗'가 '값싸'로 여겨지는 경우가 한자어를 우리말로 새롭게 이해한 경우라면, '대접'을 '待接'으로 보는 것은 우리말을 한자어로 읽어낸 경우이다.

여기까지 이르면 '비단타령'은 특정 계층으로 그 향유층의 범위를 국한시킬 수 없게 된다. 차라리 한자어와 우리말이 한데 어우러져 뒤섞임으로써 일종의 문화 접변 현상을 통한 계층적 소통까지도 읽을 수 있는 상황이다. 그리고 본래적 기의로부터 기표를 해방시켜 그것을 자의적으로 짜 맞추어 보는 일은 한자 문화의 억압으로부터의 탈주이기도 하다. 이러한 점에서 '비단타령'이 지닌 문화론적 함의를 찾을 수 있으리라 본다.

4. 맺음말

애초에 '비단타령'은 흥보의 욕망의 담론이었을 것이며, 그 비단명들도 실체로서의 비단을 지시하던 것이었다. 그러나 '비단타령'은 점차 실체로서의 비단를 지시하던 데 그치지 않게 됨은 물론, 더 이상 흥보의 욕망의 담론만으로는 해명할 수 없는 점이 있게 되었다. 현전 '비단타령'은 차라리 언어 놀이를 지향한다고 보는 것이 실상에 부합한다고 여겨졌다.

본고는 이 점을 전제하고 <흥보가> '비단타령'이 지닌 언어 놀이적 성격을 살펴보았다. 그 결과, '비단타령'에 나타난 언어 놀이는, 당대의 문화 지식을 배면에 깔고 비단명의 기표인 한자어를 매개로 하여 또 다른 기의를 관련시킴으로써 새로운 질서를 발견하는 창조적인 놀이였음을 알 수 있었다. 비단 이름과 그에 덧붙여진 수식어구의 관계를 아는 일은 마치 수수께끼를 푸는 듯하여 결국에는 앎의 즐거움 내지 발견의 쾌감을 느끼게 했을 것이었다. 그 중에는 한자어와 우리말이 교묘하게 얽혀드는 양상도 발견되었는데, 이는 '비단타령' 언어 놀이의 절정이라 할 수 있었다. 따라서 '비단타령' 언어 놀이는 창의적 언어 사용 및 계층 간의 언어문화적 소통의 측면에서 높이 평가해야 할 점이 분명히 있다고 보았다.

물론 이 정도만으로 '비단타령'의 언어 놀이적 성격의 양상과 의미를 온전히 드러낼 수 있었다고 생각하지는 않는다. 당대 중하층이 지니던 사회적 · 역사적 · 문화적 '지식'에 대해 우리는 그리 많은 정보를 갖고 있지 못하기 때문이다. 당대 여러 계층의 언어 생활문화를 깊이 있게 알아보고 또한 판소리의 여타 단위사설에 담긴 '문화 지식'에 대해 더 깊이 있는 연구가 행해져야 위 '비단타령' 언어 놀이의 연결고리도 더 깊이, 그리고 실감 나게 깨달을 수 있을 것이기 때문이다. 향후 판소리 텍스트는 당대 국어교육 텍스트로서, 그리고 언어 생활사의 자료로서 주목되어야 할 것이다. 본고는 '비단타령'을 통해 그 한 단면을 엿보았을 뿐이다.

제 3 장

<흥부전>의 장면 구현 양상과 민중적 상상력*

1. 머리말

이 글은 <흥보가(전)>을 대상으로 하여 각 장면들에서 현실과의 거리를 가늠하며 사건 및 인물이 처한 상황을 형상화하는 방식을 분류・분석한 후 이를 통해 그 생산 주체[1]라 할 당대 하층의 상상력 및 감성에 가까이 다가가 보는 것을 목표로 한다.[2] 이러한 목표를 달성하기 위해 살필 텍스트로 판소리 작품을 택한 것은 일단 그 모체인 판소리의 형성과 발전에 하층이 주도적인 역할을 담당했다고 보았기 때문

---

* 이 글은 『어문논집』 83(민족어문학회, 2018)에 실린 「<흥부전>의 장면 구현 양상과 민중적 상상력」을 부분 수정한 것이다.

1) 이 글에서는 판소리 창자, 작자 및 작품의 생산, 변이에 영향을 미쳤을 수용자까지 포괄하여 '생산 주체'라는 용어를 쓰고자 한다. 때로는 더 세분하여 '창자/서술자' 혹은 '서술자' 그리고 '청중/독자' 혹은 '수용자'라는 용어도 논의 맥락에 따라 적절히 사용하고자 한다.

2) 이 글에서는 '<흥부전>'으로써 작품명 전체를 대표하게 하고자 하며, 창본의 경우는 '<흥보가>'라 지칭하고자 한다.

이다. 물론 판소리의 전개 과정상 상층의 감성·의식도 끼어들었을 것임을 고려해야 하기는 하다. 하지만 그렇더라도 그것은 하층의 용인에 의해 수용되어 갔으리라 보아야 한다. 결국 판소리는 조선 후기를 대표하는 문학(예술) 갈래라는 문학사적 평가를 받게 되는 바, 그러한 평가는 애초에 그 생산 주체라 할 하층의 문학적 상상력이 판소리에 이르러 높은 수준을 드러내었음이 인정된 결과라 생각한다. 더구나 판소리 문학에 담긴 하층의 삶에 토대를 둔 몇몇 특성이 오늘날에 이르기까지 한국문학(문화) 전통의 준거를 마련해 주고 있다는 점까지 고려한다면, 판소리 사설 및 소설들이야말로 이 글의 착안점을 실현시키기 위한 적절한 대상이 아닐 수 없다. 특히 그 중에서도 <흥부전>을 택한 것은 이 작품이 여타 판소리 작품과 비교할 때 상대적으로 더, 하층 인물들을 주인물로 하여 제반 사안을 문제화하여 다루고 있으며, 당대 하층이 맞닥뜨려야 했던 사회경제적인 사건을 핵심 사건으로 삼고 있다는 것 때문이다.

이 글에서는 목표 달성을 위해, <흥부전>의 줄거리 체계보다는 구체적 서술 차원에 해당하는 장면들에 주목하고자 한다. 판소리에서는 장면 단위의 공연, 수용이 이루어지는 만큼 장면, 곧 구현된 작중 상황들을 논의의 중심에 놓는 것이 갈래의 특성에 부합하는 접근법이라 판단했기 때문이다. 판소리 서사는 사건 중심의 향유보다는 사건의 세부를 확장한 상황 중심의 향유로 이루어진다는 것이 그 간의 통설이기도 하다.

물론 그렇다고 하여 <흥부전>의 인과적 줄거리 체계 추출을 통한 기왕의 주제론적 논의들을 의의 없는 작업이라 보고자 하는 것은 아니다. 조선 후기 농촌 사회의 빈부 모순과 관련지은 기왕의 <흥부전> 주제에 대한 논의들은 이후의 작품론에도 큰 영향을 미쳐 해석상의 전제적 틀을 제공해 주다시피 하게 된 주요 성과들이다. 여기서는, 그러한 시각도 중요하기는 하나, 줄거리의 인과 관계만 따질 때에는 세부 장면들의 가치가 무시될 수도 있음에 유의하고자 한다. 예컨대 흥부가 박타는 대목을 선행에 대한 보답의 화소로 추상화해버리거나, 이 화소의 도입이 작품의 현실 대응 면에서 환상성에 의존했다는 한계[3]를 드러낸 것이라 보는 경우가 그러하다. 그런데 박타는 장면은 당대 하층의 욕망이 환상적으로 그려진, 오히려 더 중요한 대목으로 볼 소지도 다분하다. 해당 장면의 서술량이 많은 것과 비례하여 당대 수용자가 큰 호응을 보였다는 점도 아울러 고려하지 않을 수 없는 것이다. 따라서 <흥부전>의 모든 장면들은 그 어느 것도 소홀히 할 수 없는, 수용자들과의 소통의 결과물들이라 보아야 한다. 그것도, 공연을 고려한, 그 나름대로 최고치의 구현들인 것이다. 바로 그러한 소산물인 장면들의 구현 방식을 따질 필요가 있다는 것이다.

물론 이미 오래 전에 판소리 서사물에 있어 장면이 핵심 장치임에 주목하여 그 구현 전략에 대해 논의한 성과들이 있었으므로 이러한 관점이 새삼스러운 것은 아니다. 특히 부분의 독자성, 장면 극대화, 상황적 정서・의미의 추구 등 용어는 그 구현 방식에 대한 것뿐 아니라 판소리 서사에 있어 나타난 여러 현상들도 설득력 있게 해명한 개념적 도구로 인정받은 것이 사실이다. 여기서도 기왕의 이러한 성과들을 수용하고자 한다. 다만 그렇게 하면서도 기존 논의와는 조금 다른 관점에서 장면에 접근하고자 한다.

우선, 장면들을 포괄하여 그 특성을 하나로 귀결시키기보다는, 장면

3) 제비박 부분은 "신비적이고 아름다운 환상"이지만 "역사적인 한계"를 나타낸 것(임형택, 「흥부전의 역사적 현실성」, 『흥부전연구』(인권환 편저), 집문당, 1991, 346-347쪽)이라 한 경우를 예로 들 수 있다. 이렇게 보아야 할 이유가 있음을 인정하지만 다른 시각에서 보면 또 다른 의의를 부여할 수도 있음을 상기시키고자 하는 것이다.

장면들의 구현 방식상 차이점들에 관심을 갖고자 한다. 서사물의 장면들은 그려내고자 하는 사건의 성격에 따라 구현 방식 내지 소통 양상이 달라지게 마련이다. 예컨대 현실 공간 하에 일어나는 사건의 형상화와 가상 공간 하의 사건의 형상화는 차이가 있을 수밖에 없는 것이다. 상상력 발현의 기제가 달라지기 때문이다. 더구나 판소리의 경우 그에 따라 서술 태도까지도 차이를 보인다. 서술 대상과의 거리 설정은 물론 그때그때 창자/서술자의, 상황에 대한 가치 판단도 달라지는 것이다. 본고에서는, 서술 대상의 현실 연관성 및 그에 대한 서술 태도 등을 기준 틀로 하여 <흥부전> 장면의 구현 양상을 세 가지 유형으로 나누어 살핀 후, 이들 장면의 구현시에 발현되었을 상상력의 특성들을 찾아 볼 것이다. 나아가 그 이면에 담겼을 생산 주체의 감성을 지적하며 논의를 마무리 짓고자 한다.

본 논의에서는 이와 관련하여 한 가지 더 문제 삼고자 하는 것이 있다. 판소리의 생산 주체는 근원적으로는 하층이라 할 수 있다. 그런데 기왕의 논의에서처럼 하층을 민중이라는 용어로 대체하여 그 감성·의식에 대한 논의를 펼 수 있는가 하는 점이 그것이다.

민중이란 1970년대 한국의 특수한 시대적 맥락 하에 비판적 지식인들이 '권력에 저항(해야)할 주체'로서 재발견[4]한 데 따른 것으로, 정치적, 경제적, 문화적으로 소외된, 피지배층에 속하는 집단[5]이지만 자의식을 지니게 되면 역사의 흐름에 실천적으로 참여할 수 있는 실체적 집단으로 정의된 바 있었다.[6] 이러한 시각이 판소리 연구에도 영향을 미쳤으며 그 나름대로의 성과를 낳게 한 것은 사실이다. 또한 작품을

---

4) 이용기, 「'새로운 민중사'의 지향과 현주소」, 『역사문제연구』 23, 역사문제연구소, 2010, 9쪽.

5) 한완상, 「민중의 사회학적 개념」, 『민중』(유재천 편), 문학과지성사, 1984, 48-49쪽.

6) 1970년대 학계의 '민중'의 개념에 대해서는 유재천 편, 『민중』, 문학과지성사, 1984 참조.

통해 추출한 민중 의식은 내재적 발전론과 마주하면서 근대지향적 의식의 일환으로서 긍정적인 의의가 부여되기도 했다. 그러나 때로는 민중에 대한 규정이 선입견으로 작용하여 피지배층 민중의 의식으로서 권력, 제도에 대한 항거를 추출함으로써 결과적으로 전제가 결론이 되는 경우도 없지 않았다고 생각한다. 그 결과 작품 속 인물들의 삶을 제대로 읽어내지 못한 경우도 있었고 생산 주체의 다면적인 감성・의식을 단일한 어떤 것으로 귀결시키고 마는 경우도 있었던 것 같다. 근래 사학계에서도 '새로운 민중사'라는 이름으로 민중의 개념을 재정의하려는 움직임을 보인 바 있다. 이들은, 기존의 민중사에서는 민중을 실체이자 단일한 주체로 보고 변혁론 속에 민중을 끼워넣음으로써 오히려 민중을 대상화했으며, 지배/저항의 이분법적 설정 하에 투쟁하는 민중의 상만을 중요시하여 일상을 살아가는 실재 민중의 삶과 오히려 멀어졌다고 비판한다.[7] 민중은 "본질적으로 多聲的 존재"로서 "이질적인 정체성과 경험을 갖고 있으며 구조적 한계 속에서도 나름의 미시적 맥락에 따라 선택하고 행위하는 일상의 주체"[8]로 규정되어야 한다는 것이다. 그렇다면 '민중적인 것'에 대한 제대로 된 접근을 위해서는 상・중・하의 계층적 전제 설정에 앞서,[9] 텍스트를 통해 귀납할 수 있는 문화적 감성을 더 중요한 근거로 삼을 수밖에 없을 것이다.

이러한 시각에서 본다면 판소리 작품은 그 무엇보다 우선적으로 주목받아야 할 텍스트라 생각한다. 애초에 판소리에는 그 생산 주체라

7) 이용기, 앞의 글, 11-13쪽 참조.

8) 허영란, 「민중운동사 이후의 민중사」, 『역사문제연구』 15, 역사문제연구소, 2005, 314-315쪽.

9) 본 논의와 관련하여, 지배층에 대한 비판 행위 그 자체를 중시한 선험적 규정보다는 현실비판에 활용된 주된 이념이나 내용에 보다 주목할 필요가 있다며, 새로운 민중사의 시각에서 19세기 현실비판가사의 독법을 마련하려 한 하윤섭, 「'새로운 민중사'의 시각과 19세기 현실비판가사」, 『민족문학사연구』 61, 민족문학사학회, 2016 참조.

할 하층의 삶과 일상에 토대를 둔 복합적이면서도 다면적인 감성・의식 등이 여러 형상으로 다양한 시선을 통해 스며들어 있기 때문이다.[10] 하층 인물들을 중심으로 사건이 전개되는 <흥부전>의 경우는 특히 그러하다. 여기서 새삼스럽게 역사적 계층으로서의 하층을 또다시 기존 개념으로서의 민중으로 대체하여 논의를 펴는 우를 범하려는 것은 아니다. 하지만 그렇다고 해서 하층을 중심으로 하여 여타 계층까지 부분적으로 포괄하는 '민중'이라는 개념의 유용성을 포기하고 싶지도 않다. 따라서 이 글에서는 기왕의 민중이라는 개념의 함의에 집착하지 않고 '민중적인 것' 곧 그 속성 내지 감성・의식에 초점을 두는 논의를 펴고자 한다. 이러한 논의라면, 당대 현실 속에 있었을 법한 구체적 형상이 담긴 문학 작품이야말로 적절한 분석 대상이라 할 수 있을 것이다. 본 논의를 통해 궁극적으로는 '새로운 민중' 개념의 설정에 기여하고자 하는 것이 또 다른 한 목표이다.

이 글에서는 이상의 목표를 달성하기 위해 현전 이본들 중 신재효본 이전에 필사되었거나 간행되었음이 분명하다고 여겨지는 경판본 <흥부전>과 연경도서관본 <흥보젼>을 대상으로 하여 분석하고자 한다. 초기 <흥부전>의 면모를 알 수 없는 상황 하에서 생산 주체로서의 하층의 감성・의식에 최대한 가까이 다가가기 위해서는 이 두 이본들을 중요시할 수밖에 없겠기 때문이다. 신재효본 이후의 이본들,

10) 실은 이미 1990년대 판소리 문학 연구 중에는 이러한 특성에 집중한 논의들이 있었다. 예컨대 터무니없는 어법을 통해 긴장으로부터 과감한 해방을 추구함으로써 인간 삶의 실상에 오히려 더 가까이 다가가고자 했음을 규명한 김대행의 논의(김대행, 「동리의 웃음 : 터무니없음 그리고 판소리의 세계」, 『동리연구』 창간호, 동리연구회, 1993), <적벽가> 속 이름 없는 군사들을 통해 알 수 있는 민중 정서로서, 국가에 대한 심각한 괴리감뿐 아니라 상실감, 뒤틀림까지 보이며, 부정적 영웅에 대해서도 비판만이 아닌 감싸안음의 양상까지 보인다는 김종철의 논의(김종철, 「「적벽가」의 민중정서와 미적 성격」, 『판소리연구』 6, 판소리학회, 1995) 등이 그것들이다.

특히 창본들은 후대적 변모를 겪은 이본들이라 판단되기 때문이기도 하다.

2. <흥부전>의 장면 구현 양상

<흥부전>의 장면들을 검토해 보면 제비박을 경계로 할 때 전반부와 후반부 간에 서술 태도면에서 차이가 느껴진다. 형제 간 대립과 흥부의 가난상을 중심으로 한 전반부의 장면들에서는 3차원 현실 시공간 하의 사건들이 펼쳐지며 서술 태도면에서 현실적 긴장을 유지하고자 한다. 하지만 후반부 장면들, 특히 두 개의 박대목들에서는 환상적인 사건들이 그려진다. 박에서 사람과 사물들이 나온다는 설정으로 인해 3차원의 현실 시공간에 구애받지 않아도 되므로 자유로이 형상들을 펼쳐내는 것이다. 서술 태도상으로도, 구현된 장면을 청중/독자가 즐기기만 하면 그만인 듯 내용의 현실성 여부에 대한 책임감도 느끼지 않는다. 이러한 두 가지 장면 구현 방식을 각각 '현실 단면의 포착', '환상의 구현'이라 지칭하기로 한다.

그런데 이 두 가지 어디에도 포함시키기 어려운 경우도 발견된다. 후술하겠지만, 경판본 <흥부전>에서의, 쫓겨난 흥부가 집을 지었는데 부부가 방에서 기지개를 켜면 발이 마당으로 나가고 머리는 뒤꼍으로 보이고 엉덩이는 울타리 밖으로 나가더라는 식의 장면이 그러하다. 3차원의 시공간을 비틀어버린 어처구니없는 설정이다. 이러한 부분을 현실 단면을 포착했다고 보기 어렵지만 그렇다고 해서 환상을 구현한 부분이라 볼 수도 없다. 서술 태도 역시 앞의 두 경우와 달리 비웃음이 내포된 듯한 느낌도 준다. 이러한 장면들의 구현 양상을 '기괴로의

굴절'이라 하여 앞서와 다른 범주로 포괄하고자 한다.

이하에서는 이상 세 가지 장면 구현 양상들을 하나씩 구체적으로 살펴보기로 한다. 이 셋은 그 나름대로 현실 문제를 형상화하는 서로 다른 방식들이라 판단된다. 셋 모두 어떻게든 생산 주체의 현실 경험에 바탕을 둔 것일 터이나, 작중 상황을 고려하며 현실과 맺는 함수 관계를 각각 달리 설정하고 있는 것 같기 때문이다. 다만 어떤 장면은 특정 구현 양상의 범주로 포괄하기 어려운 경우들도 있을 것임은 유의할 필요가 있다.[11]

1) 현실 단면의 포착

<흥부전>에 대한 기왕의 주제론 대부분에서는 이 작품의 사실주의적 성취를 높이 평가해 왔다. "賤富의 대두로 가난해진 양반과 모든 기존관념이 얼마나 심각한 곤경에 빠지게 되었는가"[12]를 여실히 보여주었다는 것, "흥부라는 인물이 피나는 노력에도 굶주려야 되는 반면에 놀부라는 인물이 악질적인 행위에도 부자로 잘 살고 있는 현실의 모순"[13]을 다루었다는 것, "被奪階層의 收奪階層에 對한 敵對意識과 富에 대한 熱望의 極大化現象을 具現"[14]하려 했다는 것 등 선학의 논의들을 대표격으로 거론할 수 있다. 조선 후기 농촌 사회의 하층민들 사이에 나타난 심각한 빈부 모순을 여실히 담아낸 작품이라는 것이다. 이

11) 이 글에서 설정한 기준과 다른 기준을 설정할 경우 또 다른 분류가 가능할 것이다. 여기서는 장면을 통해 구현된 작중 현실을 통해 실제의 현실을 담아내는 양상과 방식에 초점을 둔 것이다. 3차원 현실 공간의 제약 여하가 주요 기준이 될 것이다.
12) 조동일, 「<흥부전>의 양면성」, 『흥부전연구』(인권환 편저), 집문당, 1991, 315쪽.
13) 임형택, 「흥부전의 역사적 현실성」, 『흥부전연구』(인권환 편저), 집문당, 1991, 329쪽.
14) 이상택, 「고전소설의 사회와 인간」, 『한국고전소설의 탐구』, 중앙출판, 1982, 287쪽.

들 논의는 현실 반영의 측면에서 <흥부전> 서사를 분석하여 그 의미를 끌어낸 논의들이라 할 수 있다.

그런데 실은 판소리 청중/독자에게 던져지는 것은 장면 단위로 그려진 구체적인 상황들이다. 구체화된 상황들을 통해 문제를 공유하고자 하는 것이다. 빈민 흥부가 놓인 상황을 가장 잘 담아내었으리라 짐작되는 '가난설움타령'을 통해 이 점을 살펴보기로 한다.

> 흥부 안히 ᄒᆞ는 말이 우지마오 졔발 덕분 우지마오 봉졔ᄉᆞ ᄌᆞ손되여 ᄂᆞ셔 금화금벌 뉘라 ᄒᆞ며 가뫼 되여ᄂᆞ셔 낭군을 못 살니니 녀ᄌᆞ힝실 참혹ᄒᆞ고 유ᄌᆞ유녀 못 출히니 어미 도리 업는지라 이ᄅᆞᆯ 엇지ᄒᆞᆯ고 ᄋᆡ고ᄋᆡ고 셜운지고 피눈물이 반듁 되던 아황녀영의 셜움이오 조작가 지어ᄂᆡ던 우마시의 셜움이오 반야산 ᄇᆞ회틈의 슉낭ᄌᆞ의 셜움을 젹ᄌᆞ ᄒᆞᆫ들 어ᄂᆡ ᄎᆡᆨ의 다 젹으며 만경창파 구곡슈ᄅᆞᆯ 말말이 두량ᄒᆞ량이면 어ᄂᆡ 말노 다 되며 구만니 장텬을 ᄌᆞᄌᆞ히 ᄌᆡ이란들 어ᄂᆡ ᄌᆞ로 다 ᄌᆞ힐고 이런 셜움 져런 설움 다 후리쳐 ᄇᆞ려두고 이졔 나만 듁고지고 ᄒᆞ며 두 듀머괴ᄅᆞᆯ 불근 뒤여 가슴을 쾅쾅 두ᄃᆞ리니 흥뷔 역시 비감ᄒᆞ여 이른 말이 우지말소 안연갓튼 셩인도 안빈낙도ᄒᆞ엿고 부암의 담 ᄊᆞ턴 부열이도 무경을 맛ᄂᆞ ᄌᆡ상이 되엿고 산야의 밧가던 이윤이도 은탕을 맛ᄂᆞ 귀히 되엿고 한신갓튼 영웅도 초년궁곤ᄒᆞ다가 한ᄂᆞ라 원융이 되여스니 엇지 아니 거룩ᄒᆞ뇨 우리도 ᄆᆞ음만 울케 먹고 되는 ᄯᆡᄅᆞᆯ 기ᄃᆞ려봅시 (경판본 <흥부전>)[15)]

아무리 노력해도 생계조차 해결할 수 없었던 한 빈민 부부가 설움을 토로하는 장면이다. <흥부전> 생산 주체가, 결과적으로 담게 되었던 당대의 문제로 대표적인 것은 농촌 사회 변화 및 화폐 경제의 대두

15) 김진영 외, 『흥부전 전집』 2, 박이정, 2003, 17쪽.

로 인해 빈부 모순이 더욱 심각해져갔음일 것이다. <흥부전> 생산 주체는 그러한 현실 문제와 관련하여 빈민의 실상을 드러내는 데 적잖은 비중을 두었던 것 같다. 빈민의 실상을 실감나게 드러내는 가장 효과적인 방법은 위처럼 현실 속에 있을 법한 구체적인 상황을 단면 포착하여 장면화하는 것이었다. 현실을 실제 그대로 묘사하는 것은 쉽지 않다. 눈에 보이는 현실은 어차피 한 단면일 뿐이다. 다만 그 단면이 얼마나 문제적 상황인가 하는 점이 중요했던 것이다.

창자/서술자는 흥부 부부의 목소리 뒤에 숨는다. 그것은 흥부 부부의 설움에 공감했음을 전제한다. 그리고 청중/독자 역시 흥부의 설움에 공감하기를 바란다. 작중 분위기로서의 비애감은 수용자로부터 공감과 연민을 얻는 데 있어 효과적인 정서였을 것이다. 그렇게 함으로써 흥부의 처지를 매개로 하여 가난이라는 상황이 정서적으로 소통되게 된다. 당대 많은 하층민이 그랬던 것처럼 가난은 심각한 문제적 상황이다. 위 장면을 통해 청중/독자는 착한 사람이 이처럼 가난하게 살아갈 수밖에 없는 사회가 바람직한 사회인가 하는 문제적 의식을 갖게 된다. 현실 속에서 있을 법한 구체적인 상황을 내세우되 이처럼 그것을 문제적으로 형상화하는 것이 본 구현 양상의 특성이다.

그러나 이러한 장면들에서는 구체적 형상화와 공감의 획득에 비중을 두고 있어 인물이 그렇게까지 이른 사연이나 원인은 거의 언급되지 않는다. 놀부가 직접적인 원인을 제공한 것은 사실이나, 쫓겨난 뒤의 흥부가 어떻게 살아갔는지 자세하게 제시되어 있지는 않기 때문이다. 이러한 빈틈은 수용자가 메꾸어갈 수밖에 없었다. 하지만 그렇더라도 흥부가 이렇게까지 가난하게 지낼 수밖에 없었던 사연의 실상을 제대로 파악하기는 쉽지 않았을 것이다.

이와 달리 <흥부전>의 장면들 중에는 쫓겨난 흥부의 노력을 사실적으로 구현하여 흥부가 맞닥뜨려야 했던 세계의 '횡포'를 담아낸 경우도 있다. 이러한 장면에서의 서술 태도는 앞의 경우와는 큰 차이가 있다. 서술 대상이나 상황에 공감하도록 하기보다는 오히려 거리를 느끼도록 하기 때문이다. '매품팔이' 대목을 통해 이 점을 살피기로 한다.

'매품팔이' 대목은 흥부가 각종 품팔이에도 굶주림을 면할 수 없어 환자섬을 빌러 갔다가 매품을 권유받게 되는 데서부터 결국에는 매품을 파는 데 실패하는 데까지의 대목이다. 흥부는 엄숙한 병영 영문 앞에서 저승에 온 듯한 느낌을 갖는다(연경도서관본 <흥보젼>). 매품을 위해서는 목숨을 걸어야 했기 때문이다. 죄인 대신 매를 맞고 돈을 벌 수 있는 잘못된 관례가 흥부류 하층민에게는 생계 유지의 수단이 되고 있다. 당대 현실 모순의 한 단면을 담고 있다는 점에서 '매품팔이' 대목은 묵직한 사회 문제를 형상화한 대목이다. 그런데 이 대목의 서술 태도는 그리 진지하지 않으며 오히려 아이러니한 미감[16]을 느끼도록 연출된다는 특징을 지닌다.

이 대목의 흥미로운 장면은 흥부가 돈타령을 부르는 장면과 결과적으로 매품을 팔 수 없게 되는 장면일 것이다. 온갖 품팔이를 했음에도 굶주림을 면할 수 없어 급기야는 환자섬을 빌러 갔다가 매품 권유를 받고 닷냥을 받아온 흥부가 아내 앞에서 한 행동은 으스대며 돈타령[17]을 부르는 것이었다. 모처럼 돈을 벌었다고 돈의 위력을 내세우지만 평소에는 스스로 말한 바로 그 돈의 위력 때문에 고통스러워하던 흥부였다. 후자의 흥부가 실상임을 잘 알고 있는 수용자는 失笑를 감추지 못하게 된다. 결국 매품조차도 나라의 경사로 인해 죄인 방송령

16) <흥부전>에 나타난 아이러니에 대해서는 정충권, 『판소리 문학의 비평과 감상』, 월인, 2016, 245-266쪽 참조.
17) 돈타령은 주로 <흥보가> 창본들에서 발견된다.

이 내려 팔지 못한다. 아이러니한 상황이 아닐 수 없다. 이본에 따라 이웃에 의해 가로채기를 당하기도 하고 매품을 팔러 온 사람끼리의 가난자랑에 패배(?)하여 매품을 팔지 못하기도 하는 바, 그것은 그나마 이러한 매품조차도 하층 내부에서는 치열한 경쟁 거리였음을 뜻한다. 그것은 실은 참혹한 현실이다. 하지만 작품 속에서는 아이러니한 웃음을 머금게 하도록 처리되고 있는 것이다. 이처럼 이면을 통해 간접적으로 문제를 공유하면서 거리를 드러내어 대상화하는 것도 현실 단면 포착을 통한 장면 구현의 한 양상이다.

일반적으로 현실 단면 포착이란 실제 현실의 한 단면을 그대로 옮긴 것 같은 느낌을 주는 장면화의 방식을 말한다. 그렇게 볼 수 있는 장면들이 제일 많이 발견되는 것도 사실이다. 이런 장면들을 통해 <흥부전>의 현실 반영적 성격도 강화됨은 물론이다. 그런데 실은 그 것조차도 창자/서술자의 선택에 말미암는다고 보아야 한다. 더구나 앞서 살핀 것처럼 <흥부전>의 창자/서술자는 때로는 공감과 연민을 동반하면서 청중/독자로 하여금 자신의 관점을 지지해 주기를 바라는가 하면 때로는 아이러니한 웃음으로 포장하여 궁극적 판단을 유보하게 하기도 하였다. 그 다면적인 서술 태도를 일단 눈여겨보아 두기로 한다.

2) 환상의 구현

주지하다시피 <흥부전> 서두에서 던져지는 화두는 착한 사람은 가난하게 살고 있고 악한 사람은 부유하게 살고 있는 사회가 바람직한 사회인가 하는 것이다. 제비박은 이러한 엇갈림을 당위로 향하게 하는 중요한 서사적 장치이다. 그런데 그뿐 아니라 제비박은 그 전후 작중 공간의 성격과 서술 태도까지도 전환되게 하는 서사적 계기이기도 하다.

흥부가 '가난설움타령'을 부르는 공간은 현실 공간이다. 이곳은 흥부가 아무리 노력해도 가난으로부터 벗어날 수 없는, 빈부의 모순이 해소될 길 없는 그러한 공간이다. 하지만 흥부의 박이 벌어진 이후에는 이전과 다른 새로운 성격의 공간이 열리게 된다. 꿈속이나 저승, 용궁처럼 차원 자체가 다른 공간은 아니며, 그저 흥부 집 앞 마당일뿐이나, 여기에 새로운 설정이 가해짐으로써 일종의 환상적 공간으로 재맥락화되는 것이다. 이와 함께 서술 주체는 3차원의 공간적 제약을 넘어서서 마음껏 장면들을 펼쳐낸다. 그 속에는 평소 흥부가 가졌을 법한 욕망의 내역들이 무한하다 할 정도로 연속 제시된다. 다음은 경판본 <흥부전>의 흥부가 탄 셋째박에서 나온 물건들이다.

> 슬근슬근 톱질이야 툭 ᄐᆞᆨ 노흐니 집 지위와 오곡이 나온다 명당의 집터을 닥가 안방 ᄃᆡ청 힝낭 몸ᄎᆡ ᄂᆡ외 분합 물님퇴 살미살창 가로다지 닙 구ᄌᆞ로 지어 노코 압뒤 장원 마구 고간 등속을 좌우의 버려 짓고 양지의 방ᄋᆞ 걸고 음지의 우물 파고 울 안의 벌통 놋코 울 밧긔 원두 놋코 온갖 곡식 다 드렷다 동편 고간의 벼 오쳔 셕 셔편 고간의 쏠 오쳔 셕 두틔 잡곡 오쳔 셕 참ᄀᆡ 들ᄀᆡ 각 삼쳔 셕 ᄡᆞᆫ 노적ᄒᆞ여 잇고 돈이 십만 구쳔냥은 고 안희 ᄊᆞ하 두고 일용젼 오ᄇᆡᆨ 열냥은 벽장 안희 너어두고 온갖 비단 다 드렷다 모단 ᄃᆡ단 이광단 궁초 슉초 쌍문초 졔갈션ᄉᆡᆼ 와룡단 됴ᄌᆞ룡의 상ᄉᆞ단 뭉게뭉게 운문 ᄃᆡ단 ᄯᅩ 드락숩벅 말굽당단 ᄃᆡ쳔ᄇᆞ다 조ᄀᆡ 문장단 ᄒᆡ 도닷다 일광단 달 도닷다 월광단 요지왕모 텬도문 구십 츈광 명듀문 엄동셜한 뉵화문 ᄃᆡ접문 완ᄌᆞ문 한단 영초단 각ᄉᆡᆨ 비단 한 필의 드러잇고 길듀명쳔 조흔 뵈 회령 종셩 고은 뵈 온갖 뵈와 한산 모시 장셩 모시 계추리 황져포 등 모든 모시와 고양화젼 니ᄉᆡᆼ원의 맛ᄯᆞᆯ이 보롬만의 맛쳐ᄂᆡ는 관ᄃᆡ ᄎᆞ세목 송도 야다리묵 강진 ᄂᆡ아 황듀묵 의셩묵 ᄒᆞᆫ 편의 드러잇

> 고 말믹 갓튼 ᄉᆞᄂᆞ희 종과 열쇠 갓튼 ᄋᆞ희종과 잉무 갓튼 계집종이 나며 들며 ᄉᆞ환ᄒᆞ고 우걱부리 잣박부리 ᄉᆞ족발이 달희 눈이 우억지억 시러드려 압뜰의도 노젹이오 뒤뜰의도 노젹이오 안방의도 노젹이오 마로의도 노젹이오 부억의도 노젹이오 담불담불 노젹이라 엇지 아니 조흘소냐 (경판본 <흥부전>)[18]

명당터에 집이 지어진 후 곡식, 돈, 비단, 하인, 노적 들이 가득해져 있는 모습이다. 후대 <흥보가> 흥부박대목에서는 돈·쌀궤와 비단, 집 등 특정 사물 중심으로 재편되나 애초에는 이런 식으로 체계적인 순서 없이 부잣집에나 있을 법한 혹은 그 이상의 모든 것을 나열할 듯 제시했을 것이다.

이러한 장면 구현 방식상의 특징은 세목들을 무한히 나열하려 하고 있다는 점과 그것도 청중/독자의 시각에서 마치 눈 앞에 펼쳐져 있는 것처럼 감각적으로 느껴지도록 제시한다는 점이다. 3차원의 현실 시공간의 원칙을 넘어서서 일종의 환상[19]을 구현한 것이다. 그렇게 해서 청중/독자가 현실 속에서 가졌을 법한 결핍, 욕망을 허구적 형상을 통해서나마 해소할 수 있도록 하고자 하였다. 환상이 결핍이나 욕망을 전제로 한다고 할 때 환상의 구현이란 이처럼 애초의 결핍이나 욕망이 가충족되는 과정이라 할 수 있다. 위 인용 끝부분의 노적들(밑줄 부분)은 농민으로서 가장 소망스러운 환상이라 할 수 있을 것이다. 그런

18) 김진영 외, 앞의 책, 21-22쪽.

19) 이러한 환상은 "궁핍한 현실에서 잠시나마 벗어나 풍요로운 삶을 꿈꾸어 보게 해주는, 작가(광대)와 독자(청중)들이 공모하여 창조한 공동 환상"(강상순, 「고소설에서 환상성의 몇 유형과 환몽소설의 환상성」, 『고소설연구』 15, 한국고소설학회, 2003, 40쪽)이라 보는 것이 일반적 견해인 듯하다. 강명관, 「판소리계 소설에 나타난 식욕과 판타지」, 『고전문학연구』 32, 한국고전문학회, 2007, 327쪽에서는 이에 대해 "실재하는 욕망과 실현할 수 없는 욕망의 간극"을 메울 수 있게 하는 판타지라 하였다.

데 유의할 점은 환상이 그저 환상으로만 제시되는 것은 아니라는 점이다. 청중/독자의 시각에서 너무나 강한 감도로 다가오기 때문이다.

쌀궤와 돈궤는 그저 제시되기만 하는 것이 아니라 비워내도 비워내도 도로 가득 차 있다. 흥부 부부는 비단들 중 하나를 몸에다 두르면서 즐거워하며 서로 놀리기도 한다. 현전 창본에서는 흥부 가족이 박에서 나온 쌀로 밥을 해 먹는 일이 거의 놀이에 가깝게 형상화되어 있다. 환상이기는 하지만 수용자의 촉감을 자극하며 향유하게 하고 즐거움, 쾌감을 극대화하는 방법으로 그리고 있는 것이다. 이러한 방식의 구현이라면 수용자에게는 결핍의 가상적 해소 이상의 어떤 느낌을 갖게 했으리라 추측된다.

물론 실제로는 흥부와 같은 당대 빈민이 제도권 내에서 합리적인 방법으로 부자가 되기는 거의 불가능했었다. 그렇다면 오히려 위와 같은 장면의 구현은 가혹한 포장일 수 있다. 실감의 강도가 높은 만큼 환상으로부터 현실로 되돌아올 때의 박탈감은 더 컸을 수 있기 때문이다. 환상의 구현은 이처럼 그 나름대로의 의의와 더불어 문제점을 지니고 있는 것이 사실이다.

하지만 여기에는 일정 정도 당대 민중의 일상에 바탕을 둔 민속적 믿음이 상상력의 배경으로 작용했음을 고려해야 한다. 주변에서 쉽게 볼 수 있던 제비의 세계가 저 너머 어딘가에 있으리라는 생각, 집안 곳곳을 주관하는 神들이 가정의 구성원들을 지켜줄 것이라는 것, 특히 가정의 평안과 재복을 담당하던 성조신에 대한 일상화된 믿음,[20] 경제 관념이 오늘 같지 않았던 시기 富의 원천은 신성한 타계에 있다는 신화적 사유[21] 등등은 현실과 환상의 거리를 멀게만 느끼게 하지는 않

20) <흥부전>과 성조신앙의 관계에 대해서는 정충권, 「<흥부전>의 형성과 성조신앙·<성조가>」, 『흥부전 연구』, 월인, 2003 참조.

았으리라 본다.

또한 환상적인 장면을 구현하면서 창자/서술자가 드러내는 또 다른 목소리와 태도도 아울러 주목할 필요가 있다. 창자/서술자는 세목들의 무한 나열이 실은 비현실적 과장임이 분명함을 인지하면서도 서술 태도상 전혀 거리낌이 없다. 오히려 야단스러울 만큼 장황하게 서술하는 행위 그 자체의 재미를 추구하며 청중/독자의 호응을 얻으려 한다. 그러다 보니 나열된 세간들 중에는 개똥망태, 오줌항아리 같은 것이, 또 비단들 중에는 '춤추기 좋은 장단'이나 '독수공방 상사단' 같은 수사적인 것들도 포함되게 되었다. 요컨대 이때의 서술자는 무책임한 서술자이다.

때로는 현실적・합리적 판단이 환상 속에 끼어들기도 한다. 예컨대 경판본 <흥부전> 첫째 박에서 환혼주, 개안주, 개언초, 불로초, 불사약이 나오자 흥부 아내가 이에 대해 효험 빠르기는 밥만 못하다고 하는 경우가 그러하다. 지금 여기에서의 문제를 해결하지 못한다면 그 어떤 것도 큰 의미는 없다는 인식이다. 경판본, 연경본 등의 흥부박에서 양귀비가 등장하고 있는 점 역시 이러한 맥락에서 이해되어야 한다. 이때의 욕망의 주체는 남성일 수밖에 없으므로 전적인 호응을 받을 수는 없다.[22]

이와 같은 구현의 양상들은 환상 속의 또 다른 목소리이자 서술 태도에 말미암는다. 한편으로는 그 쾌감을 극대화하여 즐기도록 하면서도 다른 한편으로는 현실적 판단을 개입시켜 찬물을 끼얹기도 하고, 엉뚱한 세간들을 내세워 희화화하는가 하면 양귀비를 등장시켜 당혹

21) 천혜숙, 「부자 이야기의 주제와 민중적 상상력」, 『구비문학연구』 29, 한국구비문학회, 2009, 67-70쪽 참조.

22) 결국 후대 창본에서는 양귀비가 등장하지 않는 경우가 더 많아진다.

스럽게 하기도 한다. 단일한 시선, 절대적인 가치는 허용되고 있지 않는 것이다.

흥부박대목처럼 놀부박대목 역시 세부 사건들 자체는 당대 현실 제도나 관습에 의거했다 하더라도, 전반적으로는 환상적으로 구현된 장면들이 이어지는 대목이라 할 수 있다. 그런데 여기서는 흥부박대목의 경우와 비교해 볼 때 또 다른 관점에서의 복합적인 시선이 느껴진다. 앞서 언급했듯 결핍이나 욕망을 전제로 환상이 성립되고 그러한 환상의 내역을 허구적으로 그려내는 일을 환상의 구현이라 할 때, 놀부를 그 주체라 한다면 놀부박대목은 오히려 反幻想的 구현에 해당한다고 보아야 할 것이기 때문이다. 반면, 놀부를 대상화하고 그를 지켜보는 그 누군가를 주체로 할 때 놀부류의 부자는 패망해 마땅하다는 당위적 차원의 환상일 수 있다. 여기에는 부정적 축재자에 대한 당대 민중의 비판적 인식과 심리적 보상이 자리잡고 있을 것이다. 능천낭으로 인해, 그리고 여러 군상들에 의해 육체적 징치를 당하거나 돈을 낭비할 때, 장비로부터 봉변을 당할 때 그들은 쾌재를 불렀을 것이다. 그것은 그 나름대로의 환상의 구현이라 할 수 있다. 그러나 당사자인 놀부는 그 속에서 오히려 객체가 되어버린다. 그러다 보니 기괴한 미감을 가져다 주는 장면들도 뒤섞이게 된다. 서로 다른 욕망들이 엉키게 되었기 때문이다. 이 점에 대해서는 다음 절에서 다루기로 한다.

3) 기괴로의 굴절

<흥부전>에는 앞의 두 경우와 다른 양상을 보이는 장면들도 있어 주목을 요한다. 상식적으로는 납득하기 어려운 기괴한 형상이나 행위

를 그려내어 그 의도를 쉽게 파악할 수 없는 장면들이 그것들이다. 이때 수용자는 골계적인 반응을 보이면서도 뭔가 개운치 않은 느낌을 갖게 된다. 이러한 장면들의 구현 양상을 '기괴로의 굴절'이라 이름붙이고자 한다.[23] 두 가지 사례를 들어 그 양상을 구체적으로 살펴보기로 한다.

앞서 언급했듯 놀부박대목은 놀부를 대상화하여 그 패망을 지켜보는 시선을 의식하며 구현된 장면들로 이루어져 있다. 옛 상전, 상여 행차, 사당・거사패, 초라니패, 장비 등[24]이 차례로 나와 놀부에게 육체적 징벌을 가하거나 놀부로부터 돈을 뜯어내는 장면들이 박의 개수만큼 이어지고 있는 것이다. 그런데 이들 중 다른 존재들의 등장은 놀부와의 관계에 비추어 볼 때 그런 대로 납득할 수 있는 측면이 있다. 하지만 장비는 현실감을 느끼기 어려운 존재로서 여기 굳이 등장해야 할 이유는 없었다. 그럼에도 여기 등장시켜 의외의 상황을 구현해내고 있다. 다음은 연경도서본 <흥보젼>의 장비 등장 부분이다.

> (…) 상제(上帝)의 명(命)을 밧어 너 ᄌᆞ부러 왓건니와, 네가 호ᄉᆡᆨ(好色)하난 숀인 쥴 알건이와, 네 동ᄉᆡᆼ 양고비(楊貴妃)을 쳡(妾) ᄉᆞᆷ아썬니와, 너난 맛참 날을 맛나신니 아나 엿다 ᄂᆡ 비역이나 하여라."놀보놈 겁을 ᄂᆡ야, "거 원 일니요?"ᄌᆞᆼ비 눈을 불릅쓰고 놀보 압페 곱살 문우고 업치며,"이놈 ᄌᆞᆯ 먹어가며 한 보름만 하여라."놀보 겁을 ᄂᆡ야 도

23) 여기에서는 '기괴(grotesque)'를, 3차원의 현실을 일그러뜨려 이질적 미감을 느끼게 하는 상상력 발현의 한 양태를 뜻하는 말로 사용하고자 한다. 터무니없는 사건, 상황 등을 태연하게 구현함으로써, 현실 단면을 포착했다고 하기도 어렵고 그렇다고 해서 욕망 충족을 지향하는 환상을 그려내었다고 보기도 곤란한 어떤 미감이 담긴 말인 것이다. 더 구체적인 것은 정충권, 「사회적 상상력과 기괴미」, 『판소리 문학의 비평과 감상』, 월인, 2016 참조.

24) 이외에, 이본에 따라 걸인, 풍각쟁이, 각설이패, 무당, 승려, 소경, 등짐군 등이 등장하기도 한다.

> 망하다 ᄯᅩ 즙피여 ᄋᆡ걸하야 비난 말리,“ᄌᆞᆼ군 덕분 ᄉᆞ러지다. (…) ᄌᆞᆼ군임 덕의 쇼인(小人)을 도와 쥬면 쇽젼(贖錢)으로 드리올리다.”ᄌᆞᆼ비 일른 말리,“쇽젼을 들일나거던 ᄇᆡᆨ 양만 드리라.”놀보 놈니 겁을 ᄂᆡ야 가ᄃᆡ(家垈) 기명(記名)으로 ᄇᆡᆨ 양 쇽젼 드린 후의 ᄌᆞᆼ비가 하직하며 다시 불너 일른 말리,“ᄒᆡᄌᆞ을 만니 하야씬니 셥셥한듸, 즌송(餞送) 비역으로 한변만 하여라.”놀보 일른 말리,“안니 셥셥하오.”“이 놈 썩 못할다?”“과연 놉파 못하것 못하것쇼.”“ᄉᆡ달리 노코 하라.”놀보놈니 원간 큰 놈이라 치여다 보던니, “ᄋᆡ고 여보 그 비역 ᄉᆡ이 씨이면 곰쪽달숙 못하것쇼. ᄊᆞᆯ ᄌᆞᆼ서단니로다.”놀보 겁이 엇지 낫던지, 눈시울리 발ᄭᅳᆫ 뒤집어져 눈을 ᄶᅡᆷᄶᅩᆨ이덜 못하고, 놀보 얼인 ᄌᆞ식덜이 눈을 보던니 ᄌᆞ물씨고, ᄀᆡ가 치야다 보던니 쇼리을 버럭 질르고 잡바져 ᄯᅩᆼ을 벌억벌억벌억 ᄊᆞ난고나. (연경도서관본 <흥보젼>)[25]

중국 삼국시대의 인물 장비가 등장하여 허구 속 인물 놀부를 괴롭힌다는 설정은 시공간이 뒤얽혀 있는 터무니없는 설정이다. 여기서 장비의 역할 역시 여타 군상들처럼 놀부를 괴롭히는 데 있다. 그런데 여타 군상과 달리 기괴한 요구를 한다. 놀부를 잡으러 왔다면서 곱살이를 던져 주며 먹으라 하고 자신은 엎드리며 놀부에게 비역을 요구하고 있는 것이다. 잘못하면 꼼짝달싹 못할 상황에 처할 수 있을 정도로 장비는 거인에다 거구로 설정된다. 장비의 기괴한 요구에 놀부는 눈시울이 뒤집히고 이를 지켜본 놀부 자식들은 기절하며 개는 자빠져 똥을 쌀 정도라 하였다.[26]

경판본의 장비도 이에 못지않다. 경판본의 장비는 놀부에게 자신의

25) 정충권 옮김, 『흥보전·흥보가·옹고집전』, 문학동네, 2010, 305-307쪽.

26) 장비는 실은 흥부박에서 나온 양귀비에 대응되는 역할을 맡은 자이다. 위 장면에서는 놀부에게 그 나름대로의 자신의 역할(?)을 수행하려 한 셈이다. 하지만 그것이 오히려 기괴한 미감을 불러일으킨다. 놀부를 우스꽝스럽게 괴롭히는 양상을 고려한다면 위 장비에게는 도깨비와 같은 민속적 형상이 부여된 것인지도 모른다.

등을 두드리라 하는데 놀부가 쳐다보니 등이 천만 丈이나 되는 거인이라 할 수 없이 사다리를 타고 올라가야 했다. 올라가 발로 등을 차다가 다리가 지쳐 꿈쩍하지 않게 되자 애걸하여 기어 내려오다 미끄러져 발을 접질리고 뺨이 뭉그러지는 화를 당한다. 실은 경판본에서는, 장비만이 아니라 놀부박에서 나온 군상들이 저마다의 방식으로 놀부를 괴롭힌다. 초란이패는 일시에 내달아 놀부를 거꾸로 떨어뜨리며 사당 거사패도 놀부를 헝가레쳐 오장이 나올 듯하게 하기도 하고 무당조차 장구통으로 놀부의 흉복통을 친다. 놀부집이 똥으로 가득 뒤덮히게 되는 부분도 어떻게 보면 기괴한 설정이다.[27] 아마 초기[28] <흥보가> 놀부박대목에서는 놀부를 괴롭히는 과정 전반에서 이러한 기괴한 미감을 담고 있었을 가능성이 높다.

이러한 기괴한 장면들을 그려내면서도 창자/서술자는 너무나 태연하다. 이미 놀부에 대한 부정적인 관점을 공유한 데 따른 것일 터이다. 놀부박의 앞부분은 놀부의 시선 하에서 시작된다. 그 뒤에 차차 놀부의 시선과, 그를 지켜보는 시선의 연장선상에 있는 창자/서술자 및 수

27) <흥부전>의 이러한 특성에 주목하여 多聲性의 원리, 카니발적 특성 등을 추출하여 논의한 연구자도 있었다. 성현경, 「『흥부전』 연구-경판25장본을 중심으로」, 『판소리연구』 4, 판소리학회, 1993 및 조용호, 「「흥부전」의 카니발적 특성」, 『한국고전연구』 7, 한국고전연구학회, 2001 참조. 본 논의와 관점이 다르기는 하지만, <변강쇠가>를 포함하여 판소리 문학 전반에 걸쳐 나타난 미적 특징으로서 기괴미 혹은 그로테스크 미학에 주목한 논의로는 김종철, 「「변강쇠가」와 기괴미」, 『판소리의 정서와 미학』, 역사비평사, 1996 ; 서유석, 「실전 판소리의 그로테스크(Grotesque)적 성향과 그 미학」, 『한국고전연구』 23, 한국고전연구학회, 2011 등 참조. 이외에 판소리 담화로부터 다성성을 추출한 후 그것이 그 시대의 사회현실과 당대인들의 인식론적 사유체계와 관련이 있음을 논의한 김현주, 「판소리의 다성성, 그 문체적 성격과 예술·사회사적 배경」, 『판소리연구』 13, 판소리학회, 2002도 참조할 만하다.

28) 여기서 '초기'란 <흥보가> 작품 형성기를 지칭하는 용어가 아니라 현재 전승되고 있는 창 <흥보가>가 오늘날 전하는 모습으로 짜여지기 전의 시기, 또는 19세기의 기록본들을 통해 부분적으로나마 추론 가능한 19세기 중엽 전후의 시기를 지칭한다.

용자의 시선이 뒤섞여 갔을 것이고, 급기야는 놀부의 환상이 깨어지면서 후자의 가학적 시선이 부가되어 갔을 것이다. 비현실적 설정에 가학적 시선이 가해질 경우 장면 속 사건들은 기괴적인 양상을 띨 가능성이 높았다.

하지만 놀부박대목에서는 기괴가 충격적인 자극을 유발하는 데까지 나아가지는 않는다. 오히려 놀부의 패망이 기정사실화되어 서사적 긴장도가 약화되면서 더 이상 놀부 패망은 '사건'이 아닌 '유희'가 되어 버린다. 위 장면은 기괴한 유희이기도 한 것이다. 이렇게 놀려먹고 난 뒤 패망한 놀부에게는 더 이상의 관심을 보이지 않는다.

흥부 역시 기괴한 묘사의 대상이 되는 것은 마찬가지이다. 다음은 경판본 <흥부전>에서 놀부에게 쫓겨난 흥부가 집을 짓고 그나마 살아가는 장면을 그린, 널리 알려진 대목이다.

> 흥부는 집도 업시 집을 지으려고 집ᄌᆡ목을 ᄂᆡ려가량이면 만쳡청산 드러가셔 소부동 ᄃᆡ부동을 와드렁 퉁탕 버혀다가 안방 ᄃᆡ청 힝낭 몸ᄎᆡ ᄂᆡ외분합 물님퇴의 살미살창 가로다지 입 구ᄌᆞ로 지은 거시 아니라 이놈은 집ᄌᆡ목을 ᄂᆡ려ᄒᆞ고 슈슈밧 틈으로 드러가셔 슈슈ᄃᆡ ᄒᆞᆫ 뭇슬 뷔여다가 안방 ᄃᆡ청 힝낭 몸ᄎᆡ 두루지퍼 말집을 ᄉᆈᆨ 짓고 도라보니 슈슈ᄃᆡ 반 뭇시 그져 남앗고나 방 안이 널던지 마던지 양쥐 드러누어 기지게 켜면 발은 마당으로 가고 ᄃᆡ골이는 뒷겻트로 ᄆᆡᆼᄌᆞ ᄋᆞᄅᆡ ᄃᆡ문ᄒᆞ고 엉덩이는 울ᄐᆞ리 밧그로 나가니 동니 ᄉᆞ름이 출입ᄒᆞ다가 이 엉덩이 불너드리소 ᄒᆞ는 소ᄅᆡ 흥뷔 듯고 깜작 놀ᄂᆞ ᄃᆡ셩통곡 우는 소ᄅᆡ ᄋᆡ고 답답 셜운지고 엇던 ᄉᆞ름 팔ᄌᆞ 조화 ᄃᆡ광보국 슝녹ᄃᆡ부 삼ᄐᆡ뉵경 되여ᄂᆞ셔 고ᄃᆡ광실 조흔 집의 부귀공명 누리면셔 호의호식 지ᄂᆡ는고 ᄂᆡ 팔ᄌᆞ 무숨 일노 말만ᄒᆞᆫ 오막집의 셩소광어공졍ᄒᆞ니 집웅 말ᄂᆡ 별이 뵈고 쳥텬한운 셰우시의 우ᄃᆡ창이 방듕이라 문

> 밧긔 셰우 오면 방안의 큰 비 오고 폐셕초갈 찬방안의 헌 ᄌᆞ리 벼록 빈ᄃᆡ 등의 피ᄅᆞᆯ ᄉᆡ라 먹고 압문의는 살만 남고 뒷벽의는 외만 나ᄆᆞ 동지 셧달 한풍이 살 쏘듯 드러오고 어린 ᄌᆞ식 졋 달ᄂᆞ고 ᄌᆞ란 ᄌᆞ식 밥 달ᄂᆞ니 참ᄋᆞ 셜워 못살깃ᄂᆡ 가난ᄒᆞᆫ 듕 우엔 ᄌᆞ식은 풀ᄆᆞ다 나하셔 한 셜흔ᄋᆞ믄 되니 닙힐 길이 젼혀 업셔 ᄒᆞᆫ 방안의 모라 너코 멍셕으로 쓰이고 ᄃᆡ강이만 ᄂᆡ여 노흐니 ᄒᆞᆫ 년셕이 ᄯᅩᆼ이 마려오면 뭇년셕이 시ᄇᆡ로 ᄯᆞ라간다 (경판본 <흥부전>)[29]

집이 있어야 몸이라도 누일 수 있었던 흥부는 어떻게든 집을 마련해야 했다. 재목을 구할 수 없어 수숫대로 집을 지었는데, 짓고 보니 기지개를 켜면 발은 마당으로 나가고 머리는 뒤곁으로 보이고 엉덩이는 울타리 밖으로 나갈 정도라 했다. 게다가 자식들이 너무 많아 제대로 입힐 수 없어 멍석을 씌워 머리만 내게 해서 키웠으며 그러다 보니 뒷간도 같이 갈 수밖에 없었다고 한다. 과도한 설정임을 감안하더라도 충격적인 묘사가 아닐 수 없다. 그런데도 너무나 태연하게, 그것도 수용자의 조소를 유도하며 그려내고 있는 것이다.

흥부의 가난상은 앞서 거론한 '가난설움타령'만으로도 충분했다고 볼 수 있다. 청중/독자의 감성을 자극함으로써 문제적 상황에 깊이 공감하게 하여 연민의 정서를 자아내게 할 수 있는 것이다. 그런데 왜 굳이 이처럼 흥부를 대상화하여 기괴한 형상으로 일그러뜨려 놓은 것일까?

일단, 흥부와 같은 빈민의 입장에 설 때 위 형상화에는 자학적 어깃장이라 할 심리가 반영된 것일 수 있다. 인간에게 있어 衣食住는 생존의 기본 조건이다. 위의 경우는 생존의 기본 조건조차 제대로 충족되

29) 김진영 외, 앞의 책, 11-12쪽.

지 못하는 상황 하에서의 인간의 형상인 것이다. 그런 상황 하에서는 인간으로서의 품위 유지는 애초에 불가능하다. 이처럼, 소망하는 바와 현실과의 간극이 너무나 커서 환상조차 꿈꿀 수 없을 때, 그렇다고 해서 비참하기만 한 현실을 차마 볼 수 없거나 받아들이고 싶지 않을 때, 현실을 보는 시선은 일그러질 수 있다. 그러한 상상은, 그 무엇도 탓해봐야 무익한 일종의 자학이면서 다른 한편으로는 그러한 상황을 초래한 제반 환경에 대한 일종의 어깃장 심리에 기인했다고 볼 수 있다.

그런데 어떻게 보면 위 서술 주체의 의도는 흥부로 하여금, 그리고 그들 스스로 현실을 냉정히 돌아볼 것을 요구하는 것일 수 있다. 위 장면에 이어 흥부자식 음식타령이 이어지는 바 그것이 바로 현실임을, 그리고 흥부 아내의 말대로 청렴은 부질없는 것임을 인식해야 한다는 것이다. 그런데 여기에는 좀 더 복잡한 시선이 개재된다. 상대적 우위에 서서 흥부를 대상화하여 바라보는 시선이 느껴지기 때문이다. 죄 없는 아이들까지 굶주리게 하고 있다는 점에서 흥부에 대한 조롱 섞인 비판이 담겨 있다고 볼 수 있는 것이다. 위 장면에서의 웃음 역시 마찬가지이다. 그 웃음은 그렇게 되고 싶지 않은 것, 가까이 하기 싫은 것을 타자화하여 거리를 유지하려는 비웃음인 것이다.

하지만 당대 서술 주체 및 청중/독자들로서 작품 속에 그려진 상황이 극단적이며 과장된 것임을 인지하지 않았을 리 없다. 위 내용은 笑話나 才談的인 성격도 함께 지닌다. 그렇다면 그 웃음에는 웃음 자체를 목표로 한 웃음도 내포된다 할 수 있을 것이다. 아니면 당대인이 처한 가난을, 거리를 두어 극단적인 설정으로 포장하여, 그로 인한 웃음을 나눔으로써 현실 속 고통을 조금이나마 덜기 위한 연민 어린 웃음[30]일 수도 있는 것이다.

그러므로 <흥부전>의 기괴에는 엽기적인 낯설게 하기의 감각이 담겨 있는 듯하면서도 유쾌한 유희 역시 내포된다. 또한 비웃고 이죽거리는 듯한 서술 태도가 느껴지지만 연민 어린 아우름도 동반된다. 창자/서술자의 복합적인 시선이 그 표면과 이면에 다층적으로 내포된, 특별한 상상력 발현의 양상이라 할 수 있는 것이다.

3. <흥부전>의 민중적 상상력

앞서의 논의에서 <흥부전>의 장면들을 세 가지로 나누어 살펴보았다. 현실의 한 단면을 포착한 장면, 흥부를 매개로 한 환상을 구현한 장면, 현실을 비틀어 기괴하게 굴절시킨 장면 등이 그것들인 바, 서술되는 대상의 현실 연관성과 그 대상에 대한 서술 태도를 기준으로 한 것이었다. 판소리가 장면 단위로 향유되는 장르임을 감안한다면, <흥부전>은 기본적으로는 사실주의적 계열의 작품이지만 어떤 경우는 판타지 작품일 때도 있고 때로는 기괴미를 드러낸 작품이기도 했다고까지 말할 수 있을 것이다.

초기 <흥보가>에서는 특히 환상과 기괴의 비중이 현전 <흥보가>보다는 높았으리라 짐작된다. 판소리는 설화와 서사무가의 서술 방식을 바탕으로 하면서 현실 대응성을 강화해 간 장르이다. 그렇다면 초기 판소리에는 일상 체험에 의거한 사실적인 묘사는 물론이고, 과장을 내포한 소화나 재담 등에서의 설화식 장면 구현이나 여러 세간들이 환상적으로 나열되는 <성조가>식 장면 구현이 뒤섞여 있었으리라 추측할 수 있다. 기존 서사물들을 통해 쌓아왔던 서술 능력이 판소리식

30) 이와 관련하여 김대행, 『웃음으로 눈물닦기』, 서울대학교출판부, 2005 참조.

문법과 조응하면서 적층, 종합된 결과물이 그러한 장면들인 것이다.

서사물에서 허구적 형상화란 모종의 사안이 생산 주체의 상상력의 작용을 거쳐 특정 서사의 양식이나 문법에 맞게 굴절, 변형되는 과정을 말한다고 볼 수 있다. 장면들은 그러한 상상력 발현의 소산들인 것이다. 앞서 살핀 바와 같이 <흥부전>의 경우 흥부의 가난상이라는 동일한 사안에 대해서도 한편으로는 현실 단면을 포착함으로써, 다른 한편으로는 환상적으로 때로는 기괴하게 장면들을 구현해 내고 있었다. 더구나 그 각 유형 장면들 내적으로도 단일한 모습을 보이고 있지 않았었다. 이는 그만큼 <흥부전> 생산 주체의 상상력 발현 기제가 다양했음을 뜻한다. 여기서 그 발현의 기제를 섬세하게 추적하기는 어렵다. 하지만 상상력 발현상 작용한 동력 내지는 그 작용에 나타나는 특성들을 드러내어 볼 수 있을 것이다.

앞서 살핀 장면 구현 양상들을 종합할 때 가장 먼저 떠오르는 사항은 장면 장면들이 그 나름대로의 역동적인 이미지들을 표출하고 있다는 점이다. 이는 판소리가 공연물인 데에도 원인이 있겠지만, 거기에다 인물들의 욕망을 여실하게 포착한 데 말미암았기도 했을 것이다. 욕망이란 평소에는 내면화되어 있다가도 어떤 때는 변형, 투사되기도 하고 때로는 폭발적으로 드러나기도 하는 등 종잡을 수 없이 작동하는 심리이다. <흥부전>의 경우 하층 빈민인 흥부의 욕망이 특히 그러한 모습을 보인다.

흥부는 서두에서는 "물욕에 탐이 없어 안빈낙도를 즐겨하는"(연경본 <흥보전>) 군자로 소개되고 있다. 그러나 흥부박대목의 내용물이 평소 그의 욕망 내역들이라면 실은 그것은 욕망의 좌절로 인한 자기 합리화인지도 모른다. 흥부박을 통해 거대한 부의 규모가 역동적으로 그려지는 바, 이때 흥부는 자신의 욕망을 마음껏 드러내기 때문이다. 흥부의 욕망 역시 심층적으로는 놀부와 크게 다르지 않았는지도 모른다.

그런데 욕망은 또 다른 욕망을 낳는 법. 흥부박에서 어느 정도 부가 구현되고 난 뒤 흥부에게는 양귀비가 등장한다. 이는 그에 앞서 흥부 자식 음식타령 끝에 큰아들이 등장하여 자신의 신체적 변화를 말하며 장가 보내달라는 모습과도 통한다. 놀부박대목 끝부분의 장비도 실은 놀부의 성적 욕망 발현의 매개체였던 것이다.

이렇게, 욕망의 흐름에 따라 장면은 완결되기보다는 계속 이어지게 되고 청중/독자는 끊임없이 그것을 자신의 욕망과 견주어 볼 것이다. 그 결과 청중/독자의 내면에 잠재된 욕망들이 격식이나 억압을 넘어서서 허구를 매개로 하여 분출될 수도 있었을 것이다. 이러한 역동성과 미완결성이야말로 <흥부전> 서술 주체의 상상력 발현의 주요 동력이자 특성이라 할 수 있을 것이다.

그리고 또 한 가지, 장면 구현에 있어 대상을 형상화하는 시선이 복합적이며 때로는 이질적이기도 하다는 점을 지적할 수 있다. 서술자의 성격이나 태도가 일관되지 않는 점 역시 이와 연관된다. 특히 흥부를 형상화할 때의 장면들에서 이러한 점이 잘 드러난다.

앞서 살핀 것처럼 아무리 해도 가난으로부터 벗어날 길이 없자 흥부는 '가난설움타령'을 되뇌일 수밖에 없었다. 그렇게라도 설움을 토로하는 것이 그래도 당대 하층이 삶의 고통의 견뎌내는 한 방법이었던 것이다. 서술자는 그러한 흥부를 연민 어린 시선으로 형상화했었다. 그러나 바로 그 서술자는 매품팔이 대목을 통해 거리를 드러내며 청중/독자로 하여금 흥부에 대한 또 다른 시선을 지닐 것을 요구한다. 더 나아가 심지어 그 서술자는 흥부를 집도 제대로 짓지 못하고 아이들도 비참한 상황에 놓이게 하여 방치하는 인물로도 그린다. 거기에다 조소를 유발하기까지 하고 있는 것이다. <흥부전> 서술자는 이처럼 같은 대상 같은 사건에 대해서라 하더라도 하나의 태도나 시선만 드러내거나 요구하지 않는다. 실은 앞서 논의한 현실 단면 포착, 환상의 구현, 기괴로의 굴절 등은 흥부의 가난을 형상화하는 서로 다른 상상력 발현의 결과였기도 했었다.

이와 함께 주목해야 할 또 하나의 특성은 대부분의 대상을 상대화하여 바라보는 서술 시선의 존재이다. 판소리 서술 주체의 눈으로 볼 때, 절대적 긍정이나 부정을 해야 할 대상 혹은 전적으로 옳은 진실이나 잘못된 허위는 없는 것으로 파악된다. 흥부박대목을 통해 그려낸 환상은, 물론 착하게 살아온 흥부의 욕망이 실감나게 가충족되는 대목이므로 야단스럽게 구현해낼 만하다. 하지만 환상적 시선을 거두어낼 경우 지나친 과장과 많은 세간들의 나열로 인해 오히려 터무니없다는 느낌을 주는 것도 사실이다. 흥부를 또다시 희화화하여 유희의 시선을 부여하는 것도 이와 관련되리라 생각한다. 놀부박대목 역시 유사한 해석이 가능하다. 놀부가 스스로의 욕망에 의해 몰락하는 행위 자체는 쾌감을 가져다 준다. 그런데 그 과정에서 오히려 놀부는 청중/독자에 의해 어느 정도는 친근한 대상이 되어가고 있는 것이다.

실은 이러한 식의 상대화 시선은 <흥부전> 여기저기에서 발견된다. 흥부의 청렴이 그 자리에서 아내에 의해 부질없다고 면박당하고 있는 것, 흥부박대목 끝에 등장한 양귀비는 흥부 아내에게는 오히려 고난이 될 수도 있는 것 등은 앞서 살핀 바이다. 연경도서관본의 놀부는 그렇게 많은 경작이 가능할까 하는 생각이 들만큼 과도한 설정이지만 열심히 농사일을 하는 인물로 설정된다. 또한 같은 텍스트의 흥부는 매품 팔러 갔다가 그곳에 모인 사람들의 가난상을 듣고는 돌아오고 만다. 자신은 거기에 비교하니 長者더라는 것이다. 여기서는 흥부의 가난도 상대화되어 버린다. 이런 식의 상대화가 극단적인 단계에 이를 때 결국 남는 것은 인간의 신체일 것이다. 하지만 <흥부전>에서는 그 신체마저도 상대화하여 일그러뜨려 놓고 있음은 앞서 살핀 바와 같다.

이상, 연경도서관본과 경판본 <흥부전>을 대상으로 장면 구현 양상들을 종합하여 그 상상력 발현의 동력 내지 특성들을 살펴 본 결과, 역동적인 이미지를 통해 억압을 뛰어넘어 끊임없이 변화를 추구하려 하는가 하면, 복합적 시선 및 상대화의 전략을 통해 특정 틀에 갇히지 않으려는 지향성을 느낄 수 있었다. 환상, 기괴 등은 청중/독자의 관심과 흥미를 지속시키면서도 현실 문제를 담아내려는 그 나름대로의 고민의 소산이었던 것이다. 서술 주체의 뒤에는 당대 하층, 곧 민중이 있다고 할 때 이러한 특성이야말로 민중의 감성을 잘 드러내어 주는 어떤 것이 아닐까 한다. 제한된 규범이나 특정 정체성을 띤 상태로 머물러 있지 않으면서 지속적인 변신을 꾀하려는 운동성은 현실 경험에 따른 그들 나름대로의 감성에 바탕한 것이었다. 생존의 차원에까지 육박하는 변화하는 현실에 자신을 맞추어야 했던 그들의 삶의 특수성이 그 배면이 깔려 있었음은 물론이다. 그것은 그들이 앞으로 처할 어떠한 상황에서도 적응할 수 있는 힘이 되기도 했을 것이다. 이러한 민중적 감성은, 이념이나 관념을 상정하고 이로써 현실을 변혁할 수 있다고 보거나, 현실 모순을 비판적으로 인식하고 지배층에 저항하며 해방을 꿈꾸는 등등의 것보다 더, 민중의 본질적 속성에 가까운 감성이라 할 수 있을 것이다. 그래서 그런지 '민중'이란 "고정된 범주와 경계를 갖는 실체가 아니라 특정한 권력의 배치와 작용 속에서 파생되는 존재이자, 특정한 국면과 상황에 따라 끊임없이 구성・재편되는 유동적 구성물"이라는 지적[31]도 어느 정도는 수긍이 간다.

31) 이용기, 앞의 글, 21쪽.

4. 맺음말 : <흥보가>의 후대적 변모와 관련하여

이 글에서는 먼저 판소리가 장면 단위로 공연, 향유된다는 점에 주목하여 <흥부전>의 장면 구현 양상을 세 유형으로 나누어 살펴보았다. 그려진 대상의 현실 연관성 및 서술 태도를 그 기준으로 삼았다. <흥부전>의 생산 주체가 현실과 거리를 가늠해 가며 장면 장면들 속에 3차원의 허구적 시공을 어떠한 방식으로 구현해 놓았는가 하는 점을 주의 깊게 보았다. 그 결과 세 가지 서로 다른 장면 구현의 양상을 도출해 보았다. 우선, 구체적인 현실의 한 단면을 포착하여 청중/독자로부터 공감과 연민을 얻어내거나 거리를 유지하여 아이러니한 웃음을 유발하게 하기는 하지만 그 나름대로 문제적 상황을 공유하는 구현 양상을 먼저 살펴보았다. 또한 3차원의 시공을 넘어서서 등장 인물의 환상의 내역을 마음껏 구현해낸 장면들도 한 부류를 이루고 있음을 알 수 있었다. 이러한 장면들에서는 수용자의 쾌감을 극대화하는 방식으로 세부를 그려내는 한편 그 나름대로의 현실 감각을 놓치지 않도록 하는 장치도 배치해 두었었다. 그리고 터무니없는 사건을 그려 놓아 유희에 이르게 하거나 시공간과 인간의 신체를 일그러뜨려 인물을 대상화하여 바라보게 함으로써 기괴한 미감을 주는 장면들도 있었다. 이러한 장면들에서는 복합적 시선을 통한 특별한 웃음을 지향하고 있었다. 그렇다면 <흥부전>은 사실주의 계열의 작품이면서 판타지 작품이기도 했고 기괴미를 드러낸 작품이기도 했다고 볼 수 있었다. 최소한 장면 차원의 향유만 따진다면 그렇게 볼 수도 있다는 것이다.

다음으로는 세 가지 장면 구현 양상 각각의 특징을 유념하면서도 한편으로는 셋을 종합하여 생산 주체의 상상력 발현 동력 및 그 특성들을 추출해 보았다. 그 결과 <흥부전>의 장면들은 하층 인물의 욕망에 대한 깊은 관심을 바탕으로 한 역동적 이미지화 양상을 지향하는 경우가 많았고, 같은 인물이나 유사한 사건이라 하더라도 복합적이면서 이질적인 시선을 드러내는 한편, 서술 대상을 상대화하는 특성들을 지니고 있었다. 여기에는 기존 격식이나 억압을 넘어서려 하면서 특정한 틀을 거부하고 단일한 정체성을 내포한 채로 머물러 있지 않으려는 지향적 성향이 담겨 있었다. 이는 당대 하층 민중의 감성이라 할 수 있는 바, 이념이나 관념을 상정하고 이로써 현실을 변혁할 수 있다고 보거나, 현실 모순을 비판적으로 인식하고 지배층에 저항하며 해방을 꿈꾸는 등등의 것보다 더, 본질적인 어떤 것이라 생각한다.

이와 관련하여 신재효본 이후 창본 <흥보가>에 나타난 후대적 변모에 대한 필자의 생각을 덧붙이면서 본 논의를 마무리 짓고자 한다. 후대의 <흥보가>, <흥부전>에서는 환상, 기괴적 속성을 담은 장면들은 축소되거나 사라져 갔음을 볼 수 있다. 대신, 현실 논리가 더 엄밀히 적용되고 윤리적 측면이 강화되어 간 것이다. 현전 창본에서는 흥부박대목의 세 박이 食, 衣, 住와 관련된 군상으로 삼분화되어 축소 정리된다. 특히 각종 세간들은 양보다 질을 중요시하는 변화를 겪게 되고 그 중 비단타령만 기존의 서술 형태를 유지한다. 비단은 그 나름대로 교환가치가 우위에 놓인 상품이다. 그렇다면 이는 흥부박대목의 환상이 점차 현실 논리에 입각해 제한되어 갔음을 뜻한다. 또한 후대본에서는 흥부가 집짓는 장면이나 자식들을 키우는 장면 같은 기괴스런 장면들도 잘 발견되지 않는다.

놀부박대목의 장비의 역할 변화는 더욱 주목해야 할 후대적 변모이다. 애초 장비는 흥부박의 양귀비에 대응되는 역할로서, 박속에서 나와 놀부에게 엉뚱하며 해괴한 가해를 하는 인물이었다. 그러나 후대 창본에서는 놀부에게 윤리 이념을 설파하며 잘못을 뉘우치게 하는 인물로 변화한다. 그에 따라 장비의 기괴한 모습은 나타나지 않으며 장비의 짝이라 할 수 있을 양귀비도 흥부박에서 등장하지 않는 경우가 많아졌다. 놀부 역시 그저 패망하는 것으로 버려두지 않고 흥부를 내세워 포용하는 결말을 맺는다. 전반적으로 후대의 <흥부전>에서는 형제 간 우애를 강조하는 쪽으로 변모해 간 것이다.

여기서 우리는 앞서 언급한 민중적 감성을 되새기게 된다. 민중이라는 집단의 감성・의식을 단일한 어떤 것으로 포괄할 수 없다는 것, 그리고 차라리 민중은 특정한 정체성만을 내세우지 않고 제반 환경의 변화에 따라 언제든 모습을 바꾸어 갔던 비정형의 동적 존재임을 말이다. 위에서 거론한, 흥부박대목과 결말 부분의 후대적 변모는, 상업적 교역에 따른 교환가치 중심적 富를 아울러 수용, 반영한 결과이며, 지배층의 이념 역시도 필요하다면 자신들의 시각에서 專有해 간 데 따른 결과인 것이다. 따라서 형제 간 우애를 회복하는 결말로의 변모는, 상층 수용자들의 개입과 함께 그들의 이념이 반영된 데 따른 것이라기보다는 오히려 비정형의 운동적 존재로서 환경 변화에 민감하던 민중적 감성의 소산이라 보아야 할 것이다.[32]

이 글은 판소리 작품 전반을 염두에 두면서도 주로 <흥부전>을 대상으로 논의를 진행하였다. 향후 여타 작품으로까지 확대 적용하여 논의를 더 세밀히 가다듬을 필요가 있음을 인정한다. 그러한 작업은 후일을 기약하며 논의를 마무리 짓고자 한다.

32) 하지만 여전히 놀부에게 우애를 설파하는 장비는 어색하다. 뭔가를 수행하다 만 듯한 느낌이다. 새로운 뭔가를 향해 열려있음 역시 민중적 감성과 관계가 있다.

제3부

〈흥부전〉에 담긴 사회상

제 1 장

<흥부전>에 나타난 分家와 友愛 문제*

1. 머리말

판소리 작품 속 주인공들은 혹독한 상황에 놓여 있거나 그러한 상황에 놓일 것임을 알면서도 윤리적 가치를 고수하고자 한다. 때로는 그 댓가로 목숨을 거는 일조차 서슴지 않는다. 심청, 춘향이 그러했고 흥부, 자라 역시 크게 다르지 않았다. 그런데 그들이 실천한 孝, 烈, 友愛, 忠이란 실은 지배층이 구안하여 피지배층에게 전파하고자 했던 가치들이었으므로, 엄밀히 따질 때 피지배층의 입장에서 그러한 윤리를 내면화함은 일종의 허위의식에 젖어드는 일이었다. 그들이 처한 상황의 극한성을 염두에 둔다면 굳이 그러한 윤리를 감수할 필요가 없을 수도 있었다. 그럼에도 불구하고 때로는 죽음을 각오하면서까지 윤리적 가치를 고수하려 한 것, 이것이 판소리계 작품들의 문제적 설정이

* 이 글은 『고소설연구』 40(한국고소설학회, 2015)에 실린 「<흥부전>에 나타난 분가와 우애 문제」를 부분 수정한 것이다.

다. 그리고 그 배경으로는 당대 하층이 처해 있던 심각한 현실(갈등) 및 그와 관련한 지배 윤리의 확산, 전유 등 복잡한 사안들이 관련된다.

판소리계 작품들 중 <춘향전>의 경우 이 문제가 심도 있게 논의된 바 있었다. 초기 <춘향전>론에서는 춘향이 지향하는 가치로서의 정절 혹은 烈에, 작품 주제 차원의 의미를 부여하는 것이 일반적이었다. 그 후에는 烈보다는 신분 문제를 더 중요시하는 경향을 드러내었다. 예컨대 춘향의 烈은 방어 동기로서 수단적 가치를 지닐 뿐이고 더 절실한 성취 동기는 신분적 열등의식의 해소라는 논의[1]와, 烈은 낡은 관념으로서 실은 표면적 주제 층위의 것인 반면, 이면적 주제 층위의 것으로 신분적 제약에서 벗어나 인간적 해방을 지향해야 한다는 주장이 더 큰 비중을 지니고 있다는 논의[2]가 대표적이다. 이들 논의는 판소리계 작품의 구조적 특성과 그 시대적 조응성을 함께 고려한 것으로 연구사적으로 중요한 논의들이라 할 수 있다.

그런데 이러한 논의들의 전제는 烈이 지배층을 주체로 하고 춘향과 같은 하층을 객체로 설정한 지배층의 이념이라는 것이었다. 이에, 점차 기존 논의에서 열 혹은 정절 의식을 단순하게 파악했다고 비판하면서 이 전제를 반박하고 춘향의 열행에 대해 적극적인 의의를 부여하려는 논의도 등장했다. 춘향의 열은 의무로서 주어져서 지키지 않으면 안 되는 통념상의 윤리가 아니라 권리로서 쟁취하여 능동적으로 드러내려는 자발적 차원의 윤리로 보아야 한다는 논의가 대표적이다.[3] 이러한 견해와 관련하여 <춘향전>에서의 烈은, 능동적인 캐릭터

1) 이상택, 「성격을 통해 본 춘향전」, 『춘향전 어떻게 읽을 것인가』(김병국 외 편), 신영출판사, 1993, 218-229쪽.

2) 조동일, 「춘향전 주제의 새로운 고찰」, 『춘향전 어떻게 읽을 것인가』(김병국 외 편), 신영출판사, 1993, 65-68쪽.

3) 성현경, 「춘향전론 (1)-<남원고사>의 구조와 의미-」, 『한국옛소설론』, 새문사, 1995,

로서의 춘향이 그 나름대로 달리 전유한 성리학적 기제라 보아야 한다는 논의[4]도 참조해야 할 것이다. 논자는 춘향의 열행이, 피지배층의 일원으로서 지배층의 윤리를 주체적으로 專有하여 사회적 명예를 비롯한 유무형의 재화를 얻는 길이기도 했다는 평가까지 내리고 있다.[5]

여기에다 烈이 변사또 앞에서는 지배층에 대항하는 논리적 근거로 제시된다는 점까지 고려해 본다면,[6] 조선 지배층이 구안하여 피지배층에게 확산시켜 그들을 교화하고자 한 성리학적 윤리가 실제로는 그들의 의도대로만 작동하지는 않았다고 보아야 한다. 그러므로 윤리 이념의 작동 기제 및 그 문학적 의미 문제는 더 유연한 관점이 필요할 수 있다. 이 글에서 살피고자 하는 <흥부전>, 그리고 '友愛'의 문제 역시 마찬가지일 것이다.

그런데, <흥부전>에 대한 기존 논의 중 의외로 형제 관계에 집중하거나, 友愛 문제를 본격적으로 다룬 논의는 그리 많지 않은 듯하다. 일단 그 이유는, <흥부전>에 있어 우애는 애초 근원설화 단계에서부터 내포되었던 권선징악 차원의 소박한 표면 주제 정도로 여겨졌기 때문인 듯하다. 또한, 그 간 <흥부전> 연구를 이끌었던 주도적 관점은 농민층 분해, 화폐 중심적 가치관의 대두, 몰락 양반 및 부민의 출현 등

400; 415쪽 참조.

4) 김영민, 「정치사상 텍스트로서 춘향전」, 『한국정치학회보』 41집 4호, 한국정치학회, 2007, 42쪽 참조.

5) 물론 이에 대해서는 다른 견해도 있을 수 있다. 곧 춘향의 열녀 되기는 춘향으로 하여금 모든 고초에도 불구하고 도덕적 정체성을 증명해야 할 의무를 부과한 것이라는 점에서 지배층으로부터 피지배층으로 전파된 이념에 내재한 폭력성을 보여준다고 볼 수 있다는 것이다(이정원, 「판소리 문학에서 삼각행실도의 수용 양상」, 『한국고전여성문학연구』 14, 한국고전여성문학회, 2007, 445쪽).

6) 피지배층이 지배 이념을 전유함으로써 지배층의 사회적 정치적 행동을 심문하는 계기가 될 수도 있었다는 점에 대해서는 배항섭, 「19세기 지배질서의 변화와 정치문화의 변용-仁政 願望의 향방을 중심으로-」, 『한국사학보』 39, 고려사학회, 2010, 121-122쪽 참조.

조선 후기를 배경으로 한 사회경제사적 관점이었기 때문이기도 하다.[7] 후속 논의들에서도 이러한 거시적인 틀 하에 인물 형상 등 그 나름대로의 논점들을 잡아 연구를 진행해 나갔던 것이다. 하지만 그 결과 우애 문제는 부수적 논점에 머무를 수밖에 없었다. 흥부와 놀부가 형제 관계라는 사실은, <흥부전> 이본에 따라 형제 간 신분이 엇갈리기도 하여, 오히려 작품 해석에 있어 걸림돌로 여겨지기까지 했다.[8] 그 결과 <흥부전> 해석에 있어 중요한 설정 하나를 간과하는 결과를 낳게 되었다.

흥부가 가난에 처하게 된 일차적인 원인은 형 놀부로부터 쫓겨난 데 있었음을 유의할 필요가 있다. 그와 관련하여 우리는 당대 현실 제도상의 문제를 거론하지 않을 수 없다. 17세기 중엽 이후 상속제에 있어 남녀 균분 상속제로부터 장자 우대 상속제로의 이행 현상이 바로 그것이다.[9] 그런데, 특히 하층 가정에서의 분가 및 분재의 문제가 <흥부전>에 그려져 있는 것도 유념해야 한다. 그렇다면 <춘향전>에서의 烈의 경우처럼, <흥부전>의 우애도 지배 윤리 구현의 일환이면서 <흥부전> 형성기의 특수한 사회 문제로 재맥락화되었을 가능성을 떠

7) 이러한 논의 중 대표적인 것으로 조동일, 「<흥부전>의 양면성-판소리계 소설 연구의 방법론 모색을 위한 일시고」, 『계명논총』 5, 계명대, 1969(인권환 편, 『흥부전연구』, 집문당, 1991 참조) ; 임형택, 「흥부전의 현실성에 관한 연구」, 『문화비평』 1권 4호, 아한학회, 1969(인권환 편, 위의 책 참조). 그리고 이들 연구에 대한 평가는 김종철, 「흥부전」, 『고전소설연구』(화경고전문학연구회 편), 일지사, 1993 참조.

8) 최윤오(「흥부전과 조선후기 농민층 분화」, 『역사비평』 57, 역사문제연구소, 2001, 275쪽)의 경우, 놀부와 흥부를 단순한 형제로 볼 것이 아니라 부자와 빈자의 상징으로 볼 필요가 있다고까지 하였다. 또한 김종철, 위의 글, 557쪽에는 두 인물의 귀속신분보다는 획득신분을 문제 삼아야 한다고 하면서, 설화에서 유래된 형제관계가 <흥부전>에서도 유효한 것은 "그것이 경제적 불평등의 극복을 통한 새로운 사회 관계의 형성이라는 작품의 지향과 관련이 있기 때문"이리라고 하였다. 형제의 '관계' 자체는 문제삼지 않고 있는 것이다.

9) 최재석, 『한국가족제도사연구』, 일지사, 1983, 551-553쪽 참조.

올려 볼 수 있다.[10] 이러한 사정을 고려한다면 <흥부전>에서 경제 문제와 맞물린 형제 관계는 오히려 매우 중요한 설정이라 할 수 있다.

조춘호의 연구는 당대 맥락을 고려하여 <흥부전>의 형제 갈등에 초점을 맞춘 연구이다. 17세기 중엽 이후 장자 우대 상속제로의 변모로 인해 재산을 제대로 분배받지 못한 형제의 궁핍은 큰 문제를 야기할 수 있었는데, 이러한 관점 하에 읽어볼 때 <흥부전>은 "사회가 추구하는 가치가 경제적 가치로 전이되는 과정에서 혈연적 관계인 형제 사이의 가치인 윤리적 가치가 경제적 가치로 인하여 침해되는 심각한 양상을 반영"한 작품이라고 하였다.[11] 엄기주의 연구에서는 <흥부전> 형성 맥락으로서, 적장자 우대 상속제와 그로 인한 갈등 유화를 위한 제도 담론에 특히 주목하였다. 곧, 중종, 명종, 현종 연간에 우애 있는 사람을 정표한 사실이 집중적으로 나타난다는 점, 우애 윤리를 본격적으로 다룬 『二倫行實圖』가 1518년에 간행되는가 하면 『東國新續三綱行實圖』 「孝子圖」(1615년)에도 형제담이 삽입되어 갔다는 점 등은 分財를 둘러싼 실제 형제 갈등의 문제성을 의식한 결과라는 것이다. 이러한 의식이 <흥부전>의 형제 갈등에 반영되어 있다고 하였다.[12]

10) 곽정식, 「한국 설화에 나타난 형제 간 갈등의 양상과 그 의미」, 『문화전통논집』 4, 경성대 향토문화연구소, 1996, 33-35쪽에 따르면 현재 채록을 통해 알 수 있는 형제 갈등형 설화들은 善兄惡弟 유형보다는 惡兄善弟 유형이 월등하게 많은데, 이는 적장자 우대의 수직구조에 의한 가족제도 및 재산 상속제 확립이라는 사회경제사적 변화와 관련하여 이해하는 것이 옳다고 하였다. 물론 鄭顯奭은 『教坊歌謠』(1872)에서 <匏打令>에 대해 "兄賢弟頑 此勸友也"라 평가하고 있으나 작품 구성상 현재 전하는 것과 비교해 많은 장면들의 설정을 대폭 바꾸어야 하므로 선형악제형 <홍보가>가 실제로 따로 불리고 있었는지 쉽게 단언할 수는 없을 것이다. 그보다 앞서 宋晩載는 <觀優戲>(1843)에서 <홍보가>에 대해 "分明賢季與愚昆"라 평하고 있음을 유의할 필요가 있다.

11) 조춘호, 『한국문학에 형상화된 형제 갈등의 양상과 의미』, 경북대학교출판부, 1994, 246쪽.

12) 엄기주, 「『홍보가』에 반영된 사회상-『삼강행실도』류의 변화와 관련하여-」, 『고전문학연구』 18, 한국고전문학회, 2000, 435-448쪽 참조.

본 논의에서도 이러한 관점은 이어가고자 한다. 다만, 위 논의들은 윤리 문제를 상층의 지배와 전파라는 일방적, 단선적 방향의 기제로만 보고 있다는 점과, 논의를 실제 작품 분석과 긴밀히 대응시키고 있지는 않다는 점 등의 문제는 있다고 생각한다. 이 글에서는 이 점들을 유념하면서 먼저 향촌사회 형제 갈등의 배경으로서 놀부/흥부가의 분가 문제를 살핀 후 <흥부전>의 우애 문제를 재검토해 보고자 한다.

2. 分家의 조건

형제란 혈연적으로는 부모의 정기를 나누어 받은 자들로서 가내의 질서상 長次의 순서가 부여되기는 하나 궁극적으로는 家의 화합을 위해 함께 노력해야 하는 동반자적 관계에 놓인 자들이다. 하지만 그 반면에 부모의 사랑을 놓고 경쟁하거나 가계 계승의 문제로 인해 혹은 한정된 재물을 두고 갈등을 빚기도 하는, 태생적으로 서로의 운명이 얽혀 있는 자들이기도 하다. 특히 재물 문제로 인한 갈등은 관계를 회복하기 어려울 정도의 심각한 상황에 이르기도 한다. 오늘날에도 우리 주변에서는 이러한 일들을 왕왕 볼 수 있다. 재산 문제와 관련한 재벌가의 형제 갈등이야 두루 알고 있는 것이지만[13] 극단적인 사건에까지 이르렀을 때에야 언론에 노출되는 일반인의 경우도 사정은 마찬가지일 것이다.[14]

아마 인류가 재산을 사유화하기 시작하면서부터 이러한 갈등의 씨

13) 이 글을 쓰던 2015년 8월경에는 롯데 그룹의 일이 언론의 주목을 받고 있던 상황이었다.
14) 2015년 초 70대의 노인이 엽총으로 형 부부를 쏘아 살해한 뒤 자결한 사건도 알고 보니 재산 문제가 발단이었었다.

앗은 뿌려졌을 것이다. 그러고 보면 신라때의 설화로 알려진 <방이설화>나 『고려사』 열전에 전하는 <형제투금설화> 역시 심상한 이야기로만 볼 것은 아닌 것이다. 조선초 성리학을 지배 이념으로 삼은 사대부들이 형제 갈등을 포함한 현실 갈등과 윤리적 당위 간의 괴리를 해소하는 과제를 시급한 문제로 보았던 것도 이와 관련된다. 16세기에 접어들어 사림파 지식인들은 이 문제에 대해 당시 횡행하던 소송 등을 통해 해결할 수 있는 문제가 아니라 일상생활 속에서 교화를 통해 미리 막았어야 할 문제라 생각해 갔던 듯하다.[15] 앞서 언급했듯, 그들은 『삼강행실도』류 서적의 「효자도」에 형제 윤리를 첨가해 갔고,[16] 김안국의 제안으로 『이륜행실도』를 편찬했으며, <오륜전전> 같은 서사물도 번안, 유포하고자 했다.[17] 교화의 담론은 이러한 과정을 거쳐 그 후 전계층을 대상으로 확산 전파되었을 것이다.[18] 그러한 흐름이 17세기 후반 및 18세기 이후 가족제의 변화와 맞물리면서 <흥부전>에까지 이어진 것이다. 물론 실제 현실 갈등은 시대적 맥락과 당사자들이

15) 『중종실록』 36년(1541) 5월 22일조에는, 아우를 송사하여 재물을 빼앗으려는 형이 있었는데, 주세붕이 그로 하여금 자신의 아우를 업고 종일 뜰을 돌게 하니, 그 백성이 크게 깨달아 부끄럽게 여기고 물러갔다는 기사가 실려 있다. 이 기사에 대한 분석 및 16세기 사림파 지식인들의 교화 담론에 대해서는 하윤섭, 『조선조 오륜시가의 역사적 전개 양상』, 고려대학교 민족문화연구원, 2014, 122-139쪽 참조.

16) 엄기주, 앞의 글, 435-448쪽 참조.

17) 윤주필, 「16세기 사림의 분화와 낙서거사 이항의 <오륜전전> 번안의 의미」, 『국어국문학』 131, 국어국문학회, 2002 참조.

18) 이러한 노력에도 불구하고 실상은 여전했던 것 같다. 『牧民心書』 禮典 6조에서는 "己巳(1809, 순조9) 甲戌(1814, 순조14) 흉년 때 내가 民間에 있으면서 보니 불효하는 자들은 오히려 적은 편인데 형제간에 우애하지 않는 자들은 집집마다 죄를 줄 정도로 많고 형제간에 우애롭지 못한 행위를 차마 들을 수 없을 지경이었다. 형은 새로 전지를 사들이는데 이웃에 사는 동생은 형을 원망하며 처자와 함께 곧 굶어죽게 되었다고 호소하나, 형에게서 쌀 한 톨 도움받지 못하는 자가 많았다. 관에서 이런 우애 없는 자들을 잡으려 한다면 얼마든지 잡을 수 있으니, 한 고을에서 몇 사람씩을 잡아다가 康誥의 경계처럼 죄를 주고 용서하지 않는다면 민간의 풍속이 후덕하게 되는 것이 鄕約보다 훨씬 나을 것이다."라 하고 있다. 한국고전종합DB(http://db.itkc.or.kr) 참조.

처한 상황에 따라 그 양상을 달리했을 것이다. <흥부전>의 사건은 그 중 특히 향촌사회 농가의 分家, 分財 문제와 맞물려 등장했으리라 여겨진다.

<흥부전>은 심술사설에 이어, 어느 날 갑자기 놀부가 동생 흥부를 내쫓는 것으로 시작된다. 경판본이나 연경본의 경우 쫓아낸 사실 자체만 서술되어 있으나 후대본들에 의거할 때 그 일은 갑자기 벌인 것이 아니라 평소 놀부가 계획했던 일이었음을 알 수 있다. 이본에 따라 구체적인 서술상 차이가 있기는 하나, 다음 경우를 단서로 할 때 이 일은 당시 하층 농가의 分家 상황을 어느 정도는 반영하고 있는 것으로 판단된다.

> 【중중모리】 집은 다 일반이라 오ᄃᆡ조 묘막집에 가 살고 압 뒤 뜰에 뎐상을 내 가질게 무지공산 돌담불은 네 가져라 집안 세간 마소 즘ᄉᆡᆼ 남죵 녀죵 내 가질게 칠십된 괴ᄯᅩᆼ어미 네 ᄎᆞ지니 하인 업셔 쓰겟ᄂᆞ냐 ᄃᆡ리고 가고 개 즘ᄉᆡᆼ 쎄돗이며 마당압 ᄎᆡ뎐이며 ᄀᆡᄯᅩᆼ밤이 닷발락과 집압 뜰 고ᄅᆡ실 열두 셤 닷 마직이 그 논 모다 ᄂᆡ 가질게 너을낭은 나가셔 밥이라도 ᄒᆡ 먹으랴면 부졍지속 업셔 쓰겟ᄂᆞ냐
>
> 안으로 드러가 세간을 주ᄂᆞᆫᄃᆡ 밋 빠진 질탕관 헌 솟ᄯᅮᆨ겅 겻드리고 ᄃᆡ테 메인 동의 한아 귀써러진 ᄉᆞ발 네 ᄀᆡ 질ᄯᅮᆨᄇᆡᆨ이 겻드리고 목 부러진 나무쥬걱 목져네메 겻드리고 다라빠진 쇠천숟가락 다삿 ᄀᆡ에 헌 소반 한아 언져주고 먹던 짐ᄎᆡ 한 동의에 쟝물 반 동의 언져주고 쎄된쟝 한 방고리 고초쟝 한 ᄉᆞ발 언져주고 맛업ᄂᆞᆫ ᄉᆡ우젓 한 ᄉᆞ발에 소곰 한 박 언져주고 쉬여 터진 보리 찬 밥 한 박아지 ᄂᆡ여주며
>
> 아ᄂᆞ 엇다 이것 다 가지고 가셔 살되 이 밥 먹을 동안에 품이라도 폴아 먹고 살어라 다시ᄂᆞᆫ 형에 집이라고 아모 것도 엇으러 올 ᄉᆡᆼ각을 말고 어셔 나가거라 ᄒᆡ가 다 넘어간다 앗차 이졋다 보리방아라도 찌어 먹으랴면 절구 업셔 쓰겟ᄂᆞ냐 마당가에 잇ᄂᆞᆫ 큰 돌절구를 가져

가거라 (…) (심정순 창본 <박타령>(<연의각>))[19]

놀부가 흥부 가족을 분가시키며 세간을 나누는 장면이다. 일반적으로 분가란 차자 이하의 자식들에게 가산을 나누어 주어 따로 살림을 차리게 하는 것을 말한다. 그런데 위의 경우 토지나 종 못지 않게 釜鼎之屬의 분할에도 큰 비중을 두고 있음을 볼 수 있다. 이는 하층 농가의 분가 상황에 해당한다. 하층의 경우 솥이나 그릇 같은 家財雜物도 상속 분급의 대상이 되고 있는 바, 부동산에 비해 세간들이 실용성면에서 더 의미 있는 재산이었고 상속 및 분할을 하기에도 용이했기 때문이다.[20]

그런데 문제는, 위의 경우 과장된 발언들을 감안한다 하더라도, 이 장면은 분가라기보다는 내쫓음에 해당한다는 데 있다. 놀부는 분가의 형식만 갖춘 채, '무지공산 돌담불'과 '칠십된 괴똥어미'와 함께 거의 못쓰게 된 부정지속들만을 가져가게 하고 있기 때문이다. 그것도 그나마 돌절구는 너무 커서 흥부가 가져 갈 수 없는 상황이다.

분가란 가산의 분재를 수반하므로 대개 부모 생존시에 행해지는 것이 일반적이다. 만약 사정상 그렇게 하지 못했을 때에는 장자가 차자 이하 동생들 몫을 맡아 두었다가 추후 분가시 나누어 주어야 한다.[21] 이런저런 사정을 전혀 고려하지 않고 동생의 생계도 도외시한 채 내쫓고 있다는 점에서 놀부는 인륜을 저버린 자로 설정된다. 그럼에도 불구하고 놀부는 오히려 당당한데 여기에는 그 나름대로 믿는 구석이

19) 김진영 외, 『흥부전 전집』 1, 박이정, 1997, 69-70쪽.
20) 문숙자, 「16-17세기 상민층의 재산 소유와 상속 사례」, 『고문서연구』 33, 한국고문서학회, 2008, 45-46쪽. 상민층 또는 하층 농가의 분가, 상속에 대한, 역사학계의 본격적인 논의를 찾기가 쉽지 않았다. 추후 관련 논의를 더 확충할 필요가 있을 것이다.
21) 김주수, 「농촌의 분가와 상속 -서설적 고찰-」, 『경희법학』 2, 경희대 경희법학연구소, 1960, 131-132쪽 참조.

있었다.

> 【중중머리】 '宋萬甲' ≪「네 이 놈 흥보야 야 이 놈아 말 들어라. 부모양친 살았을제 너와 나와 형제라도 차별있게 기르던 일 너도 응당 알 터이라. 부모님도 야속하여 나는 집안 장손이라 선영제사 맡기면서 글 한 자 안 가르치고 주야로 일만 시켜 소 부리듯 부려먹고, 네 놈은 지손이라 내리 사랑 더하다고 힘든 일 안 시키고 밤낮으로 글만 읽어 호의호식하던 일을 곰곰히 생각하면 원통하기 한이 없다. 여태까지 부모에게 네 놈 호강 많았으니 나도 오늘 내 뜻대로 세도나 부려보자. 선대의 논과 밭은 봉제사로 물려받고 그 남은 살림살이 내가 작만한 것이니 네 좋은 일 못하겠다. 오늘 당장 이 자리에 계집 자식 앞세우고 지체말고 떠나거라. 만일 불연하다가는 생사가 날 것이다.」≫ (박헌봉 <창악대강 흥보가>)[22]

그것은, 놀부의 말 중 부모의 세간은 아무리 많아도 장자의 몫이 되는 것이 당연하다는 언급, 그리고 현재 보유한 논밭은 봉제사조로 물려 받은 것이라는 언급 등에 나타나 있는, 장자 우대 상속이라는 당시 관습[23]이었다. 아마 실제로도 놀부는 어느 정도는 그 관습을 바탕으로

---

22) 김진영 외, 『흥부전 전집』 1, 박이정, 1997, 269-270쪽. 놀부가 흥부를 내쫓는 장면이 구체화된 이본들에서는 대부분 이처럼 자신이 장손임을 내세우고 있다. 여기서는 세부적인 내용이 더 자세한, 송만갑이 불렀다는 사설을 가져 왔다.

23) 이러한 사안에 대해서는, 유감이지만, 사회사, 법제사, 농업경제사 등 분야의 기존 연구들에 기대어 논의를 전개할 수밖에 없다. 조선 중기 가족제도의 변화 문제는 법제사, 사회사 학계에서 지속적으로 논의되고 있다. 다만, 큰 틀에서는 부처제 혼인거주, 장자우선 차등 상속, 부계 직계 가족 중시 등의 변화를 인정하면서도 그 진행 경과에 대해서는 논란이 이어지고 있는 듯하다. 여기서는 비교적 근래의 논의로서 이창기, 「성리학의 도입과 한국가족제도의 변화-종법제도의 정착과 부계혈연집단의 조직화 과정-」, 『민족문화논총』 46, 영남대학교 민족문화연구소, 2010 ; 안호용, 「조선시대 가족구조 변동의 기준과 가족사의 시대구분」, 『한국사회』 13집 2호, 고려대학교 한국사회연구소, 2012를 참조했다. 그 변화의 원인 역시 논의가 진행 중이다. 대체로 종법제 강화 등 이념적 원인과 농경지 영세화, 노비노동력 격감 등 경제적 원인을 거론하는 것이 일반적이다.

재산을 상속받았을 수 있다. 작품 속에서 흥부는 제사를 지내지 않지만(못하지만), 놀부는 희화화된 형태로나마 제사를 지내는 것으로 설정되어 있기도 하다.

그러나 여기서 유념해야 할 점은 위 놀부가의 경우 하층 농가의 分家에 해당한다는 점이다. 놀부가 근거로서 들고 있는 장자 우대 상속제만 하더라도 그러한 제도적 변화가 실은 전면적, 획일적으로 나타나지는 않았으리라 보아야 한다. 상황에 따라 여전히 균분 상속 혹은 분할 상속 관행이 지속되고 있었다.[24] 또한 지역, 계층에 따라서도 차이가 있어, 위 놀부가와 같은 하층 농가에서는 사대부에 비해 재산 상속에 있어 덜 규제를 받았으므로 그들이 놓인 처지에 따라 상속 방식이 달랐을 수 있다.[25] 장자 우대 상속은 놀부가와 같은 하층 농가에 긴요했던 제도는 아니었을 수도 있는 것이다. 재산에 여유가 없는 하층 농가에서 분재를 할 경우 그나마 있던 가산이 쪼개어지면서 서로 궁핍한 삶을 살 수밖에 없을 가능성도 있기 때문이다. 그럼에도 불구하고 놀부가 장자 우대 상속을 거론한 것은 흥부의 분재분을 의도적으로 무화하려는 의도 때문이라 여겨진다.[26]

위 놀부의 말로 미루어 볼 때 그들 부모는 그 나름대로 家 운영 전략이 있었던 것 같다. 큰아들은 집안일을 시키면서도 작은아들은 공부

그러나 박훈탁(「조선후기 적장자 상속의 역사적 기원 : 시장과 벌렬의 정치경제」, 『대한정치학회보』 10집 2호, 대한정치학회, 2002)의 경우처럼 16세기 전국에 확산된 '장시'와 17-8세기에 등장한 '시장경제' 그리고 1623년 인조반정 이후 지속된 '벌렬'에 의한 관료체계 독과점이 18세기 이후 양반사회가 적장자 상속을 수용하게 만든 주요 환경이라 주장하는 논의도 있다.

24) 배상훈, 「조선후기 분할상속관행의 지속에 대한 소고」, 『한국민족문화』 34, 부산대 한국민족문화연구소, 2009, 224쪽 참조.

25) 문숙자, 앞의 글, 32-46쪽 참조.

26) <흥부전> 형성기가 장자 우대 상속제로의 전환기 중 어느 시기에 대응하는지에 대해 명확히 추정하기 어렵다는 문제는 있다.

를 시켜 학식 있는 번듯한 家로 알려지고 싶어했던 것이다.[27] 놀부는 이것이 불만의 한 요인이었다고 고백하고 있다. 또한 부모 생전에 차자인 흥부를 아꼈던 것으로 되어 있는 만큼 아마 집안 재산 가운데에는 흥부의 몫도 있었으리라 추측할 수 있다. 그럼에도 흥부가 분가하지 않은 것은 형에게 의지하며 지내는 것이 분가하는 것보다는 더 나으리라 생각했기 때문일 것이다. 크지 않은 농경지가 분할될 경우 서로 힘들게 살아갈 수밖에 없었을 것이고 설혹 분재분이 있다 하더라도 형에게 운용과 관리의 권한을 위임해 두면 되리라 생각했을 것이다.[28] 향촌사회 하층 농가에서 상호공존 지향의 경제는 향촌민들의 생존과 직결된 중요한 관습이었다.

그러나 흥부의 생각과 달리 놀부는 어느 날 갑자기 분가를 명분으로 내세워 동생을 내쫓고자 하였다. 그 과정을 알 수는 없으나, 놀부는 분명히 어느 시기부터는 넉넉한 재력을 지니게 되어, 더 이상 동생과 동거할 필요는 없다고 판단했을 것이다. 그렇다고 해서 동생에게 그 몫을 챙겨주고 싶은 생각은 없었다. 동생의 몫이 있다 하더라도 이미 부 축적 과정 중 희석되었으며 그 과정은 자신이 주도했기 때문이다.[29] 이때 흥부의 이의제기를 사전에 차단하기 위해 놀부가 내세웠던

27) 흥부에게 글을 배우게 한 것으로 설정된 것은 학식 있는 흥부로 설정하기 위한 작품 내적 요인에 따른 것이기도 하면서, 18, 19세기 서당을 중심으로 하는 향촌 교육에 하층도 참여해 간 실상을 반영한 것이기도 하다. 이에 대해서는 당시 지식층이 권장하는 바이기도 했다. 구희진, 「19세기 중반 유자들의 보통교육론과 동몽서 편찬」, 『역사교육』 92, 역사교육연구회, 2004 ; 김성희, 「조선 후기 민중의 유교윤리 전유와 사회의식 성장」, 『사학연구』 106, 한국사학회, 2012 참조.

28) 배상훈, 앞의 글, 227쪽의 논의를 흥부의 관점에서 서술해 본 것이다.

29) 애초에 필자는 흥부가 왜 자신의 분재분을 받아 일찍 분가하지 않았는가, 그리고 놀부는 왜 꽤 많은 기간 동거한 후 그때서야 동생 흥부를 내쫓고자 했는가, 놀부는 어떠한 농업 경영 방식을 통해 부를 축적했는가 등등에 대한 의문을, 본 논의와 관련하여 나름대로 풀어보고자 하였다. 하지만 본격적인 논의를 전개하기에는 관련 논거가 부족해 여기서 그 가설만 제시해 두고 넘어가기로 한다.

제도적 근거가 바로 장자 우대 상속이었던 것이다. 이본에 따라 더러 보이는 "잘 살기도 내 복이요 못 살기는 네 팔자"[30]라는 말은, 놀부의 궁극적인 의도가 어디에 있었는지 잘 알 수 있게 한다.

하지만 그로 인해 흥부는 생계조차 잇지 못할 위협에 노출되었다. 이 점을 고려하지 않고 장자 우대 상속의 관습과 가산 증식에 있어서의 자신의 역할을 내세우며 온정을 보이고 있지 않는 데서 청중/독자들은 놀부의 부정적 심성과 과한 재물욕을 읽어내게 된다. 바로 이 지점이 형제 간 友愛의 윤리가 문제시되는 지점이다.

연경도서관본 등 이본에 등장하는, 놀부가 농사짓는 사설에 따르면, 놀부는 넓은 논밭을 적절히 경작하여 쌀이나 콩류, 곧 主穀 농작물을 거두어들이는 부농으로 형상화되어 있음을 볼 수 있다. 상품 작물이라 할 수 있을 면화도 언급되어 있기는 하나 그것은 일부일 뿐인 것으로 되어 있다. 이는 놀부가가 상품 작물 경작으로부터 주곡 경작 중심으로 이행한 결과를 반영한 것은 아닐까 한다. 조선 후기 농경제에 관한 한 연구(우대형, 「조선후기 인구압력과 상품작물 및 농촌직물업의 발달」, 『경제사학』 34, 경제사학회, 2001)에 따르면 상품 작물은 노동집약적 재화라는 점에서 상대적으로 노동력이 풍부한 상대적 貧農에게 적절했던 반면, 주곡 작물은 토지집약적 작물이어서 넓은 토지를 바탕으로 고용 노동력을 활용하여 경작하는 상대적 富農에게 적절했다고 한다. 놀부家는, 애초에는 부친과 큰아들 놀부가 주야로 일을 했어야 할 정도의 소규모 농가에 속했을 것이므로, 이때는 상품 작물을 위주로 하여 경작했을 가능성이 높다. 분가 전 흥부의 많은 아들들이 용인된 것도 이 때문이었을 것이다. 반면, 부농 도약 후 놀부는 점차 넓은 논밭을 토대로 주곡 작물을 경영하는 데 힘을 기울였을 가능성이 있다. 이때는 소출을 나누어야 하는 가족 구성원들보다는 고용 노동력을 활용하는 것이 더 나았을 것이다. 놀부박타는 대목에서 보듯 놀부는 고용 노동력을 활용하는 데 익숙한 인물이었다. 동생인 흥부 가족에게 분가를 강제한 것도 아마 이 즈음이 아니었을까 한다.

물론 이러한 가설이 입증되기 위해서는 조선 후기 농경제사 및 지역 농업사 관련 자료 발굴 및 연구가 더 축적되어야 할 것이며 그것이 <흥부전>의 내용과 정합성을 지녀야 할 것이다. 이 과제는 추후의 과제로 넘기고자 한다.

30) 이 말은 분가 후의 삶은 각자 알아서 해야 한다는 뜻이 내포된 말이다. 하지만 결국 빈부가 역전된다는 점에서 아이러니를 유발하는 말이다.

3. 흥부의 관점에서 본 友愛

이처럼 놀부는 생존에 심각한 위협이 됨을 알면서도 기득권을 내세우며 분가를 명분으로 동생을 내쫓아 결과적으로 '友愛'를 저버린 부정적인 인물로 형상화되었다. 이는, 그가 몸소 터득한 경제관에 입각할 때 우애의 윤리는 자신의 이익에 도움이 되지 않는다는 판단에 따른 것이다. 경제 논리만을 내세운다면 놀부가 흥부를 분가시킨(쫓아낸) 것은 합리적 선택이었을 수 있다. 하지만 이는 공존의 경제를 허물어뜨리는 일이었다. 友愛란 공존의 경제를 지향하는 윤리이며 따라서 상호윤리적 성격을 지녀야 한다. 兄友弟恭, 다시 말해 兄慈弟悌의 상호적 도리 수행에 근거해야 하는 것이다. 그러나 놀부는 형으로서 '慈'의 덕목을 갖추지 못했으며,[31] 기득권을 내세워 공존의 기조를 허물어뜨렸다. 그 결과 우애의 상호윤리적 성격은 크게 훼손되었다.

그렇다면 이에 대한 흥부의 대응은 어떠했는가. 흥부는 차자이므로 일방적이지만 분가를 받아들일 수밖에 없었다. 분가 후 흥부 가족은 심각한 곤경에 빠진다. 자본 없이 몸뚱아리 하나로 일어서는 일은 쉽지 않은 일이었다. 하층 농가의 형제 간 분가는 자본의 분할로 인해 당시 실제로도 곤란한 상황에 내몰렸을 것이다. 더구나 흥부의 경우는 장자 우대 상속이라는 관습에 기댄 형의 횡포까지 더해진 상황이다. 각종 품팔이도 해 보았지만 생계유지조차 쉽지 않아 할 수 없이 흥부

31) 『이륜행실도』 <兄弟圖> 중 많은 항목들에서 兄의 행위를 선양하고 있는 것도 이와 관련된다. 세종대왕기념사업회, 『역주 이륜행실도』, 2010 참조. '慈'의 덕목에 대해서는 정약용도 주목한 바 있다고 한다. "다산은 인륜을 아래에서 위로 향하는 효와 제에 국한하지 않고, 위에서 아래로 향하는 慈를 포함시킴으로써, 법이 그 자신의 토대인 인륜의 영역에 간섭할 수 있는 철학적 근거를 마련"했다는 평가 참조(김호, 『정약용, 조선의 정의를 말하다』, BM책문, 2013, 257쪽).

는 아내의 권유로 형을 찾아 간다.[32] 다음은 그때의 한 장면이다.

> 흥보 업쳐 빌 마듸의 두 숀 합ᄌᆞᆼ 무릅 ᄭᅮᆯ고, 지셩으로 비난 말리, "형임 통쵹하옵시뇨 형임은 뉘시오며 흥보난 뉘온닛가. 골육형졔 ᄂᆡ 안니뇨 쳘륜지졍 ᄉᆡᆼ각하와 동ᄉᆡᆼ 흥보 살여쥬오. 질을 두고 뫼로 갈 ᄀᆞ, 의퇴할 길 읍난 동ᄉᆡᆼ이 안니 불ᄊᆞᆼ하오. 어졔 져역 그져 잇고 오날 아침 식젼니요. 자식들도 ᄇᆡ가 곱파 반ᄉᆡᆼ반ᄉᆞ 되야삽고 동ᄉᆡᆼ도 ᄇᆡ가 곱파 죽을 지경 되야기로, 형임 처분 바ᄅᆡ옵고 졔우 사러 왓ᄊᆞ온니, 돈이 되나 ᄊᆞᆯ니 되나 전곡 간의 쥬옵쇼셔. (…)" (…) 흥보 긔절하야 연일불식 굴문 흥보 밥 한술은 안니 쥬고 보리ᄉᆞᆷ을 ᄂᆡ노은니, 하눌니 ᄡᆡᆼ 돌고 ᄯᅡᆼ니 툭 ᄭᅥ지난 듯하되, 게셔 우러셔는 형우<의>졔 공니 못 된다고, ᄆᆡ운 것 먹은 놈 모양으로 후후 불며 나오면셔, "야ᄉᆞᆨ하다 우리 형임. 쳔지와 ᄌᆞᆼ한 것시 오륜박긔 읍건만는, 뭇ᄊᆞᆼ한 우리 형임 물녹만 탐을 하고 륜긔을 져발인니, 엇지 안니 원통하리. ᄉᆞᆷ강오륜 읍난 곳듸 쇽졀읍신 ᄋᆡ걸일다. 금고함셩 우난 쇼ᄅᆡ 일쵼간ᄌᆞᆼ 다 녹넌<는>다. 엿ᄎᆞ 원통 셜운 말을 죽거 황쳔의 드러가셔 부모젼의 고하리라." (연경도서관본 <흥보젼>)[33]

사실상 양식 구걸에 가까운 상황임에도 불구하고 흥부는 골육형제, 천륜지정을 내세우며 형에게 압박 아닌 압박을 가하고 있다. 이본에 따라서는, 그에 앞서 쫓겨날 때에도 張公藝, 鶺鴒(할미새), 常棣(산앵두나무) 등을 거론하며 五倫之義를 생각해 달라고 하는 등(신재효본, 정광수 창본 등) 우애와 화목의 함의를 담고 있는 이념적 어휘들을 거론한 바 있었다. 그러므로 이러한 대응은, 흥부 나름대로는 마음에 새겨 두었

---

32) 또는 이본에 따라 쫓겨난 후 먼저 형을 찾아가기도 한다.

33) 정충권 옮김, 『흥보전 · 흥보가 · 옹고집전』, 문학동네, 2010, 231-233쪽. 연경도서관본은 19세기 중엽에는 필사 유통되었음이 확인되는 이본이다. 그러므로 19세기 전반 <흥부전>의 모습을 반영하고 있는 것으로 보인다.

던, 의외로 강경한 대응이었다. 하지만 형 놀부로부터 돌아온 것은 양식이 아닌 몽둥이 찜질뿐이었다. 이때 한 놀부의 말은 대부분의 이본들에서 다음과 같이 제시된다.

> 놀보의 거동보쇼 곡간의 들어ᄀᆞ셔 홍독ᄀᆡ 큰 몽치를 몌고 ᄂᆞ오던니 엇더 니 놈 강도놈ᄋᆞ 네 말을 들려보라 볏말이ᄂᆞ 쥬ᄌᆞ ᄒᆞᆫ들 노적ᄀᆞ리 셤을 지여 노와신니 너 쥬ᄌᆞ고 노적 흘며 쏠되ᄂᆞ 쥬ᄌᆞ ᄒᆞ니 남ᄃᆡ청 두지 안의 ᄀᆞ득 쇼복 너혀신니 너 쥬ᄌᆞ고 두지 흘야 돈이ᄂᆞ 쥬ᄌᆞ ᄒᆞᆫ들 옥당방 욕목궤예 쾌을 지여 너허신니 너 쥬ᄌᆞ고 쾌돈 흘야 ᄎᆞᆫ 밥인아 쥬ᄌᆞ ᄒᆞ니 ᄉᆡᆨ기 ᄂᆞ흔 거먹 앙ᄏᆡ 부억의 누어신니 너 쥬ᄌᆞ고 ᄀᆡ 궁그며 지겸이ᄂᆞ 쥬ᄌᆞ ᄒᆞ니 구진 방 우리 안의 써도야지 잇신니 너 쥬ᄌᆞ고 돗 궁기야 (…) (오영순본 <장흥보전>)[34]

흥부가 우애의 윤리에 호소하는 데 반해 놀부는 철저히 경제적 논리로 대응하고 있는 장면이다.[35] 놀부의 경제관념에 따르면 이윤이 생기지 않는 일에 재물을 소모하는 일은 있을 수 없으며 가축까지 생각한다면 무엇 하나 허비하는 일이 있어서는 안 되었다. 이는 그가 몸소 터득한 그 나름대로의 철저한 경제관념의 발현인 셈이다. 윤리란 경제관념과 맞물려 있는 것임을 새삼 깨닫게 하는 대목이다.

집으로 돌아오면서 흥부는 형을 원망한다. 그리고 형이 우애를 저버렸음에 좌절한다. 그럼에도 불구하고 흥부는 동생으로서 悌의 도리는 잃지 않는다. 아내 앞에서도, 형과의 관계에 있어 우애를 지키고자 한

34) 김진영 외, 『흥부전 전집』 2, 박이정, 2003, 141-142쪽.

35) 최기숙(「돈의 윤리와 문화 가치-조선후기 서사 문학의 경제적 상상력」, 『현대문학의 연구』 32, 한국문학연구학회, 2007, 203-204쪽)에서는 놀부가 돈을 버는 과정과 흥부가 가난에 이르는 과정의 서사를 생략함으로써 경제 논리에 대한 근본적 이해의 장을 결락시키고 있다고 했으며, 결과적으로 놀부의 경제관념이 우애라는 윤리적 가치와 대결구도를 형성하도록 유도하고 있다고 본다.

다. 이때 흥부의 우애는 약자의 편에서 내면화한 것으로 일종의 자기 검열을 통한 지배 윤리에의 순응으로서의 특징을 지닌다. 이는 조선 전기 사대부들이 확산, 전파하고자 지배 윤리 확산의 실제적 효과라 볼 수 있는 측면도 있다. 설혹 부정적인 대상과의 관계라 하더라도 극단적인 상황으로까지는 이르지 않게 하는 자기억제 기제이기도 했다. 하지만 그렇다고 해서 흥부가 그러한 우애 윤리를 순전히 묵수하기만 했던 것은 아니라고 보아야 한다. 애초에 형에게 찾아간 것 자체가 그 나름대로 우애 윤리에 기댄 행동이기 때문이다.

앞서 언급한 것처럼, 흥부의 궁핍의 원인은 장자임을 내세워 가산을 제대로 나누어주지 않은, 윤기를 저버린 형 놀부의 횡포 때문이다. 이에 대해 흥부가 대응할 수 있는 방법은 분가 후 형 보란 듯이 잘 살아가는 일이었을 것이다. 하지만 가산의 형성에 적극적으로 참여하지 않아 경제적으로 무능한데다 결과적으로 빈민으로 전락한 흥부로서는 생계유지조차 만만치 않은 상황이었다. 흥부는 다시 형에게 의존하는 것 외에는 달리 방법이 없었다.

물론 흥부는 적극적 대응을 할 수도 있는 상황이었다. 가산 분재 방법의 부당함을 官에 호소할 수도 있었으며, 형이 장자 우대 불균등 상속에 내포된 제사상속의 의무를 제대로 다하지 않음을 근거로 들어 대응을 할 수도 있었다. 신재효본의 흥부는 늙은 종으로부터 놀부가 부모 제사 때 음식을 장만하는 대신 돈으로 대신 놓았다는 얘기를 들은 바도 있고, 심정순 창본의 흥부는 형에게 쫓겨나 墓幕으로 가서 보니 墳上의 土皮가 벗어졌음을 보고 형이 수년 동안 節享을 하지 않아 장자의 도리를 다하지 못했음을 비판하기도 했다. 그러나 그렇게 할 경우 더 심각한 상황에 놓일 수 있었다.

결국 흥부는 윤리적 대응 방법을 택할 수밖에 없었다. 차자로서 약자의 처지에 놓인 흥부가 형을 설득할 길은 우애와 그에 수반되는 온정이라 판단했던 것이다. 쫓겨난 흥부의 처지에서 유일하게 호소하며 기댈 수 있었던 것, 그것은 바로 윤리였고 형제 간 友愛였던 것이다.[36] 앞서 인용한 부분처럼 흥부가 굳이 우애를 환기시키는 담론적 발화를 강경한 어조로 드러낸 것을 유념할 필요가 있다. 이때의 우애는 흥부류의 차자가 자신을 지키기 위해 기존 윤리를 그 나름대로 專有한 데 말미암는다. 이는 조선 후기, 하층이 지배층의 교화 담론을 점차 내면화해 나갔던 상황,[37] 다시 말해 오륜 개념의 대중화, 저변화 현상과 관련된다.[38] 상층의 교양과 지식을 내면화한 하층 내지 사회적 약자의 시각에서 윤리는 오히려 지배층 내지 기득권자에게 대항하는 함의가 부여될 수 있었던 것이다. 그 결과 흥부가 우애를 내세울수록 장자 중심적 사회 관습에 대한 비판적 함의도 담기게 되었다. 기득권자는 윤리를 외면하고 약자가 오히려 윤리에 호소하는 역설적 상황이 <흥부전>에서도 나타나고 있는 것이다.[39]

그러나 흥부의 이러한 대응이 현실적으로 효과를 거두었다고 볼 수는 없다. 오히려 후대 이본에서는 형수로부터 밥주걱으로 뺨을 얻어맞

36) 필자는 군자형・윤리형 인물과 소인형・욕망형 인물의 대립으로 형제갈등형 고전소설의 지향점을 살핀 바 있다(이 책 제4부 중 「<흥부전>과 형제 갈등형 소설」 참조). 여기서는 그 관점을 <흥부전>을 대상으로 하여 우애 문제에 초점을 맞추어 논의를 심화한 것이다.

37) 지배층의 윤리가 하층의 의식 속에서 그 나름대로 전유될 수 있는 여건이 조성된 데 따른 것이다. 조선 후기에는 서당을 중심으로 하는 향촌 교육이 성장해 갔고 그와 함께 교육 대상이나 주체로 하층들까지 참여함으로써 하층 역시 지식의 습득을 통해 지배층의 교양과 윤리를 생활 속에 자발적으로 내면화할 수 있게 되었다고 한다. 이러한 논의는 김성희, 앞의 글, 186-197쪽 참조.

38) 하윤섭, 앞의 책, 360쪽.

39) 이러한 특성은 판소리계 작품이 공연물로서 소통되었던 데에서도 말미암았다고 생각한다. 연창자가 표출해낸 사설, 음악, 극 종합체로서의 장면들은 일방적으로 청중에게 수용되지 않았다. 그려낸 것의 裏面에 대한 청중의 반응 고려 등 끊임없는 소통의 과정을 거침으로써 해석의 긴장 속에 놓여 갔기 때문이다.

는 사건까지 첨가되기도 하여 구걸로서의 의미가 더 강해진다. 이는 기득권층 앞에서는 윤리적 대응의 현실적 영향력이 그리 크지 않을 수 있음의 자각이다. 그만큼 냉엄한 현실을 인지시키는 것이기도 했다.

4. 결말에 나타난 우애 인식

앞서 살핀 것처럼 <흥부전>은 재물 앞에서 우애의 윤리가 더 이상 절대적 가치를 지니지 못하고 있는 현실을 반영한 작품이다. 그럼에도, 재물욕이 장자 중심적 사고와 맞물릴 때 차자의 입장, 약자의 입장에서는 그러한 윤리에 오히려 더 집착할 수밖에 없었음도 담아내었다. 그런데 <흥부전> 결말부에서는 새로운 설정을 통해 또다시 재물과 관련하여 우애 윤리를 문제 삼는다. 일단 놀부가 패망하는 것은 모든 이본에 공통되지만, 놀부의 패망 후 형제 관계 및 우애 문제는 어떻게 재설정되어야 하는가 하는 문제가 또다시 제기되고 있기 때문이다.

일단 앞서의 논의를 이어갈 때[40] 흥부가 부자가 된다는 설정에는 그러한 처지에 놓였던 차자 이하 형제들의 욕망이 반영된 것이라 할 수 있다. 선하게 살아 온 만큼, 그리고 우애를 지킨 만큼의 보상이라 보았던 것이다. 놀부의 패망 역시 그 연장선상에 놓여 있다. 그런데 우리가 관심을 갖는 것은 작품 결말 부분에서 놀부와 흥부 간 우애 문제를 어떻게 처리하고 있는가 하는 것이다. 이 점에 있어서는 이본에 따라 차이를 보인다. 그만큼 작자-독자들의 의견이 갈리었던 것이다. 이

40) '앞서의 논의를 이어갈 때'라는 표현을 쓴 이유는 <흥부전>을 형제 관계와 우애의 문제에 초점을 두어 논의를 이어간다는 뜻이다. 머리말에서 언급했듯 그 외의 관점도 얼마든지 가능함을 염두에 둔 것이다.

본들마다의 특징이라 할 수 있는 小異들을 무시한다면 크게 보아 여기에는 세 가지 유형이 있다.

첫째, 놀부가 세간을 탕진하는 데서 끝나는 경우이다. 이 경우는 박에서 나온 똥에 집이 파묻히는 등 세간을 모두 잃고 흥부를 찾아가거나, 박 속을 끓여먹고 당동소리를 내며 걸식이나 해 보자고 한다든가 하는 것으로 마무리된다. 흥부와의 관계 회복에 대해서는 전혀 언급이 없는 결말이다.[41] 둘째, 장비에게 혼이 난 놀부가 세간 탕진 후 흥부집으로 찾아가니 흥부가 위로하고 세간을 반분했다는 언급이 있는 결말이다. 이 경우는 우애 회복에 대한 짤막한 덧붙임이 있는 경우이다.[42] 셋째, 놀부가 장비에게 혼이 나고 있다는 소식을 듣고 흥부가 찾아와 장비에게 호소하여 용서를 받은 후 결국 놀부도 개과하여 형제 간 우애를 회복했다는 결말이다.[43] 놀부가 패망했다는 소식을 듣고 흥부가 찾아와 자기 집으로 데리고 가서 형의 집을 지어 위로하고 결국 형제 간 우애를 회복했다는 박문서관본의 결말도 이와 유사하다고 보아야 한다. 이 중 셋째 유형은 둘째 유형 결말의 우애 회복 부분을 더 강화했다고 본다면 결국 우애 문제에 있어서 <흥부전>의 결말은 첫째와 셋째 유형처럼, 놀부가 망하는 데서 끝나거나 흥부가 놀부를 받아들이는 데까지 나아가거나 하는 두 가지 서로 다른 결말로 대별할 수 있을 것이다.

우선, 첫째 유형의 경우 과다한 재물욕을 추구하며 형제 간 우애를 저버린 자에 대한 반감이 담긴 결말이라 할 수 있다. 그 중에서도 놀부에게 가장 가혹한 결말은 다음의 경우라 생각된다.

41) 경판본, 오영순본, 김문기본, 연경도서관본, 사재동 46장본 등이 이에 해당한다.
42) 신재효본, 정광수 창본, 심정순 창본 등이 이에 해당한다.
43) 이선유 창본, 김연수 창본, 김소희 창본, 박봉술 창본 및 임형택본이 이에 해당한다.

ᄯᅩ 박 한 통을 ᄶᅡ다노코 켜랴 한다 ᄶᅵ보 ᄉᆡᆼ각히야보니 놀보놈이 품 즇 것도 읍시 되엿는지라 헛일 할 묘리 읍셔 ᄯᅩᆼ누로 간다 ᄒᆞ고 영이 ᄂᆡᄲᅵ고 안니오니 놀보 할 수 읍셔 부쳐 양쥬 타고보니 아무것도 별 거 읍고 허연 박속ᄲᅮᆫ이라 하 먹음직ᄒᆞᄆᆡ 국을 ᄭᅳ려 실큰 먹고 미쳐 발광히야 질노 들노 물노 불노 산으로 밤낫 읍시 ᄲᅱ여다니드니 그 후의 엇지 된지 모르느라 (김문기본 <흥보젼>)[44]

경판본 놀부박대목을 수용하면서도 위 이본에서는 결말을 이렇게 바꾸어 놓고 있다. 이미 놀부는 박 속 군상들에게 육체적으로 시달린 바 있었다. 가진 것들도 모조리 잃은 상황이다. 그런데 그것으로도 모자라 위에서는 놀부가 박 속을 끓여 먹고 미쳐 들로 산으로 밤낮 없이 뛰어다녔다는 것으로 맺고 있는 것이다. 흥부에 대한 언급은 전혀 없다. 놀부가 그 후 어떻게 되었는지도 서술자는 관심 밖이라고 한다. 재물을 탐하고 동생을 구박한 자의 비참한 말로라 할 수 있을 것이다.

이러한 결말은 모방담의 권선징악적 귀결이 그대로 이어진 결말이다. 놀부 패망 사건 자체부터 이렇게 볼 수 있지만, 위 유형 결말에는 특히 그 이면에 흥부와 같은 빈민들의, 가진 자에 대한, 그리고 차자들의, 제도에 대한 반감이 깔려 있다고 볼 수 있다. <흥부전>의 주제로서, 被奪階層의 收奪階層에 대한 敵對意識과 富에 대한 熱望의 極大化,[45] 서민들 자신에게 몰인정한 부자들에 대한 적대의식[46] 등을 읽어낸 기존 논의들도 이러한 결말을 중시한 데 기인한다.

그런데 이러한 유형의 결말에서 흥부는 등장하지 않는다.[47] 놀부가

---

44) 김진영 외, 『흥부전 전집』 2, 박이정, 2003, 373쪽.

45) 이상택, 앞의 글, 287쪽.

46) 여운필, 「「흥부전」 연구의 주요쟁점」, 『수련어문논집』 17, 부산여대 국어교육과, 1990, 119쪽.

47) 오영순본의 경우 흥부가 등장하기는 하지만, 패망한 놀부와 무관하게 친구, 명창들과

개과했다는 언급도 없으며, 따라서 둘 간의 우애 회복 문제는 전혀 서술되지 않는다.

이 점과 관련하여 작품 속 흥부처의 시각을 주목할 필요가 있다. 이본에 따라 다르겠으나, 대체로 흥부처는 시아주버니인 놀부에 대해 극단적인 반감을 수시로 표출한다. 부자가 된 후에도 "우리 비러먹고 단일 적의 건는 말 시숙댁에 동냥차로 건너간 즉 쌀 한 줌 안이 주고 매를 처 보내던 일 백 년인들 잇즐손가"(이선유 창본) 라며 지난 일을 회상하는가 하면, "ᄉᆞᆫ념어 ᄋᆞ지반이 형셰만 즁니 알고 형제 윤긔 몰ᄂᆞ신니 그 형셰 오ᄅᆡ숀ᄀᆞ"(오영순본) 하며 저주에 가까운 말을 퍼붓기까지 한다. 그녀의 시각을 결말에까지 연장시킨다면, 재물만 중히 알고 동생을 구박하며 우애를 외면한 놀부에 대해 아무리 패망했다 하더라도 또다시 우애의 윤리로써 받아들일 수는 없다는 것으로 정리된다. 우애는 어디까지나 상호적 윤리이지 일방적 윤리는 아니라는 것이다. 그리고 놀부가 애초에 흥부를 내쫓으면서 한 말처럼 분가 후의 삶은 각자 알아서 해야 한다는 것이다. 우애의 윤리를 묵수하여 작품 속에서는 자신의 소리를 드러내지 않았지만 이는 흥부의 또 다른 내면이기도 했지 않을까. 첫째 유형 결말에는 이러한 또 다른 내면의 목소리가 그 잠재적 의도를 구현시킨 결과일 수 있다.

앞서 흥부의 우애는 차자로서의 대응 전략일 수도 있다고 보았다. 농촌 상호 공존의 경제 하에서 상속 재산을 장자가 독차지했을 경우 장자는 차자들을 부모의 입장에서 돌보아 주어야 했다.[48] 그것은 사회적 책무이기도 했다. 만약 누군가가 그러한 사회적 책무를 이행하지

즐기는 모습만 서술될 뿐이다. 여기 흥부가 선 자리는 제도의 외부이다. 윤리의 속박으로부터도 벗어난 지점이다.

48) 김성우, 「조선시대 농민적 세계관과 농촌사회의 운용원리」, 『경제사학』 41, 경제사학회, 2006, 21쪽.

않았을 경우 우애의 이름으로 지탄의 대상이 되어 마땅했다. 바로 놀부가 그러한 자였다. 놀부의 패망으로 끝맺어지는 이본들의 경우 이러한 의식이 반영된 결말이라 할 수 있다.

반면, 셋째 유형은 놀부의 패망에서 끝나는 것이 아니라 흥부가 적극적으로 나서서 놀부를 받아들이고 형제 간 우애를 회복하는 결말이다. 놀부는 모든 것을 잃고 나서야 재물욕을 버릴 수 있었고 그제서야 우애의 가치를 아는 것으로 설정된다. 이때 장비는 놀부의 개과천선을 유도하고 형제 간 우애를 회복하는 데 중요한 매개적 역할을 한다. 그러한 이본 중 하나를 제시한다.

> 잇ᄯᆡ 흥보가 이 말을 듯고 급피 급피 건네가셔 형의 목을 안ᄭᅩ 운다 ᄋᆡ고 형임 이게 웬일이요 동ᄉᆡᆼ놈의 말를 듯고 이 몰골이 웬일이요 여보시요 장군임 살여쥬오 부모ᄃᆡ암 장형이오니 형을 이제 쥑일테면 쇼인을 쥭여쥬오 이 놈 놀보야 네을 응당 쥑일 테나 네 죄를 네가 임의 안다 ᄒᆞ고 ᄯᅩ한 ᄯᅩ한 네의 동ᄉᆡᆼ으로 보와 살려쥬난 거시니 ᄎᆞ후에난 명심ᄒᆞ여라 ᄒᆞ고 닌홀불견일네라 각셜 놀보는 흥보 ᄡᅡ려 건네가셔 마음을 ᄭᅮ지지며 우형우ᄋᆡ 극진ᄒᆞ니 세상ᄉᆞᄅᆞᆷ들이 형제화목 ᄒᆞᄂᆞᆫ 말를 뉘 안이 칭ᄎᆞᆫ홀이 그 뒤야 이갓튼 이 읍더라 (임형택본 <박흥보젼>)[49]

흥부가 급히 장비에게 와서 형 대신 죄를 감당하겠다고 하니 장비가 용서해 주는 장면이다. 결국 개과한 놀부와 흥부 형제는 우애가 극진해졌다는 결말이다. 비장한 분위기가 연출되어 어찌 보면 조금은 억지스러운 이념적 마무리이기도 하다.[50] 이 유형의 <흥부전>에서는(주

49) 김진영 외, 『흥부전 전집』 2, 박이정, 2003, 235-236쪽.

50) 그런데 윤리 담론의 전파에 있어 이러한 류의 극단적인 상황 설정과 그로 인해 유발되

로 창본에서 잘 나타나는데) 이 사건을 통해 놀부의 개과천선, 형제 간 우애 회복이 동시에 이루어진다. 그럼으로써 편안한 결말을 맞이한다. 물론 그것이 극단적인 상황으로 설정된 것은 놀부류 인물의 개과, 그리고 재물과 관련하여 깨어진 우애를 회복하는 일이 현실적으로는 쉽지 않은 일임을 전제한다. 이러한 일이 쉽지 않기에 박문서관본 <흥보젼>의 경우 흥부에 대한 극찬으로 마무리하기도 한다. 그만큼 위와 같은 포장이 필요했던 것이다.

부자가 된 흥부는 재물욕에 빠져 우애를 저버린 형의 전철을 되풀이해서는 안 된다고 보았다. 아무 대책 없이 강제로 분가시켜 자신을 핍박한 형이지만 받아들여야 한다고 보았으며, 형에 대한 주변의 부정적인 시선도 극복해야 했다. 그 결과 흥부는 진정한 우애 윤리의 담지지가 되었다. 여기서 우애는 흥부류 인물과 놀부류 인물을 아우르는 보편 윤리로서의 함의를 띤다.

흥부의 이러한 태도에 대해 장자 우대 상속제 하에 悌의 도리만 일방적으로 감수한 결과라고 보거나 혹은 지배 이념을 묵수해야 했던 데 기인했다고 평가할 수는 없다. 위와 같은 셋째 유형의 결말은 첫째 유형 결말에 비해 후대적인 형태임을 유념할 필요가 있다. 형제가 우

는 비장미는 실은 낯익은 양상이다. 다음은 『이륜행실도』 중 <王琳救弟>를 인용한 것인데 그 분위기가 거의 흡사하다. "왕림이 나이가 십여 세 되었을 적에 어버이가 다 돌아가시고, 마침 시절은 어지러워 백성이 모두 흩어져 도망하는데도 왕림의 형제만은 부모의 무덤을 지켜 울기를 그치지 않았다. <어느 날> 아우가 나갔다가 적미(赤眉)라는 도적을 만나 붙잡히자 왕림이 스스로 자기를 결박하여 도적에게 가서 빌기를 내가 아우보다 먼저 죽고 싶다고 하니, 도적이 가엾게 여겨 <형제를> 풀어 보냈다."(세종대왕기념사업회, 『역주 이륜행실도』, 2010, 102쪽) 물론 위 도적은 장비와는 성격이 다르며 형제 관계도 뒤바뀌어 있다. 하지만 우애를 지상의 가치로 삼고 있는 형/동생의, 죽음을 무릅쓴 호소에 도적/장비가 마음을 바꾸었다는 내용은 별반 다르지 않다. 『이륜행실도』에는 이러한 얘기들이 몇몇 발견되는데, <흥부전>의 위 결말도 이러한 이념 서사에 영향을 받았을 수 있다. 물론 그 의미 맥락은 <흥부전>과는 다르다.

애를 회복하는 이러한 결말의 뒤에는 기존 윤리에 기대어 여전히 현실 문제를 해결할 수 있다고 보는, 사대부들의 교양과 지식을 수용한, 능력 있고 배운 부류의 작가 의식이 전제된다. 그들에게 있어 전통 윤리는 여전히 유효한 대응책이었다. 또한 여기에는 놀부와 같은 자가 있어서는 안 되지만 설혹 있다 하더라도 이러한 흥부가 있다면 사회는 바람직한 방향으로 나아갈 수 있으리라는 당위적 전망이 내포된다. 물론 그 이면에는 경제적 안정이 뒷받침되어야 했다.

셋째 유형에 나타난 이러한 변이는 결말 차원의 그것에 머무르지는 않았을 것이다. 결말을 달리 설정하려 했다면 그 설정을 소급하여 작품 전반에 걸쳐 인물 형상 등 관련 사항을 바꾸어야 할 필요도 있었을 것이다. 기존 연구에 따르면 <흥부전> 이본은 크게 두 부류의 것들로 나눌 수 있으며 이들은 인물 형상, 재화 인식, 대립의 양상과 세계관 등 측면에서 서로 다른 모습을 보인다고 하였다.[51] 그러므로 셋째 유형 결말을 지닌 <흥부전>은 첫째 유형 결말을 지닌 기존 <흥부전>에 대한 일종의 기획적 변개의 산물이라 해야 할 지도 모른다. 첫째 유형의 한 이본인 경판 <흥부전>에서는 놀부가 명백한 악인으로 설정되어 있으므로 굳이 우애를 회복하는 결말을 반드시 필요로 하지 않았을 수 있다. 놀부의 처지에 아랑곳하지 않고 흥부가 유유자적하며 지내는 오영순본의 결말처럼 제도의 외부로까지 나아갈 수 있는 것도 그 때문이다. 하지만 善惡의 기준으로만 인물을 평가하기 어려워지고 놀부와 같은 선진적 경제관념을 지닌 자들을 전적으로 부정할 수만은 없어졌을 때, 그리고 복잡다단해가는 사회 변화 속에서 가족의 가치가 긴요해졌을 때, 셋째 유형 결말의 경우처럼 개과를 전제로 한 우애의

51) 정충권, 「<흥부전>의 전승양상」; 「경판 <흥부전>과 신재효 <박타령>의 비교」, 『흥부전 연구』, 월인, 2003 참조.

윤리가 강조되어야 했을 수 있다.

결과적으로 셋째 유형 <흥부전>에서 흥부가 내세운 우애는 더 이상 悌의 측면에만 머무르는 것이 아니라 형 놀부의 개과를 통해 상호적 윤리로 다시 자리매김된다. 悌와 慈의 상호적 윤리는 가정 내의 윤리이면서도 사회 윤리의 단초로서의 성격도 지닌다고 볼 때, <흥부전>의 위 결말에서 비장한 상황을 통해 역설하고 있는 우애에는 그 나름대로의 특수한 시대적 의의를 부여할 수 있을 것이다.

5. 맺음말

본고는 <흥부전>을 대상으로 하여 하층 농가의 형제 간 분가에 초점을 맞추어 갈등 양상을 드러내고 그 해결책으로서 우애 윤리에 대한 작가의 인식과 그 문학적 의미를 재검토해 보았다. 놀부·흥부家의 분가는 당시 향촌사회 하층 농가의 한 관례였는데 <흥부전>의 경우 놀부가 동생의 생계를 전혀 고려하지 않은 채 내쫓다시피 한 것이 문제를 야기시켰다. 그런데 여기에다 형인 놀부는 과한 재물욕으로 인해 장자 우대라는 제도·관습을 명분으로 하여 내쫓음의 정당성을 주장하기까지 하였다. 그 결과 차자이자 제도적 약자인 흥부는 생계 문제에 있어 심각한 상황에 놓일 수밖에 없었다. 그런 그가 형 앞에서 우애에 호소하고 있는 것은 그 나름대로 적극적인 윤리적 대응이었다.

부정적 인물 놀부는 결국 파멸하게 되는데 이때 우애 윤리의 효용 문제를 다른 방식으로 제기한 것이 결말 부분이다. 놀부 패망에서 끝나는 이본의 경우 장자로서의 책무를 다하지 못한 자에 대한 차자의 외면을 통해 역설적으로 우애 윤리를 내세웠다면, 흥부가 적극적으로 나서서 형 놀부를 포용하는 이본의 경우는 지배층의 교양과 지식을 수용하여 현실 문제 해결에 있어 전통 윤리의 효용을 여전히 인정하는 이들의 당위적 전망이 내포되었다. 애초 지배층의 일방적 교화를 통해 지배 이념이 하층에게 전파되었으나 하층이 교양을 습득하고 지위를 상승해가던 그 접합의 지점에서는 복잡한 양상을 드러내고 있었던 것이다.

판소리계 작품들에서는, 인물들의 욕망을 긍정하면서도 궁극적으로는 그로 인한 현실 갈등을 문제적 현상으로 보아 지배층의 윤리를 그 해결책으로 제시한다. 하지만 현실 갈등과 윤리의 관계는 간단치 않은 해석상 논점을 야기시킨다. 윤리란 정치 문제이기 이전에 공존을 지향하는 경제의 문제이며, 그 강도의 면에서 해결 가능성과도 긴밀한 함수 관계를 갖기 때문이다. 향후 판소리계 작품 전체를 대상으로 하여 이러한 문제들을 포괄적으로 다루어 볼 필요가 있다.

제 2 장

신재효 <박타령>에 나타난 재화관과 현실 인식*

1. 머리말

이 글은 신재효의 개작본 <박타령>을 대상으로 하여, 그 속에 담긴 財貨觀에 대해 살펴보려는 글이다. 그렇게 함으로써 <박타령>의 이본상 특성과 더불어 중인 부호로서의 신재효의 재화관 및 현실 인식에 대해서도 알아보고자 한다.

우선 이 글에서 '財貨'를 주요 용어로서 논의의 전면에 내세우려 하는 것은, <흥부전>의, 주제적 차원의 주요 설정이라 할 수 있는 貧富의 문제[1]에 대해 더 실제적으로 접근하기 위해서이다. 사전적 정의에

* 이 글은 『고전문학과 교육』 35(한국고전문학교육학회, 2017)에 실린 「<박타령>에 나타난 재화(財貨)의 문제와 신재효」를 부분 수정하면서, 논의 과정상 필요하다고 생각하여, 원 논문에 없던 2장을 새로 써서 끼워 넣었다.

1) 기존 <흥부전> 주제론들에서 빈부의 갈등, 부에 대한 열망의 극대화, 부 인식과 기존관념의 혼돈, 물질적 부를 목표로 노력하는 인간상 등이 거론되었음을 떠올리면 되겠다. 被奪階層의 收奪階層에 대한 敵對意識과 富에 대한 熱望의 極大化를 주제로 거론한 이상택의 논의(「고전소설의 사회와 인간」, 『한국고전소설의 탐구』, 중앙출판, 1983, 287쪽),

따르면 재화란 "사람이 바라는 바를 충족시켜 주는 모든 물건", 곧 "인간 생활에 효용을 주는 유형의 물품"들로서 "대가를 주고 얻을 수 있는 물질"을 뜻한다. 富 혹은 貧은, 이러한 재화의 점유 양태와 그 규모를 염두에 두면서 특정 상황을 관습적이며 포괄적으로 일컫는 것이 된다. 배경적 요인인 당대의 사회경제적 동향을 고려할 때, 재화의 흐름을 잘 읽어내어 특정 규모 이상으로 재화를 축적한 이들이 부자이고, 애초에 재화를 보유하고 있지 못한 데다 재화 획득의 통로마저 차단 당한 이들이 빈자이다. 재화란 것이 사람들에게 공통된 효용과 관련되어 있는 이상, 이처럼 貧·富는 재화를 매개로 하여 동전의 양면처럼 긴밀히 이어져 있을 수밖에 없는 것이다.

물론 실생활 속에서 재화는 여러 부류가 있을 수 있고 그 존재양상도 매우 복잡할 것이므로 여기서 그 모두를 고려할 수는 없다. 이 글에서 논의할 사항과 관련한 재화들에 대해 대략 언급해 두면 이러하다. 먼저, 자급자족의 농경사회에서 곡물 등의 재화는 그 사용가치만이 고려된다. 물물 교환이 이루어질 경우 그것은 서로 간의 사용가치의 교환에 해당한다. 하지만 곡물 등 재화 중 누군가에게는 사용가치를 지닌 것임에도 불구하고 교환되지 않을 때 그것은 사용가치가 잠재된 축적 재화가 된다. 빈부의 엇갈림은 축적 재화에서 비롯되며, 그것의 많고 적음, 곧 양에 따라 부의 규모도 결정된다. 농업이 근간인 사회에서는 이러한 재화관이 경제 행위의 바탕이 되었다.

"賤富의 대두로 가난해진 양반과 모든 기존관념이 얼마나 심각한 곤경에 빠지게 되었는가를 여실히 보여 주는 것이 이면적 주제"라 한 조동일의 논의(「<흥부전>의 양면성」, 『흥부전연구』(인권환 편), 집문당, 1991, 315쪽), 생존이 문제시되던 일가의 현실 조건과의 대결을 주된 갈등으로 하여 "生을 영위하기 위하여 物質的 富를 목표로 노력하는 인간의 면모를 보여준" 작품이라 본 서대석의 논의(「흥부전의 민담적 고찰」, 『흥부전연구』(인권환 편), 집문당, 1991, 68-71쪽) 등이 대표적이다. 이후 <흥부전> 주제론들도 이러한 논의의 틀에서 크게 벗어나지 않는다. 이후 논의들의 소개는 생략한다.

그런데 점차 그 보편적 사용가치로 인해 곡물, 포목 등은 물품화폐 역할을 하게 되었다. 그 누군가를 염두에 둔 사용가치가 곧 교환가치가 된 셈이다. 그런데 물품화폐는 풍흉에 따라 유통에 제약이 있을 수밖에 없어 衣食에 소용되지 않는 새로운 화폐에 대한 요구가 높아져 갔으며 그에 부응해 금속화폐가 등장하게 되었다. 결국 常平通寶가 발행된 17세기말 이후에는 금속화폐가 주된 매매 결재 수단으로 정착해 갔다. 이로써 조선후기 사회는 화폐경제 사회로 접어들게 되었던 것이다.[2] 이때의 금속화폐는 원칙적으로는 교환가치만이 부여되었다. 물론 금속화폐 역시 또 하나의 재화가 됨으로써 곡물의 풍흉과 관련하여 가치가 달라지기도 했지만 화폐를 기준으로 하여 대부분의 재화는 질적인 가치 평가가 가능해졌다. 그 어떤 재화, 용역에도 화폐를 매개로 한 교환가치가 부여될 수 있게 된 것이다. 더구나 금속화폐는 보관이 쉬운데다 쉽게 물품재화화하여 재투자할 수 있었으며 그 운용만으로도 이윤을 얻을 수 있었다. 금속화폐의 등장으로 인해 빈부의 간극은 더 벌어질 수도 있었던 것이다.

각 시기에 따라 경제 동향은 달랐겠으나 큰 흐름 하에서 볼 때 <흥부전> 서사의 형성 및 향유의 시대적 배경은 농업 경제를 토대로 하면서 상업·화폐 경제도 활성화해 간 때였다. <흥부전>은 그러한 시대 배경 하에 재화의 문제를 직접적으로 다룬 작품이다. 빈부의 문제 역시 그 속에 내포된다.

다만 <흥부전>이, 빈부의 문제를 다루고 있기는 하나 당시 재화 흐름의 단면을 사실적으로 부조하여 독자들에게 제시해 주고 있는 작품은 아니라는 점을 유념할 필요는 있다. 등장인물들의 빈부가 엇갈리게

2) 이상의 내용들은 정수환, 『조선후기 화폐유통과 경제생활』, 경인문화사, 2013 참조.

된 연유도 구체적이지 않고 놀부가 부를 획득한 과정에 대한 정보도 잘 나타나 있지 않다. 또한 재화 관련 사건이나 상황이 굴절되어 나타나 합리적 해석이 쉽지 않으며, 환상적 결구로 인해 재화의 집착에 대한 비판적 사유도 온전치 못하다. 이에 따라 이 글에서는 작품 속의 사건이나 상황을 그대로 따라가면서, 단편적으로 제시된 단서들을 통해 작중 인물 혹은 서술자-작자가 인식하고 있는 재화의 특성이나 관련 가치관을 그대로 드러내는 방식의 논의를 펼치고자 한다.

그런데, 이러한 시각에서 <흥부전> 이본들을 검토해 보면 작품 속 재화관을 깊이 음미하면서 검토해야 할 주요 이본이 발견된다. 바로 신재효 개작 <박타령>[3]이 그것이다. 물론 화폐경제적 재화관이 잘 드러난 작품으로 <박타령>이 이미 거론된 바 있기는 하다. 하지만 대개 개작자인 신재효의 '작자의식'을 주된 논의 대상으로 한 것이어서 재화의 문제는 부수적으로 다루어진 감이 없지 않다. 이에, 이 글에서는 신재효 <박타령>에, 앞서 제시한 재화의 문제가 어떠한 모습으로 담겨 있는가 하는 점을, 인물의 재화 관련 행위를 중심으로 살피고자 한다. 다만, 그에 앞서 신재효본 이전에 등장했을 가능성이 높은 경판본 <흥부전>과 연경도서관본 <흥보젼>[4]에 담긴 재화 인식을 점검하는 작업부터 수행하기로 한다. 그 연장선상에서 신재효본 <박타령>을 분석하고자 하는 것이다.

이어서 다루어야 할 것은 <박타령>에 담긴 신재효의 목소리를 읽

---

3) 신재효본 <흥부전> 이본으로는 신씨가장본(읍내본), 성두본 A, B, 가람본 등이 있는데 여기서는 성두본 A를 근간으로 한 강한영 교주본(『신재효판소리사설집(全)』, 보성문화사, 1978)을 텍스트로 하였다.

4) 경판25장본 <흥부전>은 김태준 역주본(『흥부전/변강쇠가』, 고려대학교 민족문화연구소, 1995)을, 연경도서관본 <흥보젼>은 정충권 역주본(『흥보전 · 흥보가 · 옹고집전』, 문학동네, 2010)을 각각 택했다. 이후, 인용 서지를 별도로 달지 않으며 괄호 속에 인용 쪽수를 표기하기로 한다. 신재효본 <박타령>의 경우 역시 마찬가지이다.

어내어 그의 삶과 조응해 보는 것이다. 신재효 자신 역시 부호이기도 하여 19세기 후반의 정치적·사회경제적 동향에 민감했던 자로서, 빈부의 담론이 담긴 <흥보가>를 예사로이 여겼을 리 없겠기 때문이다. 이 점에 착안하여 <박타령>을 분석한 논의로는, 신재효의 사설을 분석한 선행 연구가 신재효의 신분 문제에 집중해 있음을 비판하고 부호로서의 면모에도 주목해야 한다며 <박타령>으로부터 향촌사회의 안정에 대한 지향을 읽어낸 논의[5], <박타령> 외에 단가 <치산가>도 함께 다루면서 신재효의 현실인식으로 '치산'이라는 실리적 가치와 '공동체 윤리의 준수'라는 당위적 가치 사이를 오가는 다층적 의식을 찾을 수 있다고 한 논의[6] 등이 있다.[7] 이상의 논의들은 <박타령>을 매개로 하여 당대 요호부민의 의식의 연장선상에서 신재효의 현실 인식을 살핀 것들이다. 그런데 근래에 이훈상교수에 의해 신재효의 개인사·가문사가 재구되고 있으므로[8] 이 논의들을 통해 <박타령>을 새롭게 읽어봐야 할 필요도 제기된다. 중인 부호와 빈부담론의 만남, 그것은 심상치 않은 사건이었던 것이다.

---

5) 정출헌, 「신재효의 판소리를 재론한다-신분상승을 위한 것인가, 부민을 대변한 것인가-」, 『역사비평』 25, 역사비평사, 1994.5.

6) 이해진, 「<박타령>과 <치산가>에 나타나는 신재효의 현실인식」, 『판소리연구』 38, 판소리학회, 2014.

7) 이 외에 신재효의 <박타령>을 집중적으로 다룬 논의로는 약자의 강자이고자 하는 꿈과 그러한 능력의 성숙함을 보여주었다고 한 정병헌, 『신재효 판소리 사설의 연구』, 평민사, 1986, 112-121쪽 및 유기성·합리성 추구 및 양반의식과 민중의식 간 거리 제거 등을 읽어낸 설성경, 「동리의 박타령 사설연구」, 『신재효 판소리 연구』(판소리학회 편), 판소리학회, 1990 등이 있다.

8) 이훈상, 「19세기 전라도 고창의 향리세계와 신재효-신재효 가문 소장 고문서 자료를 통하여 본 신재효의 사회 지위와 판소리의 발전 Ⅰ-」, 『고문서연구』 26. 한국고문서학회, 2005; 이훈상, 「전라도 고창의 향리 신재효의 재부 축적과 그 운영-판소리 창자의 양성과 관련하여-」, 『고문서연구』 46, 한국고문서학회, 2015 ; 이훈상, 「19세기 전라도 고창의 향리 신재효와 그의 가족, 그리고 생애 주기」, 『판소리연구』 39, 판소리학회, 2015 등 참조.

2. 경판본 <흥부전>과 연경도서관본 <흥보젼>에 나타난 재화의 문제

신재효 <박타령>에 담긴 재화관의 특징적 면모를 알기 위해서는 신재효가 직접 참조한 텍스트를 알아내어 그 중 어떠한 부분을 수용했으며 어떠한 부분을 새로이 개작했는지 파악할 수 있어야 한다. 하지만 신재효가 어떠한 텍스트를 참조했는지 현재로서는 알 수 없으므로, 현전 이본들 중 그 이전에 출판되거나 필사되었으리라 여겨지는 이본들을 살펴본 후, 그것과 신재효 <박타령>을 비교해 볼 수밖에 없다.

<박타령>이 대략 1870년대에 지어졌으리라는 견해[9]를 받아들인다면, 현전 이본들 중 그 이전에 필사되었거나 간행된 이본들로는 경판본 <흥부전>과 연경도서관본 <흥보젼> 들을 들 수 있다. 경판본은 1860년대에 간행되었으리라 여겨지고 있으며,[10] 필사본인 연경도서관본은 그 모본의 생성 연대가 1853년까지 소급 가능하다고 한다.[11] 이하에서는 이 두 이본에 등장하는 재화들의 성격과 그에 대한 인식을 작중 상황이나 사건을 단서로 삼아 추론해 보기로 한다.

우선, 두 이본에 나타난 다음 내용들을 주목할 필요가 있다.

> (…) 셰살부치 손의 쥐고 셔홉드리 오망즈루 쌍문이의 비슥 츳고 ᄇᆞ름 마즌 병인 갓치 잘 쏘는 쇠슈 갓치 어슥 비슥 건너 다라 형의 집의 드러가셔 젼후좌우 ᄇᆞ라보니 압 노젹 뒷 노젹 멍에 노젹 담불 담불 ᄊᆞ하스니 흥부 마음 즐거오ᄂᆞ 놀부 심ᄉᆞ 무거ᄒᆞ여 형뎨ᄶᅵ리 ᄂᆡ외ᄒᆞ여 구박이 ᄐᆡ심ᄒᆞ니 흥뷔 ᄒᆞᆯ 일 업셔 뜰 아릭셔 문안ᄒᆞ니 (경판

9) 강한영 교주, 앞의 책, 33쪽.
10) 김창진, 「흥부전의 이본과 구성 연구」, 경희대 박사학위논문, 1991, 203쪽.
11) 정충권, 「연경도서관본 <흥보전> 고찰」, 『흥부전 연구』, 월인, 2003, 133-140쪽.

본, 22쪽)

위는 흥부가 놀부집에 양식을 얻으러 갔다가 그곳에 쌓여 있는 노적을 보며 즐거워하는 부분이다. 놀부의 재화는 노적, 곧 곡식이 중심이었음을 알 수 있다. 곡식은 농경사회에 있어 농민들에게 가장 중요한 재화였다. 그러므로 흥부는 이를 통해 간접적으로나마 형 놀부와 연대감을 드러내고 있는 것이다. 하지만 곡식(노적)에 대한 둘의 태도는 차이가 있다. 흥부가 사용가치만을 염두에 둔 생존 재화로 보고 있는 반면, 놀부는 물품화폐로서의 기능도 아울러 지닌 축적 재화로 보고 있는 것이다.

놀부가 곡식을 노적으로 여기저기 쌓아 둘 정도의 재화를 축적해 간 방법은 연경도서관본에 나타난다.

> 이놈의 심ᄉᆞᄀᆞ 모ᄀᆡ남무 심ᄉᆞ요 성정이 불양하여 부모 ᄉᆡᆼ젼 분ᄌᆡ 젼답 져 혼ᄌᆞ ᄎᆞ지ᄒᆞᆫ이 놀부가 부ᄌᆞ엿ᄃᆞ 서울 부ᄌᆞ 갓트면 봉졔ᄉᆞ 졉빈ᄀᆡᆨ과 베실 밋쳔 의복 호ᄉᆞᄒᆞ련만는 시골 부ᄌᆞ라 하넌 것시 집뭇셰 ᄊᆞ인 셰간이라 근간이 버으러랴 부ᄌᆞ라 하것ᄃᆞ 이놈 심사난 십이졔국 심ᄉᆞ을 져 혼ᄌᆞ ᄎᆞ지하야씨되 농ᄉᆞ난 화하야 칠연ᄃᆡᄒᆞᆫ이 너머 마ᄒᆞᆫ네 ᄒᆡ가 지ᄂᆡ가도 실농 안니하게 버을던니라 (연경도서관본, 226쪽)

'집뭇셰 ᄊᆞ인 셰간' 곧 곡식이 시골 부자 놀부의 전 재산이었음은 이 이본에서 역시 마찬가지로 설정된다. 그런데 여기서는 놀부가 어떻게 재화를 축적하여 부자가 될 수 있었는지도 추측해볼 수 있다. 일단 부모로부터 전답을 혼자 물려받았으며, 그것을 밑천으로 하여 갖은 어려움에도 불구하고 시기를 어기지 않고 적절히 농경을 했기 때문이었다. 인용하지는 않았지만 위에 이어 놀부가 여러 곳의 전답에서 주변 지형 조건과 땅의 질을 고려하여 근면 성실하게 농사를 짓는 장면이 나온다. 놀부는 主穀을 중심으로 하여 농경을 하는 부농이었던 것이다. 아마 이 정도의 규모라면 고용 노동력을 활용했을 것이다.

그 결과물은 "앞뒤뜰의 노젹을 둥덩쿨러킈" 쌓아 두고 부유하게 지내는 것으로 제시된다. 하지만 놀부는 노적을, 앞서 언급한 것처럼, 축적 재화이자 교환가치를 지닌 잠재적인 물품화폐로 보고 있었다. 축적 재화로서 또 다른 효용이 있었으므로 동생에게 조금이라도 나누어주는 것은 재화의 손실에 해당하였다. 다음은 양식 구걸 온 흥부에게 한 놀부의 말인데 이러한 생각과 더불어, 놀부가 축적 재화를 어떻게 유지, 증식시켜 갔는가 하는 것을 조금은 짐작할 수 있게 한다.

> 너도 념치 업다 ᄂᆡ 말 드러 보ᄋᆞ라 텬불ᄉᆡᆼ무록지인이오 디불ᄉᆡᆼ무명지최라 네 복을 누ᄅᆞᆯ 듀고 나ᄅᆞᆯ 이리 보ᄎᆡᄂᆞ뇨 ᄡᆞᆯ이 만히 잇다 ᄒᆞᆫ들 너 듀ᄌᆞ고 노젹 헐며 벼가 만히 잇다 ᄒᆞᆫ들 너 듀ᄌᆞ고 셤을 헐며 돈이 만이 잇다 ᄒᆞᆫ들 피목궤의 가득 든 거슬 문을 열며 가로 되ᄂᆞ 듀ᄌᆞ ᄒᆞᆫ들 북고왕 염소독의 가득 너흔 거슬 독을 열며 의복이ᄂᆞ 듀ᄌᆞ ᄒᆞᆫ들 집안이 고로 버셧거든 너ᄅᆞᆯ 엇지 듀며 찬밥이ᄂᆞ 듀ᄌᆞ ᄒᆞᆫ들 삿기 ᄂᆞ흔 거먹 암ᄀᆡ 부엌의 누엇거든 너 듀ᄌᆞ고 ᄀᆡᄅᆞᆯ 굼기며 지거미ᄂᆞ 듀ᄌᆞ ᄒᆞᆫ들 구증방 우리 안ᄒᆡ 삿기 나흔 돗치 누어스니 너 듀ᄌᆞ고 돗츨 굼기며 겨 셤이ᄂᆞ 듀ᄌᆞ ᄒᆞᆫ들 큰 농우가 네 필이나 너 듀ᄌᆞ고 소ᄅᆞᆯ 굼기랴 념치 업다 흥부놈아 (경판본, 22-24쪽)

이미 自足의 단계를 넘어섰으므로 쌀, 벼, 돈, 의복, 찬밥, 지게미, 겨 등은 잉여의 산물들이다. 그러나 놀부에게 있어서는 찬밥, 지게미, 겨 어느 것 하나도 버릴 것이 없었다. 재화 증식의 또 다른 수단이라 판단했기 때문이었다. 이에 의하면, 놀부는 전답을 경영하여 추수한 곡식을 핵심 재화로 삼아 그것을 확장하거나 포목, 가축 등을 구매하는 등의 경제 행위를 통해 재화를 증식시켜 간 듯하다.

그 중 곡식의 일부는 돈으로 교환했을 것이다. 하지만 그렇다고 해서 돈을 활용한 재화 증식은 별로 발견되지 않는다. 연경본의 경우 위 대목에 쌀이 아닌 돈을 앞세우고 있어 경판본과 미묘한 차이를 느끼게 하지만 전반적으로 두 이본의 위 장면에 돈을 포함시킨 것은 놀부의 인색함을 드러내는 한편 놀부박대목도 염두에 두었기 때문이라 보는 것이 적절하지 않을까 한다.

두 이본의 놀부가 재화를 유지, 증식한 방법으로 하나 더 거론해야 할 것은 공동체의 질서를 파괴하거나 타인의 재화에 해를 끼치는 파렴치한 방법이 그것이다. 놀부심술사설의 반 이상은 "오귀방의 이ᄉ 권키", "오려논의 물 터 놋키", "픤는 곡식 삭 ᄌ르기", "논두렁의 구멍 뚤기", "동ᄂ 쥬산 쌍 파러먹기" 등과 유사한 성격의 행위들로 이루어져 있다. 이러한 행위들이 나열된 것은 작품 서두에서 놀부의 부정적인 심성을 재미있게 제시하려는 데 기인한 것뿐이라 볼 수도 있으나, 그것들을 실제의 언어로 볼 때 실은, 공동체의 재난이나 타인의 재화 손실을 통해 역의 이익을 볼 수 있다는 놀부의 의도에 따른 행위들이라 볼 수 있다. 그게 아니라 하더라도 타인이 재화에 손실을 입으면 상대적으로 자신은 더 부자가 될 수 있는 것이었다. 놀부는 재화 유지, 증식의 과정상 가족 간 인륜도 되돌아 보지 않았으며 공동체의 차원에서 해를 끼칠 수도 있는 부정적인 방식도 동원했던 것이다.

결국 投機의 비유적 설정이라 해석할 여지도 있는 제비박을 통해 놀부는 재화를 모두 잃게 되는데, 박의 개수는 차이가 있지만 그 과정 및 결말이 두 이본에서 유사한 양상을 보인다. 우선, 박 속에서 나온 군상들이 놀부를 위협하거나 육체적 징벌을 가하고 있는 점이 유사하다. 특히 그 중 장비의 등장을 기억해 둘 필요가 있다. 경판본에서는 장비로부터 등을 안마할 것을 강요받은 놀부가 사다리를 타고 올라간 후 기어내리다 미끄러져 크게 다치고 있으며, 연경본에서는 비역을 하자는 요구를 받고 놀부가 겁을 내어 도망치다가 잡혀 곤욕을 치른다. 두 이본에서 장비는 사나운 모습으로 놀부에게 해괴한 요구를 하며 괴롭히고 있는 것이다. 이 점, 신재효본의 장비와는 매우 다른 점이다. 결국 두 이본에서 놀부는 재화를 모두 잃는 것으로 결말지어진다. 놀부가 개과했다거나 흥부와 형제애를 회복했다거나 하는 그 어떠한 언급도 없다. 오히려 몰락한 놀부를 작자-서술자는 비꼬며 비웃기까지 한다.

곡식이 주요 재화인 농경사회에서 요행이나 투기는 통하지 않는다. 뿌린 대로 거두는 것이고 노력한 만큼 얻는 것이다. 그리고 거둔 것은 다시 흩뿌려져야 한다. 그것이 농경의 원리이자 농촌공동체 지속의 이치이다. 하지만 놀부는 그러한 원리를 거스르며 부정적인 방법으로 재화를 유지, 증식시키려 했던 부농이었다. 그러므로 놀부가 모든 재화를 잃는 것은 '당연한' 귀결로 인식되었다. 두 이본에서 놀부의 재화 상실 사건 그 자체보다는 놀부가 육체적인 징벌을 당하는 모습에 더 쾌감을 느끼도록 설정된 것도 그 때문이었을 것이다. 이 모습은, 놀부의 육체적 징벌 없이, 재화 상실 사건 자체에 서사의 초점이 두어지며 결국 놀부로 하여금 개과하게 하는 신재효본의 결말과는 다른 모습이다.

놀부가 재화의 획득, 유지, 증식에 뛰어난 능력을 보이고 있는 반면, 흥부는 그 점에 있어 무능력한 것으로 설정된다. 애초에 그 기반이라 할 것이 전혀 없었기 때문이다. 이념으로서의 청빈을 내세워 합리화하려 하지만 그것은 허위의식에 지나지 않을 뿐이었다. 결국 현실을 인정해야 했다.

경판본의 흥부는 형에게 쫓겨난 후 집이라도 지으려 한다. 하지만 수숫대로 지을 수밖에 없어 집의 형상을 제대로 갖출 수 없었다. 여기서 수숫대는 흥부가 기초적인 재화라고는 거의 없었음의 비유일 것이다. 그러한 흥부가 할 수 있는 일이라고는 노동력을 제공하고 품을 파는 일밖에 없었다. 그것은 최소한의 생존 재화라도 얻어야 했던 절박함에 기인했다.

경판본의 흥부는 형으로부터 양식을 얻지 못하고 돌아 온 후 먼저 이웃의 온정에 호소했다. 김동지집 용정방아를 찧어주고 쌀 한 되를 얻었고, 장자집에 가서 짚을 얻어 짚신을 삼아 한 죽에 서 돈 받고 팔아 밥을 지어 먹었다. 하지만 계속 그렇게 할 수 없어 본격적으로 품팔이에 뛰어들게 된다. 푼돈 단위의 임노동이었다. 급기야 흥부는 매품을 팔게 되기에 이르는데 그것은 흥부의 살림살이가 극한에 이르렀음의 표지이다. 하지만 그조차도 가능하지 않은 것이 현실이었다.

흥부에게 당장 필요했던 것은 생존을 위한 재화였다. 하지만 기반이라고는 전혀 없었던 그에게 그것은, 역설적이게도, 다름 아닌 돈이었다. 경판본의 흥부가 푼돈이라도 벌기 위해 품팔이에 매달린 것도 그 때문이었다. 연경본의 흥부는 경판본의 흥부와 비교할 때 집도 제대로 짓지 못했고 매품 외에는 그러한 품팔이를 시도조차 하지 못한 것으로 설정된다. 매품을 팔기로 하고 마삯을 받아 오기는 하지만[12] 실패하고 만다는 점에서 경판본과 다르지 않다. 매품을 만류하는 아내의 말에 대한 대답조로 한, 볼기 놀려 뭣하겠냐는 자조 섞인 흥부의 말에

12) 근래 창본에서는 이 대목에서 모처럼 돈을 벌어 온 기쁨을 담은 '돈타령'을 부른다. 하지만 경판본과 연경본에는 없다. '돈타령'에는 하층이 바라본 돈의 위력과 그에 대한 서글픈 시각이 담겨 있음은 이미 알려져 있다. 이에 대해서는 후술할 것이다.

서는, 경판본의 흥부보다도 더 재화 획득에 있어 무력함이 묻어난다. 그래도 부부는 서로 위로하며 지낸다.

이러한 흥부에게 있어 그래도 정상적인 재화 획득의 행위는 제비가 준 박을 심고 수확하는 일이었다. 그 역시 농민 출신이었기 때문이다. 연경본에서 박이 자라는 장면을 묘사한 부분에서는 그 모습을 보며 앞으로 거두어들일 것을 생각하는, 부부의 정겨운 마음까지 담겨 있다.

그렇다면 빈민 흥부가 머릿속에 그리고 있던 재화들의 양상은 어떠했는가? 이에 대한 답은 흥부가 탄 박에서 나온 내용물들을 통해 알 수 있다. 경판본의 경우 제1박에서는 청의동자 한 쌍이 나와 환혼주 등 각종 귀한 약들을 전해 주며, 제2박에서는 온갖 세간기물들이 나오고, 제3박에서는 집과 함께 곳간에 든 온갖 곡식, 돈, 비단, 포목, 하인, 노적 등이 나온다. 제4박에서는 양귀비가 등장한다. 그리고 연경본의 경우는, 제1박에서 돈궤와 쌀궤, 제2박에서는 비단, 포목, 온갖 보물, 각종 세간기물, 제3박에서는 양귀비가 나온다. 두 이본에서 제1박을 제외한다면, 경판본의 제2, 3박과 연경본의 제2박의 내용물이 대체로 유사하고, 그리고 마지막 박에서 양귀비가 등장하는 점이 동일하다.

주목할 점은 마지막 박을 제외할 때 그 내용물들이 量에 초점이 두어져 제시되고 있다는 것이다. 경판본의 제2, 3박, 연경본의 제2박의 경우는 그 세목들이 무한히 나열되리라는 느낌마저 든다. 이는 물론 판소리의 서술 문법과도 관련이 있겠으나, 재화 인식의 측면에서 볼 때 多産을 중요시하는 농경문화적 상상력의 소산이다. 경판본에서 흥보박대목이 "압뜰의도 노젹이오 뒤뜰의도 노젹이오 안방의도 노젹이오 마로의도 노젹이오 부억의도 노젹이오 담불담불 노젹이라 엇지 아니 조흘소냐"(경판본, 44쪽)라 끝맺고 있는 것도 이와 관련된다. 노적은 농민들이 선망하는 재화이다. 그러므로 흥부가 지향하는 부는 많은 곡물들을 중심으로 한 재화의 축적을 그리는 농민의 그것이었을 것이다.

반면, 경판본 흥보박에서 나온 귀한 약들과 연경본의 보물들은 일종의 희귀재에 해당한다. 보기에 따라 사용가치보다는 교환가치가 우위에 놓인 것들이다. 하지만 경판본의 흥부처는 그것이 효험 빠르기는 밥만 못하다고 진단한다. 흥부의 재화 인식상으로는 사용가치가 있는 것, 더 좁히면 의식주의 문제와 관련된 재화가 더 중요시되어야 했던 것이다. 그러므로 흥부의 박은 셋 혹은 넷 이상을 넘어서지 않는다.

다만 연경본의 흥부박에 나타난 특징은 지적해 두고 넘어가야 할 것이다. 연경본에는 경판본의 경우와 달리 제1박에서 쌀궤와 돈궤가 나온다. 그리고 경판본 흥부박 제3박에서 세간의 일부를 이루던 비단이 연경본에서는 제2박의 제일 앞자리를 차지하는 것으로 바뀌어 있다. 비단이 더 중요시되며 쌀과 돈이 첨가되어 있는 것이다. 이들은 모두 물품화폐이거나 금속화폐여서 성격의 차이는 있지만 교환가치가 충분히 인정될 수 있는 것들이다. 흥부가 지향하는 재화의 성격에 나타난 변화를 짐작하게 한다. 그런 점에서 볼 때 흥부박대목만 놓고 보면 경판본의 것보다는 연경본의 것이 더 후대의 산물이라 추측된다.

3. 신재효 <박타령>에 나타난 재화의 문제

1) 화폐경제 하의 재화관과 그 이중 시선

먼저 놀부에게 있어서의 재화 문제부터 살펴보기로 한다. 그것은 놀부의 재화 기반, 재화 획득・증식 방법 및 이러한 행위에 대한 서술자-작자의 인식에 대한 논의가 될 것이다. 이를 위해 앞서 살핀 경판본

<흥부전>과 연경도서관본 <흥보젼>[13]을 의식하기로 한다. 이어서 논의할 흥부의 경우 역시 마찬가지이다.

놀부의 재화 획득 기반은 부친으로부터 물려 받은 유산이었으리라 생각된다. 물론 동생을 쫓아낼 때 놀부는 "부모의 셰간ᄉᆞ리 아무리 만ᄒᆞ야도 장숀의 ᄎᆞ지 될듸 허물며 이 셰간은 나 혼ᄌᆞ 작만ᄒᆞ니 네게ᄂᆞᆫ 부당이라"(328쪽)며 집안의 재산을 그 혼자의 힘으로 장만했다고 주장하기는 한다. 하지만 이는 유산에 그 나름대로의 몫이 있을 흥부를 염두에 둔 말이라 보아야 한다. 놀부는 흥부를 쫓아낼 때 "아번이 계슬 젹의 나ᄂᆞᆫ ᄉᆡᆼ일 시기고셔 ᄌᆞ근아덜 사랑옵ᄃᆞ 글공부 시기더니"라며 부친 주도의 재화 형성 과정을 알게 모르게 인정한 바 있고, 놀부박 제1박에서 나온 옛 상전 앞에서는 "여보시오 ᄉᆞᆼ젼임 이 동ᄂᆡ가 반쵼이요 아비 가셰 요부키로 착관ᄒᆞ고 지ᄂᆡ오니"(412쪽)라며 부친대에 饒富했음을 그 스스로 실토하고 있기 때문이다. 따라서 신재효본의 놀부는 장남으로서 부모의 재산 형성에 참여했으며 유산을 물려 받은 후 그것을 기반으로 하여 자신의 힘으로 재화의 규모를 늘려 나갔으리라 추측할 수 있다. 그 후 반촌으로 이사 와서 여러 양반들과 사돈 관계도 맺었던 것이다.

놀부가 재화를 획득・증식해 간 방법은 경판본・연경본 속 놀부의 그것의 연장선상에 놓여 있다. 遊衣遊食한다며 흥부를 내쫓은 것은 놀부가, 평소에 근면하며 성실하게 일해야 한다는 가치관을 지닌 데 따른 것이었다. 그것은 농경사회에서 재화를 축적하기 위한 필수 덕목이었던 것이다.

---

13) 이후 논의에서 '경판본・연경본' 혹은 '두 이본'이라 할 때는 경판본과 연경도서관본을 지칭하기로 한다. '기존 <흥보가(전)>'이라 할 경우는 이 두 이본을 포함하여 당시 신재효가 참조했으리라 여겨지는 미지의 <흥보가> 혹은 <흥부전> 텍스트들을 지칭하기로 한다.

하지만 경판본・연경본의 놀부처럼 신재효본의 놀부도 부정적인 방법, 곧 공동체적 삶을 훼손하고 타인의 재화 손실에 기대어 자신의 이익을 추구했던 것으로 설정된다. 심술행위들 중 "동ᄂᆡ 쥬산 파라 먹고", "남의 션ᄉᆞᆫ 투장ᄒᆞ기", "남의 노적 불 질의고", "가문 농ᄉᆞ 물코 베기", "곡식 밧틔 우마 몰고" 등이 그와 관련된 행위들이다. 나아가 신재효본의 놀부는 "원노힝인 노비 도적", "소목장인 ᄃᆡ픠 셋고" 등 농경만이 아닌, 사회 각 계층, 분야에까지 그러한 행위를 확장해 가고 있음이 특징적이다. 더구나 연경본에서도 제시된 바 있지만 "일연 고로 외상 ᄉᆞ경 농사 지여 츄슈ᄒᆞ면 오슬 벽겨 ᄂᆡ여쪽기"를 통해서는 노동력의 착취[14]에까지 이르고 있음을 알 수 있다. 쫓겨난 흥부가 양식 구걸 왔을 때 놀부가 거론한 황보와 숭보는 주인의 노동력 착취에 견디다 못해서인지 자신의 몫을 챙기고 도망한 자들이었기도 했다. 그러므로 신재효본의 놀부는 넓은 전답을, 고용 노동력을 통해 경작한 부농으로서 그것을 통해 산출된 재화를 중심으로 하여 사회 각 계층의 여러 사람들과 관계를 맺으면서 재화를 증식해 나갔으리라 추측된다.

신재효는 이러한 놀부를 실상에 부합하도록 그려내기 위해 기존 <흥보가(전)>에는 없었으리라 여겨지는 새로운 면모도 부가한 것같다. 근면 성실하지만 인색하며 재화 증식을 위해 부정적인 방법도 동원하던 기존의 부농 형상에다, 돈을 중요한 재화 유지, 증식의 수단이자 인간 관계의 매개물로 보는 부민(부농으로만 한정할 수 없는) 형상도 덧붙였

14) 신재효본 놀부의 노동력 착취 등의 부정적 행위에 대해서는, 그를 경영형 부농으로 파악한 황혜진, 「조선후기 요호부민(饒戶富民)과 부(富)에 대한 시선: '놀부'와 '옹고집'을 대상으로」, 『판소리연구』 43, 판소리학회, 2017, 218-219쪽 참조. 당대 권귀지주나 토호지주들이 소작인에 대한 어느 정도의 인신적 예속을 통해 소작료를 받았다면 놀부와 같은 이들은 경제적 강제를 통하여 착취를 강화했을 것이다(이세영, 「19세기 농촌사회의 계급구조」, 『한신논문집』 8, 한신대학교, 1991, 172쪽).

다. 이를 위해 신재효는 여기저기 치밀한 구성을 마련하였으며, 여기에 꽤나 신경 쓴 흔적이 보인다.

그 중 대표적인 설정은, 기존 이본에서 부자가 된 흥부에게 간 놀부가 화초장을 달라 하여 가져가는 것을, 화초장이 아닌 돈궤를 가져가는 것으로 바꾸어버린 것이라 할 수 있다. 화초장은 일종의 고급사치품이라 보아야 하는데, 놀부가 그것에 욕심을 낸 이유는 그 교환가치를 실제보다 높이 평가했기 때문이거나 아니면 그것을 자신의 집에 비치해 두고 과시하려 했기 때문일 것이다. 시골 부자의 면모를 여실히 드러낸 부분인 것이다. 하지만 엄밀히 말해 그것은 재화의 증식에 직접적인 도움은 되지 않는다. 그러므로 돈궤를 가져가도록 바꾸는 것이 화폐경제에 민감한 놀부다운 합리적인 선택이라 생각했었을 것이다.

흥부박대목으로 잠시 되돌아가 이 문제를 짚어 보기로 한다. 연경본의 경우처럼 신재효본의 흥부박에서도 제1박에 쌀궤와 돈궤가 함께 나온다. 이 둘을 함께 나오도록 설정한 데에는 그 나름대로의 이유가 있는 것같다. 그것은 쌀과 돈이 서로 밀접한 관계를 지닌 물품·금속화폐이기 때문이다. 풍년이 들면 米價가 하락하고 錢價가 상승하여 賤穀貴錢 현상이 나타나고 때로는 그 반대의 경우도 있을 수 있어 그 추이를 지켜보면서 당시 상인들은 이익을 도모하기도 했었다고 한다.[15] 따라서 쌀과 돈을 함께 구비하는 것이 합리적인 대책이 될 수 있다. 이러한 관점에 서면 흥부박에서 쌀과 돈이 함께 나오는 것은 일리 있는 설정이라 할 수 있다.

그 중 놀부는 돈궤를 택한다. 돈은 상대적으로 크기가 작으면서 교환가치가 높은 사물이어서 옮기기도 편할뿐더러 활용도도 높기 때문

15) 정수환, 앞의 책, 154쪽 참조.

이다. 더구나 그 돈궤는 비어내고 나도 다시 차는 것이었다. 그래서 놀부는 돈궤를 달라하여, 불에 타면 더욱 고와지는 火漢緞 褓에 싸서 가지고 가는 것이다. 하지만 집에 와서 궤를 열어보니 "넉 양 아홉 돈 만 시눌헌 구렁이"가 널름거리고 있었다. 놀부는 흥부에게 되돌려 주고 만다.

신재효의 치밀함은 늙은 종이 흥부에게 들려 주는 놀부 제사 지내는 장면에서도 그 빛을 발한다. 여기서는 人倫에 앞서 돈만 아는 놀부류 부민에 대한 비판적인 시선도 담겨 있는데 해당 부분을 인용하면 다음과 같다.

> 셩졍 말ᄉᆞᆷ이야 셔방임 게실 졔와 ᄌᆞᆼ이나 더 독ᄒᆞ오 두 말ᄉᆞᆷ 할 슈 잇쇼 이번의 졔ᄉᆞ씌 음식 ᄌᆞᆨ만 아니ᄒᆞ고 ᄃᆡ젼으로 노앗다가 도로 쑈다 ᄂᆡ옵난듸 지난 달 ᄃᆡ감 졔ᄉᆞ 노와쁜 돈 ᄒᆞᆫ 푼이 졔상 밋틔 싸져던지 몟 ᄉᆞ람이 쥭을 쎈 이번은 의ᄉᆞ 또 나 ᄊᆞ돈으로 아니 노코 쒜미ᄎᆡ 놋습지요 (신재효본, 336-338쪽)

현전 <흥보가>에서도 더러 불리는 대목이다. 어차피 돈으로 祭需를 마련해야 하니 아예 제수를 그 교환가치만큼의 돈으로 대신하였고 게다가 망실의 우려가 있어 돈을 꿰미채 놓고 있다는 것이다. 돈이 지닌 교환가치적 속성을 극대화함으로써 놀부에게는 수전노의 형상이 부여되었다.

이러한 설정은, 놀부라는 캐릭터를 고려하여 신재효가 일부러 흥미롭게 꾸민 것임을 인정하고 넘어가야 할 것이다. 그런데 그 점을 제외해 놓고 보면, 이를 통해 그는 놀부류 부민들의 행태를 비판하고 그들로 하여금 자신을 되돌아보게 하려는 의도가 있었다고 볼 수도 있다.

결국 신재효는 이를 통해 돈과 인륜의 관계에 대한 문제를 제기하는 셈이 되며 이는 결말 부분에서의 놀부의 改過와 이어진다.

하지만 돈의 운용에 밝은 놀부의 재화 인식이 비판적으로만 그려져 있는 것은 아니다. 역설적이게도 신재효본의 놀부는 자신이 망하는 내용이 담긴 박대목에서 오히려 그의 재화관이 빛을 발한다. 그 구체적인 양상을 요약해서 제시해 본다.

경판본의 놀부박은 13개이며 연경본의 경우 8개였으나 신재효본의 놀부박은 6개로 이루어져 있다. 신재효는 그 정도면 충분하다고 보았던 것이다. 제1박에서 등장한 한 노인은 자신이 놀부 조부모와 부모의 상전이라며 드난 아니한 값을 능천낭 주머니에 넣어 채우라 한다. 놀부가 아무리 채워 넣어도 차지 않아 贖錢으로 대신해 줄 것을 요구하니 노인은 한 명당 천냥씩 칠천냥을 바치라 한다. 놀부는 꼼짝 없이 바쳐야 했다. 제2박에서는 봉사, 걸인들이 나와 대표격의 한 영감이 술, 안주, 반찬 및 점심을 대접하라 한다. 놀부는 깜짝 놀라 사람이 너무 많으니 돈으로 대신 하자고 한다. 이에 영감은 조목조목 근거를 대며 破錢, 小錢 섞이지 않게 내라 하여 이에 놀부는 3천냥을 바친다. 그런데 영감은 여기서 그치지 않고 예전 活人署에서 주관하여 걸인들에게 주던 급식이 있었는데 놀부의 조부 덜렁쇠가 3천냥 돈을 꾸고는 도망해버려 급식을 받지 못하게 되었다고 하며 활인서의 명으로 그 이자까지 받아야겠다고 한다. 놀부는 이에 대해 물러서지 않고 자신의 조부가 돈을 꿀 때 썼던 手票와 증인을 보이라고 하면서 수표도 안 가지고 빚 받으러 왔냐며 오히려 따진다.[16] 수표를 가져 오려면 강남을

16) 놀부의 이러한 대응은 신재효본에서만 나온다. 따라서 이 부분은 신재효가 실제로 소송 등 법 문제의 처리에 밝았다는 점과 관련지어 이해할 수 있을 것이다. 이훈상, 「19세기 전라도 고창의 향리세계와 신재효」, 272쪽 참조.

갔다 와야 하니 그때까지는 여기서 먹고 지내야 겠다는 영감의 말에 할 수 없이 놀부는 갑절인 6천냥을 주어 해결해야 했다. 제5박에서는 옛 상전의 상여 행차가 나와 상여꾼들이 놀부 안채가 명당이라며 묘를 쓰려 한다. 이에 놀부는 상여 비용과 놀부집 대신 묘터로 쓸 山地價를 돈으로 낼테니 還鄕 安葬해 달라 한다. 그 비용은 3만냥에 해당되었다.

신재효본에서 놀부 자신의 탐욕이 몰락을 재촉하고 있음은 경판본・연경본에서와 같다. 그런데 두 이본에서와 달리, 박 속에서 등장한 자들로부터 위협은 받으나 육체적인 징벌까지 당하지는 않는다. 그리고 돈을 빼앗기며 몰락하는 것은 같지만, 돈 액수에 근거가 제시되며 각각의 사태에 놀부가 그 나름대로 대응을 하고 있다는 차이를 보인다. 경판본・연경본이 놀부류 부자에 대한 육체적 징벌을 통한 적대감의 해소쪽이 더 부각되어 있다면 신재효본에서는 놀부 자신이 경제적 약자를 착취하며 돈을 모아 온 그 방식 그대로 자신의 약점으로 인해 돈을 빼앗기며 파멸하고 있음이 더 부각되어 있는 것이다.

여기서 주목할 점은 돈의 교환가치로서의 쓰임새가 극단적인 모습을 보이고 있다는 점이다. 그 어떠한 물품이나 행위의 가치는 물론, 무형의 가치까지도 돈으로써 재단할 수 있다는 인식이 배어 있는 것이다. 그 배경에는 당연히 화폐경제사회가 자리잡고 있었다.[17] 수표를 통한 거래, 곧 금융거래 역시 당시 실제의 상황이었다. 그 속에서 놀부는 돈을 매개로 한 거래에 능숙한 인물로 설정되었다. 물론 그렇게 대단한 자라 하더라도 파멸에 이를 수밖에 없다는 점을 위 놀부박대목

---

17) 신재효의 사설에 화폐 경제에 대한 정확한 인식이 담겨 있음은 서유석, 「신재효 판소리 사설에 나타난 물욕의 표출 양상과 그 의미」, 『어문연구』 40, 한국어문교육연구회, 2012, 207-208쪽에서도 지적된 바 있다.

에서 담아내고 있기는 하지만 이면적으로는 사태에 당당하게 대응하는 놀부의 모습이 강한 인상을 주는 것이 사실이다. 제3박에서 등장한 사당, 거사, 제4박에 등장한 잡색군들에게는 "후히" 돈을 주어 보낸다. 신재효는 이러한 놀부의 형상을 의식적으로 그리고자 했을 가능성이 높다.

그리고 경판본 · 연경본과 비교해 볼 때 신재효본 <박타령> 놀부박 대목의 가장 큰 차이점은 놀부의 '改過'를 통해 흥부와 화해하는 것으로 작품이 끝맺어진다는 점이다. 놀부를 괴롭기히만 하던 두 이본의 장비에 비해 <박타령>의 장비의 역할이 달라진 점도 이와 관련된다. 신재효본의 장비는 놀부에게 형제의 의가 중요하다며 장황히 설파한 후, 죽이려고 했지만 죽고 나면 개과는 물론 우애도 회복할 수 없기에 살려 줄 것이니 개과하여 형제 간 우애를 하겠느냐고 묻는다. 이에 대한 놀부의 심경 변화 및 대답은 다음과 같다.

> 놀보 업져 ᄉᆡᆼ각ᄒᆞ니 불의로 모운 ᄌᆡ물 허망이 다 나가니 증계도 쾌이 되고 ᄌᆞᆼ〃군의 그 셩졍이 독우도 편ᄐᆞᆨᄒᆞ니 져갓튼 쳔ᄒᆞᆫ 목숨 파리만쏘 못ᄒᆞ구나 악ᄒᆞᆫ 놈의 어진 마음 무셔워야 나ᄂᆞᆫ구나 복〃사죄 울며 빈다 ᄌᆞᆼ군 분부 듯ᄉᆞ오니 쇼인의 젼후죄ᄉᆞᆼ 금슈만쏘 못ᄒᆞ오니 목숨 살여쥬옵시면 젼 허물을 다 고치고 군ᄌᆞ의 본을 바다 형제간 우ᄋᆡᄒᆞ고 인리 화목ᄒᆞ여 ᄉᆞ람 노릇ᄒᆞ올테니 제발 덕분 살여쥬오 (신재효본, 444쪽)

놀부는 박을 타면서 당한 일이 자신에게 징계가 되었고 장비의 위엄이 담긴 호통이 무섭기도 하여 결국 그에 감화되어 개과를 결심하는 것으로 되어 있다. 형제 우애와 인리 화목을 하지 못했음은 그 스스로도 잘 알고 있는 죄과였었다. 실은 제1박에서 나온 옛 상전 역시 놀부가 개과하여 형제 간 우애하고 인리 간 화목해야 한다는 교시를 준 바 있었다. 여기에는 가난한 이들에게 재물을 나누어 주는 것도 포함된다. 결국 놀부는 개과하고 우애를 회복하는 것으로 끝이 난다.

놀부가 장비에게 감화되어 개과했음이 분명히 제시되고 그것을 근거로 하여 형제 간 우애를 회복하는 결말은 <흥부전> 이본들 중, 물론 더 살펴봐야 하겠으나, 현재로서는 신재효본에서만 발견된다. 현전 창본들에서는 대체로[18] 흥부가 놀부의 소식을 듣고 장비 앞에 나타나 형을 살려 달라 애걸을 하는 것으로 되어 있다. 형제 간 우애를 회복하는 것은 같으나 흥부의 적극적인 포용 행위가 강조되고 있는 것이다. 그에 따라 놀부의 개과 문제는 간략히 처리되고 만다. 그렇다면 놀부가 장비의 말에 감화되어 스스로 개과한다는 설정은 신재효 나름대로의 의도가 담긴 개작이었다고 할 수 있다. 인륜을 소중히 여기는 부민이 이상적인 형상이지만 현실적으로 그렇지 못하다 하더라도 늘 이 점을 염두에 두어야 한다는 반성적 인식의 소산일 것이다.

2) 재화로부터 소외된 빈민의 꿈과 현실

반면, <박타령>의 흥부는 놀부와 같은 자가 주도하는 사회 하에서 철저히 소외된 빈민으로 설정된다. 게다가 그가 품었던, 잘 사는 농부에의 꿈과, 화폐경제 속에서 생계라도 이어가야 할 형편에 놓인 현실 간의 괴리가 부각되어 있는 것 역시 <박타령>의 특징이라 할 수 있다. 이 점, 경판본 · 연경본과 다른 점이다.

18) 물론 박동진 창본과 박녹주 · 박송희의 창으로 채록된 창본(김진영 외, 『흥부전 전집』 1, 박이정, 1997 수록)의 결말이 이와 유사하기는 하나 아마 신재효본 사설을 참조했기 때문일 것이다.

우선 흥부가 추구하는 재화의 이상적 형상이 담겼을 흥부박 속 구성물부터 점검해 보기로 한다. 신재효본 흥부박 속 구성물들은 경판본·연경본 흥부박 속 구성물들과 비교하면 그 둘의 합집합으로 이루어졌음을 알 수 있다. 신재효본 흥부박 제2박 구성물은 연경본 제2박의 경우와 유사하며 순서도 비슷하다. 비단, 보패와 같이 상대적으로 교환가치가 우위에 놓인 것들이 나온 후 쇠, 안방세간, 사랑세간, 부엌세간 등이 장황히 이어지고 있는 것이다. 경판본 흥부박의 제2박도 이러한 세간들로 이루어져 있다. 그런데 여기에다 신재효는 헛간기물, 농사연장, 길쌈기계 등 농사일과 관련된 기물들도 장황히 나열해 놓는다.

무한을 지향하는 나열의 형식은 多産에 높은 가치를 둔 농경문화적 상상력의 소산이다. 하나에서 많은 알알들이 나와 그것들이 모여 이루어지는 노적은 농민들이 선망하는 재화였던 것이다. 신재효본의 흥부 역시 이러한 재화 인식을 지녔음은 경판본·연경본에서와 다르지 않다. 신재효가 나열의 형식을 가져와 농삿일과 관련된 일종의 생활재화들을 장황히 덧붙인 것도 흥부류의 하층민이 소망하는 재화는 농경에 토대를 둔 것임을 알았기 때문이다. 다만 그렇게 해 놓고 보니 맥락상 좀 어색하다고 생각했는지 박물판이라 자평하였다.

<박타령> 흥부박의 제1박에서는 경판본 제1박에서 청의동자가 나타나 전해 주던 각종 귀한 약들과 연경본 제1박의 쌀궤와 돈궤가 연이어 나오는 것으로 설정되어 있다. 이 중 약들은 희귀재라 할 수 있으며, 쌀은 기본적으로는 사용가치가 우선시되는 생존재화에 포함되나 보편적 사용가치로 인해 돈과 함께 화폐의 기능을 하기도 한 물품재화였다. 그러므로 이들은 제2박의 맨 앞에 등장하는 비단·포목, 보패들과 함께 재화 인식의 시대적 변화가 반영되어 간 것이라 할 수 있다. 하지만 흥부에게 있어 그 재화들의 교환가치는, 그 돈으로 고기를

사 먹은 것 외에는 별로 의식되지 않는다. 그리고 타인의 잠재적 사용 가치를 염두에 둔 축적도 고려되지 않는다. 제1박에서 나온 쌀로 밥을 해 먹고 야단법석을 떨며 수작을 벌이고 제2박에서 나온 비단으로 몸을 두르며 즐거워할 뿐이다. 이는 그것들이 흥부류 사람들에게는 기본적으로는 생존재화로 여겨졌음을 뜻한다. 제3박에서는 양귀비와 함께 석수, 목수, 와수, 토수 등이 등장하여 기와집 수 천 칸을 지어준다. 이로서 신재효본의 경우 흥부박 제1, 2, 3박은 온전하게는 아니지만 각각 食, 衣, 住의 충족에 어느 정도 대응하는 결과가 되었다.[19]

결국 목수 등이 지은 집은 커다란 기와집이었다. 그리고 그 속에서 흥부는 詩賦로 소일하고 화초 구경하며 지상선의 삶을 사는 것으로 마무리된다.[20] 그러나 그렇다 하더라도 그러한 삶을 유지할 수 있는 재화는 "곡간마닥 열고 보면 젼곡이 가득〃〃 나문 곡식 노적ᄒᆞ고" 라는 구절에서 보듯 곳간의 곡식과 노적이 근간을 이룬 것으로 설정된다. 신재효본의 흥부는 부농으로서 유유자적하는 삶을 소망하고 있었던 것이다.

그렇다면 이러한 소망을 지닌 흥부의 실제 삶은 어떠했는가. <박타령>의 서두에는 놀부심술사설에 이어 흥부선행사설이 제시된다. 그 속 흥부의 선행은 농경사회에서 온정에 바탕을 둔 공동체 지향적 행위이다. 하지만 이는 재화 획득과는 무관한 행위이다. 놀부는 그러한 흥부를 남의 일만 하느라 한 푼 돈도 못 번다며 미워했던 것이다. 그러한 일이 연속되자 놀부는 흥부를 내쫓을 결심을 했을 것이다.[21] 둘

19) 이러한 식, 의, 주로의 각 박의 기능 분화는 신재효본에서 나타난 것이며 이는 더 분명한 모습으로 후대 창본에까지 이어진다.

20) 이 부분에 대해 정병헌, 앞의 책, 119쪽에서는 "이는 그가 꾸었던 꿈의 실체가 바로 대립된 계층의 생활 모방에 있었다는 것을 말해준다."고 평가한다.

21) 실은 놀부가 고용 노동력이 필요했음에도 흥부 가족을 내쫓은 것은 흥부가 수확물에

간에는 재화관은 물론 삶의 가치 지향도 달랐던 것이다.

그리고 흥부는 톱질소리를 메길 때도 상사소리나 밭매는 소리를 불러 볼 수 없었다고 했다. 농민으로서 소작조차도 한 적이 없었던 것이다. 흥부의 복색치레나 흥부 자식 키우는 대목 등은 서술자-작자의 조소 어린 시선을 통해 제시되지만, 그 이면에는 재화 관련 행위로부터 소외된 빈민 흥부의 처지가 담겨 있다고 보아야 한다.

흥부는 형으로부터도 양식을 얻지 못하자 아내와 함께 품팔이에 나선다. 푼돈이라도 벌어야 했던 것이다. 여기서 빈민 부부가 했음직한 여러 품팔이 행위들이 제시된다. 그런데 신재효는, 기존 <흥보가(전)>에서 중요한 사건으로 그려지던 매품팔이 대목을 여기 포함시켜 간략히 축약하고 만다. 아마 매품팔이 역시 여러 품팔이 중 하나일 뿐이라 판단했기 때문이거나 또는 매품이라는 관례가 그 자신이 속해 있던 관아의 부패상을 드러내는 일이 되므로 찜찜했기 때문일 것이다.

그러나 흥부는 이렇게 한 때도 쉬지 않고 밤낮으로 품팔이를 했지만 늘 굶을 수밖에 없었다. 급기야 흥부 부부는 자결을 시도하는 등의 극단적인 모습을 보이기까지 한다. 이러한 모습은 경판본·연경본의 흥부와는 다른 모습이다. 이는, 신재효본에서 배경으로 삼고 있는 사회가 경판본·연경본에서 배경으로 삼고 있는 사회보다 돈이 매개가 되는 화폐경제사회로 더 깊숙이 접어든 것으로 설정되어 있기 때문일 수 있다. 그것은 두 이본의 놀부보다 신재효본의 놀부가 교환가치 우위의 재화 인식에 철저한 형상을 지닌 것과도 관련될 것이다. 그러한 놀부가 주도하는 시대에 흥부와 같은 빈민의 삶은 더 심각해질 수밖에

대한 몫을 요구할 수 있다고 판단했기 때문일 것이다. 그렇잖아도 스스로 재산을 일구었다고 생각하는 놀부로서 굳이 흥부 가족이 아니더라도 고용 노동력은 얼마든지 구할 수 있었다. 흥부를 일꾼이나 하인들과 동렬에 놓고 대하는 부분을 상기할 필요가 있다.

에 없었다.[22] 아울러 심리적으로도 크게 위축되어 간 것으로 설정된 것이 <박타령>의 특징이다. 신재효본의 흥부는 경판본의 흥부와 달리, 쫓겨난 후 이웃의 온정에 기대지도 못했으며 집을 짓지도 못하고 떠돌아다닌 것으로 설정되었다. 떠돌아다니면서 그래도 가장 위신은 세우려 가속이 늦게 왔다며 지팡이로 매질도 하려 한 것으로 서술된다. 급기야는 어떻게 해도 굶을 수밖에 없게 되자 자결을 시도하기까지 했던 것이다. 이는 그 어떤 재화 획득의 과정도 모두 차단되어 그들의 삶이 더 심각해졌음의 반영일 것이다. 신재효는 당대에 그가 보았음직한 흥부와 같은 부류 빈민들의 이러한 모습도 담아내었던 것이다. 흥부의 꿈은 축적 재화인 노적이 마당에 쌓여 있는 부농이었으나 그가 빈민으로서 당장 맞닥뜨려야 했던 것은 냉혹한 화폐경제 사회였다. 그러한 흥부가, 변모해가는 현실에 적응하기는 쉽지 않았던 것이다.

후대 창본에서는 흥부가 돈의 위력을 더욱 절감해 가는 것으로 설정된다. 예컨대 박봉술 창본[23]의 흥부는 그의 가난이 교환가치 우위의 재화, 그 중에서도 '돈'을 벌지 못하는 데서 오는 것임을 분명히 자각

22) 중세 유럽 사회의 빈곤은 화폐와 교환경제의 확장에 의해 발생하기도 했으며, 이로 인해 농촌은 물질적인 면에서 매우 심각한 분화를 겪었다고 한다. 서구의 이러한 사정도 참조해 볼 만하다. 브로니슬라프 게레멕(이성재 옮김), 『빈곤의 역사』, 도서출판 길, 2010, 81쪽 참조.

23) 현전 <홍보가>의 전승은 동, 서편제의 소리 및 둘이 섞여 있는 소리, 그리고 동초제 등으로 대별해 볼 수 있다고 한다(최동현, 「<홍보가>의 전승 과정과 창자」, 『판소리 동편제 연구』(최동현·유영대 편), 태학사, 1998, 166-170쪽). 그런데 그 사설 전반을 모두 검토해 보지는 못했으나, 대체로 다른 레퍼터리에 비해 현전 창본 <홍보가>의 경우는 신재효의 사설이 상대적으로 더 많이 발견됨을 알 수 있다. 김창환제 정광수 창 사설의 경우 약 45% 정도가 신재효 사설의 영향을 받았다고까지 하며(김석배, 「김창환제 <홍보가>에 끼친 신재효의 영향」, 『판소리연구』 15, 판소리학회, 2003, 46-47쪽), 동초제의 경우도 신재효본 사설을 적잖이 참조했음이 인정된다(이 책 제1부 중 「김연수 창본 <홍보가>」 참조). 여기서는 아직 신재효본의 관계가 검증되지 않은 동편제쪽의 창본, 그 중에서도 박봉술 창본 <홍보가>를, 앞서 신재효본을 검토한 관점의 연장선상에서 주목한 것이다.

한다. 박봉술 창본의 흥부는 곡식을 빌러 관아에 갔다가 매품을 팔고 돈을 벌어보겠냐는 말에 대번에 승낙한다. 이어, 마삯 닷냥을 얻어와 모처럼 돈을 벌었다고 아내 앞에서 으스댄다. 이때 큰소리치며 부르는 '돈타령'[24]에는, 흥부가 평소에 느끼고 있었던, 돈의 엄청난 위력이 담겨 있다. 결국 매품팔이에 실패하면서 흥부는 더욱 큰 좌절에 빠진다. 신재효본 이후 창본 <흥보가>의 흥부는 돈이라는 재화의 위력을, 상실감·소외감의 형식으로 더욱 내면화해 간 것이다. 흥부박대목 속의 재화들 중, 제3박에서 기존 이본에서의 노적들이 "만석지기 논문서와 천석지기 밭문서"로 바뀐 것도 이러한 맥락에서 이해해야 할 것이다. 무한 나열의 형식으로 많은 양의 재화를 제시하던 농경사회 부농의 축적 재화와는 그 성격이 달라져 있는 것이다.

결국 신재효본에서는, 놀부에게는 화폐경제 하에서의 교환가치, 곧 돈의 운용·증식에 능숙한 형상을 부가하였다면, 흥부에게는 최소한의 생존재화도 없는 상태에서 놀부류 인물이 주도하는 화폐경제 하에 더욱 더 소외감을 느껴가는 형상을 부가하였다. 후대 창본에서는 이러한 흥부가 급기야는 돈의 위력을 뼈저리게 절감할 수밖에 없었음을 강조하고 있다. 실제로 흥부와 같은 빈민에게 직접적으로 와 닿은 문제는 바로 그러한 것이었다.

요컨대 신재효 <박타령>은 빈부의 대조적 형상이 다소 추상적으로 그려진 기존 <흥보가(전)>에, 당대 사회경제적 상황에 근거를 둔 재화관 및 재화 관련 행위를 덧붙여 대조적 형상을 더 실감나도록 구체화한 텍스트였으며, 그 설정이 후대 창본에까지 이어졌다고 할 수 있다.[25] 그 이면에는 전환기로서의 당대 사회의 흐름에 그 나름대로 대

24) '돈타령'은 신재효본에서는 물론, 매품파는 사건이 구체화된 경판본이나 연경본에서도 나타나지 않는다.

응해야 했던 신재효의 현실 인식이 깔려 있었다.

4. <박타령>을 통해 본 신재효의 재화관과 현실 인식

앞선 논의에서 신재효는 기존의 <흥보가(전)>을 개작하면서 재화의 문제에 대한 평소의 시각을 등장 인물의 의식과 행위에 투사하고자 했음을 살폈다. 그런데, 그의 그러한 시각은 장면 장면 속의 미시적인 부분에까지도 스며들어 있음을 볼 수 있다. 다음 묘사 대목들이 그 대표적인 부분들이다.

(가) 이 날도 흥보ᄃᆡᆨ이 열어 자식놈들 어메 밥 소리의 정신을 못ᄎᆞ려셔 버슨 발의 두 손 불고 이문 밧긔 나셔 보니 흥보 방ᄌᆞᆼ 건너올 제 지도 메도 아니ᄒᆞ고 빈손 치고 정신 업시 비틀〃〃 오난 거동 죠ᄎᆞᆼᄇᆡᆨ 격쥴노셔 일쳔셕 실은 곡식 풍낭의 파션ᄒᆞ고 십ᄎᆞ형신 숨연 체수 고상 격고 오난 모양 ᄃᆡ바리 고마 〃부 관가 복물 실코 갓다 ᄇᆡᆨ양자리 말 쥑이고 쥬막〃〃 빌어먹어 뷘 ᄎᆡᆨ 들고 오난 모양 경ᄉᆡᆨ이 말 안 되어 흥보ᄃᆡᆨ이 깜쟉 놀나 숀목을 ᄌᆞ부면셔 어이 그리 지쳬ᄒᆞ고 어이 그리 심난ᄒᆞᆫ가 (신재효본, 346-348쪽)

(나) 둘싸 열고 보니 ᄒᆞ나난 쌀이 가득 ᄒᆞ나난 돈이 가득 부어ᄂᆡ여 되고 세니 동셔방 ᄉᆡᆼ셩슈로 쌀은 셔 말 여덜 되 돈은 넉 양 아홉 돈 왼집안이 ᄃᆡ히ᄒᆞ여 그 쌀노 밥을 짓고 그 돈으로 반찬 ᄉᆞ셔 바로 먹기로 드난듸 흥보의 마노ᄅᆡ가 ᄉᆞ름ᄉᆞ리 약게 ᄒᆞ나 양식 두고 먹어나

25) 이처럼 신재효의 사설이 창본 <흥보가>에 영향을 미친 반면, 경판 <흥부전> 계열의 것은 창의 방식보다는 기록의 방식으로 후대에 이어진다. 이 점에 대해서는 정충권, 「<흥부전>의 전승양상」, 『흥부전 연구』, 월인, 2003 참조.

냐 부ᄌᆞ아씨 갓거드면 식구가 스믈일곱 모다 칠홉 ᄂᆞᆯ지라도 이치리 십ᄉᆞ 칠〃은 ᄉᆞ십구 말 여덜되 구홉이나 ᄎᆡ여 두 말 ᄒᆞ여시면 오족 푼〃ᄒᆞ련만는 평ᄉᆡᆼ 양식 부족ᄒᆞ여 ᄉᆡᆼ긴 ᄃᆡ로 다 먹난다 (신재효본, 370쪽)

(다) 화완단 보를 풀며 이것슨 불의 타면 더 고은 거시로쇠 돈궤를 ᄂᆡ 노의며 이것슨 돈이 ᄉᆡᆼ겨 부어ᄂᆡ면 ᄯᅩ ᄉᆡᆼ기제 궤문을 열어노니 돈은 나졍돈 몸ᄯᅩᆼ이난 구젼 퀜듯 고부려 누은 질시 넉 양 아홉 돈만 시 눌헌 구렁이가 고ᄀᆡ를 슷〃 들고 진 셔를 널음〃〃 놀보부쳐 ᄃᆡ경ᄒᆞ여 궤문을 급피 닷고 (신재효본, 396쪽)

(가)는 흥부처의 시점에서 흥부가 형에게 양식 구걸 갔다 실패하고 돌아오는 모습을 묘사한 부분인데, 빈 손으로 돌아오는 흥부의 모습이 마치 稅穀 실은 배를 곡식과 함께 잃고 형벌까지 받고 온 선원과, 封物을 싣고 갔다 말을 잃고 빌어먹으며 돌아온 마부의 모습과 유사하다고 했다. 그만큼 심각하다는 뜻이다. 그리고 말의 금전적 가치는 100냥에 해당하는 것임도 분명히 제시하고 있다. 흥부의 처지를 이렇게까지 빗댈 수 있을까 하는 생각이 들기는 하지만, 실무를 맡은 하급 관리와 그 수하들을 많이 보아 왔을 신재효 다운 상상력이 투영되어 있는 것으로 볼 수 있다.

(나)는 흥부박 내용물 중 두 궤에서 나온 쌀과 돈의 양을 구체적으로 제시하고 있는 부분이다. 대개의 창본에서 이 부분을 가볍게 처리하고 있음[26]을 고려한다면 위 경우는 신재효의 의식적 개작임이 분명한 부분이다. 신재효는 여기서 쌀은 서 말 여덟 되 돈은 넉냥 아홉 돈

26) 예컨대 박봉술 창본 <흥보가>의 경우 “어찌 떨어 붓어놨던지 쌀이 일만 구만 석이요, 돈이 일만 구만 냥이라”라고 서술된다.

이라 정확히 셈을 하여 제시하고 있다. 그 중 쌀의 경우, 흥부 식구가 27명이니 한 명당 7홉(약 1.26리터)씩 총 한 말 여덟 되 구 홉을 먹는다 하더라도 두 말이 남을 수 있다고 한다. 홉의 단위까지, 어떻게 보면 과도하다고 생각될 정도로 자세히 제시한 것은 그 나름대로의 서술 전략에 따른 것일 터이나, 그 이면을 통해서는 그 즈음 토지를 늘려 가고 곡물들을 거두어들이며 그것을 꼼꼼히 헤아렸을 신재효의 모습이 느껴진다.

(다)는 부자가 된 흥부로부터 놀부가 돈궤를 달라고 하여 가져와 집에서 열어 보는 장면이다. 여기서는 구렁이의 외모를 꿰어진 돈의 외형으로써 묘사하고 있음이 인상적이다. 게다가 그 길이를 넉 양 아홉 돈쯤일 것이라 명시하고 있기도 하다. 구렁이란 놀부류 인간의 재물욕과 돈에 대한 집착을 비유한 것일 터이다. 하지만 그렇더라도 돈의 가치 자체까지 부정되고 있지는 않다.

이러한 식의, 교환가치에 비추어 본 재화의 득실, 그 정확한 셈, 돈을 매개로 한 비유 등등을 동반한 묘사는, <박타령> 장면들 속에서 얼마든지 발견할 수 있다. 신재효는, <흥부전>이 재화의 문제를 다룬 작품이니만큼 이러한 비유, 서술이어야 더 실감날 것이라 보았던 것이다. 이러한 대목들은 독특한 생동감을 야기하는 바, 일종의 재화적 상상력의 소산이라 볼 수 있을 것이다. 놀부박 속 군상들에 대해 놀부가 대응하는 모습이 흥미로운 것도 이러한 서술 방식과 관련하여 납득할 수 있다.

이로 미루어 볼 때 신재효는, 지나친 집착을 해서는 곤란하지만, 재화와 돈에 대한 관심은, 기본적으로는, 인간의 삶에 있어 필수적이며 나아가 그러한 관심은 긍정되어야 한다고 보았던 것 같다. 인물 형상화에 있어 "선하지만 무능한 모습도 보이고 현실의 무게에 극단적인 좌절을 보이기도 하는 흥부와 선진적 경제관으로 무장한, 그로 인해 악인의 형상이 다소 희석된 놀부"[27]로 그려져 있다는 진단의 근거도 개작자인 신재효의 이러한 재화관에서 찾아야 했었다. 요컨대 <박타령>은 이러한 재화관을 준거로 하여 빈부의 양상을 실상에 더 부합하게 그려내고자 했던 기획성의 텍스트였던 것이다.

그러한 관점에 서 있던 신재효가 기존 <흥보가(전)> 속 흥부의 궁핍상에 주목한 것은 당연했다. 흥부는 농사지을 논밭 하나 없어 특별한 생존 대책을 강구할 수 없었던 데다 놀부류 인물이 주도하던 화폐경제 체제에도 잘 적응하지 못하던 문제적 인물이었기 때문이다. 신재효는 그러한 인물이라면 다음과 같은 심각한 상황에 이를 수 있다고 보았다.

> ᄋᆡ고〃〃 셔룬지고 복이라 ᄒᆞ난 거시 엇지ᄒᆞ면 잘 탓난고 (…) 셰ᄉᆞᆼ 난 연후의 불의힝ᄉᆞ 아니ᄒᆞ고 남낫스로 버을어도 ᄉᆞᆷ슌구식 할 슈 업고 일연ᄉᆞ절 헌 옷시라 ᄂᆡ 몸은 고ᄉᆞᄒᆞ고 가ᄌᆞᆼ은 부황 나고 ᄌᆞ식덜은 아ᄉᆞ지경 ᄉᆞ람 ᄎᆞ마 못 보겟ᄂᆡ ᄎᆞ라리 ᄌᆞ결ᄒᆞ여 이런 ᄭᅩᆯ 안 보고져 ᄋᆡ고ᄋᆡ고 셜운지고 치마ᄭᅳᆫ으로 목을 ᄆᆡ니 흥보가 울며 말여 여보쇼 아기어멈 이것이 웬일인가 ᄌᆞᄂᆡ가 살아셔도 ᄂᆡ 신셰 일어할졔 ᄌᆞᄂᆡ가 죽써드면 ᄂᆡ 신셰 엇더ᄒᆞ고 ᄌᆞ식더리 엇지 될가 부인의 ᄇᆡᆨ년 신셰 가장의게 ᄆᆡ여ᄂᆞᆫ듸 박복ᄒᆞᆫ 날을 어더 이 고상을 ᄒᆞ게 ᄒᆞ니 ᄂᆡ가 몬져 죽을나네 허리ᄯᅴ로 목을 ᄆᆡ니 흥보 안ᄒᆡ 겁을 ᄂᆡ여 가장 손목 붓ᄯᅳᆯ고셔 두리 셔로 통곡ᄒᆞ니 아죠 쵸상난 집 도엿구나 (신재효 본, 352-354쪽)

27) 정충권, 「경판 <흥부전>과 신재효 <박타령>의 비교」, 『흥부전 연구』, 월인, 2003, 123쪽.

그 어떤 품팔이로도 굶주림을 면치 못하자 흥부 부부가 서로 목을 매려는 비장한 장면이다. 때를 기다려 보자며 서로 위로하는 경판본 및 연경본의 해당 대목과 비교해 볼 때, 위 대목에는 끝부분의 빈정댐에도 불구하고, 상황의 심각성을 전달하려는 의도가 역력히 배어난다. 신재효 스스로도 이 대목을 "맛잇난 ᄉᆞ람덜언 귀의셔도 눈물 난다"고 전제하며 제시한 바 있다. 그만큼 이 대목은 동정과 연민의 정서로 받아들여야 하리라 본 것이다. 동정과 연민은 수용자로 하여금 작중 인물의 처지에 공감하게 하면서도 자신, 혹은 자신이 속한 사회를 되돌아 보게 하는 정서적 도구이다. 신재효가 이 대목을 이처럼 의도적으로 심각하게 그려낸 이유는 무엇일까. 이와 관련하여 우선 다음 대목을 보자.

> 뷘집 ᄒᆞᆫ 간 셔 잇거늘 잠시 쥬졉 사라보니 집ᄭᅩ리 말 안 도여 집 말우의 이실 오면 쳔장의 큰비 쌩울 부억의 불를 ᄯᅵ면 방안은 귀똘이요 혹 ᄯᅥᆯ어진 욋ᄯᅵ궁긔 바람은 쌀 쏘득기 틀만 나문 헌 문쪽의 공셕으로 창호ᄒᆞ고 방의 반뜻 드러누어 쳔장을 망견ᄒᆞ면 ᄀᆡ쳔도 부친 득기 이십팔슈 셔여보고 일ᄒᆞ고 곤ᄒᆞᆫ 잠의 기직에을 불근 켜면 상토난 허물업시 압토방의 쑥 나가고 발목은 어늬 사이 뒤안의 가 노여 ᄭᅮ나 밥을 ᄒᆞ도 자로 ᄒᆞ니 아궁지풀 색바씨면 ᄒᆞᆫ 마직이 못ᄌᆞ리난 녁〃이 할테여든 (신재효본, 332쪽)

형에게 쫓겨난 흥부가 여기저기 돌아다니다 고향 근처 복덕촌의 한 빈 집을 발견하고 그곳에서 지내는 모습을 서술한 부분이다. 이러한 부분은 여타 이본에서도 발견되지만, 밑줄 부분만큼은 <박타령>에서만 보인다. 따라서 이 부분은 신재효가 덧붙인 것일 가능성이 높다.

여기서 서술자는 흥부네가 밥을 아예 해 먹을 수 없다 보니 아궁이

근처에 풀이 많이 돋아났고 그것을 모로 쓴다면 한 마지기는 넉넉히 할 수 있으리라고 하였다. 논밭이라고는 없어 그 어떠한 농사도 지을 수 없는 흥부의 처지를 비틀어 제시하고 있으므로 이 점에 대한 별도의 고찰이 필요할 것이다. 하지만 과장된 표현을 걷어내면, 극단적인 사례로서 위 흥부의 처지를 반면교사로 활용한, 하층 빈민에 대한 그 나름대로의 전언이 담겨 있다고 볼 수도 있을 것이다. 밥 한번 못해 먹어 굶주림에 빠져 좌절하기보다는 어떻게든 방책을 강구해야 하리라는 것 말이다.

신재효는 <治産歌>에서 "효양도 의식이요 예절도 의식이라"고 말한 바 있다. 사람답게 살기 위해서는 일단은 먹고 사는 문제가 해결되어야 한다는 것이다. 또한 "부귀를 부러ᄒᆞ고 빈쳔을 무셔ᄒᆞ쇼", "부귀는 못ᄒᆞ여도 빈쳔을 면ᄒᆡ보쇼, 십년을 심을씨면 못되ᄂᆞᆫ 일이 업ᄂᆞᆫ이라"며 그 해결책은 스스로 노력하는 데서 나온다고 하였다. 그렇게 해서 빈천을 면하면 자신을 편안하게 함은 물론 이웃과의 관계도 돈독하게 유지할 수 있으리라는 것이다.[28] 신재효가 위 장면들을 통해 말하고자 했던 전언도 이런 것이었으리라 여겨진다. 신재효 같은 중인 출신의 부호에게 있어 향촌사회의 안정은 그 무엇보다 중요했던 것이다.[29]

하지만 그것만으로는 부족함을 신재효 자신도 잘 알고 있었다. 통치체제상의 한계 등으로 인해 하층 농민이 버텨내기는 쉽지 않았던 것이다. 이미 그는 1862년(50세)의 농민 봉기때 이서 세계가 하층 농민들

---

28) 서종문, 『판소리의 역사적 이해』, 태학사, 2006, 353쪽.
29) 이러한 관점에서 <박타령>에 담긴 신재효의 의식을 읽어낸 논의로 정출헌, 앞의 글 참조. 또한 신재효의 하층민들과의 유대에 대해서는 최혜진, 「신재효 판소리 사설에 나타난 관(官)・민(民) 의식과 사회적 지향」, 『한국언어문학』 82, 한국언어문학회, 2012, 284-287쪽 참조.

의 공격 대상이 되는 것을 경험한 바 있었다.[30] 당대는 체제 동요기이자 계층 간 갈등이 표면화된 긴장기였다. <박타령> 속에는 그와 관련된 신재효의 위기감이 인물의 발화를 통해 더러 표출되곤 한다.

> 흥보가 걱정ᄒᆞ여 형님ᄃᆡᆨ의 건너가셔 ᄋᆡ근이 ᄉᆞ정ᄒᆞ야 돈이 되나 쌀리 되나 쥬시면 죠컨이와 어려운 그 셩졍의 만일 아니 쥬시옵고 호령만 ᄒᆞ시오면 근ᄅᆡ갓튼 셰상 인심 형님 실덕 될 터인니 안이 가난 슈간 올히 (신재효본, 334쪽)

형에게 양식 구걸하러 가기 전 아내의 말에 대한 흥부의 걱정스런 답변이다. 형이 양식을 나누어 주면 별 탈이 없겠지만 만약 그냥 자신을 쫓아보내면 근래의 인심 세태 하에서 형이 덕을 잃는 것이 되리라 한다. 여기서 밑줄친 "근ᄅᆡ갓튼 셰상 인심"이란 무엇을 의미하는 것일까. 부민, 부호들을 지켜보는 하층의 시선, 그 중에서도 윤리적 평판을 뜻하는 것은 아닐까. 만약 그렇다면 여기에는 이미 1860년대의 민란을 겪은 바 있는 신재효의 체험이 담겨 있다고 보아야 한다. 그러한 체험을 염두에 둔다면 위 "근ᄅᆡ갓튼 셰상 인심"이란 타인에 대한 경제적 압박을 통해 부를 축적한 놀부와 같은 비윤리적인 부민 혹은 부호에 대한 부정적인 평판을 뜻하는 것일 터이다.

<박타령> 결말에서 신재효가 놀부로 하여금 '완연한' 개과를 하는 것으로 처리한 것도 이와 관련된다. 그러한 놀부가 개과 후 해야 할 일은 놀부박대목 제1박에 등장한 옛 상전이 제시해 준 바로 그것이어야 했다. 옛 상전은 "인군의게 츙셩ᄒᆞ고 부모의게 효도ᄒᆞ고 형졔 간의 우ᄋᆡᄒᆞ고 친고 구졔ᄒᆞ난 ᄉᆞ람"들 중 형세가 가난한 사람에게 재물을

30) 이훈상, 「19세기 전라도 고창의 향리세계과 신재효」, 280쪽.

나누어 주었다며 놀부에게는 "곳치면 귀ᄒᆞᆯ 터니 너도 이번 ᄀᆡ과ᄒᆞ여 형제 우ᄋᆡᄒᆞ고 일이의 화목ᄒᆞ면 이 ᄌᆡ물 더 보ᄐᆡ여 도로 갓다 쥴 거"라 한 바 있다. '형제 우애 인리 화목에 노력하면 재물을 더 보태어 돌려 주리라'는 것은 당시 신재효가 부민들에게 들려주고 싶은 말이었으면서 그 스스로 유념한 삶의 태도였을 것이다. 다시 말해 이는 하층빈민 문제 해결을 위한 또 하나의 방책이면서 신재효 스스로는 자신의 가문을 지키기 위한 일종의 방어책이기도 했던 것이다. 그의 부친과 그가 한, 하층민까지 포함한 기부 행위는 이러한 맥락과 관련지어 이해해야 할 것이다.

그런데 <박타령> 속에는, 그 작품 내적 맥락은 달리 설정되어 있지만, 당시 신재효가 늘 염두에 두고 있었거나 그의 자식대에서 언제든 직면할 수도 있었던 또 다른 성격의 위기의식도 발견된다. <박타령> 속의 다음 대목을 보자.

> 흥보 졸부 되단 마리 ᄉᆞ면의 벌어지니 놀보 듯고 ᄉᆡᆼ각ᄒᆞ여 그것모도 ᄲᆡ셔다가 부익부를 ᄒᆞ면 죠되 이놈이 잘 안 쥬면 엇터케 ᄌᆞᆨ쳐할고 만일 아니 주걸낭 흥보가 부ᄌᆞ로셔 제 형을 박ᄃᆡᄒᆞᆫ다 몹쓸 아젼 뒤를 ᄃᆡ여 영문 염문 져거 주고 츌피를 돈ᄇᆡᆨ 멕여 향즁의 발통ᄒᆞ고 도회까지 부쳐시면 이놈의 사ᄅᆞᆷᄉᆞ리 단ᄎᆞᆷ의 썰어업제 (신재효본, 390쪽)

흥부가 부자가 되었다는 말을 듣고 놀부가 찾아와 심술을 내 보는 장면이다. 물론 놀부는 이렇게 하지는 않았다. 하지만 실제로 누군가가 발의하여 아전, 출패 등과 모의하고 향중, 도회의 동의와 향촌의 민심을 이끌어낸다면 위 놀부가 언급한 사건은 실제로 구체화될 수 있는 사건이었다. 양반 토호가 아닌 하층 출신의 부민이나 중인 부호는 그 기반이 허약한 경우가 더 많았을 것이다. 신재효家도 예외일 수 없었다는 관점에서 볼 때, 위 언급은 그 나름대로의 위기의식의 반영일 수 있다고 본다. 실제로, 위와 같은 부류의 사건은 아니지만(물론 그럴 수도 있을 것임), 신재효 사후, 신재효의 둘째딸과 혼인한 김제의 한양 조씨 이족의 逋欠 문제에 얽히는 등 신재효의 아들 신순경은 재산을 강탈당하거나 族徵 등을 당했다고 한다.[31] 중인이자 부호였던 신재효가를 둘러싼 시대적 환경은 그리 녹록치 않았던 것이다.

이와 같은 제반 위기 상황 하에 중인 부호로서 신재효는 향촌 구성원들의 인심을 잃지 않으면서 신중하게 재화를 관리해 나가야 했다. 이훈상의 연구에 따르면 고창 이주 후 처음에는 유동 자산이 상대적으로 더 많았을 것이나 55세-67세에 집중적으로 토지 거래를 하면서 재지 지주가 되었다고 한다. 토지 투자가 안정적이라 판단했기 때문이다. 그래서 대부 행위는 최대한 삼갔다. 대부 행위는 불안한 경제 행위인데다 향촌민과의 관계를 원활하게 유지할 수 없다고 판단했기 때문일 것이다. 64세에는 강압적인 분위기 속에서 賑恤을 위해 500냥을 기부했다. 하지만 그렇다고 해서 그의 진정성이 훼손되는 것은 아니리라 한다. 신재효는 의식적으로 재부의 안정적 유지에 더 힘썼고 주변에 인정을 베풀면서 자신은 勤儉의 節操를 지켜 갔다고 한다.[32] 그렇게

31) 신재효가의 수난에 대해서는 이훈상, 「19세기 전라도 고창의 향리 신재효와 그의 가족, 그리고 생애 주기」, 300-311쪽 참조. 신순경은 고창의 다른 이서들과 마찬가지로 동학을 진압하는 의병진의 편에 가담해야 했다고 한다(같은 글, 309쪽 참조). 신재효가 염려했던 문제가 그의 사후 현실화되었다는 것이다. 반면, 애초에 신재효가 동학에 기울어졌던 광대들에 대해 우호적으로 대했기 때문에 그 아들 신순경은 동학 당시 별 위험을 느끼지 못했으리라는 추측도 있다. 고창 수성군에 이름이 오른 것은 동학혁명이 실패로 돌아간 다음이라는 것이다(손태도, 「동학과 신재효」, 『판소리학회 제81차 정기학술대회 자료집』, 판소리학회, 2016, 17쪽).

32) 이상의 내용은 이훈상, 「전라도 고창의 향리 신재효의 재부 축적과 그 운영」 참조. "그

하는 것이 격변하는 환경 속에서도 자신의 가문을 지키는 일이었던 것이다.[33] 그것은 따지고 보면 그의 조부와 부의 세대때부터 해 오던 행위였다.

요컨대 <박타령>은 평소 그의 재화관을 바탕으로 기존 <흥보가(전)> 속 서사와 인물 형상을 재구성한 텍스트인 데다, 그 즈음의 시대 상황 하에 그가 처한 위기감에 토대를 둔 현실 인식을 투영한 텍스트이기도 했다.

5. 맺음말

이 글은 신재효본 <박타령>에 담긴 재화관과 이를 근거로 한 신재효의 현실 인식 고찰을 중심 논제로 삼았다. 지방의 아전이자 부호였던 신재효와, 조선 후기 빈부의 문제를 극단적인 상황 하에 다루고 있는 <흥부전>과의 만남에 대해 재화와 그 인식의 측면에서 볼 때 그 의의를 더 분명히 드러낼 수 있다고 생각했기 때문이다.

먼저 <박타령> 이전에 이미 존재했으리라 여겨지는 두 이본 곧 경판본 <흥부전>과 연경본 <흥보젼>에 담긴 재화 인식을, 작중 인물에 초점을 맞추어 살펴보았다. 이 두 이본에서의 놀부는 부지런한 농경을 통해 곡물을 추수하여 노적을 쌓아둘 정도의 축적 재화를 기반으로 하는 부농이지만, 재화 유지 증식의 방법은 타인의 재화에 해를 끼치는 등 부정적인 방법도 서슴지 않고 행하는 자로 설정된다. 반면, 흥부

가 토지에 투자하는 등 재산을 축적하면서도 주위 사람들과의 관계를 신중하게 하고 인정을 베푼 이면에는 그의 큰 불안이 깔려 있는 셈"인 것이다(이훈상, 「19세기 전라도 고창의 향리 신재효와 그의 가족, 그리고 생애 주기」, 327쪽).

33) 아마 판소리 창자 육성 역시 마찬가지였을 것이다.

는 토지로부터 유리되어 기초 재화가 전혀 없고 재화 획득의 방법도 품팔이 외에 없는 빈민이지만, 박 속 내용물을 통해 볼 때 곡물 중심의 축적 재화를 지닌 부농을 꿈꾸고 있었던 자로 설정된다.

반면, 신재효본의 경우, 놀부에게는 곡물 중심의 축적 재화를 지닌 기존 텍스트에서의 부농 형상에다, 화폐 경제에 민감한 자로서 돈의 운용·증식에 능숙한 부민의 형상을 부가하였음을 알 수 있었다. 그리고 흥부에게는 최소한의 생존 재화도 없이 자신의 농토로부터도 유리된 빈농의 형상에다, 놀부류 인물이 주도하는 화폐경제에 적응하지 못하여 소외감을 느끼는 빈민의 형상도 덧붙였던 것이다. 신재효본에서 놀부가 완전히 개과하는 모습을 보이도록 설정한 것은 그의 의도가 반영된 중요한 변개 양상이라 볼 수 있었다. 신재효본 이후의 창본에서는 특히 흥부의 경우 돈의 위력을 더 강하게 느끼는 만큼 소외감과 상실감도 더 커져가는 모습이 눈에 띄었다.

이에 이어, 이러한 형상화 이면에는 신재효의 특별한 관점이 배어 있으리라 보고 텍스트 여기저기 흩어져 있는 사항들을 모아 그의 재화관 및 현실 인식에 대해 살펴보았다. 그 결과 교환가치에 비추어 본 재화의 득실, 그 정확한 셈, 돈을 매개로 한 비유 등 일종의 재화적 상상력이라 할 만한 것이 담긴 대목들이 발견되었는데, 이를 통해 개작자인 신재효의 평소 재화관을 알 수 있었다. 그는, 지나친 집착을 해서는 곤란하지만, 재화와 돈에 대한 관심은, 기본적으로는 인간 삶에 있어 긍정되어야 할 것이라 보았다. 이에 따라 흥부와 같은 빈민이 되지 않도록 하층민의 노력을 촉구하는 한편, 그 스스로 토지에 투자하는 등 재산을 축적한 부호로서 향촌 사회 부민들의 윤리적 배려 역시 일으키고자 했다. 하지만 변모해 가는 세태 하에 당시 향촌 사회 중인 부호가로서의 위기감과 그로 인한 자기 방어 의식까지 숨길 수는 없었다. 이 점은 당시 그의 경제 활동을 통해서도 미루어 짐작할 수 있었다. 요컨대 <박타령>은 기존 <흥보가(전)>을 자신의 재화관에 입각하여 재해석, 개작한 텍스트이면서, 그 과정에서 중인 부호로서의 현실 인식도 알게 모르게 담아낸 텍스트였던 것이다.

제4부

〈흥부전〉의 외연

제 1 장

<홍부전>과 <바리공주>[*]

1. 머리말

<바리공주>와 <홍부전>은 차이점이 더 많이 눈에 띄는 작품들이다. <바리공주>는 서사무가이자 무속신화 중 하나로 인간의 원형적 감성에 호소하는 작품인 반면, <홍부전>은 대표적인 판소리계 소설로서 조선 후기를 배경으로 한 이행기적 인식이 담겨 있는 작품이다. 무가와 판소리의 친연성을 고려하여 비교 고찰할 때에도, <바리공주>는 孝에 관한 이야기라는 점에서 <심청전>과, <홍부전>은 富의 문제를 다루고 있다는 점에서 <성조가>와 함께 다루어졌었다. 따라서 두 작품은, 비록 향유층은 동질적일 수 있다 하더라도, 기본 성격면에서 꽤 거리를 지니는 작품들이라 할 수 있다.

기존 연구에서 두 작품이 각각 따로 논의되어 온 것도 어떻게 보면

* 이 글은 『문학치료연구』 3(한국문학치료학회, 2005)에 실린 「<홍부전>과 <바리공주>의 문학치료적 독해-비교의 관점에서-」를 부분 수정한 것이다.

당연한 일이다. <바리공주>는 각편 비교 작업을 기초로 하여 신화적 성격과 미적 특성 및 서사적 구성 방식에 대한 논의가 이루어진 바 있으며, <흥부전>의 경우는 경판본과 신재효본, 세창서관본 등을 위주로 하여 인물 형상과 작품 구성 및 그 시대적 의미에 대한 논의가 개진된 바 있다. 그 중, <바리공주>를 가부장제의 억압과 관련한 여성주의적 관점에서 읽어보는 작업[1]과, <흥부전>에 대해 '共存', '生態'와 같은 더 보편적인 차원의 주제를 모색하는 작업[2]을 주목할 필요가 있다. 차차 드러나겠지만, 본고 역시 이러한 시도와 깊은 관련을 지닌다. 고전 작품이 오늘날까지 던져 주는 그 무엇인가를 발견하는 일은, 비록 그것이 강박의 차원에서 이루어진다 하더라도 그 나름대로의 의의가 있다고 보며, 이 점이 본 논의의 밑바탕을 이루고 있기 때문이다.

다만 본 논의의 초점은 개별 작품론을 심화시키는 쪽이 아니라 작품 비교론쪽에 두고자 한다. 비교의 관점을 취함으로써, 각각 개별적으로 다루어질 때 간과되던 사항들에 대해 새로운 조명을 가할 수 있으리라는 판단에서이다. 나아가 이 작업을 통해 생산적인 지식을 창안할 수 있다면 두 말할 나위가 없을 것이다. 본 논의가 문학치료학적 관점[3]을 함께 고려하고 있는 것도, 그 관점이 작품 해석을 통한 생산

---

1) 父權이 구축해 놓은 세계로부터 아무런 잘못도 없이 일방적으로 지워지는 여성의 자기 개척의 과정이 담겨 있다는 논의(강은해, 「한국 신화와 여성주의 문학론」, 『한국학논집』 17, 계명대 한국학연구소, 1990, 134-138쪽), 바리공주의 버려짐은 가부장적 질서로부터 비롯되나 자신의 힘으로 새로운 질서를 창조해 내고 있어 여성의 자아 실현을 극명하게 보여준 작품이라는 논의(김영숙, 「여성중심 시각에서 본 「바리공주」」, 『페미니즘 문학론』(최동현 · 임명진 편), 한국문화사, 1996), 가부장적 질서 하에서 발생하는 여성의 1차적 관계 단절을 문제삼음으로써 중세 후기 혹은 근대 이행기 여성의 삶에 존재하는 모순을 드러내었다는 논의(이경하, 「<바리공주>에 나타난 여성의식의 특징에 관한 비교고찰」, 서울대 석사학위논문, 1997, 30-63쪽) 등이 이에 해당한다. 그 이후의 논의는 생략한다.

2) 김창진, 「<흥부전>의 주제는 '공존공영'이다(1)」, 『목포어문학』 2, 목포대 국어국문학과, 2000; 김진영, 「<흥부전>의 인물형상」, 『인문학연구』 5, 경희대 인문학연구원, 2001; 정충권, 「<흥부전>의 생태론적 고찰」, 『고전문학과 교육』 3, 청관고전문학회, 2001 참조.

적 지식의 최대치를 얻을 수 있는 관점이라고 생각한 데 말미암는다.

주지하다시피, <흥부전>이 동생 흥부가 형 놀부로부터 쫓겨나 예기치 않게 맞닥뜨린 험한 세상 속에서 살아가는 이야기라면, <바리공주>는 부모로부터 버림받은 막내딸 바리공주가 시련을 극복하고 부모를 회생시킴은 물론 스스로의 존재적 차원도 높이는 이야기이다. 따라서 두 작품은 기본 문제의식을 공유한다고 볼 수 있다. 두 작품 모두, 가족으로부터 버림받은 인물이 갖은 난관을 이겨내고 새로운 차원에서 가족과 재결합하는 이야기인 것이다. 이 이야기들을 버림받은 인물의 정신적 상처를 치유하는 이야기로 볼 경우, 함께 비교하며 논의할 근거는 충분히 마련되는 셈이다.

본 논의에서 특히 주목하고자 하는 것은 두 작품 속 주인공들이 문제적 상황을 맞이하여 대처하는 방식상의 차이이다. 그 차이는 작품의 미적 특성에 따른 차이이기도 하며 무속 공연물과 흥행물이라는 연행 환경에서 오는 차이이기도 할 것이다. 하지만 문학치료학적 관점에서 그 차이에 주목할 경우 그것에는 새로운 의미가 부여될 수도 있다. 이에 착안하여 궁극적으로는 이 글을 통해 문학 작품의 생산적 독해의 한 사례를 제시하고자 한다.[4]

---

3) 문학 작품을 해석하는 한 관점으로서의 문학치료적 관점에 대해서는 정운채, 「고전문학 교육과 문학치료」, 『국어교육』 113, 한국국어교육연구학회, 2004를 참조할 수 있다. 이에 따르면 문학치료적 관점이란 문학 작품에 대한 한 연구로서 해당 작품이 사람에게 미치는 효험에까지 주목함으로써 궁극적으로는 오늘날 우리들의 삶의 질을 향상시키는 일에 관여할 수 있는 관점이다(위의 글, 112쪽).

4) 문학치료적 관점에서 <흥부전>을 해석한 기존 논의로는 작품을 읽으면서 느끼는 심리적 변화가 유발하는 효용성에 주목한 정운채, 「<흥보가>의 구조적 특성과 문학치료적 효용」, 『고전문학과 교육』 4, 청관고전문학회, 2002가 있다. <바리공주>의 경우는 작품이 지닌 치료적 기능을 드러내고 이를 통해 문학치료의 방법을 구체화한 전영숙, 「<바리공주>를 활용한 문학치료의 실제 및 그 교육적 활용 방안 연구」, 건국대 박사학위논문, 2004의 논의가 주목된다. 이 글 역시 이들과 기본 관점을 공유한다.

이 자리에서 주로 다룰 텍스트는 서울지역본 <바리공주>와 신재효본 <박타령>이다. <바리공주>의 경우 서울지역본을 택한 것은 이 각편이 여타 지역본에 비해 논리적 인과관계가 상대적으로 더 분명하다는 기존 견해를 염두에 둔 데 따른 것이다.[5] 그러나 <흥부전>의 경우는 텍스트 선정이 만만치 않은 문제로 다가온다. 결말 부분을 비롯한 몇몇 장면들에서 이본에 따라 적잖은 편차를 보이고 있기 때문이다. 하지만 본고에서 천착할 과제가, 장면의 세부적 편차와 관련 의미 탐색이 아닌, 이야기의 추상적 국면을 중심으로 한 독해에 있으므로, 기본 서사 골격면에서 큰 차이가 없는 <흥부전>의 어떤 텍스트를 선정해도 무관하다고 생각한다. 이 자리에서는 신재효본을 주텍스트로 삼으면서 여타 이본의 변이를 포괄하여 논의하기로 한다.

2. 버림받음의 '근원적' 이유

<바리공주>와 <흥부전>은 주인공이 가족으로부터 분리되면서, 다시 말해 가장으로부터 버려지면서 문제적 상황이 발생한다. 이들이 버려지는 이유도 가부장제적 인식에 말미암는 것으로 파악된다. <바리공주>는 그것이 여성에 대한 부당한 대우와 관련된 경우이고 <흥부전>은 장자와 차자의 차별 상속과 관련된 경우이다. 그런데 이는 표면적인 이유일 뿐이다. 그 이면에는 인간의 욕망에 기인한 무서운 강박 관념이 자리잡고 있기 때문이다. 그것은 한 인간(가족)의 삶을 송두리째 빼앗아 버릴 만큼 폭력적인 것이었다. 바로 그 '근원적인' 이유를

5) 서대석, 「바리공주 연구」, 『한국무가의 연구』, 문학사상사, 1980, 203-207쪽 참조.

살필 필요가 있다.[6]

우선 바리공주의 경우부터 알아보기로 한다.

> 천하궁 다지박사
> 지하궁 갈리천문제석 소수락시 명두궁 주역박사
> 산호상에 백옥반에 백미를 쥐여 던지시니
> 초산은 흐턴산이요
> 이산은 상하문이요
> 세 번째는 이로셩이외다
> 귀의 보시면 보시려니와
> 대왕마마 시년이 십칠세요
> 중전마마 시년은 십륙세라
> 금년은 반기년이요 명년은 참기년이니
> 금년에 길례를 하옵시면 칠공주 보실 것이오
> 명년에 길례를 하옵시면 세자대군을 보시리라
> 보면 보시려니와 삼나라 치국을 보시리다
> 이대로 상달 하옵시니 대왕마마 하옵신 말삼
> 문복이 용타한들 제 웃지 알소냐
> 일각이 여삼추요
> 하루가 열흘같다 하옵시고
> 예조 금천 간택일 가라 하옵시니[7]

바리공주 부모의 혼사와 관련된 신탁 내용이 담긴 부분이다. 금년에

---

6) 바리공주가 버림받은 이유는 일차적으로는 딸로서 태어났기 때문이라 할 수 있다. 그러나 그것만으로는 버려진 대상이 왜 하필 언니들이 아닌, 일곱째 딸 바리공주여야 했던가 하는 점까지 해명해 주지는 못한다. 그 '근원적인' 이유를 살펴야 한다고 생각하는 것도 이 때문이다.

7) 서울 문덕순본(김진영 · 홍태한, 『바리공주전집』 1, 민속원, 1997, 152-153쪽).

혼례를 올리면(혹은 합방을 하면) 칠공주를 볼 것이고 명년에 혼례를 올리면 세자를 보리라는 내용이다. 더 기다렸다가 내년에 혼례를 올려야 한다는 신탁이었다. 그러나 이미 혼약을 맺은 대왕부부로서는 하루가 열흘 같아 참을 수 없어 금년에 혼례를 올리기로 한다. 신의 뜻이 인간에 의해 거부되고 있는 것이다. 사건의 근원적인 발단은 바로 여기에 말미암는다.

빨리 혼례를 올리고자 하는 이유는 조급함 때문이다. 통념[8]에 비추어 볼 때, 이러한 조급함은 情慾을 이기지 못한 데서 오는 것이라 볼 수 있다. 설혹 엄청난 결과를 초래할지라도, 판단하기 이전에 행동할 나이인 이들에게는 신탁의 내용이 귀에 들어오지 않았던 것이다. 이미 일은 저질러졌던 것이다.

일곱 공주의 탄생은 이처럼 신의 뜻을 거부한 대왕부부 자신들이 스스로 초래한 결과였다. 물론 그러한 신탁의 이면에는 가부장제라는 인간의 제도적 장치가 일종의 억압의 형식으로 자리잡고 있기는 했다. 하지만 그러한 가부장적 인식이 일곱째 공주를 버리는 직접적인 이유가 된 것만은 아니었다.

대왕부부는 인정하기 싫었겠지만 예언은 그대로 실현되어 갔다. 그들은 일곱째 공주가 태어날 때에야 비로소 신탁이 맞았음을 안다. 그와 함께 자신들의 경솔함도 뉘우친다. 하지만 대왕부부는 현실을 인정하지 않으려 했다.[9]

인간의 정욕을 물론 부정적으로 평가할 수는 없다. 하지만 신탁이 존재하는 한 그것은 인간의 분별없는 욕망으로 간주될 수 있었다. 신

8) 여기서 한 나라 왕의 혼례 절차가 어떠한가 하는 것은 굳이 의식할 필요가 없다. <바리공주>의 청중들이 숙지하고 있는 혼례 절차로서 충분했을 것이기 때문이다.

9) 각편에 따라 여섯 공주를 낳고 난 후 기자정성을 올리는 삽화가 포함되어 있기도 한데 이러한 행위도 이와 관련하여 이해할 수 있다. 돌이켜 보려 하나 이미 늦은 일이었다.

탁을 거부한 사실을 떠올리는 순간 대왕부부는 자신에게 닥치고 있는 운명을 두려워했을 것이다. 두려움은 또 다른 폭력을 낳게 마련이다. 이때 폭력이 향한 방향은 아무런 잘못 없는 일곱째 딸이었다. 그들 자신을 옭아매는 두려움과 강박감으로부터 벗어나려는 충동적 도피 행위가 棄兒로 나타났던 것이다. 바리공주가 버려진 근원적 이유는 바로 이것이다.

그렇다면 흥부의 경우는 어떠한가. 놀부심술사설에 이어 나타나는 다음 사설에 주목해 보자.

> 흥보야 네 듯거라 사람이라 ᄒᆞ난 거시 밋ᄂᆞᆫ 거시 잇시면은 아무 일도 아니 된다 너도 나이 장셩ᄒᆞ야 게집 ᄌᆞ식 잇난 놈이 사람 ᄉᆡᆼᄋᆡ 어려운 쥴 쪽곰도 모르고셔 나 ᄒᆞ나만 바ᄅᆡ보고 유의유식ᄒᆞᄂᆞᆫ 거동 보기 슬어 못ᄒᆞ것ᄃᆞ 부모의 셰간ᄉᆞ리 아무리 만ᄒᆞ야도 장숀의 ᄎᆞ지 될듸 허물며 이 셰간은 나 혼ᄌᆞ 작만ᄒᆞ니 네게ᄂᆞᆫ 부당이라 네 쳐ᄌᆞ 다리고셔 속거쳘이 써ᄂᆞ거라 만일 지체ᄒᆞ여셔ᄂᆞᆫ 살륙지환 날거스니 어셔 급피 나가거라 (…) 아번이 게슬 적의 나ᄂᆞᆫ ᄉᆡᆼ일 시기고셔 ᄌᆞ근 아덜 사랑옵ᄃᆞ 글공부 시기더니 너 ᄆᆡ우 유식ᄒᆞ다[10)]

쫓겨나기 전, "사람 ᄉᆡᆼᄋᆡ 어려운 쥴" 모르던 흥부는 거의 아이나 다를 바 없는 상태였다. 바리공주가 그러했던 것처럼 흥부 역시 세계에 대해 아무런 대응력을 갖추지 못한 갓난 아이였던 것이다. 그럼에도 불구하고 놀부가 흥부를 쫓아내는 이유는 아버지에 대한 반감 때문이었음을 위 놀부의 말로 미루어 짐작할 수 있다.

위 사설이 놀부심술사설에 이어서 제시된다는 점을 유념한다면 "셰간을 나 혼ᄌᆞ 작만"한 방법을 충분히 짐작할 수 있다. 그것은 아버지

10) 신재효본 <박타령>(강한영 교주, 『신재효 판소리 사설집(全)』, 보성문화사, 1978, 328쪽).

로 대표되는 가문의 가치관과는 상반되는 방법이었을 것이다. 그의 아버지는 자식들의 성향에 맞게 각각에 어울리는 길을 가기를 바랐던 것 같다. 하지만 그것이 놀부에게는 차별로 느껴졌던 것이다. 그러므로 '세간을 나 혼자 장만'했다는 말에는 아버지에 대한 반감을 담은 일종의 자기 합리화 기제가 담겨 있다고 보아야 한다. 그런 놀부가 다시 동생 흥부로부터 그 '아버지'를 보았던 것이다. 따라서 놀부가 흥부를 내쫓는 이유는 그 자신 속에 내재한, '아버지'에 대한 강박감 때문으로 풀이할 수도 있으리라 본다. 이러한 설정은, 신재효가 기존 <흥부전>으로부터 새로이 발견한 것이면서, 후대 전승본에까지 영향을 미치고 있음을 본다.

결국 <바리공주>의 대왕부부와 <흥부전>의 놀부는 '天' 혹은 '父'를 부정함과 동시에 그로 인한 강박감으로부터 벗어나기 위해 바리공주와 흥부를 버린 것이라 할 수 있다. 바리공주와 흥부가 그토록 매정하게 그리고 '철저히' 버림받은 것은 바로 이 때문이다. 이 난관을 어떻게 극복하는가 하는 것은 전적으로 버려진 자의 몫이 되었다.

3. 자기 찾기와 자기 버리기

바리공주와 흥부가 유사한 난관에 직면했음은 앞서 살핀 바와 같다. 하지만 둘은 서로 다른 대응 방식을 보이게 된다. 바리공주가 다시 가족 체제 내로 편입됨으로써 모든 것을 원 상태로 되돌리고자 했다면 흥부는 버려진 후의 세계와 맞서 싸우는 것이 시급했다. 이에 따라 극복 방식도 서로 다르게 나타난다.

버려진 바리공주에게 있어 가장 큰 아픔은 자신이 누구로부터 비롯되었는지 모른다는 점이었다. 자신의 존재론적 근원을 알 수 없는 이상 자신은 존재하지 않는 것이나 마찬가지였다. 자연히, 비리공덕할아비와 할미에게서 길러지던 바리공주가 자라면서 가장 먼저 품는 의문은 다음과 같은 것일 수밖에 없었다.

> 날김생 길버러지도 어미 아비 다 잇거든
> 나의 어마마마 어대 계옵시냐
> 아바마마 어대 계옵시냐
> 아기 어머아바 차저 달나 하옵시니
> (…)
> 전라도 왕대밧은 아바 승하하옵시면
> 양섯 잘나 집흐시고 삼년애곡 하옵나니
> 젼라도 왕대남기 아바로성이시며
> 뒷동산 모구나무는 어마로성이다
> 젼라도 왕대밧은 멀고 멀어
> 삼시문안 못들캣다
> 뒷동산 모구나무에 삼시문안 극진하시드라[11]

왕대나무와 모구나무(오동나무)가 부모라는 비리공덕할아비 부부의 말에 일단은 수긍하나 미심쩍은 것은 어찌할 수 없었다. 하지만 그럼에도 불구하고 바리공주는 뒷동산 모구나무에 극진히 삼시문안한다. 바리공주는 자기를 찾는 일이 중요했던 것이다.

반면 흥부는 신재효본의 경우, 버림을 받은 후 한 동안 유아적 상태에 놓여 있었거나 아니면 오히려 퇴행해 간 것으로 제시된다.

---

11) 서울 배경재본(김진영 · 홍태한, 『바리공주전집』 1, 민속원, 1997, 134-135쪽).

> 일년 이년 넘어가니 비러먹난 슈가 터져 흥보난 읍ᄂᆡ 가면 ᄀᆡᆨᄉᆞ의나 사정의나 좌기를 놉피ᄒᆞ고 외촌을 가랴기면 물방ᄋᆡ집일넌지 당ᄉᆞᆫ 정ᄌᆞ 밋ᄐᆡ ᄉᆞ쳐를 정ᄒᆞ고셔 어린 거슬 엽페 놋코 진 담ᄇᆡᆨ썩 붓쳐 물고 솟솔을 ᄆᆡ든지 쏘가리를 졀뜬지 닛가이나 방쥭이나 갓가우면 낙슈질 안져 할제 흥부의 마노ᄅᆡᄂᆞᆫ 어린 것슬 등의 부쳐 ᄉᆡᆨ기로 쫙동이고 박아지의 밥을 빌고 호박입의 건ᄀᆡ 어더 허위〃〃 ᄎᆞ져 오면 염치 업난 흥보 쇼견 가장틔 ᄒᆞ노라고 가쇽이 더듸 왓ᄃᆞ 집퍼썬 집핑이로 ᄆᆡ질도 ᄒᆞ여 보고 입의 맛난 반ᄎᆞ 업다 안젓던 물방ᄋᆡ집 불도 노와 부랴 ᄒᆞ고[12)]

흥부가 버림을 받은 후 가장 먼저 해결해야 했던 것은 생계 문제였다. 그러나 이미 익숙해져 있던 삶의 태도를 바꾸는 일은 생각만큼 쉽지 않았다. 흥부는 밥 빌러 나갔다 돌아온 처에게 늦게 왔다고 지팡이로 매질을 하기도 하고, 빌어먹는 주제에 맛있는 반찬이 없다고 행패도 부려 보려 한다. 바리공주와 달리 흥부는 바뀐 환경을 받아들이려 하지 않고 있는 것이다. 바리공주의 경우 자신의 존재론적 근거에 대한 진지한 고민을 해야 했던 반면, 흥부는 자기 앞에 닥친 현실부터 가늠해야 했기 때문이다.

바리공주의 자기 찾기 과정은 시초부터 순탄치 않았다. 대왕부부의 병으로 인해 그 계기가 마련되기는 했다. 자신을 버렸던 가족들이 자신을 받아주는 듯도 했다. 하지만 일이 뜻대로 되지는 않았다.

> 여보시오 부인요 나는 불라국 오귀대왕님의 길대부인에 오귀대왕을 찾아 간대내요

---

12) 신재효본 <박타령>(강한영 교주, 앞의 책, 330-332쪽). 이 부분은 현전 동편제 <흥보가>에서도 다소 다른 형태이지만, 전승되고 있다.

> 야야 그러면 네가 베리데기란 말이냐 나는 너의 짐승 같은 딸을 안 낳노라
> 아이구 어머니요 아이구 어머니요 나를 진정코 딸이라 생각이 안 나거들랑 이 글월을 살피보소[13)]

바리공주가 부딪친 문제는, 여전히 자신을 알아보지 못하는 부모였고 가족이었다. 위와 같은 확인 과정이 필요했던 것도 그 때문이다. 각 편에 따라 무명지를 찍어 合血 여부를 확인한 후에야 딸임이 인정되기도 한다.

그러나 그렇게 만나서 회복한 가족 관계 속에서의 '바리공주'는 진정한 의미의 '자기'가 아니었다. 서로 너무나 오래 떨어져 있었기 때문이기도 했지만 가족들이 바리공주로부터 다른 무엇인가를 원하고 있었기 때문이기도 했다. 자연스럽지 못한 관계 회복은 오히려 그 이전보다 못한 상태에 놓이는 경우도 있게 마련이다. 여섯 언니들은 당당하게 부모의 명령(부탁)을 거절하는 반면 바리공주는 거절할 수 없었던 이유도 이와 관련된다. 버려진 자식이 포용되기란 쉽지 않은 일이었다. 그것은 또 다른 대가를 필요로 하는 일이었다.

할 수 없이 구약여행을 떠나야 했다. 그 과정은 철저히 바리공주 자신의 '女性性' 전체를 담보로 해야 견뎌 낼 수 있었던 과정이었다. 救藥의 길은 그 자체도 험난했거니와 도달점에는 가장 험난한 시련이 기다리고 있었다. 물 삼 년 길어 주고 불 삼 년 때어 주고 나무 삼 년 해 주는 것도 부족하여 동수자 혹은 무장신선이라는 약물 지킴이와 원하지 않는(?) 백년가약을 맺어 아들 일곱을 낳아 주어야 했다. 약물을 얻기 위한 대가는 엄청나서, 여성으로서의 삶을 모두 걸어야 하는 것이

13) 경북 김복순본(최정여 · 서대석, 『동해안무가』, 형설출판사, 1982, 368쪽).

기도 했다. 이러한 희생을 대가로 하여 비로소 바리공주는 가족 속에서의 자신의 위치를 되찾을 수 있었다.

그런데 그러한 위치가 바리공주에게 과연 그만큼의 가치가 있었던가 하는 의문이 제기된다. "어마마마 배안에 열달 들어잇든 공"에 보답하기 위해 그랬다고만 보기에는 바리공주에게 닥치는 고난이 너무나 가혹하기 때문이다. 딸이기 때문에 버려진 것, 남의 손에 자라게 된 것은 그렇다 치더라도, 부모 봉양을 위해 여성으로서의 삶 전부를 희생한 것은 쉽게 설명할 수 있는 것이 아니다. 게다가 어느 누구에 의해서도 강요된 것이 아닌, 스스로 선택한 길이므로, 특히 더 그러했다.[14]

따라서 이 모든 것은 바리공주의 자기 찾기 과정과 결부시킴으로써 해명할 수밖에 없다. 약물은 희생의 댓가로 바리공주에게 주어진 사물이라기보다는, 바리공주 스스로 자신의 존재론적 본질을 발견함으로써 획득할 수 있었던 능력의 산물이다. 생명의 창조, 그리고 소생은 남성이 아닌 여성, 그것도 존재론적 문제를 깊이 사유한 이에게 주어진 '능력'이었다. 이로써 바리공주는 버림받음의 상처를 정신적으로 극복함은 물론 신적 존재로까지 고양되게 되는 것이다. 그 극복의 과정은 되찾은 자기의 새로운 버림의 과정이기도 했다.

한편, 흥부의 경우는 먹고 사는 문제가 선결 과제였다. 형으로부터

14) 바리공주는 심청보다 훨씬 더 처절했다. 심청은 인당수에 몸을 던지면서도 부친의 開眼에 대해 확신을 갖고 있지 못했다. 후일 황후가 된 후 조심스럽게 아버지와의 만남을 준비하는 것도 그 때문이었다. 하지만 바리공주는 목표를 향하여 매사를 추진하면서 전혀 주저하지 않는다. 심청과 바리공주가 희생하는 장면이 둘 다 비장미를 불러일으키는 것은 사실이지만 심청이 범인적 비장에 가까운 반면 바리공주는 영웅적 비장에 가까운 것도 이와 관계가 있다. 또한 그래도 심청이 부친의 사랑을 받은 반면 바리공주는 전혀 그렇지 못한 점, 심청은 남편의 사랑을 받고 있는 것으로 설정된 반면, 바리공주는 작품 자체에서 아예 남녀 애정의 문제가 배제되어 있는 점 등도 고려해야 한다.

버림받았으나 바리공주의 경우와는 달리 가족 구성원으로서 돌아갈 수 있는 자리는 없었다. 한 가장으로서의 책임만 앙상하게 남아 있을 뿐이었다. 흥부는 버려진 자로서의 존재론적 고민조차 할 여유가 없었던 것이다. 주어진 상황에 적응하는 것만도 벅찼다.

봄은 오게 마련이고 제비도 계절의 순환에 따라 인간 세계를 방문하게 마련이다. 매년마다 찾아오던 제비가 그 해에는 유독 눈에 띄었고 또한 반가웠던 것도 형으로부터 버림을 받은 후 빈민으로서의 삶에 익숙해졌다는 것, 그리고 이젠 어느 정도 무감각해졌음의 표지이다.

> ᄉᆞᆷ월동풍 방츈화시 비금쥬슈 질길 젹의 강남셔 나온 졔비 비입심ᄉᆞᆼ빅셩가 홍보 움막 나라드니 홍보가 죠와라고 졔비 보고 치하ᄒᆞᆫ다 쇼박ᄒᆞᆫ 셰상인심 부귀를 츄셰ᄒᆞ야 젹막ᄒᆞᆫ 이 ᄉᆞᆫ즁의 ᄎᆞ져 오리 업건만은 연불부빈가 쥬란화각 다 바리고 말만ᄒᆞᆫ 이 ᄂᆡ집을 ᄎᆞ져오니 반갑도다[15)]

자신처럼 세상을 버리고 찾아 온 제비와의 생태적 교감, 흥부는 이것으로 충분했었음을 알 수 있다. 흥부는 오히려 과거의 자기를 버림으로써 평정을 찾았던 것이다. 아마 제비의 박이 아니었어도 이후의 흥부는, 가난으로부터 벗어날 수는 없었겠지만 그래도 새로운 삶을 살았을 것으로 추측된다. 흥부는 과거의 '자기'를 버림으로써 새로운 '자기'를 발견한 것이다.

15) 신재효본 <박타령>(강한영 교주, 앞의 책, 356면).

4. 치유와 위안

버림받음에 대한 극복 방식으로서의 '자기 찾기'와 '자기 버리기'는 각 작품의 서사적 성격을 결정짓는다. 하나가 자기 찾기의 과정이 담긴 치유의 서사라면 다른 하나는 아픔을 겪은 이를 위한 위안의 서사라 할 수 있으리라는 것이다. 문제적 상황이 해결되는 과정은 서로 다를 수밖에 없었던 것이다.

<바리공주>의 구약여행부터 살펴보기로 하자. 바리공주의 구약여행 공간에서는 조력자의 도움이 절대적으로 작용한다. 부모의 죽음이 임박했다는 표지도 초월적 방식으로 전달된다. 따라서 혹 바리공주의 자기 찾기는 초월적 세계의 주재 하에 이루어지는 필연적인 과정이 아니었던가 생각되기도 한다. 그러나 그렇지 않다. 작품 곳곳에 등장하는 조력자는 그저 조력자의 역할에 머물 뿐이고 그때그때의 서사적 기능에 충실할 뿐이다. 어디까지나 바리공주는 애초의 목표 달성을 위해 혼신의 힘을 기울이며 스스로 노력하고 있었다.

약을 얻기 위한 노동이 현실적인 사건들로 설정된 것도 이 때문이다. 바리공주는 이 노동을 주체적으로 수행해 갔다.[16] 이를 통해 자신을 발견해 갔고 그것은 여성으로서 새로이 태어나는 과정이기도 했다. 약물을 얻는 자격, 그것은 변화된 '바리공주'였기 때문에 지닐 수 있었던 것이다. 여기에는 여성 본유의 포용력까지도 스며들어 있다. 그 속에서 바리공주는 진지하다. 따라서 바리공주의 구약여행 과정은 자신의 존재적 근원을 발견함으로써 정신적 상처를 치유하는 생산적인 과정이었다고도 볼 수 있을 것이다.

---

16) 따라서 이러한 관점에서 본다면 바리공주의 노동은 가부장제 하의 여성 착취의 반영이 아니라 여성만이 지닌 강력한 힘이 되는 것이다.

반면, 제비박대목 이후 흥부에게 펼쳐진 공간은 위안의 공간이다. 흥부가 보상을 받을 만한 충분한 자격을 갖춘 것은 물론 사실이다. 제비 다리를 고쳐 준 일은 생명의 존엄성 인식에 의거한, 그 어떤 대가도 바란 것이 아닌 순수한 행위였기 때문이다. 하지만 그 보상은 생각한 것 이상으로 컸다. 이미 흥부는 과거에 연연해하지 않는 상태, 곧 과거의 자기를 버리고 새로운 출발을 하고자 할 때였다. 그러한 흥부에게 갑작스럽게 다가 온 세계는 너무나도 풍요로운 세계였다. 이 세계는 현실 세계와는 너무나 대조적이었다. 그곳은 흥부가 소망했던 세계였기는 하나 주체적으로 조절할 수는 없는 세계였다. 따라서 그는 수동적으로 사태를 받아들일 수밖에 없었다. 흥부가 부자가 되는 과정은 차라리 위안의 과정이었던 것이다. 그렇다고 해서 이러한 과정이 부정적으로 평가되어서는 안 된다. 그것은 그것 나름대로의 순기능을 분명히 지니고 있기 때문이다.

결국 구약여정으로서의 <바리공주>의 환상 공간은 곳곳이 바리공주의 의지로 충만한 공간이라면 박대목에 그려진 <흥부전>의 환상 공간은 흥부의 욕망이 가상적으로 구현된 공간이다. 따라서 <바리공주>의 환상은 현실의 심각한 문제가 투영됨으로써 수용자로 하여금 깨우침을 주는 반면, <흥부전>의 환상은 그것 자체의 재미로 인해 수용자에 의해 소비되어 버린다. <바리공주>가 무속서사시이자 영웅서사시이고 <흥부전>이 세속서사시이자 범인대중서사시계 작품인 것도 이와 관련된다.

<바리공주>와 <흥부전>의 결말은 의외로 유사하다. 표면적으로는 <바리공주>의 경우 가부장적 질서 내로 재편입됨으로써 여전히 대왕부부의 체제가 강고히 유지되는 것처럼 보인다. 하지만 그렇게 볼 수는 없다. 바리공주는 저승 여행을 통해 평범한 딸을 넘어선 존재가 되

어버렸기 때문이다. 무조신은 가부장적 체제와는 류를 달리하는 새로운 체제에 속하는 존재라 보아야 할 것이다. 흥부의 경우 또한 놀부의 체제, 다시 말해 애초에 있던 가족 속으로 돌아갈 필요는 없었다. 그곳은 허물어져버린 상태이며 그곳을 대체할 만한 공간이 이미 마련된 것으로 설정되기 때문이다.

이러한 결말은, 버려진 자의 치유 혹은 위안은 새로운 세계 속(체제 밖)에서 가능하다는 것, 그러나 그 세계는 기존 세계를 포용하고도 남음이 있는 세계라는 것을 우리에게 말해 주고 있다.

5. 맺음말

<바리공주>와 <흥부전>은 버려져서 소외된 자들에 관한 이야기를 담고 있다는 점에서 공통된다. 하지만 두 작품의 내적 형식은 차이가 있는데, <흥부전>이 버려진 자들을 달래 주는 위안의 문학이라면 <바리공주>는 버림의 행위 자체의 부당성을 역설하고 버려진 자의 상처와 버린 자의 오만을 아우른 치유의 문학이라 할 수 있다.

비인간적 현실을 폭로하고 인간성을 회복하는 것이 문학의 존재 근거라 할 때, <바리공주>와 <흥부전>은 바로 그러한 속성을 충실히 내재한 작품들이다. 이들 이야기 속에는 이 세상의 모든 소외된 자들의 아픔은 달래어지거나 치유되어야 하고 또한 그럴 수 있으며, 나아가 소외된 자들이야말로 욕망으로 가득 찬 인간 세상을 치유할 수 있는 시선을 지닌 자들이라는 메시지가 담겨 있는 것이다. 다만 <바리공주>쪽이 문제를 더 본질적으로 사유하고 있는 바, 그 버림받은 자가 오히려 인간 구원의 희망을 간직하고 있음을 말해 주고자 한다. 인

간이 파괴한 자연 속 나무나 풀들이 저 발길 닿지 않는 곳에서 오히려 인간을 되살리고 있듯 말이다.

제 2 장

<흥부전>과 여성의 시각에서 본 형제 우애 설화*

1. 머리말

형제 관계를 다루는 이야기는 그 대립의 성격에 따라 크게 두 가지 부류가 있을 것 같다. 형제가 함께, 닥쳐온 유혹이나 외부 세계와 맞서 싸우는 경우와, 다른 가치관을 지녔거나 빈부가 엇갈린 형제가 서로 대립하는 경우가 그것이다. 전자는 <형제 우애로 쪼개진 금덩이> 유형이나 <삼형제의 재주> 유형처럼 유혹을 이겨내고 형제가 우애를 재확인하게 되거나 큰 공업을 이루어 함께 잘 살게 되는 이야기이고, 후자는 模倣譚이나 <흥부전>, <창선감의록>, <유효공선행록> 등 소설에서 볼 수 있는 바와 같이 富, 가장권 계승 등의 문제로 인해 형제가 대립 혹은 대결하는 관계에 놓여 결국 한 쪽의 승리로 귀결되는[1)]

* 이 글은 『문학치료연구』 16(한국문학치료학회, 2010)에 실린 「여성의 시각에서 본 형제 우애 설화에 나타난 가족」을 부분 수정한 글이다. 다만 이들 설화와 관련하여 <흥부전>을 되새겨보는 4장을 새로이 첨가하였다.

1) 이 경우, 대체로 형제가 우애를 회복하는 경우가 많으나 도저히 회복할 수 없는 상황에

이야기이다. 형제란 힘을 합해 외부 세계에 대항해야 하는 자들이면서, 한 자리인 가장의 지위를 놓고 서로 대립하는 위치에 놓여 있으며, 분가 후에도 그 사회적 성취가 쉽게 대비되는, 태생적으로 서로의 운명이 얽힐 수밖에 없는 관계에 놓인 자들이라는 점이, 이러한 류 이야기의 형성 배경이 되었을 것이다. 그러므로 형제 관계를 다루는 이야기들에는 富의 문제, 가장권 계승의 문제, 心性 문제가 복합적으로 얽혀 있는 것이 일반적이다.

그런데 형제 관계를 다루고 있으면서도 이 두 경우와는 다른 성격을 띤 이야기들이 있어 주목된다. 가족 구성원 중 시집 온 여성, 다시 말해 며느리이자 아내이며 동서인 여성들의 시각에서 바라본 형제 이야기들이 바로 그것이다. 이 이야기들은 우애를 재확인하거나 빈부가 엇갈린 형제의 이야기들이라는 점에서는 위 두 경우와 유사하지만 여성 가족원을 주체로 하여 그녀들의 시각에서 형제 관계를 다루고 있다는 점에서 차이를 보이는 이야기들이다.

『한국구비문학대계』에 채록된 것들 중 이에 속하는 유형 설화로는 <가짜 구렁이업>, <여자에게 달린 형제의 우애>, <정직한 작은동서 어진 큰동서> 등이 특히 주목된다. 이 이야기들은 각각 10편, 12편, 29편의 각편들이 발견되는 유형들로서 비교적 전승력이 강한 것들이다. 본고에서 분석해 보고자 하는 작품은 이 중 <여자에게 달린 형제의 우애>, <정직한 작은동서 어진 큰동서>이다.[2)]

놓일 때도 있다. 형제가 우애를 회복하는 결말을 맺는 <창선감의록>의 경우 동생은 형과의 대결 의식을 지니고 있지 않다고 보아야겠으나 가장권을 지키려는 형이 용렬한 인물인 한 그 대결은 성립한다 할 수 있다.

2) <가짜 구렁이업> 역시 형제 간 우애 문제가 그 집안 며느리의 시각에서 다루어지는 설화이기는 하지만, 孝 문제와 긴밀한 관련을 지니면서 사건이 시작된다는 점, 큰동서가 아닌 작은동서가 주도적인 역할을 한다는 점, 각편에 따라 결말이 반드시 우애로만 귀착되지 않는 경우도 있다는 점 등 때문에 본고에서 다루고자 하는 유형들과는 거리가 있다

이 두 유형은 일상적인 사건에서 출발하여 형제간의 우애를 재확인하거나 회복하는 것으로 끝나는, 農家의 풍속도 같은 이야기로 이루어져 있다. 화자들도 비교적 부담 없이 구연에 임했을 것으로 추측된다. 하지만 그러한 사건이 형제들 당사자가 아닌 여성들의 시각에서 말해지고 있어 그 뜻하는 바가 간단치는 않다. 새로이 가족 구성원이 된 여성들은 형제 관계에 있어 당사자는 아니라는 점에서 타자이지만 또한 온전한 타자라 할 수는 없는 경계적 존재들이다. 그러므로 그녀들은 당사자들에 비해 상대적으로 객관적 시각을 확보할 수 있는 위치에 있지만 또한 그러한 객관성을 철저히 추구할 수는 없는 위치에 놓여 있기도 하다. 이러한 특수성으로 인해 그녀들의 시각에서 말해지는 형제 관계는 형제인 당사자들의 시각을 어느 정도 담고 있으면서도 그것을 넘어서는 새로운 점이 있으리라 예상할 수 있다. 본고에서는 바로 그 새로운 점에 대해 그 나름대로의 의의를 부여하고자 한다.[3] 이러한 목표에 이르기 위해서는 먼저 이 유형 이야기들의 존재 양상을 그 변이와 함께 살펴보는 작업이 필요할 것이다.

2. 여성의 시각에서 본 형제 우애 설화의 양상

1) 〈여자에게 달린 형제의 우애〉

<여자에게 달린 형제의 우애>[4]는 자신들의 우애를 자랑하는 형제

고 보아 다음 기회에 다루고자 한다.

3) 이 유형 설화에 대한 기존 연구는 찾을 수 없었다. 여타 유형 설화를 논의하면서 함께 다룬 경우가 있을 것 같으나 필자가 과문한 탓인지 발견할 수 없었다.

4) 유형을 대표하는 제명은 근래에 『한국구비문학대계』 설화 각편들을 기초로 하여 만든 『문학치료 서사사전 1, 2, 3』(정운채 외, 문학과치료, 2009)에 의거한다. 이 서사사전은 문학

들을 대상으로 그 부인이자 동서들이 모의하여 형제들을 멀어지게 했다가 결국에는 형제들로부터 자신들의 가치를 인정받는다는 이야기이다. 『한국구비문학대계』에 실린 각편들의 구체적인 정보를 제시하면 다음과 같다.

번호	각편 제목	대계 / 첫 쪽수	채록 지역	제보자
1	세 형제 세 동서의 우애	2-4 / 777	강원 양양	김진열(남, 59)
2	우애 시험	4-6 / 120	충남 공주	이득우(남, 69)
3	가정사는 여자가 제일	5-1 / 408	전북 남원	오천연(남, 64)
4	칠 동서의 우애	5-5 / 331	전북 정읍	김병수(남, 64)
5	동서들의 화목	5-6 / 679	전북 정읍	김철중(남, 75)
6	자부를 잘 얻어야 하는 이유	6-11 / 432	전남 화순	최기석(남, 72)
7	형제의 우애	7-3 / 403	경북 월성	박병도(남, 75)
8	여자에게 달린 형제의 우애	7-10 / 854	경북 봉화	권수이(여, 62)
9	형제간의 우애는 여자 탓	7-10 / 332	경북 봉화	김태강(여, 74)
10	삼동서 덕으로 화목한 삼형제	7-14 / 36	경북 달성	임수완(남, 64)
11	우애는 안동서들이 연다	7-15 / 548	경북 선산	김기인(남, 71)
12	동서간의 마음쓰기에 달린 삼형제의 우애	7-17 / 357	경북 예천	김끝녀(여, 72)

이들 중 7번 각편을 요약한 것을 제시하면 다음과 같다.

치료학의 서사이론 구현을 위한 의도에서 기획된 것인데, 문학치료학뿐 아니라 설화 연구에 관심을 가진 이들에게도 효용 가치가 높으리라 생각된다.

(1) 박씨 성을 가진 사람이 오 형제를 낳아 다 장가를 보내고 살림을 내줬다. (2) 형제간에 우애가 깊어서 닭을 한 마리 잡아도 나누어 먹고 술 한 동이도 나누어 먹으니 동네 사람들이 모두 부러워했다. (3) 동네 사람들이 맏동서를 보면서 어찌 그렇게 형제가 사이가 좋으냐고 했다. 맏동서가 작은동서들을 불러 모아 놓고, "동네 사람들이 형제간에 사이가 좋다고들 하는데 이게 다 우리 안사람들이 잘해서 그런 것인데, 한번 정을 띠어버리자."라고 했다. 작은동서들도 찬성하여 남편들을 속이고 어떻게 되는지 한번 해보자고 하였다. (4) 먼저 맏동서가 먹을 것을 해놓고 둘째네 아이들이 와서 달라고 하자 주지 않고 쫓아버렸다. (5) 그것을 동서가 서운해 하며 바깥양반에게 이르니 둘째가 형님이 변했는가 싶어 다른 형제들에게도 물어보았다. 그러자 다들 그렇다고 했다. (6) 형제들이 이제 큰형님이 변했다고 생각하여 형님 집에 가서 퍼붓자 하고 그 집으로 찾아갔다. (7) 동생들의 이야기를 들은 남편이 부인을 불러 연유를 물었다. 그러자 부인이 "이제 제각기 벌어먹고 살지 왜 자꾸 줄라고 합니까?"라고 했다. (8) 그렇게 한두 달 반년을 지내니 결국 형제들이 제각기 떨어져서 살았다. (9) 맏동서가 다시 작은동서들을 모아 놓고 이제 다시 예전처럼 정을 붙이자고 했다. 그렇게 해서 부인들이 남편들에게 해명을 하니 다시 사이가 좋아졌다. (10) 형제끼리 우애 있는 것은 집안에 사람이 잘 들어와야 한다는 이야기이다.[5)]

이 이야기는 적게는 2명, 많게는 10명의 형제들이 우애 있게 지내는 데서부터 시작된다. 애초에는 당사자들이 바람직한 관계를 이루고 있으므로 표면적으로는 아무 문제가 없는 상황이다.[6)] 그러나 우애 있게

5) 정운채 외, 『문학치료 서사사전 2』, 문학과치료, 2009, 2248-2249쪽.

6) 물론 10번 각편에서처럼 주변 사람들과 어울리지 않고 형제들끼리만 지내는 것이 문제인 것으로 설정되는 경우도 있다. 하지만 이 각편에서도 여자들이 잘해서 형제 간 인정이 있음을 깨달았다고 하며 끝맺고 있으므로 여타 각편과 다른 의미를 드러내는 것은 아니다.

지내게 된 데 대한 형제들의 自評 및 그들에 대한 사회적 평판[7]에서 아내들은 배제됨으로써 갈등이 표출된다. 그녀들의 시각에서 볼 때 그것은 불합리한 일인 것이다. 위 각편에서는 아내들이 모여 서운함을 표현하는 것 정도로 자제되어 나타나지만 다른 각편에서는 이로 인해 큰형 부부가 싸움을 벌이기도 할 만큼 심각한 상황으로 그려지기도 한다.

이에 대해 아내이자 동서들은 함께 모여 남편과 그 형제들을 깨우쳐 줄 일을 모의한다. 이 일은 맏동서가 주도하여 실행에 옮긴다. 그녀들은 위 각편에서처럼 맛있는 음식을 해 놓고 조카들이 놀러 와도 주지 않거나, 떡을 해도 돌리지 않고, 시동생들이 와도 술을 숨기고 내주지 않거나, 뭔가를 먹다가 감춘다. 이런 일이 반복되면서 형제간의 거리는 점차 멀어진다. 인간관계는 이처럼 작은 일, 사소한 인정으로 인해 가까워지기도 하고 멀어지기도 한다. 특히 아이들이 푸대접 받을 때 어른들은 화가 날 수밖에 없다. 그녀들의 전략은 결국 제대로 먹혀들었으며 형제들은 상투를 잡고 싸우기에 이르는 한편 몇 년 동안 왕래가 끊어지기까지 한다.

이 이야기에는 이처럼 전통 시대 음식 문화와 관련한 일상적 삶의 감각이 바탕에 깔려 있다. 일상이란 어떻게 보면 너무나 범속하여 평소에는 느끼기 어려운 것들이다. 하지만 그것이 지속되지 않을 때에는 불편함을 넘어 인간관계에까지 커다란 영향을 미칠 수 있다. 전통 시대 가족에게 있어 그 일상을 지속시키는 동력은 여성들에게서 나왔다. 바로 그 점을 그녀들은 남편에게 깨우쳐 주고자 했던 것이다. 이 유형 각편들을 전승하는 화자들이 남녀를 막론하고 "여자가 집안에 잘 들

7) 각편에 따라 형제들 간에 우애 있게 지낸다고 표창을 받은 바 있는 것으로 나오기도 한다.

와야 그 게 집안 화목헌다 허는 것", "안에서 그르면 우애가 없어.", "한 가정의 우애라는 건 여자가 내지 남자가 내는 법은 없어." 등의 발언을 덧붙이며 끝맺는 것도 이러한 인식을 드러낸 것이다. 결국 남편 형제들은 항복하고야 만다.

물론 각편 중에는 조금은 다른 양상을 보이는 경우도 있다. 1번 각편이 그러한데 이 각편에서는 맏동서 혼자 계획하여 남편과 시동생은 물론, 아랫동서들에게까지 자신의 가치를 확인시킨다.[8] 여기서는 아랫동서들과의 공모가 전제되지 않기 때문에 동서들 간의 대립도 내포된다는 점이 특징이다. 맏동서는 형제들과 동서들이 모인 자리에서 '忍'字가 적힌 종이 세 말을 꺼내 놓는다. 아랫동서들은 이를 보고 자신들의 잘못과 그 간 맏동서의 노력을 인정한다. 집안이 화목할 수 있었던 것은 작은 일에 이르기까지 불목을 초래할 수 있는 일에 대해 참아 왔던 맏동서의 노력 때문이었음이 입증되었기 때문이다. 이때 남편들은 묵묵부답하고 있을 뿐이다. 그러므로 이 각편은 맏며느리이자 맏동서의 역할에 초점을 맞춘 각편이라는 점에서, 이어서 살필 <정직한 작은동서 어진 큰동서> 유형 이야기와 통하는 점이 있다. 하지만 그렇다 하더라도 시집온 여성 가족원들의 관계 여하에 따라 형제들의 화목 여부가 결정된다는 의식이 담긴 각편이라는 점에서 앞서 살핀 것들과 다르지는 않다.

2) 〈정직한 작은동서 어진 큰동서〉

<정직한 작은동서 어진 큰동서>는 부자인 형과 가난한 동생이 살

8) 8번 각편 역시 이 각편과 유사한 양상을 보인다.

았는데 어떤 일로 인해 큰동서가 작은동서의 정직함에 감탄하여 남편을 속여 땅문서를 시동생에게 줌으로써 함께 잘살게 되었다는 이야기이다. 이 이야기는 전국적으로 29편의 각편이 채록된 것으로 미루어 볼 때 그 전승력이 강한 유형이라 할 수 있다. 『한국구비문학대계』에 실린 이 유형 각편들의 구체적인 정보는 다음과 같다.

번호	각편 제목	대계 / 첫 쪽수	채록 지역	제보자
13	시동생을 도와 준 형수	1-1 / 247	서울 도봉	유신락(남, 69)
14	삼동서 이야기	1-2 / 425	경기 여주	김희묵(남, 61)
15	남편의 마음을 고치게 한 부인	2-4 / 729	강원 양양	강학철(남, 66)
16	형제간의 우애	2-8 / 271	강원 영월	엄기복(남, 73)
17	만동서의 의리	2-8 / 307	강원 영월	이춘식(남, 64)
18	어진 형수	3-1 / 281	충북 중원	조학구(남, 76)
19	형제간의 불목을 해소시킨 아내	4-5 / 578	충남 부여	지정병(남, 66)
20	시동생 살린 형수	5-1 / 596	전북 남원	정봉이(여, 73)
21	동복오씨 형제의 우애	5-2 / 66	전북 전주	정삼룡(남, 70)
22	되찾은 형제간의 우애	6-2 / 502	전남 함평	김재승(남, 51)
23	시동생을 도와 준 형수씨의 지혜	6-7 / 391	전남 신안	이순동(남, 74)
24	마음씨 착한 동서	6-8 / 864	전남 장성	정애숙(여, 77)
25	우애 좋은 동서지간	6-10 / 206	전남 화순	양재민(남, 82)

26	마음이 고와야 한다	6-10 / 278	전남 화순	김기식(남, 81)
27	우애있는 며느리	6-11 / 359	전남 화순	김은채(남, 71)
28	지혜있는 맏동서	7-8 / 323	경북 상주	김분진(여, 58)
29	형제의 분재	7-8 / 513	경북 상주	하귀순(여, 59)
30	시동생을 도와 준 형수의 지혜	7-9 / 332	경북 안동	류재희(남, 82)
31	못사는 시동생을 도와 준 형수의 지혜	7-9 / 1059	경북 안동	임치락(남, 64)
32	시동생 도와준 지혜있는 형수	7-11 / 582	경북 군위	박영화(남, 64)
33	시동생을 잘 살게 한 맏형수	7-12 / 707	경북 군위	김연규(남, 67)
34	맏동서의 지혜로 화목해진 김씨네	7-14 / 26	경북 달성	김용암(남, 59)
35	우애있는 형제	7-15 / 557	경북 선산	김기인(남, 71)
36	의 좋은 동서	8-4 / 48	경남 진양	이병현(여, 56)
37	의 좋은 동서	8-4 / 313	경남 진양	김창석(여, 48)
38	의 좋은 동서들	8-4 / 471	경남 진양	김명칠(남, 84)
39	의 좋은 동서	8-7 / 373	경남 밀양	조수환(남, 79)
40	의 좋은 동서	8-10 / 636	경남 의령	전용을(남, 68)
41	의 좋은 큰며느리	8-11 / 127	경남 의령	진강수(여, 79)

이들 중 21번 각편을 요약한 것을 제시하면 다음과 같다.

(1) 광주 동복 오씨네 집안 이야기다. 오씨 집안 원조 되는 분들이 한 동네에 살았다. 형제가 위아래 집에 살았는데 형은 부자이고 아우는 가난했다. (2) 봄이 되자 형네 집에서는 멍석에 나락을 펴서 말렸다. 동생 집에서도 이웃에서 일을 하고 얻은 나락을 함께 내다 널었다. (3) 그런데 마당에서 새와 닭을 쫓던 형제의 어머니가 큰집 나락을 작은집 멍석에 가져다 부었다. (4) 그 모습을 큰며느리가 보게 되었다. (5) 해가 저물어 작은동서가 나락을 가지러 왔다가 아침에 자신이 널어놓은 만큼만 가져가고 나머지는 도로 큰집 멍석에 두었다. (6) 그 모습을 본 큰며느리가 작은동서에게 감탄을 하였다. 큰며느리는 머슴을 불러 찹쌀로 술을 빚게 하였다. (7) 하루는 남편이 술에 취해 집에 들어왔다. 그러자 부인이 우리 집에도 좋은 술이 있는데 어디서 술을 마셨냐면서 또 술상을 차려 내놓았다. (8) 남편이 혼자서 술을 마시려고 하자 부인이 동생도 초대하자고 하였다. 그래서 형제가 같이 술을 마시게 되었다. (9) 이미 술을 마셨던 형이 먼저 술에 취해 쓰러졌다. 그러자 형수가 시동생에게 자신이 시키는 대로 하라면서 논문서를 내주었다. 그리고 부인을 잘 얻었다면서 지난 번 있었던 일을 말해주었다. (10) 얼마 후 형이 술에서 깨어 일어났는데 문갑 문이 열려있고 종이가 사방에 널려있는 것이었다. (11) 남편이 부인을 불러 무슨 일이냐고 물었다. 그러자 부인이 당신이 술에 취해 시동생에게 너도 살아야 하니 이것을 가지고 가라며 뭔가를 주었다고 했다. (12) 형이 동생을 불러와 무슨 일이 있었는지 물어 보았다. 동생은 형수가 미리 알려준 대로 형이 술에 취해 논문서를 주었다고 했다. (13) 옆에 있던 형수가 남아일언중천금인데 한번 주었으면 그만이라며 시동생을 거들어 주었다. (14) 결국 형이 동생에게 논문서를 내주게 되어 동생이 잘 살게 되었다. (15) 이 말이 동네에 소문이 나자 오씨 집안이 좋은 집안이라면서 혼사가 끊이지 않았다. 그래서 오씨네 집이 번창을 하였다.[9)]

9) 정운채, 『문학치료 서사사전 3』, 문학과치료, 2009, 2741쪽.

이 유형 이야기는 형은 부자로 살고 동생은 가난하게 산다는 상황이 전제된다.[10] 위 각편처럼 왜 그렇게 되었는지 이유가 제시되지 않은 경우도 있지만, 여타 각편들을 종합해 보면, 동생이 애초에 물려받은 재산이 형에 비해 많지 않았기 때문인 경우도 있으나, 노름이나 낭비벽으로 가산을 탕진했기 때문임을 알 수 있다. 성격상 문제가 있었기 때문에 형도 어찌할 수 없었으며 이로 인해 형제 관계도 그리 좋지는 않은 것으로 설정된다.

동생은 이처럼 대책 없는 인물이지만 그 부인인 작은동서는 정직하며 신의 있는 인물이다. 마침 작은동서는 다른 일로 인해 나락 혹은 우케를 큰집에서 말리게 된다. 큰집에는 시어머니가 있어 닭과 새를 쫓아줄 수 있어서이다. 전통 시대 農家의 풍속도 같은 이 장면에서 시어머니는 못사는 작은아들 생각에 큰집 나락의 일부를 작은집 멍석으로 옮긴다. 하지만 작은동서는 자신이 널어놓은 만큼만 가져간다.[11] 나락을 멍석에다 말리면 부피가 조금 줄어드는 것이 상례인데도 늘어난 것이 이상했던 것이다. 바로 이 장면을 맏동서가 지켜보게 된다.

멍석에다 나락을 말리는 것은 철이 되면 으레 보는 일상 풍경이다. 일상이란 인간의 주기적으로 반복되는 행위가 일정 기간의 지속을 통해 거의 자동화되다시피 한 삶의 습속이라 할 수 있다. 그러므로 일상 속 행위에는 인간의 심성이 무의식적으로 반영되게 마련이다. 맏동서가 작은동서의 사람됨을 알게 된 것은 바로 그 일상 속에서였고 그 판

10) 이 유형 설화 각편들 중 22번 각편은 유일하게 형보다 동생이 재력이 있는 것으로 설정되어 있다. 이때 땅문서를 주는 맏동서의 역할은 작은동서가 맡게 된다.

11) 40번 각편에서는 시어머니가 나락을 말릴 때 서너 말 퍼서 숨겨 두었다가 작은집으로 직접 가져가고, 작은동서는 시어머니의 마음을 이해하면서도 그것을 큰동서집으로 다시 가져가 돌려주는 것으로 처리된다. 이러한 변이에서는 작은동서의 자존심이 더 부각된다.

단은 적실했다고 생각한다. 이러한 판단은 농가의 일상적 삶 속에서 배태된 섬세한 감각에 토대를 둔다. 작은동서가 이러한 심성을 지녀서인지 동생 부부 사이, 큰동서와 작은동서 사이에는 사소한 다툼조차도 없는 것으로 설정된다. 이는 실제로 그러했을까 하는 문제와는 별개의 문제이다.

맏동서는 작은동서의 사람됨에 감동하여 작은집을 도와주기로 결심한다. 하지만 남편을 설득할 수는 없으리라 생각하고 선의의 전략을 마련한다. 그것은 남편으로 하여금 술에 취해 인사불성의 상태에 빠지게 하여 술김에 자신이 논문서를 주었거나 주기로 약속했음을 인정하게 하는 것이었다. 남편이 술에 취하게 하기만 하면 되므로, 생일 잔치를 벌이든 위 각편처럼 특별한 이유 없이 형제가 함께 술을 마시게 하든 상관없었다. 남편의 습성을 평소에 잘 알고 있던 맏동서의 계획은 완전히 적중한다. 남편은 후회하지만 이미 되돌릴 수 없는 상황에 놓이게 된다.

여기서 남편의 반응도 주목할 만하다. 맏동서인 아내가 벌인 일에 대해 남편이 없던 일로 되돌리거나 갈등하는 각편은 보이지 않기 때문이다. 자신의 잘못을 순순히 인정하고 아내의 뜻을 따르는 경우가 대부분이며 심지어는 아내가 화를 내자 '그렇게 된 것을 어떻게 하느냐'며 도리어 아내를 달래는 경우도 있다.[12] 이는 무의식적으로는 남편 역시 평소에 동생을 도와주어야 한다는 생각을 지니고 있었음을 뜻한다. 각편에 따라, 아내가 실토하자 남편이 처음부터 사정 얘기를 했더라도 반대를 하지는 않았을 것이라 하기도 하고,(35번) 아예 형이 사정 얘기를 듣고 직접 동생에게 땅을 주기도 하는 변이가 보이는 것

12) 16번 각편이 그러하다. 이때는 가벼운 아이러니가 성립한다.

(14번)도 이러한 맥락에서 이해할 수 있을 것이다.[13]

아무튼 지혜로우면서 어진 맏동서의 이러한 노력으로 인해 작은집이 살만해졌고 형제 간 우애도 되찾게 된 것은 물론이다. 그러므로 이 이야기는 형제 관계에 있어, 나아가 가족의 화목을 위해 맏동서의 역할이 중요하다는 메시지를 담고 있는 이야기라 할 수 있을 것이다. 그리고 남편들이 아무리 못난 인물이라 하더라도 아내들이 지혜롭고 신의 있는 인물이기만 하다면 집안은 화평하리라는 인식도 담겨 있다. 화자 또는 청중이 내리는, "여자 맏동세가 그래 점잖고 의리를 잘 써가지구 두 형제가 잘 살더래요.", "첫째 여자가 잘 들와야 돼.", "나무 자손이 잘 드러와야 집안이 잘된다는 말이 내려오는 게유.", "집안 의리는 여자한테 달렸어요." 등의 평가도 이 유형 이야기의 전승 의식을 잘 드러내주는 것이라 하겠다. 놀부 아내와 흥부 아내가 친했다면, 그리고 놀부 아내가 현명했다면 아마 <흥부전>의 양상은 달라졌을 것이다.

3. 여성의 시각에서 본 형제 우애 설화에 나타난 가족

이상으로 살핀 바와 같이 <여자에게 달린 형제의 우애>와 <정직한 작은동서 어진 큰동서>는 시집 온 여성들에 초점을 맞추어 형제 간 우애를 말하고 있는 이야기이면서, 한 집안의 화목은 시집 온 여성들에 의해 좌우된다는 인식이 담겨 있다는 점에서, 같은 범주로 묶을 수 있는 이야기들이다. 게다가 <정직한 작은동서 어진 큰동서> 유형의

13) 이 외에 34번, 41번 각편의 경우처럼 시아버지가 논문서를 주는 것으로 처리된 각편들도 있다. 이는 동서들 간의 관계를 더 중요시한 경우라 할 수 있다.

한 각편인 34번 각편처럼 이 두 유형 이야기가 앞뒤로 결합된 각편이 존재하기도 하는데, 이는 이 두 유형이 실제 전승 현장에서도 유사한 메시지를 담은 이야기로 여겨졌음을 뜻한다.

이 두 유형 이야기는 등장인물들 중 맏동서의 역할이 중요시되고 있으며 분가한 형제 중 형이 주도권을 지니고 있거나 동생들보다 더 많은 재산을 보유하고 있으므로 전통 시대 장자 상속권이 어느 정도 확립된 후를 배경으로 한다. 실제로 <정직한 작은동서 어진 큰동서>의 각편들 중 15번 각편에서는 아예 작은아들에게는 땅 분배가 안 되었으며 17번 각편에서는 큰아들 600석, 작은아들 400석, 18번 각편에서는 큰아들 70석, 작은아들 30석 등이 상속되거나 분배되고 있음을 볼 수 있다. 그러므로 이 유형 이야기들은 재산권이 남성에게, 그리고 장자 중심적으로 운영되는 가부장제 하에 분가한 형제들의 관계를 조명하고 있는 이야기라 할 수 있다.

이러한 배경을 염두에 둘 때 이 유형들은 현실적 갈등을 형제간의 우애를 통해 해결할 수 있다는 이념적 성격의 이야기에 해당한다고 볼 수 있다. 그러나 이 유형 이야기들이 교화의 대상으로 설정하고 있는 이는 당사자인 형제들이 아니다. 그 대상은 바로, 시집 온 여성들이다. "나무 자손(시집 온 여성들을 말함)이 잘 드러와야 집안이 잘된다는 말이 내려오는 게유.", "집안 의리는 여자한테 달렸어요." 등 화자의 발화들은 이 점을 단적으로 드러내어 준다. 그리고 남성 화자들이 더 많다는 점,[14] <정직한 작은동서 어진 큰동서>는 특정 가문의 실화인 것처럼 구술되기도 한다는 점[15]도 이와 관련되리라 본다. 따라서 이

14) <여자에게 달린 형제의 우애>는 남성 10명, 여성 2명, <정직한 작은동서 어진 큰동서>는 남성 22명, 여성 7명이 화자들이다.

15) 13번, 18번, 23번, 34번 등 각편들이 그러하다.

유형 이야기들은 남성 가족원의 관점에서 생각할 때, 시집 온 여성 길들이기 담론으로서의 성격을 분명히 지닌다.

그러나 이 유형 이야기에서 주도적으로 일을 벌이는 인물들은 그 집안으로 시집 온 여성들이며 갈등 해결 방식도 일상 속 여성 문화에 토대를 두고 있다는 점을 주목하지 않을 수 없다. 앞서 살폈듯이 <여자에게 달린 형제의 우애>는 평소 한 집에서 음식을 하면 서로 나누어 먹는 형제 간 인정에 금이 갈 때 벌어질 수 있는 일을 다루고 있으며, <정직한 작은동서 어진 큰동서>는 나락을 멍석에다 말리는 농가의 일상을 배경으로 동서 간 교감을 느끼게 되며 그것이 사건 추동의 계기가 되는 이야기이다. 문제의 해결 역시 가족 간 인정을 회복함으로써 또는 여느 때처럼 술을 주고받는 일상을 통해 이루어진다. 어떻게 보면 사소하고 너무나 범속해서 평소에는 무심코 넘어갈 수 있는 일상 속에서 인간관계의 단서를 발견하고 있는 것이다. 이러한 일상을 주관하는 이들은 바로 동서이자 며느리들, 곧 여성 가족원들이었다. 그러므로 이 유형 이야기들은 가족 구성원 중에서도 여성을 주체로 하여 여성적 일상 문화로써 형제 간 우애, 가족 화목을 지키거나 이루어내는 이야기들이라 볼 수 있다.[16)]

작품 속 남녀가 서로 대비되는 인물로 설정된 것도 이와 관련이 있다. 작품 속 형제들은 과시적 성격의 인물들이거나, 형은 동생에게 인색하고 동생은 노름을 통해 가산을 탕진하는, 긍정적이라고만 할 수는 없는 인물들이다. 반면 동서들은, 낯선 곳으로 시집 와 열등한 위치에 있기 때문에 쉽게 공감대를 형성할 수 있는 인물이지만 그래도 대체로는 긍정적 인물들이다. <정직한 작은동서 어진 큰동서>에서는 각각

16) 이는 <사씨남정기>의 사씨가 여성이면서도 남성적인 것, 곧 가부장적인 의식으로써 가문을 지키는 것과는 다른 모습이다.

정직하고 알뜰하며 또한 어질고 슬기로운 인물로 설정된다. 아마 맏동서는 작은동서가 자신의 것이 아닌 나락을 다시 덜어내는 장면을 보면서 애틋한 동지 의식 같은 것을 느꼈을 수 있다. 바로 이러한 여성 가족원들이 있기에 가족은 제 자리를 잡게 되는 것이다.

형제 문제는 형제들만의 문제가 아니다. 형제의 대립과 갈등만으로 이루어진 경우는 가족의 실상을 무시한 설정이라 할 수도 있을 것이다. 그것은 동서들의 문제이기도 하며 나아가 가족 전체의 문제로 보아야 한다는 것을 이 두 유형 이야기는 잘 말해주고 있다. 낯선 곳으로 시집 와 한 가족이 된 경계적 존재이기는 하지만 바로 그러한 여성을 주체로 한 일상의 세세한 손길과 배려가 없다면 가족의 화목은 있을 수 없다는 것이다.[17] 그러므로 이 유형들은 형제 간 우애 문제가 여성 가족원들의 의식 속에서 재맥락화되면서 더 포괄적인 관점에서 가족의 의미를 되새기게 하는 이야기라 할 수 있을 것이다.

1980년대에 주로 채록된 『한국구비문학대계』 수록 구비 설화 각편들은 전통 시대 선조들의 역사적 경험과 인식을 토대로 한 것이면서 후대 전승자들의 논쟁과 재해석을 거친 결과물이기도 하다.[18] 『대계』 수록 각편만 놓고 볼 때 위 유형 이야기들의 구연자(제보자)들로는 여

17) 전통 시대에 시집 온 여성들은, 家長權에 대해 主婦權을 지닌다. 주부권은 의식주에 대한 실권으로, "主食, 副食, 間食을 包含하여 무엇을 어떻게 먹을 것이냐 하는 것과 衣服은 언제 어떤 옷을 입느냐 하는 것과 어떤 房을 누가 어떻게 使用할 것이냐 하는 것 등이 이에 해당된다." 주부권은 사회적으로 가장권 하에 있기는 하나, "主婦權과 家長權은 相互補完的이고 一體兩面的 性格을 가진 것이기에 分業으로서의 主婦權과 家長權이 調和를 이루어야지 圓滿한 家事運營이 이루어진다."(이광규, 『한국가족의 구조분석』, 일지사, 1975, 159쪽 참조) 특히 그 중에서도 맏며느리의 역할이 중요한데, 이는 맏며느리가 연장자이며 경험도 많고 장차 확대가족에 있어 시어머니의 주부권을 계승해야 할 위치에 놓여 있기 때문이다.

18) 이인경, 「구비설화에 나타난 가계계승과 혈연의식」, 『고전문학연구』 21, 한국고전문학회, 2002, 8쪽.

성 화자에 비해 남성 화자가 상대적으로 더 많은 편이다. 하지만 <정직한 작은동서 어진 큰동서>의 경우는 여성 화자가 7명이나 되어 이 유형의 전승에 여성 화자들도 적잖이 참여했을 것임을 추측할 수 있다. 그럼에도 불구하고 이 유형 각편들이 큰 변이를 보이지 않는 것은 남녀 전승자가 이 유형 이야기에 담긴 의미에 대해 각각 관점은 다르다 하더라도 어느 정도의 합의를 했음을 뜻한다. 이 유형 이야기들을 매개로 하여 가족 구성원으로서의 남녀 전승자는 형제 우애 및 가족의 의미에 대해 서로 소통해 왔던 것이다.

4. <흥부전>과 여성의 시각에서 본 형제 우애 설화

<흥부전>은 선악과 빈부가 엇갈려 있는 형제 당사자 간의 갈등을 다룬 작품이다. 그런데 자세히 살펴보면 <흥부전>에서 그 아내들도, 갈등을 유발하거나 조성하지는 않지만, 갈등의 전개 과정에 개입하고 있음을 볼 수 있다. 형에게 양식 구걸 온 흥부에게 놀부 아내가 밥주걱으로 뺨을 때리는 사건이 그러하고, 형에게 양식 구걸갔다가 맞기만 하고 돌아온 남편 흥부를 보며 분해 하는 흥부 아내의 태도가 그러하다. 하지만 놀부 아내와 흥부 아내가 서로 마주치는 장면은 설정되어 있지 않다. 혹 놀부 아내와 흥부 아내를 서사의 주체로 하여 <흥부전>을 다시 쓴다면 어떠한 작품이 될까. 바로 이 점에 대해 <여자에게 달린 형제의 우애>, <정직한 작은동서 어진 큰동서>는 어느 정도 시사점을 제공해 준다.

남성 화자들이 구연한 사례가 더 많기는 하나, 이 설화들에서는 어디까지나 여성을 주체로 하여 사건을 만들고 풀어낸다. 그 사건이란

떡, 음식, 술 등을 형제 집안끼리 서로 나누어 먹는 일, 나락을 멍석에 다 함께 말리는 일 등등 일상의 세세한 일에 바탕을 둔 것이다. 이러한 일상의 세세한 일들은 알게 모르게 그것의 공유를 통해 동질감이 확인되는 과정이기도 하나, 때로 조금이라도 어긋난다면 그것 때문에 감정이 상하는 계기가 되기도 한다. 만약 <흥부전>을 놀부 아내와 흥부 아내의 관점에서 재맥락화한다면 바로 이러한 일상이 서사의 표면으로 떠오르지 않았을까.

그리고 이들 설화에서는 <흥부전>과 달리 애초에 형제 간 우애가 돈독하거나 아니면 충분히 납득할 만한 일 때문에 형이 동생을 도와주지 못한 것으로 설정되어 있다. 그러므로 <흥부전>과 같은 극단적인 대립 상황은 제시되지 않는다. 결말 역시 그 어느 쪽도 심각한 해를 입지 않으면서 화해하는 것으로 맺어진다. 이 점, 천부의 대두와 빈민의 발생 및 농민층의 분해와 같은 사회적 문제가 배면에 깔려 있는 <흥부전>과는 다르다. 어디까지나 작중 공간이 가정 내로 국한되어 있을 뿐이다. 그러다 보니 설화 속에 그려진 사건도 어떻게 보면 콩트와 같은 느낌을 주고 있다.

하지만 <흥부전>과 위 설화들 간에도 상통하는 점은 있다. 우선, 형제 간의 관계에 있어 장자우대상속이라는 당대 가족 제도가 의식되고 있다는 점이 그것이다. <여자에게 달린 형제의 우애>에서는 맏며느리가 서사를 주도하고 있으며, <정직한 작은동서 어진 큰동서>에서는 아예 각편에 따라 상속 재산이 구체화되어 있기도 하다. 이는 맏형이나 맏며느리가 가족의 화합에 있어 중요한 역할을 담당해야 한다는 인식으로 이어지는 것이다.

그리고 우애란 물질적인 것과 긴밀한 관련이 있다는 점도 공통된 인식이다. <흥부전>이 형제 간 빈부가 엇갈림으로써 갈등이 발생함은 주지하는 사실이다. <여자에게 달린 형제의 우애>는, 맏며느리의 계획에 따른 것이기는 하나, 떡, 음식, 술 등을 나누지 않았기 때문에 갈등이 발생하는 것으로 되어 있다. 때로는 각편에 따라 형제끼리 상투를 잡고 싸우기까지 한다. 그리고 <정직한 작은동서 어진 큰동서>에서는 동생 쪽이 상속 재산이 적었던 데다 그것마저도 부정적인 일에 소모해버려 형과 동생 간에 발생한 빈부의 격차가 문제가 되었다. 그로 인해 형제 간 갈등이 발생한 것은 아니지만 착한 동서에 감화된 형수의 지혜로 재산을 나눔으로써 화합을 이루게 되는 것이다. 윤리 문제는 경제적인 문제와 긴밀한 관계를 지닌다는 점을 이 설화들에서 역시 드러내고 있는 것이다.

5. 맺음말

본고에서 논의한 바를 다시 정리하면 다음과 같다.

<여자에게 달린 형제의 우애>는 우애 있게 지내는 형제들이 그것을 자신들의 공으로 돌리고 아내들의 입장은 고려하지 않는 데서 문제가 발생하며, 이에 대해 아내들, 곧 동서들이 모의하여 형제들의 화목함은 자신들 덕분임을 인정받게 되는 이야기이다. 그리고 <정직한 작은동서 어진 큰동서>는 여유 있게 사는 형과 노름 등으로 가산을 탕진한 동생 간의 富의 엇갈림이 문제로 설정된다. 맏동서는 아랫동서의 사람됨을 우연한 기회에 알게 되고 그 맏동서가 남편을 속여 작은집을 도와준다는 이야기이다. 이러한 유형 이야기들은 형제 간 우애는 집안의 화목과 직결되고 그것은 형제 당사자보다는 시집 온 여성들에 의존하는 바 크다는 메시지를 담고 있다는 점에서 통하는 점이 있다.

이러한 이야기들은 가부장제 하의 남성 이데올로기가 투영된 이야기들이라 볼 수 있다. 자기 집안으로 시집 온 여성들을 길들이기 위한 담론으로서의 기능을 어느 정도는 감지할 수 있기 때문이다. 하지만 가족의 일상을 주관하는 여성들의 섬세한 감각, 동서들 간의 동류 의식, 사태를 바라보는 포용적 시각 등이 작품 밑바탕에 깔려 있으며 그녀들이 작품 전반에 걸쳐 주도적으로 행동한다는 점을 놓쳐서는 곤란하다. 그녀들의 의식을 거치면서 형제 간 우애 문제는 재맥락화되고 있는 것이다. 그러므로 이 유형 이야기들은 여성의 시각에서 형제 우애 문제를 더 포괄적인 관점에서 사유하고 있으며, 결과적으로 남녀 모두 가족의 의미를 되새기게 하는 이야기들이라 할 수 있다. 여기에, 형제 우애를 여성의 시각에서 본, 이 유형 이야기의 특수성이 있다.

<흥부전>과 비교해 볼 때 이들 설화에서는 형제의 아내들, 곧 가정 내 여성을 주체로 하여 사건을 마련하고 풀어낸다는 차이점을 지니고 있다. 가정 내 일상의 서사가 섬세하게 포착되어 있음도 이에 기인한다. 하지만 결국 윤리 문제는 물질적인 것 곧 경제적인 문제와 맞물려 있음을 이 설화 역시 전제하고 있음은 다르지 않았다.

제 3 장

<흥부전>과 형제 갈등형 소설*

1. 문제의 제기

이 글에서는 형제 갈등이 핵심 갈등이거나 주요 갈등인 고전소설 작품들을 대상으로 하여 종법제가 중시되어 가던 당대 사회 동향과 관련하여 각 작품들의 지향점을 입체적으로 조명하려는 데 목표를 둔다. 형제 갈등에 대한 기존 논의가 그리 많지는 않으나 그래도 관련 핵심 사안들이 어느 정도는 지적되었다고 할 수 있는데, 그럼에도 불구하고 고전소설들을 대상으로 하여 다시 이러한 논의를 펴고자 하는 이유는 다음과 같다.

일단 개인적인 이유부터 밝혀 두고자 한다. 필자가 관심 있게 읽어 오고 있는 작품 중 하나로 <흥부전>이 있는데, 그 간 필자는 이본 분

* 이 글은 『문학치료연구』 34(한국문학치료학회, 2015)에 실린 「형제 갈등형 고전소설의 갈등 전개 양상과 그 지향점-<창선감의록>, <유효공선행록>, <적성의전>, <흥부전>을 대상으로-」를 부분 수정한 것이다.

석을 바탕으로 하여 <흥보가>·<흥부전> 작품 세계의 변모 양상에 대해 살피고 그것을 판소리사의 흐름과 관련지어보는 논의를 전개해 왔다. 그 결과 <흥부전> 이본의 변이양상을 어느 정도 드러내었다고 할 수는 있었으나, 정작 작품 자체에 대한 해석은 자신있게 펼쳐내지 못했다는 생각을 떨칠 수 없었다. 보다 나은 작품론을 위해서는 유사한 제재를 다룬 여타 작품과의 비교를 통해 해당 작품의 주제적 위상을 점검하는 데까지 나아가야 하는데, 판소리계 작품들 내에는 <흥부전>과 비교할 만한 작품[1]이 없었던 것이다. 이에 판소리계 작품의 범위를 넘어서서, 유사한 제재나 갈등을 다룬 다른 작품들과 관련지어 보는 것은 어떤가 하는 생각을 하게 되었던 것이다.

그러한 관점에서 여타 계열 고전소설들 가운데 형제 갈등을 핵심 갈등 혹은 주요 갈등으로 삼고 있는 작품들을 알아 본 결과 <흥부전> 외에도 <적성의전>, <창선감의록>, <유효공선행록> 등이 있음을 알 수 있었다. 이 중 <흥부전>과 <적성의전>은 형제 갈등이 핵심 갈등인 작품들이며, <창선감의록>과 <유효공선행록>은 형제 갈등이 여타의 갈등과 뒤얽혀 있는 작품들이다. 물론 형제라는, '관계'의 형상화에만 초점을 맞춘다면 이외에도 작품들을 더 살펴야 할 수 있다. <홍길동전>, <목시룡전>, <엄씨효문청행록> 등이 그러하다. 하지만 이 작품들에서는 형제 관계가 다루어지기는 하나 갈등이 미약하거나[2] 거의 드러나지 않는다. 따라서 위 네 작품들을 검토 대상으로 삼아 비교하기로 하였다.[3] 그리고 애초에는 <흥부전> 해석에 대한 새로운 관

1) 물론 다른 관점에서, 예컨대 富民이나 유랑민의 형상에 초점을 맞출 때에는 <옹고집전>이나 <장끼전> 등과 비교할 수 있기는 하다.

2) <홍길동전>에서도 嫡庶와 관련된 계후 갈등이 잠재되어 있다고 볼 수 있다. 홍길동은 부의 묘를 자신이 지정한 명당에 쓰려 하고 있기 때문이다. 하지만 이 사안으로 형과 대립하고 있지는 않다.

점을 얻는 데 그치고자 하였으나 비교 검토 작업을 진행하다 보니 그어느 작품도 소홀히 다룰 수 없어 형제 갈등형 고전소설이라는 범주를 설정하고 그 전반적인 면모를 드러내는 쪽으로 논의를 확장하는 것이 좋겠다고 생각하게 되었다.

이렇게 작품들을 선정한 후 기존 연구를 검토하니 각 작품론상으로는 형제 갈등이 다루어지기도 했으나 형제 갈등을 종합적으로 비교한 연구는 그리 많지 않음을 알 수 있었다.[4] 일단 그 이유 중 하나는 우리 고전소설 중에는 형제 갈등을 중심적으로 다룬 작품들이 의외로 많지 않기 때문인 듯하다. 이에 대해 "兄弟間의 葛藤이 실질적으로 적지 않았을 것임에도 불구하고, 古小說에 葛藤樣相이 많이 나타나지 않은 것은 作家들이 意識的으로 忌避했기 때문"[5]일 것이라는 지적이 있었다. 아무리 허구라 하더라도 天倫에 저촉되는 사건을 노골적으로 다루기 불편한 점이 있었으리라는 것이다. 하지만 이는 설화 중에는 형

3) 그 텍스트로는 <흥부전>의 경우 김진영 외, 『흥부전 전집』 1-3, 박이정, 1997-2003에 실린 것들을 살폈으며, <적성의전>은 김동욱 편, 『영인 고소설판각본전집』 3, 국학자료원, 1993 중 완판본(이 완판본은 상하권으로 되어 있으며 뒷부분에 낙장이 있기는 하나 형제 갈등의 전개 과정을 파악하기에 큰 문제는 없다.)을 검토했다. <창선감의록>은 이지영 옮김, 『창선감의록』, 문학동네, 2010에 교주된 한문본을, <유효공선행록>은 김기동 편, 『필사본 고전소설전집』 15-16, 아세아문화사, 1980에 실린 영인본을 택했다.

4) 형제 갈등을 종합적으로 연구한 업적으로는 조춘호, 『한국문학에 형상화된 형제 갈등의 양상과 의미』, 경북대학교출판부, 1994를 대표적으로 거론할 수 있다. 이 저서에서는 여러 장르에 걸쳐 형제 문제가 다루어진 작품들을 종합적으로 다루고 있다. 이 외에 차용주, 「고소설의 갈등양상에 대한 고찰-형제간의 갈등을 중심으로-」, 『한국학논집』 4, 한양대 한국학연구소, 1983도 고전소설에 나타난 형제 갈등의 원인과 의미에 초점을 맞추어 종합적으로 고찰하고 있다. 반면, 김효실, 「고소설에 나타난 형제갈등 연구-<창선감의록>과 <적성의전>을 중심으로-」, 건국대 석사학위논문, 2005; 이경희, 「<적성의전>에 나타난 형제갈등의 심층적 의미」, 영남대 석사학위논문, 2013은 특정 작품에 집중하여 혹은 둘 이상의 작품을 비교하면서 형제 갈등을 다룬 논의이다. 이 외에 개별 작품론 차원에서 형제 갈등을 함께 논의한 것들이 있다. 이들도 역시 참조하였다.

5) 차용주, 「고소설의 갈등양상에 대한 고찰-형제간의 갈등을 중심으로-」, 『한국학논집』 4, 한양대 한국학연구소, 1983, 63쪽.

제 갈등을 직접적으로 다룬 작품들이 많은 점에 비추어 볼 때 적절한 지적이라 볼 수는 없다. 형제 갈등을 다룬 소설이 그리 많지 않은 것은, 소설 장르상 특성에도 이유가 있겠으며, 또한 그러한 소설 장르에서 처첩 갈등이나 계모 갈등과 달리 극단적 대립을 조장하면서 흥미를 자아내는 일종의 코드로서 독자에게 호소하기에 상대적으로 부족한 측면이 있을 수 있다는 인식이 잠재했기 때문이 아닐까 한다.

하지만 그럼에도 불구하고 불교계 소설, 판소리계 소설, 가문소설 등을 대표할 만한 작품으로서 형제 갈등을 중심 갈등으로 다룬 작품들이 있다는 것은 주목해야 할 점이다. 그래서 기존 연구에서도 이들 작품의 비교에 관심을 둔 논의들이 더러 있었던 것이다. 다만 그 간의 논의에서는 개괄적인 서술에 그쳐 있거나 갈등 원인 규명 정도에 머무르고 말아 특정한 틀을 통해 심도 있는 비교 논의를 펼치는 데까지 나아가지는 않은 것으로 보인다. 이에 이 글에서는 이들 작품을 한 자리에 놓고 그 공통분모에 해당하는 특정한 틀을 통해 비교해 봄으로써 작품들이 각각 어떠한 지향점을 지니고 있는지 살펴보고자 하는 것이다.

이를 위해 유념할 점 중 하나는 이들 작품에서 형제 간 우애만을 읽어내는 것은 피상적인 읽기에 머무를 수 있다는 점이다. 나아가 이를 통해 작자의식의 한계를 지적하는 것 역시 마찬가지이다. 다른 하나는 '형제 갈등이라는 설정을 통해' 작자들이 당대 사회를 향해 말하고자 한 바가 있었을 수 있다는 점이다. 예컨대 <흥부전>의 경우 友愛를 굳이 표면적 층위의 주제라 하고 이면적으로는 천부의 대두로 가난해진 양반과 모든 기존 관념이 심각한 곤경에 빠져 있음을 여실히 보여주고 있다고 한 논의[6]나, <유효공선행록>의 경우 형제 갈등 이면에 17, 18세기 山林을 통해 명분과 실리를 얻고자 했던 상층 사대부의 의식이 담겨 있다고 보거나,[7] 특권적 권력으로부터 멀어져가는 사림층의 현실적 처지의 극복에 대한 관념적 이념이 투영되어 있다고 본 논의[8] 들을 참조할 수 있겠다. 형제 갈등은 작자의 그러한 의식적·무의식적 주장을 내세우기 위한 일종의 코드이자 내적 형식 정도이리라는 것이 이 글들의 전제일 것이다. 하지만 형제 갈등에는 그 이상의 당대적 함의가 담겨 있다고 보는 것이 이 글의 관점이다.

조선 후기의 상속제에 대한 한 연구[9]에 따르면 17세기 중엽 이전에는 자녀 간 균분상속제를 취하던 것이 이로부터 18세기 중엽까지는 남녀균분상속 외에 장남우대, 남녀차별의 상속을 취하는 가족이 대량 출현하기 시작하고 18세기 중엽부터는 장남우대, 남녀차별의 상속으로 기울어지는 경향을 보인다고 한다. 제사상속 역시 이와 궤를 같이 하는 바, 17세기 중엽은 우리 상속제상에 있어 획기적인 시기였다는 것이다. 위 네 작품들에는 이러한 사회적 문화적 동향과 깊은 관련 하에 형제 갈등이 설정되어 있음이 중요시된다. 네 작품에서 공히 종법적 질서가 의식되고 있고 가권과 계후 문제에 있어 장자가 우선시되는 사고가 발견되고 있는 것이다. 사건 역시 그러한 맥락 하에 전개되고 있음도 알 수 있다. 그렇다면 오히려 형제 갈등이야말로, 작자들이 의도한 것들과 함께 당대 사회적 문화적 맥락 변화와 관련한 관습과 제도의 문제적 성격을 담아내기에 적절한 형식이었다고 보아야 할 것이다. 따라서 이 글에서는 이러한 공통분모를 염두에 두고 각 작품의

6) 조동일, 「<흥부전>의 양면성」, 『흥부전연구』(인권환 편), 집문당, 1991, 315쪽.
7) 이승복, 「<유효공선행록>에 나타난 효우의 의미와 작가의식」, 『선청어문』 19, 서울대 국어교육과, 1991, 180-184쪽.
8) 박일용, 「「유효공선행록」의 형상화 방식과 작가의식 재론」, 『관악어문연구』 20, 서울대 국어국문학과, 1995, 170-176쪽.
9) 최재석, 『한국가족제도사연구』, 일지사, 1983, 551-553쪽.

지향점들을 찾아보고자 한다. 작품들이 당위적, 이념적 성향을 띠기도 하는 것은 이러한 동향에 대한 저마다의 관념을 작품 속에 투영한 데 말미암았을 것이다.

그렇다면 당대 사회 문화적 동향과 관련하여 형제 간 갈등을 어떻게 읽어낼 것인가. 이와 관련하여 이들 작품에서는 형제 갈등 당사자들이 극단적인 두 유형의 인물로 그려져 있다는 점을 유의하여 볼 필요가 있다. 한 쪽이 사욕으로 인해 부정적 평가를 받는 욕망형·소인형 인물이라면 다른 한 쪽은 이념을 내면화한 윤리형[10]·군자형 인물로 그려져 있는 것이다. 이 작품들은 그 둘 간의 갈등을 중심으로 사건을 전개해 가되, 윤리적 차원의 형제 간 도리는 한 쪽만이 지키고 있으며 보상도 그에게 주어지고 있는 양상을 띤다. 현실적으로는 형제 간 다툼의 양상이 달랐을 것이며 또한 다양한 인물형이 있을 수 있음에도 이렇게 이원화하여 설정한 것은 작자들이 당위적 차원에서 설정해 둔 지향점이 있었음을 뜻한다. 이 글에서는 이러한 두 인물형의 갈등을 중심에 놓고 그 전개 과정과 해소 양상을 추적하고자 한다. 궁극적으로는 당대의 맥락을 가늠하면서 각 작품들의 담론적 지향점까지 추론해 보고자 한다.[11]

10) 여기서, 윤리형이란 孝友의 윤리를 내면화한 인물형이라는 뜻이다. 그것의 내면화에 저항하는, 욕망형의 인물형과 대조적인 의미를 지닌 것으로 사용하고자 한다.

11) 본고에서의 논의는 어디까지나 형제 갈등에 초점을 맞춘 논의이다. 그러므로 각 작품에 대한, 작품 전체를 염두에 둔 작품 주제론, 작가 의식론은 아니라는 점을 미리 언급해 둔다.

2. 형제 갈등의 전개 과정과 해소 양상

<창선감의록>과 <유효공선행록>은 사대부 가문에서 벌어지는 사건을 다룬 작품들이다. 이에 따라 다수의 가문 구성원들이 서로 간의 이해관계에 입각하여 사건에 개입하게 되므로 형제 갈등도 여타 갈등과 얽혀 복잡하게 전개되는 모습을 보인다. 반면, <적성의전>은 제후국 王家에서, <흥부전>은 하층 가정에서 일어난 일로 각각 설정되어 있어 그 공간적 배경상 앞서의 두 작품과는 물론 서로 간에도 차이를 지닌다. 하지만, <적성의전>과 <흥부전>은 공히 설화에 작품의 근원을 두고 있으며 갈등 전개 과정도 형제 관계에 집중되어 있는 양상을 보인다. 또한 <창선감의록>과 <유효공선행록>이 포용과 화합을 지향하는 반면, <적성의전>과 <흥부전>은 반드시 화합의 양상만을 보이고 있지는 않다. 이에, 네 작품들을 두 작품씩 묶어서 갈등 전개 과정 및 해소 양상을 살펴보고자 한다.

1) 家權의 행방과 가문 차원의 포용, 화합

엄밀히 말해 <창선감의록>[12]과 <유효공선행록>은, 형제 갈등만으로 이루어진 작품은 아니다. 그외의 갈등들, 예컨대 부(모)자 갈등, 처첩 갈등이 형제 갈등과 얽혀 심각한 상황에 이르기도 하며 후자에서는 부자 갈등이 대를 이어 전개되는 데다 부부 갈등 역시 적잖은 비중을 차지한다고도 볼 수 있다. 또한 <창선감의록>에서는 형제 갈등 당

12) <창선감의록>의 형제 갈등은 이복형제들 간의 갈등으로 설정되어 있다. 하지만 그들은 嫡庶의 관계가 아니며 주변 인물들 사이에 동생인 화진이 가권을 이어받을 가능성도 상정되고 있으므로 일반 형제 갈등의 범주 하에 다룰 수 있다고 본다.

사자가 아닌 인물들도 그 나름대로의 서사적 긴장 속에 놓여 있어 다채로운 갈등의 양상을 보이고 있는가 하면, <유효공선행록>에서는 정치적 갈등도 상당한 비중을 지닌 채 형제 갈등과 맞물려 전개된다는 특징을 지닌다. 하지만 그렇다 하더라도 이러한 제반 갈등들의 한가운데에 형제 갈등이 놓여 있음은 부정할 수 없을 것이다.

두 작품의 형제 갈등은 부친을 매개로 하여 촉발되고 또한 증폭된다는 공통점을 지닌다. 한 가문의 가권을 쥐고 있는 부친과, 미래에 이를 이어가야 할 장자와의 사이에 깊은 골이 생김으로써 심각한 갈등이 있을 것임이 예고되는 것이다.

<창선감의록>에서 화진은 일찍이, 어린 나이에도 불구하고 뛰어난 정세 판단 하에 부친 화욱의 거취에 대해 권유함으로써 부친으로부터 크게 인정 받은 바 있었다. 화욱은 화진의 권유를 듣고 바로 사직하고 낙향했던 것이다. 그렇게 지내던 어느 날 후원 賞春亭에서 화욱은 화춘, 화진, 성준으로 하여금 칠언절구를 짓게 한다. 그런데 화욱은 그들이 지은 시를 평하면서 '우리 집안을 망칠 아이는 춘이고, 집안을 일으킬 아이는 진이라'고 하면서 정색을 하고 화춘으로 하여금 향후 일거수일투족 모두 동생을 본받으라며 크게 나무란다. 이후 화춘은 행실이 사나워져 갔고 이 소식을 들은 심부인은 분을 삭일 수 없었다. 전후 맥락상 이 상춘정 사건은, 화춘 화진 간 형제 갈등과 큰어머니인 심부인과 화진과의 모자 갈등을 촉발시키는 결정적인 계기가 되었던 것 같다. 심부인은 화욱과 정부인이 죽자 묻어 두었던 분을 드러내어, 화진이 적장자의 자리를 빼앗으려는 의사가 있었고 실제로도 모의를 했다고 몰아부쳐 화춘과 더불어 모진 매질을 가한다. 이로써 갈등이 본격화되고 화진의 고난도 시작되는 것이다.

<유효공선행록>의 경우는 善兄과 惡弟의 관계로 설정되어 있어 형

제 간 인물형이 <창선감의록>과 달리 뒤바뀌어 있다. 또한 부친 유정경이 군자형 인물이 아니라는 점도 다른 설정이다. 하지만 부친과의 관계가 형제 갈등의 촉발제 역할을 한다는 점은 두 작품이 다르지 않다.

작자는 작품 서두에서 형인 유연은 孝友寬仁하고 동생 유홍은 奸巧暗險하다고 전제한다. 이들 형제간에는 동생으로 인해 갈등이 발생할 가능성이 애초에 있었다는 것이다. 어느 날 금오 관직을 맡고 있던 요정이라는 인물이 사림의 일원인 강형수의 처를 핍박하여 죽게 하는 사건이 발생하는데, 바로 이 사건이 형제 갈등의 촉발제 역할을 하게 된다. 요정은 사건을 맡은 유정경의 아들 유홍에게 뇌물을 바쳐 무마하려 하였으며, 부친 유정경은 유홍의 말만 듣고 오히려 피해자인 강형수를 가두어 버린다. 그런데 유홍은 오히려 형인 유연이 강형수로부터 황금 수백 냥의 뇌물을 받았다고 부친 유정경에게 고함으로써 형을 모해하는 기회로 이용한다.

이는 유홍의 간교한 성품과 함께 그의 奪嫡 의도를 알 수 있는 중요한 사건이다. 이 사건의 처리 방식으로 미루어 볼 때 부친 유정경은 부정적인 인물이라 할 수는 없지만 그리 공변된 인물은 아님을 알 수 있다. 그리고 평소 둘째 아들 유홍을 더 아끼고 있었음도 알 수 있다. 유연은 이 일로 동생을 타이르나 오히려 유홍은 형이 부당하게 자신을 타일렀다며 부친에게 고한다. 이로 인해 유연은 불문곡직하고 부친으로부터 매를 맞는다.

동생인 유홍은 형의 처 정씨의 아름다움을 시기하기도 하는데 이는 상대가 가진 것을 자신도 가지려는 소유욕의 일종이다. 유홍에게 있어 탈적은 소유욕의 한 외현태일지도 모른다. 그러하기에 적자의 자리를 빼앗고 난 뒤에도 모해를 이어가려 했던 것이다. <유효공선행록>에서는 이처럼 욕망형 인물인 유홍의 시기심에다 부친의 공변되지 못한 판단과 행위로 인해 갈등이 촉발됨을 볼 수 있다.

가장인 부친을 매개로 하여 촉발된 갈등인 만큼 두 작품의 형제 갈등에는 家權의 행방이 중심에 놓이게 된다. 가장의 자리는 하나뿐이므로 갈등은 심각한 양상을 띨 수밖에 없었다. 그리고 그 뒤에는 가문의 위기와 질서 및 결속의 문제, 가문 명망 지속의 문제가 자리잡고 있었다.

우선, <창선감의록>의 경우는 부친 화욱이 죽음으로써 갈등이 또 다른 국면으로 접어들게 된다. 화춘은 사실상 부친의 뒤를 이어 가장의 자리를 계승한 것으로 보인다. 장자이므로 종법 질서상 가권은 애초에 화춘의 몫이었던 것이다. 실은 앞서 언급한 상춘정에서의 부친의 질책도 계후자를 바꾸겠다는 것이 아니라 동생을 본받으라는 조언에 해당하는 것이었다. 부친 화욱의 목적은 가문의 명망과 품격을 존속시키는 것이었다.

화진은 그러한 부친의 의도를 적절히 파악한 아들로 설정된다. 부친의 화진에 대한 편애는 실제로 화진이 재능이나 성품이 뛰어났던 데 근거를 둔다. 화진의 장인이 될 윤혁도 화진을 陳平처럼 용모가 단정하고 曾參처럼 행실이 바르다고 하면서 劉基처럼 세상에 널리 알려져 황제의 스승이 될 것이라 평가한 바 있기도 하다. 하지만 바로 이 점이 문제적 설정이다. 적장자가 있는 한 그는 아무리 뛰어나더라도 결코 그 자리를 대신할 수 없기 때문이다.

반면 화춘은 가부장으로서의 자격이 없는 용렬한 인물로 설정된다. 자격이 없는 자가 그 자리를 잇게 되었다는 점, 이 역시 문제적 설정이다. 그리고 그럼에도 불구하고 모친과 함께 화진에게 핍박을 가하는 부정적인 인물인 것이다. 그 이유 중 하나는 상춘정 사건이 그에게 있어 큰 상처로 남아 있기 때문이었을 것이다. 그렇잖아도 열등감에 사로잡혀 있던 화춘은 부친의 나무람으로 인해 성격이 더 거칠어졌으며 행실도 사나워졌다고 했다. 자연히 화진에 대한 반감도 커져갔을 것이다. 화춘의 모친 심부인은 부정적인 방향으로 형제 간 갈등을 심화하고 증폭시키는 역할을 한다는 점에서, 차이가 있기는 하나, <유효공선행록>의 유정경에 해당하는 인물이라 할 수 있다.

화춘 모자가 화진에게 모해를 가하는 또 하나의 이유는 그들 역시 화진에게서 가장의 자질이 발견됨을 부정할 수 없었기 때문이었다. 화진이 적장자의 자리를 빼앗으려 했다며 모진 매질을 가할 때의 일이다. 화진은 이에 대해 항변하다 포기하고 스무 대를 맞은 후 기절하고 만다. 그럼에도 불구하고 화춘이 오자 기쁜 마음으로 눈물을 흘리며 모든 것을 자신의 탓으로 돌린다. 이때 화진의 눈물은 자신은 탈적 의사가 전혀 없음의 표현일 것이다. 하지만 심부인도 화춘도, 화진이 가부장의 자리를 이어받아서는 안 되지만 실은 그러한 자질이 있음을 느끼고 있었다고 보아야 한다. 가문의 종족들이 화진을 우러러보고 종들도 그 주변으로 모여드는 것을 알아채었던 것이다. 이는 화진의 의사와 달리 심부인에게 여전히 계후 문제에 있어 불안감을 안겨 주었다. 화춘 역시, 자신의 부인인 임씨를 내쫓고자 할 때 화진이 말리자 자신이 자식을 못 낳게 하여[13] 장차 네가 종통을 이을 속셈이냐고 호통을 친다. 가권이 표면적으로는 화춘에게로 이어졌지만 여전히 형제 갈등은 지속될 수밖에 없었던 것이다.

그 즈음 범한, 장평 등이 화씨 가문의 갈등에 끼어들게 된다. 그들의 의도는 화씨 가문의 갈등을 증폭시켜 그것을 이용해 각자의 이익을 챙기고자 하는 데 있었다. 그러했으므로 화진은 또다시 이들과도 대결을 벌여야 하게 되었다. 일종의 대리 대결이라 할 것이다. 그들과 벌인

13) 화춘의 부인 임씨는 남편에게 충고를 했는데도 듣지 않자 남편과 잠자리를 하지 않았었다.

대결 중 가장 큰 사건은 범한이 편지를 위조하여 화진과 남씨가 모의하여 심부인을 죽이려 했다고 하며 고발한 사건일 것이다. 이때 화진은 오히려 자신이 그랬다며 자백 아닌 자백을 한다. 전후 사정을 짐작한 하춘해의 설득에도 넘어가지 않는다. 그 이유는, 화진이 윤여옥과 한 말에서 단서를 찾아 볼 때, 화진 스스로 이러한 액을, 어머니를 모시면서 효를 다하지 못하고 형에게도 아우로서의 도리를 다하지 못한 데 대한 하늘의 벌이라 여긴 데 있었다. 누명을 썼다고 주장하더라도 孝, 友의 문제는 인간의 기본적인 도리이니 논란이 되는 것 자체로 자신이 세상에 용납되지 못할 것이며 그 累가 어머니와 형에게도 미칠 수 있으리라는 판단 때문이었다. <창선감의록>의 형제 갈등은 이처럼 가권의 행방과 관련하여 탈적의 의심을 받는 군자형 인물인 동생 화진이 일방적으로 수세에 몰리는 방식으로 전개된다. 그것은 소인형 인물 화춘과 그 주변 인물들의 모해로 인한 것이어서 화씨 가문은 심각한 위기 상황에 놓이게 된다. 화진이 그 모든 일을 감수하는 것은 효우의 이념과 가문의 존속을 우선시하는 그의 가치관에 기인한다.

<유효공선행록>의 경우는 형제 간 관계 설정이 <창선감의록>과는 다르다. 곧, 동생이 가권과 가문의 재산뿐 아니라 형이 지닌 모든 것에 시기심을 드러내는 소인형, 욕망형 인물로, 반면 형은 孝友의 윤리를 내면화한 군자형의 인물로 설정되어 있기 때문이다. 하지만 계후 문제를 중심으로 형제 갈등이 전개되며 그것도 심각한 상황으로까지 이어지고 있고, 군자형 인물이 일방적으로 수세에 몰리는 점은 <창선감의록>과 같다.

앞서 언급한 요정의 사건으로 인해 표면화된 형제 갈등은 유홍의 지속적인 모해가 가해지면서 증폭되어 간다. 유홍은, 아내 앞에서 노골적으로 유씨 가문의 십만 재산이 형에게 속해 있음에 대해 불만을

토로하는 것으로 보아 奪嫡의 의도를 명백히 지니고 있었던 것으로 설정된다. 결국 유홍은 형이 부친으로부터 매를 맞게 하는 등의 모해를 통해 형이 부친의 사랑을 잃게 하는 데 성공한다. 급기야 유홍이 장원급제하자 부친 유정경은 유홍을 적자로 삼는다. 유홍의 탈적이 성공한 것이다.

그러나 유홍의 모해는 여기서 그치지 않는다. 그는 주변 사람들로부터 부친의 사랑이 다시 형에게로 갈 수 있다는 얘기를 듣고 계속 음모를 꾀한다. 어렵게 차지한 가권을 잃게 될 수도 있기 때문이었다. 유홍은 먼저, 부친을 부추겨 형으로 하여금 과거에 응시하게 했는데 이는 형을 조정에 진출하게 해서 정치적 갈등을 조장하여 제거코자 한, 요정과의 음모에 의거한 것이었다. 이로 인해 유씨 가문의 형제·부자 갈등은 정치적 갈등과 맞물리게 된다. 당시 황후 폐출 사건이 일어났는데, 유홍은 이 상황에서도 형이 상소를 하지 않는다며 부친을 부추겨 형으로 하여금 상소하게 한다. 결국 유홍 일파가 예상했던 것처럼 유연은 상소로 인해 형벌을 받고 유배를 가게 된다. 유홍은 자객을 고용하여 유배가는 형을 죽이려 하기까지 한다. 앞서 언급한 것처럼 유홍은 奸巧暗險한 인물로서, <창선감의록>의 화춘보다 훨씬 악한 인물로 설정되어 있는 것이다.

반면 유연은 부친과 동생에 대한 孝友가 지극한 인물로 설정된다. 그는 동생의 간계를 알면서도 부친의 뜻은 절대 거스르지 않는다. 자신이 폐장되었음에도 부친의 허물을 가리기 위해 거짓 미친 체하였으며, 동생이 부추겼을 것임을 알면서도 부친의 뜻대로 과거에 응시했고, 형벌을 받을 것을 알면서 廢后의 잘못됨을 상소했다. 부친이 자결을 명할 때도 부친으로 하여금 자식 살해한 허물을 더해서는 안 된다며 편지를 통해 哀訴한다. 결과적으로 지극한 孝로 인해 자신도 죽을

뻔한 위기로까지 내몰려 가게 되는 것이다. 이러한 모습은 <창선감의록>의 화진과 유사한 모습이다. 물론 유연이 다소 경직된 모습을 보이기는 한다. 그는 아내를 받아들이려 하지 않았고 자신의 아들 우성을 계후자로 삼지 않는데, 그 이유는 자신의 장인이 부친을 무함하려 했기 때문이었다. 하지만 이 모든 일은 자신보다 가문을 우선시하는 그의 가치관의 소산이었다.

화진과 유연의 지극한 효우에도 불구하고 당사자 간 관계 속에서는 갈등이 해소되지 않았다. 갈등 해소의 계기는 가문 외부로부터 마련되었다. <창선감의록>에서는 윤여옥 등이 범한, 장평을 잡아들인 후 음모가 밝혀지면서였고, <유효공선행록>의 경우는 태자가 왕위를 잇고 난 뒤 만귀비파가 숙청당하여 정치적으로 유연에게 유리한 상황이 조성되면서부터였다. 이제 문제는 흐트러진 가문의 질서를 어떻게 회복할 것인가였다. 이와 관련하여 부정적인 인물들의 개과 문제가 서사의 표면에 등장하게 된다.

우선, <창선감의록>의 경우 애초에 심부인과 화춘은 모해의 전면에 등장하지 않은 것으로 설정되어 있었음을 주목할 필요가 있다. 화춘이 모해의 빌미를 제공했기는 하나 그 주동자는 어디까지나 범한, 장평 등이었다. 범한, 조씨의 모의로 화진이 벼슬에서 쫓겨나고 그 부인 남씨가 첩으로 강등된데다 조씨가 준 독을 먹고 남씨가 죽어 멍석에 쌓여 버려지는 사건이 발생했을 때에도 심부인과 화춘은 전혀 모르고 있었다. 오히려 심부인은 난향으로부터 남씨가 도망쳤다는 말을 듣고 화춘에게 와서 뒤에 윤혁이 자신의 딸을 우리가 죽였다고 하면 큰일 나겠다고 한다. 이 말을 듣고 화춘은 바로 기절한다. 서술자는 이 사건을 통해 심부인은 경망스럽고 조급하며 아들은 겁 많고 어리석다는 평가를 내린다. 이는 심부인과 화춘을, 그 모해의 주동자로부터 벗어나 있게 함으로써 후에 완전한 개과가 가능한 이들로 만드려는 작자의 의도가 담긴 것이라 볼 수 있다.

화춘에게 죄가 있다면 그것은 범한, 장평 등에게 오히려 이용당한 죄일 것이다. 하지만 화춘도 형벌 대상에서 제외될 수는 없었다. 화춘은 감옥에 갇혀 있으면서 비로소 뼛속 깊이 뉘우치고 자책한다. 심부인 역시 남편의 편애로 인해 화진을 박대했다고 하며 화진이 효자임을 인정한다.[14] 이로써 작품의 갈등은 완전히 해소된다. 변치 않는 화진의 효우로 인해 욕망형 인물이 善을 회복하게 되는 것이다. 결말부에는 이들이 완전히 개과하여 전혀 다른 사람이 되었음을 강조하고 있다. 심부인은 항상 화진을 먼저 챙겼고 화춘은 동생 화진이 감기에 걸렸을 때 스스로 약을 달였다. 이를 보고 유학사는 화춘이 개과한 뒤에는 오히려 화진보다 더 어진 사람이 되었다고 하는가 하면, 어떤 계집종은 화진의 생모인 정부인이 살아난다고 해도 이보다 더 사랑할 수 있겠냐고까지 한다.[15]

<창선감의록>에서는 가권의 행방과 형제 갈등이 긴밀한 관련을 지닌다. 그리고 그 해결에 있어서는 다소 낙관적이면서 보수적인 관점을 보인다. 아무리 장자가 부정적 욕망형의 인물로서 잘못을 저지르더라도 노력에 따라 개과할 수 있다고 보고 있는 것이다. 이에 의혹을 가질 수 있는 독자를 위하여 결말부에 새삼 몇 번이고 개과 후의 행실을 덧붙인 것도 이들의 개과가 완전한 것임의 확인을 위한 것이다. 계후

14) 심부인과 화춘이 개과할 것이라는 조짐은 그에 앞서 있었다고 보아야 한다. 애초에 임씨를 내쫓기로 했을 때 심부인도 처음에는 반대했었다. 그리고 범한이 윤혁을 사치스럽다고 했으나 화춘은 오히려 그가 맑고 깨끗한 사람이라 한 바도 있었다.

15) <창선감의록>의 이러한 결말을 특히 부각하여 보상의 교화성 측면에서 살핀 연구로는 박길희, 「<창선감의록>의 효제 담론과 보상의 교화성」, 『한국고전연구』 28, 한국고전연구학회, 2013 참조.

문제에 있어 아무리 능력과 인품이 뛰어나더라도 차자는 특별한 일이 없는 한 장자의 자리를 대신할 수 없다고 본다. 그 능력은 적장자를 잘 보필하여 가문의 화합을 이루고 가문의 명망을 드높이는 데 쓰여야 한다. 물론 그 전제는 있다. 장자가 가권을 지닐 만한 자여야 한다는 것이다. 화진보다 더 어진 사람이 되었다는 평가를 받은 화춘은 그러한 자격을 갖추게 되었던 것이다. 화춘이 화진의 아들로 하여금 자신의 뒤를 잇게 하는 것은 그가 완전한 개과를 했음의 징표였던 것이다.

<유효공선행록>에서도 유홍의 개과와 가문의 화합 문제를 진지하게 다루고 있다. 정치적 갈등이 해소되면서 유연의 부자・형제 갈등도 함께 해소될 조짐이 보였다. 일단 부친은 실상을 알고 난 뒤 잘못을 깨닫는다. 하지만 유홍은 그렇지 않았다. 그럼에도 유연은 유홍을 지속적으로 포용하려 했으며 상소를 통해 유배형에 그치게 한다. 그러나 유홍은 형벌이 유배에 그친 것을 다행으로 여기기 이전에, 오히려 형이 만대에 어진 이름을 드리우게 되어 자신의 살아남이 무색해졌다는 생각을 한다. 그와 달리 유연은 유홍이 귀양 가 있을 때에도 그에 대한 얘기가 나오면 눈물을 흘리며 애달파한다. 그리고 자신이 탈적당한 일이 있으므로 유홍의 아들 백경으로 하여금 가문의 종통을 이으려 한다.[16] 또한 자신의 아들 우성에게는 아비를 생각한다면 계부 유홍을 斗護하여 자신의 뜻을 저버리지 말라고까지 한다. 이처럼, 탈적, 계후 문제와 관련한 형제 갈등의 문제가 작품 전반에 걸쳐 유연의 내면을 통해 깊이 있고 진중하게 그려지고 있는 것이 이 작품의 특징이다.

그렇다면 유홍은 개과하였는가. 세월이 흐른 후 결국 유홍은 유배에

16) 물론 유연은 자신의 아들 우성이 가부장의 자질이 없다고 보았기 때문이기도 하다. 그것은 우성이 창기와 놀아난다든지 부인 이씨를 겁박한다든지 등 사실로 구현된다. 하지만 그것은 오히려 유연의 판단이 옳았음을 입증하기 위한 작자의 덧붙임에 의거했다고 보아야 한다.

서 풀려난다. 돌아온 유홍은 형이 자신의 아들로 후계자를 삼았음에 감동하는 등 표면적으로는 개과한 것으로 서술되어 있다. 하지만 유홍은 여전히 형수를 자기 부인과 비교하고 형의 아들 우성이 자신의 두 아들보다 풍신위의가 뛰어나다고 생각한다. 게다가 자신의 며느리도 우성의 부인 이씨에게 못 미친다고 탄식한다. 유홍에게 있어 형제 갈등은 형에 대한 열등감과 시기심의 소산이기도 했던 것이다. 아무튼 그러함에도 불구하고 유연은 동생을 포용하려 한다. 우성도 계부를 받아들이기로 한다. 그러나 가문 차원의 포용은 쉽지 않은 것으로 처리된다. 부친 유정경의 제사시 유홍이 참사함을 보고 친척들은 쫓아내고자 했다. 이에 백경이 애걸하고 우성이 나서자 유홍은 용서받는다. 비로소 유홍은 개과를 전제로 하여 가문 구성원들에게 포용된 셈이다. 하지만 전후 맥락상 유홍의, 가문 차원의 포용이 완전하게 이루어졌는지 판단하기는 쉽지 않다. 이는, 윤리를 통해 계후 관련 형제 간 갈등을 제어하기 쉽지 않다는 문제점을 인정하기는 하나 어떠한 일이 있어도 탈적은 용납할 수 없는 일이라는 의식의 반영이라 본다. 하지만 유연은 유홍의 아들로 하여금 자신의 뒤를 잇게 한다. 이는 가문 차원의 화합을 위한 의미 있는 행위였다. 적장자인 유연의 이러한 진중한 태도는 가문의 질서 유지와 청명의 지속에 필수적인 요소라 보았던 것이다.

2) 계후, 재물로 인한 갈등과 제도에 대한 이의 제기

위 두 작품과 달리 <적성의전>[17]과 <흥부전>에서는 갈등 관련 서

17) <적성의전>과 연속선상에 있는 작품으로 <선우태자전>과 <육미당기>도 함께 거론해야 하나, 검토 결과 비교 대상 텍스트로는 <적성의전>만으로도 충분하다고 판단되

사가 당사자들에게 집중되어 있다. 갈등 해소 양상면에서도 유사한 점이 발견된다. 이 점들 때문에 두 작품을 여기서 함께 다루고자 하는데, 그렇다 하더라도 두 작품은 공간적 배경면이나 갈등의 성격면에서 차이가 있음은 유의하고자 한다. <적성의전>의 경우 계후 문제가 갈등의 주요 요인이기는 하나 앞의 작품들과 달리 가문 의식이 두드러지지 않으며, <흥부전>의 경우는 재물 문제가 형제 갈등의 요인으로 설정되고 있는 것이다.

<적성의전>에서 항의와 성의는 안평국이라는 제후국의 네 살 차 터울의 두 왕자들이다. 그런데 "향의 본심이 불양한 즁의 그 부모 셩의 사랑ᄒᆞ물 보고 ᄆᆡ양 시기하야 심즁의 ᄒᆡ할 ᄯᅳ슬 품고 지ᄂᆡ더라"[18]에서 드러나듯, 형인 항의는 본심이 불량한 자로 제시된다. 작자는 형제 갈등의 일차적인 원인이 성장 과정에서 형성된, 항의의 불량한 심성에 있는 것으로 전제하는 것이다. 그러던 중 형제 갈등을 가시화하는 사건이 발생한다. 바로 세자 책봉 사건이다. 부왕은 애초에 차자인 성의를 세자로 봉하려 했었다. 하지만 천명을 거스리려 하느냐는 신하들의 반대로 할 수 없이 항의를 세자로 봉하였던 것이다. 계후는 장자로 이어져야 한다는 기존 제도와 관습을 무시하면서까지 동생을 지목한 것에 항의는 큰 충격을 받았으리라 짐작된다.

반면 성의는 효성스러운 아들로 설정된다. 병든 모친을 살릴 수 있는 藥인 일영주를 구해 올 수 있는 자격도 항의가 아닌, 성의에게만 있는 것으로 설정된다. 이는 성의와 부모의 애착 관계가 특별함의 증거이기도 하면서, 성의의 뛰어난 자질에 대한 초월계의 인정이기도 했다. 항의가 자신이 세자로 책봉되었음에도 불구하고 일영주를 구해오

었다. 다만 텍스트들 간의 주요 차이는 논의 중 언급하기로 한다.

18) 김동욱 편, 앞의 책, 13쪽.

는 동생에게 해를 가하여 재기불능의 상황에까지 이르게 한 것도 이 때문이었다.[19] 항의는, 성의가 일영주를 얻어 와 모친을 살리면 더욱 사랑받을 것이며 이러한 사실이 퍼지면 동생의 이름이 일국에 진동할 것이니 자신은 더 이상 왕위를 바랄 수 없으리라고 생각했다. 항의에게 있어 아직 왕위 계승의 문제는 완결되지 않았던 것이다. 형제 갈등이 왕위 계승의 문제와 결부될 때 그 싸움은 목숨을 건 치열한 싸움이 될 수밖에 없음은, 이미 역사적으로 입증된 바이다.

성의는 형이 자신에게 해를 가하리라고는 짐작조차 하지 못했다. 일영주를 얻기 위해 목숨을 건 여정을 떠난 것은 순전히 그의 지극한 孝心 때문이지 공을 세워 세자의 자리를 차지하기 위함이 아니었다. 그러한 성의였기에 하늘도 알아주어 선관의 도움으로 금불보탑존자를 만나 일영주를 얻는 데 결국 성공한다. <적성의전>의 성의는 제도상으로는 열세에 놓여 있지만 도덕적으로는 우위에 놓여 있다는 점에서 <창선감의록>의 화진과 동류의 인물인 셈이다.

일영주를 구해 돌아오던 성의는 형의 예상 밖 행동을 통해 비로소 형이 부왕의 명을 칭탁하고 인명을 살해코자 하는 의도가 있음을 알게 된다. 궁극적으로는 자신을 죽이려 하는 것임을 직감한다. 결국 부하들을 잃고 자신은 맹인이 되어 버림받은 성의는 모친의 병세 걱정을 하면서 '불측한' 형을 원망한다. 다행히 호승상에게 구출되기는 하나, 의도하지 않은 기나긴 이국의 삶을 살아가게 되면서 그 내면에는

---

19) 항의는 동생의 눈을 찔러 죽게 내버려 두고 와서 부모에게 성의가 삭발위승하여 세상사를 잊어버렸다고 거짓으로 고한다. 주지하다시피 <적성의전>은 석가의 전생담을 이어받은 <선우태자전> 등에 연원을 둔 작품이다. 그런데, 부정적인 인물인 항의의 발화라는 점을 고려해야 하기는 하나, 승려가 되었음이 아들로서의 도리를 못한 것으로 보고 있는 점이 특이하다. 향후 <적성의전> 연구에서 기존의 불교적인 내용을 유교적으로 전유한 서술 시각에 대해 더 깊이 있는 고찰이 필요할 것이다.

형에 대한 원망과, 효를 다하지 못한 恨이 쌓여만 갔을 것이다.

성의는 온갖 고난을 겪은 끝에 기러기의 편지를 매개로 하여 눈을 뜨면서부터 점차 상승 행로를 밟아 가게 된다. 전후의 서사 논리상 그것은 지극한 효심에 대한 초월계로부터의 보상으로 해석된다. 성의는 장원급제하여 부마의 자리에까지 오른 후 고국으로 돌아온다. 돌아오던 중 자신의 부하들이 죽은 곳에서 성의는 제를 올리며 그들의 자손들을 등용시킬 것을 약속한다. 그것은 형과의 대결을 전제하는 것이었다. 원망과 한이 그로 하여금 그러한 욕망을 품게 한 것일까. 아무튼 이제 성의는 <창선감의록>의 화진과는 다른 길을 걷게 된다.

<적성의전>처럼 <흥부전> 역시 형제 갈등으로 서사 초점이 단일화되어 있다. 하지만 <적성의전>과 달리 갈등의 원인이 대를 잇는 데 있지 않다. 하층 농가인데다 부모는 돌아가시고 형제가 동거하고 있는 상황 하에 주도권이 이미 형 놀부에게 있는 상황으로 설정되어 있기 때문이다. 이들 하층 형제에게는 분가와 재물 문제가 더 중요했던 것이다.

여기서 이미 놀부가 주도권을 장악한 것으로 설정된 점을 주목할 필요가 있다. 놀부는 흥부를 쫓아내면서 "선대의 논과 밭은 봉제사로 물려 받고 그 남은 살림살이는 내가 장만한 것"[20]이라 하기도 하고, "이 놈 흥보야 부모의 셰간뎐답 나 혼ᄌ 가졋다 ᄒᆞᆯ 터이니 셰간 논우막를 ᄒᆞ자 ᄒᆞ더니 나는 쟝손이 되여 봉졔ᄉᆞ를 ᄒᆞᆯ 테이게 이 집은 내가 ᄎᆞ지ᄒᆞᆯ 터이니"[21]라 하기도 한다. 이 말은 사대부 가문으로부터 시작되던 적장자 우대 상속제도 및 관습에 근거한 발언이다. 실은 작품 속에서 놀부가 희화화된 형태이지만 부모의 제사를 지내는 모습도 발견

20) 박헌봉 <창악대강 홍보가>. 김진영 외, 『흥부전 전집』 1, 박이정, 1997, 270쪽.
21) 심정순 창본 <박타령>. 김진영 외, 『흥부전 전집』 1, 박이정, 1997, 69쪽.

되기는 한다. 이처럼 당시 관습을 배경으로 하고 있었으므로 놀부는 동생을 쫓아내다시피 하면서도 당당해 했던 것이다.

<흥부전>의 작자는 이러한 상황에서 형제 간 友愛 문제를 제기한다. 기득권자인 놀부의 입장에서 형제 간 우애란 걸림돌일 뿐이라 본다. 당시 관습을 근거로 하여 자신의 재물욕을 합리화하고 있는 것이다. 차자인 흥부는 열세에 놓일 수밖에 없었다. 어느 날 갑자기 분가의 통보를 받은 흥부는 어떻게 해도 생존 문제가 해결되지 않자 다시 형을 찾아간다(또는 바로 형을 찾아간다). 하지만 재산을 나누어줄 것을 요구하지는 못한다. 그저 구걸을 할 뿐이다. 이때 흥부가 호소할 것은 형제 간 윤리인 우애밖에 없었다. 결국 놀부는 몽둥이찜질을 하여 흥부를 쫓아내는데, 이는 제도나 관습을 넘어 놀부의 과도한 재물욕을 그 원인으로 읽어내게 하는 바, 놀부를 악인으로 보게 하는 근거가 된다. 놀부에게 있어 재물 앞의 윤리란 허망한 것일 뿐이었다. 그럼에도 불구하고 흥부는 아내 앞에서 형을 감싸 준다.

흥부는 제비가 물어다 준 박으로 부자가 된다. 그것은 제비 다리를 고쳐 주었기 때문이기도 하지만 형제 간 우애를 지키며 올곧게 산 데 대한 초월계로부터의 보상으로 설정된다. 이미 작품 속에서 우애의 윤리는 그러한 동력을 지니지 못하고 있는 상황이다. 그러므로 이러한 설정은 흥부와 같은 차자들이 기득권자에게 직접적으로 대응할 수는 없음을 고려한, 그 나름대로의 전복을 꿈꾼 소산물이라 할 수는 있을 것이다. 놀부의 패망 부분 역시 그 연장선상에 놓인다.

이처럼 <적성의전>과 <흥부전>에는 형제 갈등의 과정이 동생의 일방적인 수세로만 전개되지는 않는다. 또한, 이어서 살피겠지만, 갈등 해소 역시 윤리적 당위의 구현만을 지향하지 않는다. 앞에서 다룬 <창선감의록>, <유효공선행록>과 이 두 작품이 변별되는 지점인 것이다.

<적성의전>의 경우 급기야는 형제간의 직접적인 대결에까지 이르게 된다. 앞서 언급한 것처럼 항의는 인륜을 어기는 범죄를 저질렀으며 성의는 형에 대한 원망을 품은 이상, 형제는 이제 극단적으로 대립할 수밖에 없었다. 이때 의외의 인물인, 항의의 부하 태연이 항의를 죽이고 자결함으로써 대립이 해소된다.[22] 계후를 목표로 한 싸움은, 특히 왕가에서의 그것은 치열하게 전개될 수밖에 없으며 둘 중 하나는 죽어야 했었다. 그래서 그런지 개과의 여지도 주지 않고 있다. 태연은 성의의 욕망을 대리하는 분신일 뿐인지도 모른다. 부모도 세자인 항의의 죽음 소식을 듣고 슬퍼하지 않는다. 오히려 군례로 안장하라는 명령만 내릴 뿐 바로 성의 일행을 맞이하는 대연을 배설해 황사를 대접하고 즐길 뿐이다. 계후의 자격이 없는 것으로 판명된 항의의 죽음은 사필귀정의 차원에서 당연시되는 것으로 받아들여지고 있는 것이다. 결국 <적성의전>에서는 성의가 불칙지환을 당한 자신의 부하들을 위해 충혼당을 지어 향화하고 그 자손에게 관직을 봉하며, 태연은 절의공에 봉하고 축문과 향촉을 내리는 것으로 결구된다. 그것은 어떻게 보면 성의의 탈적에 대한 기념인지도 모른다.

따라서 <적성의전>은 적장자가 사욕을 채우려는 부정적 인물일 경우 차자가 뒤를 이을 수도 있다는 의식, 그러한 욕망이 인정되고 있는 작품이라 할 수 있다. <흥부전> 역시 기득권을 지닌 장자에 대한 부정적 인식이 깔려 있는 작품이다. 다만 계후가 아닌, 재물의 문제에 초점이 두어져 있고 그것은 다른 경로를 통해 새롭게 획득할 수도 있는

22) <육미당기>에서는 형인 세징이 용서 받고 진정으로 뉘우치는 것으로 처리된다. 세징은 적자가 아니었기 때문이다. <육미당기>에서는 여성영웅 형상이 부가됨과 함께 남녀 결연에도 상당한 서술 비중을 두고 있어 <적성의전>에 비해 형제 갈등의 비중이 상대적으로 약하다.

것으로 여겨지고 있으므로 둘 간의 직접적이면서 극단적인 대결은 제시되고 있지 않다. 하지만 과연 우애를 저버리고 패망한 놀부는 개과를 했는가, 그러한 놀부를 흥부는 어떻게 받아들여야 하는가 하는 문제는 남는다. 이 문제들에 대해 앞의 작품들에서는 뚜렷한 작가적 입장을 드러낸 바 있다. 하지만 <흥부전> 이본들의 결말에 따르면 이 문제는 여전히 논란 속에 있다.

놀부의 패망으로 끝나거나 놀부가 자신이 탄 박속으로 국을 끓여 먹고 미쳐 들로 산으로 밤낮 없이 뛰어다니는 것으로 끝나는 경우는 과다한 재물욕을 추구하며 형제 간 우애를 저버린 자의 부정적 귀결을 통해 그러한 자에 대한 반감을 드러낸다. 형제 윤리를 무시하고 과도한 재물욕을 추구한 자가 개과한다는 것은 쉽지 않다는 의식과 함께, 장자 우대의 상속제에 대한 비판적 인식도 담겨 있는 것이다. 부자가 된 흥부가 질 높은 삶을 살아간 것을 애써 묘사하면서도 놀부를 구제했다는 언급이 없는 결말은 이러한 의식이 가장 강하게 드러난 결말이라 할 수 있다.

반면 창본들에서는 놀부가 개과천선하고 부자가 된 흥부가 그를 포용하는 결말을 보인다. 이는 재물욕을 버릴 때 형제 간 관계도 회복될 수 있다는 생각과, 놀부와 같은 부류들이 자신의 잘못을 깨달았으면 하는 기대감이 엿보인다. 또한 제도적으로 해결되기 어려운 문제는 형제 간 우애를 통해 어떻게든 당사자들이 해결해야 하며 현실적으로 해결의 대안은 이것임을 드러내었다고 볼 수 있다. 여기서 더 나아가 놀부를 구제한 흥부의 어진 덕을 찬양하면서 끝맺는 경우도 있는데, 이 경우는 우애를 위해 재물욕을 버린 점을 높이 평가한 것인 바, 역으로, 재물을 소유한 자가 우애의 윤리까지 지키기는 쉽지 않다는 의식이 담겨 있다고 본다. 이처럼 <흥부전>은 재물 문제를 중심으로 하층 가정의 형제 갈등을 차자의 관점에서 다룬 작품인 것이다.

3. 형제 갈등형 고전소설들의 특징과 지향점

네 작품에 나타난 갈등의 전개 과정 및 해소 양상을 두 부류로 나누어 살펴보았다. 그 결과 네 작품은 계후 문제 및 재물 문제로 인해 형제 갈등이 야기되고 있고 적장자를 우선시하는 인식을 공유한다는 공통점을 지니지만, 실제 전개 과정은 차이를 지니고 있음을 알 수 있었다. 갈등의 해소 역시 서로 다른 양상을 띠었다. 이는 당시 제도·관습하의 여러 가지 맥락 요인에 기인한, 갈등을 대하는 주체의 관점이 달랐기 때문이라 생각된다. 본장에서는 먼저 이들 작품이 형제 갈등을 중심 갈등으로 함으로써 지니게 된 특징들을 다시 점검한 후, 당대 사회 제도 및 관습과 관련지어 각 작품들의 담론적 지향점들을 살펴보고자 한다.

주지하다시피 형제 관계란, 혈연적으로는 동세대인의 대등한 관계이면서 또한 家內의 질서상 長次의 차별이 부여될 수도 있는 관계이다.[23] 곧 형제란 내외적 위기에 대해 힘을 합해 문제를 해결해 나가야 하는 자들이지만, 한 자리인 가장의 자리를 놓고 혹은 한정된 재물을 나누어 가져야 함으로써 서로 대립할 수밖에 없는 자들이기도 한 것이다. 또한 성장 과정에서 부모의 사랑을 놓고 갈등하거나 분가 후에도 지속적으로 그 사회적 성취가 대비될 수밖에 없는, 서로의 운명이 얽혀 있는 자들인 것이다.[24] 그러므로 형제 갈등은 선의의 경쟁이 아

23) 이광규, 『한국가족의 구조분석』, 일지사, 1975, 287쪽.

24) 성서에서는 인류 최초의 살인 사건을 형제 간의 그것으로 설정해 놓았으며 정신분석학

닌 이상 적절히 제어되어야 한다. 만약 그것이 표면화될 경우 가문은 걷잡을 수 없는 소용돌이 속에 놓일 가능성을 항존한다. 역사적으로 王家의 형제 갈등이 이 점을 입증해 주고 있으며 귀족·사대부가나 民家도 그 성격은 차이가 있겠으나 기본적인 상황은 다르지 않았을 것이다. 그러므로 조선조 사대부들은 윤리 담론 속에 友愛를 권장하는 내용을 포함시켜 극단적인 상황에까지 이르는 것을 막으려 했던 것이다. 『이륜행실도』나 『오륜행실도』 속에 형제 관계를 포함시켜[25] 이념 서사로 유포하고자 했던 것도 이 때문이다. 형제 관계는 소송 이전에 교화의 측면에서 해결되어야 하는 문제였던 것이다. 형제 갈등을 다룬 소설의 위상은 바로 이 지점에 놓인다. 그러한 소설들이 17세기 중반 이후에 등장한 것은 이 시기에 접어들어 형제 관계가 당시 제도·관습의 문제와 더 긴밀히 맞물리게 되었기 때문일 것이다.

앞서 다룬 네 작품 중 세 작품들에서 형을 욕망형의 부정적 인물로 설정하고 있음을 볼 수 있다. 이는 악한 형이 나쁜 첩이나 계모처럼 당시 제도·관습의 문제를 담을 수 있는 한 형상이라고 보았던 데 연유한다. 하지만 이 못지않게 주목해야 할 사항은 네 작품 공히 가장에 해당하는 父와 次子가, 父와 嫡長子에 비해 더 가까운 관계로 설정되어 있다는 점이다. 이 점 역시 문제적 설정이다. <창선감의록>의 경우는 화욱이 엄격한 가부장의 기준으로 일찍이 차자의 능력과 성품을 알아

적 견해에 따르면 형제 간 경쟁은 母의 사랑을 독차지 하기 위해 다른 형제를 외도로 낳은 자식들이라 상상하면서 자신의 정통성을 확인하려는 데 원인이 있다고 한다.

25) 『삼강행실도』류 서적에 나타난 형제 관계 중시의 변화와 <흥부전> 작품 세계를 관련 지은 논의는 엄기주, 「『흥보가』에 반영된 사회상-『삼강행실도』류의 변화와 관련하여-」, 『고전문학연구』 18, 한국고전문학회, 2000 참조.
김안국이 편찬한 『이륜행실도』에는 형제 관계 이야기가 25편 실려 있다. 김안국이 『이륜행실도』 발간을 주청하면서 朋友兄弟의 윤리에 대해 보통 사람이 알지 못하기 때문이라 한 것도 이와 관련된다(하윤섭, 『조선조 오륜시가의 역사적 전개 양상』, 고려대 민족문화연구원, 2014, 212-213쪽).

보았고, <적성의전>에서 부왕은 형을 제치고 왕위를 물려줄 생각을 할 정도로 차자를 더 아꼈다. <유효공선행록>에서 역시 부친 유정경은 장자보다는 차자의 말을 더 믿으며, <흥부전>의 놀부는 생전에 부모가 동생을 더 사랑했음을 떠올리고 있다.[26)]

가부장제 사회에서 父는 단순히 그 형제들의 아버지에 그치는 자가 아니라, 집안을 대표하는 자이자 가권의 소유자인 반면, 차자는 가권과는 애초에 거리를 두어야 하는 입장에 처한 자이다. 그러므로 부와 차자의 친근 관계는 어디까지나 가족애에 그쳐야 한다. 만약 차자가 부친과의 친근 관계에 기대어 가권이나 재물을 노린다면 이는 기존 제도·관습을 부정하는 일이 되며 더 나아가 가문 차원의 위기를 초래할 수 있다. 이 점을 고려하여 <창선감의록>, <적성의전>, <흥부전>에서는 그러한 차자를 윤리형 인물로 설정해 두었다. 앞서 살핀 바와 같이 작품의 갈등은 이미 기득권을 점했다고 볼 수 있는 장자를 욕망형 인물로 설정하여 차자인 윤리형 인물을 모해하고 핍박하는 양상으로 전개된다. <유효공선행록>에서는 그러한 관계가 뒤바뀌어 있어 다른 방식으로 문제를 던져 주고 있기는 하나 큰 틀에서 볼 때 유사한 갈등 전개 양상을 보이고 있다.

화춘, 항의, 놀부 등은 적장자로서 가권 혹은 재산을 이어받았거나 이어받을 수 있는 위치에 있었다. 그럼에도 불구하고 지속적으로 차자에게 모해를 가하는 것은 제도상으로는 자신들이 우위에 놓여 있지만 그 실제적 위상은 여전히 불안하다고 생각했기 때문이다. 윤리형 인물은, 욕망형 인물이 제도·관습상으로는 우위를 점하고 있음에도 불구하고 자질의 측면에서 부족함을 자각하게 하는, 곧 그들로 하여금 불

26) 물론 <흥부전>에서는 부모가 등장하지 않기는 한다. 하지만 놀부의 말을 통해 동생 흥부가 부모로부터 더 사랑받았음을 알 수 있다.

안감을 자아내게 하는 자들이었던 것이다. 하지만 그 윤리형 인물은 제도상, 관습상의 문제를 문제로 인식하고 있는 자들이 아니라 오히려 그러한 문제점에도 불구하고 그리고 제도적 약자들임에도 불구하고 제도와 관습을 준수하고자 하는 자들로 설정된다. 나아가 작자는, 家의 안정은 이들 윤리형 인물의 태도와 행위 여하에 달려 있다고 보고 있다.[27] 그래서 욕망형 인물을 반면교사로 내세우고 윤리형 인물의 적절한 대응을 부각시키면서 그들의 행위를 선양하고자 한다. 결과적으로 윤리형 인물이 승리를 거둠으로써 갈등도 해소된다. 그러나 실은 윤리형 인물은 애초에 제도적 약자였으며 <유효공선행록>의 경우 탈적을 당한 자로 설정되어 있으므로 이들이 가내의 문제점들을 완전히 해결하기는 쉽지 않은 것으로 나타난다. 그럼에도 불구하고 작자들은 당위의 차원에서 이 문제가 윤리형 인물을 중심으로 해결될 수 있다고 보고 있는 것이다. 각 작품들에서는 갈등의 전개 과정 및 해소 양상이 다른 만큼 그 해결 방식의 측면에서는 각각 그 나름대로의 제안을 하고 있다.

네 작품들의 공통점이 가권의 계후나 재산 상속에 있어 적장자에게 우선권이 있다는 인식을 당연한 것으로 전제하고 있다는 점이라는 것부터 언급할 필요가 있다. 제사, 재산 상속에 있어 남녀 불균등 및 장자 우대 관념은 앞서 언급했듯 17세기 중엽 이후 나타나기 시작한 것으로 보는 것이 통설이다. 그것은 가의 운영에 있어 점차 종법제가 강

---

27) 조춘호, 앞의 책, 266-267쪽에 따르면 "재산상속이나 재물에 대한 욕심 때문에 형제갈등이 야기된다는 많은 이야기는 장자 우대의 가계계승이 확립되어 감에 따라 불공평한 대우를 받게 된 차자들의 항변의 반영과 아직 확고한 뿌리를 내리지 못한 제도의 정착을 위해 장자측의 차자 위무책 및 차자 자신들의 정신적 보상을 얻기 위한 노력 등이 복합적으로 형상화되어 나타난 것이라 하겠다."라며 형제 갈등을 다룬 고전문학 작품들이 불공평한 대우를 받게 된 차자들에 초점을 두고 있다고 지적한다. 차자들의 항변, 위무, 보상 등을 형상화하고 있다는 것이다. 일리 있는 총괄이라 본다.

화되는 등의 이데올로기적 원인과 토지 소유 영세화 방지 등 경제적 원인이 복합적으로 작용한 결과인 것이다.[28] 이러한 변화는 가정, 가문의 형태 및 구성원들의 관계 특히 그 중 형제 관계에 심각한 영향을 미칠 수밖에 없었을 것이다.

물론 이러한 변화가 전면적이고 획일적으로 진행되지는 않았을 것이다. 서서히 그러한 쪽으로 이행해 갔으리라 보아야 할 것이며, 그것도 지역별, 계층별[29]로 그 편차도 컸을 것이다. 또한 그 이후에도 여전히 상황에 따라 균분상속이 지속되었고,[30] 오히려 딸과 차자 이하의 아들이 재산과 제사를 종가에 자진 반납하는 등의 현상도 있었던 것으로 보고되어 있다.[31] 17세기 후반 이후 가족제의 거시적인 흐름은 종통을 중시하고 적장자를 우대하는 방향으로 나아갔다 하더라도 이러한 변화는 가문이 처한 상황이나 여건에 따라 달리 나타났을 것이며 이를 받아들이는 방식에도 차이가 있었던 것이다. 이 점을 고려하여 당대 사회, 가족제 변화를 배경으로 하여 작자들이 작품들을 통해 의도한 담론적 지향점들을 추론해 보려는 것이다.

우선 <창선감의록>과 <유효공선행록>의 경우를 보자. <창선감의록>은 17세기 후반의 작품이며, <유효공선행록>은 연작 관계에 있는 <유씨삼대록>이 『열하일기』에 언급되고 있는 것을 보아 18세기 초엽에는 이미 창작되어 읽히고 있었을 가능성이 높다. 또한 두 작품은 사

28) 배상훈, 「조선후기 분할상속관행의 지속에 대한 소고」, 『한국민족문화』 34, 부산대 한국민족문화연구소, 2009, 210-211쪽의 선행 연구 검토 참조.

29) 常民層의 경우는 사대부들에 비해 재산 상속에 있어 규제를 덜 받았으므로 상속 방식이 상대적으로 자유로웠을 수 있다(문숙자, 「16-17세기 상민층의 재산 소유와 상속 사례」, 『고문서연구』 33, 한국고문서학회, 2008 참조). 이들은 사회적 지위의 상승과 함께 오히려 사대부의 격식을 따라야 했을 수도 있다.

30) 배상훈, 앞의 글 참조.

31) 문숙자, 『조선시대 재산상속과 가족』, 경인문화사, 2004, 100; 238쪽 참조.

대부 가문을 공간적 배경으로 하여 가장권 확립을 통해 가문 내부의 질서와 결속을 확고히 하면서 외적으로는 가문의 명망을 지속시키고자 하는 염원이 깔려 있는 작품들로 평가된다.[32] 하지만 두 작품의 담론적 지향점은 다소의 차이가 있다.

<창선감의록>의 경우 장자 우선 계후 및 상속제 하에 차자가 가져야 할 태도를 '義', 곧 마땅한 도리로 내세우고 있음을 본다. 이는 이 작품이 차자를 겨냥한 담론적 특성을 지닌다고 볼 수 있게 한다. 어리석고 용렬한 장자가 가권을 잇게 되고 차자에게 핍박을 가한다 하더라도, 물론 이러한 설정은 문제적인 것이지만, 차자는 순응해야 한다는 것이다. 오히려 차자는 철저히 그 내면의 욕망을 무화시키면서 장자를 善의 길로 이끌어야 하는 사명감이 부여된다. 화진은 그러한 사명을 성공적으로 수행해 내는 인물이다.

하지만 그 과정에서 자신의 의사와 관계없이 형으로부터 적장자의 자리를 노리는 것으로 의심받는다.[33] 이러한 의심 뒤에는 가권, 재산의 상속에 있어 특정인만이 배타적 자격을 지닌 것은 아니라는 사고가 깔려 있다고 해석할 수 있다. 따라서 이는 종법제 정착 초기의 소산일 수 있을 것이다. 이 작품에서 범한, 장평 등 외부 인물이 화씨 집안에 틈입하여 갈등을 증폭시키는 것으로 설정되는데 이는 화씨의 가문이 엄격한 문중 조직을 아직 제대로 형성하지 못한 데 기인했다고도 볼 수 있다. 그렇다면 <창선감의록>의 형제 갈등은 제도 이행기, 가문의 새로운 질서를 정립하고 그것을 토대로 화합을 지향해야 하던

32) 진경환, 「<창선감의록>의 작품구조와 소설사적 위상」, 고려대 박사학위논문, 1992, 120쪽; 이승복, 앞의 글, 178-180쪽; 박일용, 앞의 글, 170-175쪽 참조.

33) 이지영, 「규범적 인간의 은밀한 욕망-<창선감의록>의 화진-」, 『고소설연구』 32, 고소설학회, 2011, 147쪽에서 화진의 캐릭터에 대해 적장자 중심의 가부장제에 대한 은밀한 도전과 반발로 볼 수 있는 측면이 있음을 살핀 바 있다.

때의 소산이라 볼 수도 있을 것이다. 작자는 이때야말로 차자 이하 아들들의 역할이 긴요하다고 본 것이다. 그러한 담론적 지향점, 곧 작가의 이념을 담은 작품이 <창선감의록>인 것이다.

반면, <유효공선행록>에서는 적장자의 태도가 가문 질서 정립에 그 무엇보다 중요하다고 보고 있다. 차자 유홍은 <창선감의록>의 화진과는 전혀 상반된 성격을 지닌 인물이다. 그는 계후의 문제와 관련하여, 특히, 많은 재산이 형에게 가게 되는 것을 못마땅해 하며 탈적의 욕망을 노골적으로 드러낸 바 있었다. 집안의 재산이 장자의 몫이 됨을 기정사실화하고 있음은 종법을 중시하는 상속제를, 유씨 집안에서는 가법으로 수용하고 있었음을 뜻한다. 그럼에도 불구하고 차자가 이의를 제기하고 부친조차 동조할 때 장자의 태도는 그 무엇보다 중요했다. 만약 동생의 욕망에 대항하여 맞설 경우 가문 존속 위기를 불러일으킬 수도 있었으므로 유연은 孝를 견지하면서 한편으로는 동생을 타이르기도 하고 포용하기도 하려 하는 것이다.

물론 작자는 그렇게 한다고 해서 문제가 해결될 수 있다고 보지는 않았다. 정치적 갈등이 해소되고 나서야 이들의 형제 갈등도 가까스로 해소될 수 있었던 것이다. 게다가 분란을 일으킨 유홍을 어떻게 할 것인가 하는 문제가 여전히 남았다. 이때 유씨 문중에서는 도덕적 당위를 명분으로 하여 가문 차원의 제재를 가하고자 한다. 이러한 문중 법도의 엄격함은 <창선감의록>의 경우와는 다른 점이다.

하지만 유연의 입장은 달랐다. 유홍 처리 문제는 그 후유증이 家의 운영에 있어 다음 세대에 이르기까지 잠재적으로 이어질 수 있다고 보았던 것이다. 유연은 동생을 포용함은 물론 동생의 아들로 하여금 자신의 뒤를 잇게까지 한다. 종법제를 가법으로 수용하여 어느 정도 체제를 갖춘 사대부 가문에서 장자의 이러한 진중한 태도는 가문의 질서 유지와 청명의 지속에 중요한 요소라 보고 있는 것이다.

이 두 작품에 비해 <흥부전>과 <적성의전>은 상대적으로 하층의 의식이 반영된 작품들로 보인다. 우선 이 두 작품은 설화에 근원을 두었다는 공통점을 지닌다. <흥부전>은 형제의 대립이 있는 모방담류 설화에, <적성의전>은 불경계 설화들, 그 중에서도 특히 1328년 처음 간행되었다고 하는『釋迦如來十地修行記』第六地 <善友太子>에 제재적 근원을 둔 것으로 알려져 있다. 그런데 <선우태자>는 善兄惡弟 유형의 이야기로서 형제 간 계후 갈등은 그리 두드러지지 않는 작품이다. 형인 선우가 여의보주를 찾아 나섰던 것도 중생의 구제를 위함이어서 계후의 문제와는 직접적인 관련을 지니지 않는다. 반면 앞서 살핀 것처럼 <적성의전>에서는 惡兄이 善弟를 모해함과 관련한 계후 갈등을 전면에 내세우고 있으며, 동생인 성의가 모친의 병 치유를 위해 일영주를 얻어오다가 형에게 빼앗기는 사건도, 그러한 갈등과의 밀접한 관련 하에, 전개된다.[34] <선우태자>로부터 <적성의전>으로의 변모에는 종법과 적장자 우대 의식이 그 배경 맥락으로 작용했다고 볼 수 있는 것이다.

형제 갈등형 구비 설화 역시 이러한 배경이 변인으로 작용한 것으로 추측된다. 신라의 설화였다고 하는 <방이설화>가 善兄惡弟로 설정되어 있었음은 이미 알려진 바와 같다. 그런데 한 연구에 따르면 오늘날 채록을 통해 그 모습을 알 수 있는 형제 갈등형 설화들은 善兄惡弟

34) 『석가여래십지수행기』, <선우태자>와 <적성의전>의 비교 등 문제에 대해서는 이강옥, 「불경계 설화의 소설화 과정에 대한 고찰」, 『고전문학연구』 4, 한국고전문학회, 1988; 최호석, 「『석가여래십지수행기』의 소설사적 전개-<선우태자>·<적성의전>·<육미당기>를 중심으로-」, 고려대 석사학위논문, 1993 ; 박병동, 『불경 전래설화의 소설적 변모 양상』, 역락, 2003; 황혜진, 「한국 드라마로 이어지는 고전서사의 전통-드라마 <적도의 남자>(2012)를 중심으로-」, 『겨레어문학』 49, 겨레어문학회, 2012 참조.

유형보다는 惡兄善弟 유형이 월등하게 많으며 이는 적장자 우대의 수직구조에 의한 가족제도 및 재산 상속제의 확립이라는 사회경제사적 변화와 관련해서 이해하는 것이 옳다고 한다.[35] 여기에는 차자 이하 아들들의 시선이 깔려 있었을 것임은 물론이다. <흥부전>과 <적성의전>의 형성에는 이러한 사회 변화가 배경 맥락으로 작용했던 것이다. 다만 작품 형상화의 면에서, <흥부전>이 현실 문제를 그대로 가져 온 반면, <적성의전>은 설화적 환상 속에 현실 문제를 굴절시켜 반영하고 있다는 차이점을 지닌다.

<흥부전>에서는 형제 갈등이 하층 가정의 分家로 시작되고 있음을 주목해야 한다. 분가란 보통, 차자 이하의 자식에게 家産을 나누어 주어 따로 살림을 차리게 하는 것을 말한다. 分財를 수반한 것이므로 부모 생존시에 행해지는 것이 일반적이다. 그런데 만약 재산에 여유가 없는 하층 가정일 경우 분가로 인해 그나마 있던 가산이 쪼개어짐으로써 서로 간에 빈궁한 삶을 살아가야 했을 것이다. 혹 재산에 여유가 있다 하더라도 장자 우대 상속 관념을 분재에 적용할 경우, 차자 입장에서 분가는 생계 차원의 위기를 초래하는 일이 될 수도 있었다. 흥부는 작은 재산으로 독립하기보다는 형과 함께 있는 것이 유리하다고 판단했을지도 모른다. 이러한 저간의 사정을 고려하지 않고 동생을 강제적으로 분가시켰다는 점에서 놀부에 대한 평가는 부정적일 수밖에

35) 곽정식, 「한국 설화에 나타난 형제 간 갈등의 양상과 그 의미」, 『문화전통논집』 4, 경성대 향토문화연구소, 1996, 33-35쪽 참조. 형제 갈등형 구비 설화들 중에는 그 갈등 요인으로 재물욕을 거론한 작품들이 많다. 이와 관련하여 형제 갈등을 분노의 시각에서 심층적으로 살피려 한 논의로 김정희, 「설화에 나타난 형제간 분노의 문제와 그 해결 양상」, 『문학치료연구』 31, 한국문학치료학회, 2014를, 일제강점기 설화・동화집에 나타난 형제담에 대해서는 권혁래, 「옛이야기 형제담의 양상과 의미-1910~1945년 설화・전래동화집을 대상으로-」, 『동화와번역』 19, 건국대 동화와번역연구소, 2010를 참조할 수 있다.

없다. 그래서 작자는 제도 이면의 또 다른 이유로, 놀부의 악한 심성과 과한 재물욕을 들고 있는 것이다. 이러한 상황 하에서 차자는 어떻게 해야 하는가, <흥부전>은 이 문제를 중요시하여 다루고 있다.

차자인 흥부로서는 분가를 감수할 수밖에 없었다. 그런데 이때 기득권자인 놀부가 아닌 흥부가 우애를 중요시하는 인물로 설정되었다는 점이 문제적이다. 형이 우애를 저버렸다고 해서 동생까지 그렇게 해서는 안 된다는 것을 말하고자 한 것일까. 그렇지만은 않을 것이다. 아무리 해도 생계 해결이 어려워지자 흥부는 놀부에게 양식 구걸을 하러 간다. 이때 흥부가 형 앞에서 호소할 수 있었던 유일한 근거는 형제 간 '우애'였다. 그러므로 이때의 우애란 경제적 약자가 기득권자에게 그래도 발언권을 지닐 수 있었던 근거였다.[36] 하지만 그럼에도 불구하고 흥부가 다시 냉대를 당한다는 점에서, 흥부가 내세운 우애는 더 이상 윤리가 통하지 않는 냉정한 현실을 표상하는 것이면서 또한 장자 중심적인 제반 사회 체제를 비판하는 함의를 지닌다. <흥부전>에서는 만약 역의 경우, 곧 형이 몰락하고 동생이 부자가 되었을 경우 어떻게 할 것인가 하는 문제를 다시 제기한다. 이 문제에 대해, 초월계의 도움을 통해 이미 보상을 받은 셈이니 비록 형에게 서운한 마음을 느꼈더라도 우애를 저버려서는 안 된다고 보기도 하고, 형에 대한 원망의 감정이 있기는 하나 반드시 그것이 아니더라도 이미 분가한 후이니 각자의 삶은 각자 알아서 해야 하리라는 냉정한 판단을 내릴 수도 있었다. 앞서 살핀 것처럼 <흥부전> 작자군은 이 문제에 대해 일률적 합의를 보고 있지 않았다. 최종 판단은 수용자들의 몫으로 남겨 두었던 것이다.

---

36) '우애'의 이러한 전유 양상에 초점을 맞추어 <흥부전> 형제 갈등을 분석한 논의는 이 책 제3부 중 「<흥부전>에 나타난 分家와 友愛 문제」 참조.

반면 <적성의전>은 뚜렷한 작가적 관점을 드러낸다. 장자가 기득권에 집착하여 악의에 찬 모해를 가할 때 차자는 어떻게 대응해야 할 것인가 하는 것에 대해 <창선감의록>의 경우는 그럼에도 불구하고 순응하고 감수하는 쪽을 택했었다. 하지만 <적성의전>에서는 그것이 정도를 넘어설 경우 자신의 의사를 적극적으로 표출해야 한다고 보고 있다. 물론 이때의 상대는 극단적인 악인이어야 했다. 앞서 살핀 것처럼 항의는 동생의 눈을 멀게 하고 죽이려고까지 하는 악인이었다.

결국 <적성의전>에서 항의는 부하 장수에게 죽임을 당한다. 성의가 이미 돌아선 상태이므로 더 이상 개과의 기회도 주어지지 않으며 포용할 여지도 없는 것으로 처리된다. 이는 뚜렷한 선악의 대비를 통한, 인물 심성 문제로 귀결시킨 결말이다. 이 작품이 왕가의 문제를 다루고 있음에도 불구하고 하층의 의식이 깔려 있다고 보는 이유이다. 작품의 작자는 종법제 및 장자 중심적 문화에 대한 문제적 인식을, 설화에 근원을 둔 환상 속에 담아내었던 것이다.

17세기 후반 이후 조선 사회는 종법제 및 제사·재산 상속상 장자 우대 문화가 등장하여 점차 확산되어 가고 있었다. 하지만 이러한 제도·관습이 획일적이고 일률적으로 시행된 것은 아니었으며 시기상으로는 물론이고 계층, 지역별로도 체감도는 달랐었던 것 같다. 그리고 전적으로 이러한 변화가 긍정되고 있지는 않아서 경직되게 적용할 경우 실제로는 적잖은 문제도 발생할 수 있었다. 앞서 살핀 작품들에서는 형제 갈등에 초점을 맞추어 이 문제들을 되새겨 보고 있었던 것이다.

4. 맺음말

이 글에서는 형제 갈등이 핵심 갈등이거나 주요 갈등인 고전소설 작품들을 대상으로 하여 종법제가 중시되어 가던 당대 사회 동향과 관련하여 각 작품들의 지향점을 입체적으로 조명하려는 데 목표를 두었다. 먼저 그 전개 과정과 해소 양상을 추적하면서 각 작품 속 형제 갈등의 특성들을 드러내고 이어서 당대의 맥락을 가늠하면서 각 작품들의 지향점들을 추론해 보고자 하였다.

<창선감의록>과 <유효공선행록>은 가권의 행방과 관련하여 사대부 가문에서 일어난 형제 갈등을 다룬 작품들이다. <창선감의록>의 형제 갈등은 용렬한 인물 화춘이 그 모친과 함께, 능력과 성품면에서 자신보다 나은 동생 화진을 핍박하는 양상을 띠며, 그럼에도 불구하고 변치 않는 화진의 효우에 결국 형이 개과함으로써 해소된다. 또한 <유효공선행록>에서는, 부친을 등에 업은 소인형 인물 유홍이 군자형 인물인 형 유연을 모해함으로써 형제 갈등이 야기되며 결국에는 탈적에 성공하기도 하지만 정치적 갈등과 관련하여 실세한 후 결국 표면상으로는 개과한다. 이 두 작품에서는 흐트러진 가문의 질서를 정립하고 가문의 명성을 회복하는 것이 무엇보다 중요한 일이며 이에 <창선감의록>에서는 차자가, <유효공선행록>에서는 장자가 희생적으로 나서야 한다고 보았다. <창선감의록>에서는 비교적 낙관적 인식을 드러내고 있으나, <유효공선행록>에서는 이념적인 것만으로는 문제들을 해결하기 쉽지 않음을 보여 준다. 억지로 재구성한다면, 당시 이 두 작품을 읽은 독자들은 아마 <창선감의록>의 동생 화진과 <유효공선행록>의 형 유연의 조합을 가장 이상적인 형제 관계라 보았을 수 있다.

반면, <흥부전>과 <적성의전>은 하층의 의식이 개입된 작품으로

보았다. <흥부전>의 경우 하층 가정의 분재와 분가로부터 형제 갈등이 발생한 것으로 되어 있다. 그러나 장자 우대 관습 하에 흥부는 약자일 수밖에 없었고 이로 인해 생계조차 해결할 수 없는 상황에 놓이자 우애 윤리에 기대어 보기도 한다. 하지만 이미 윤리를 통한 현실 대응력은 약해진 상황이다. <흥부전>의 작자는 흥부와 놀부의 빈부 관계를 역전시켜 갈등 해결의 장을 마련하지만 형제 화해 문제에 대해서는 이본들마다 달라, 논란을 남겨 두고 있다. 또한 <적성의전>은, 형 항의의 불측한 행위로 인해 어진 동생인 성의가 모해를 당하였고 갖은 고생 끝에 성의가 귀국할 때 부하에게 항의가 죽임을 당함으로써 차자인 성의가 왕위를 계승하게 된다는 내용이다. 형인 항의의 죽음으로 갈등이 해소된 것이다. 네 작품 중 가장 극단적인 해소 양상이라 할 수 있다. 결국 <적성의전>에서는 우애 윤리를 끝까지 밀고 나가지 않는다. <흥부전>의 경우도 형제가 우애를 회복했다는 데 큰 관심을 보이지 않는 이본들이 있다. 정도의 차이는 있으나, 종법제 및 장자 중심적 문화에 대해 비판적 인식이 담겨 있는 셈이다.

이들 네 작품의 작자들은 형제 갈등을 통해 종법제 및 장자 중심적 상속제의 수용 문제를 포착하고 있었지만, 그 담론적 지향점에 있어서는 입장을 달리했다. 사대부층에서는 가문의 질서와 존속 및 명망을 위해 이러한 제도를 받아들여야 했으나 차자의 동의가 무엇보다 필요하다고 보기도 하고 또는 장자의 진중한 태도가 더 중요하다고 보기도 했다. 반면 하층에서는 장자 중심적 관습·제도를 추인할 수밖에 없기는 하나 그것이 때로는 과도한 집착으로 이어져 가족 관계를 파탄으로 이끌 수도 있음을 경계하고자 했다. 이를 통해 작자들은 제도·관습이 과연 누구를, 그리고 무엇을 위한 것인가 되새겨 보게 하고 있는 것이다. 그들이 보기에 형제 갈등은 이러한 담론들을 풀어내기에 적절한 제재였던 것이다.

이 글은 형제 갈등에만 초점을 맞추어 네 작품을 비교한 것임을 유념해 주기 바란다. 각 작품의 작가 의식 및 작품 주제에 대한 본격적인 연구는 아닌 것이다. 이를 위해서는 또 다른 자리가 마련되어야 할 것이다.

제 4 장

<흥부전>과 신소설*

1. 머리말

<흥부전>은 극단적인 대립 관계에 놓인 두 인물을 통해 조선 후기 하층민 간에 나타난 빈부의 갈등을 윤리적인 문제와 관련지어 다룬 작품이다. 이본에 따라, 두 인물의 형상화 방식에는 다소 차이를 보이지만, 돈이 지상의 가치인 냉혹한 현실 하에서 빈민의 궁핍상, 그리고 그의 꿈에 초점을 두어 사건을 그려나가고 있다는 점에는 큰 차이가 없다.[1)]

이 글은 <흥부전>의, 이러한 주요 설정 및 문제 의식이 후대 서사 문학에 이어진 양상을 살피는 작업의 일환으로 마련된 것이다. 그 중 특히 근대초에 등장한 新小說과의 접점을 집중적으로 살피고자 한다.

---

* 이 글은 『국어교육』 149(한국어교육학회, 2015)에 실린 「「<흥부전>과 신소설의 접점」을 부분 수정한 것이다.

1) 정충권, 「경판 <흥부전>과 신재효 <박타령>의 비교」, 『흥부전 연구』, 월인, 2003, 129쪽.

이를 통해 <흥부전>의 외연을 넓히는 동시에, <흥부전>에서 다루어진 문제들에 대한 문학사적 조망도 가해 보고자 한다.

본 논의와 관련한 오해를 막기 위해 전제 한두 가지를 미리 언급해두기로 한다. 우선 본 논의는 <흥부전>의 후대적 계승 혹은 근・현대적 수용 문제 자체를 다루는 논의는 아니라는 점이다. 다시 말해, 후대 劇, 小說 혹은 특정 매체의 작자가 <흥부전>을 패러디한 작품들을 대상으로 하여, 인물, 사건 구성, 주제 등의 측면에서 수용 양상 및 새로운 맥락을 부여한 변용 양상을 비교하며 따지고 평가하는 논의는 아니라는 것이다. 이러한 논의는 채만식, 최인훈의 작품들을 중심으로 하여 어느 정도 다루어진 바 있다.[2] 본 논의에서는 이와 유사한 듯하면서도 좀 다른 관점에서 <흥부전>의 근대적 수용, 계승 문제를 다루고자 한다. 곧 수용, 계승의 개념 범주를 좀 더 느슨하게 설정하여, <흥부전>을 직접적으로 의식하지는 않았으나 <흥부전>의 주요 설정 및 문제 의식과 유사한 면모를 지닌다고 판단되는 작품들을 택하여 <흥부전>과 관련지어 보고자 하는 것이다. 물론 본 연구에서 택할, 이러한 작품들은 <흥부전>을 의식하여 창작한 작품이 아니며, 혹 의식했다 하더라도 기본 사건 구성은 <흥부전>과 거리가 있다. 하지만 빈민의 형상, 그의 꿈의 구현이라 할 우연한 재물 획득 화소, 빈부・선악의 문제 등의 면에서는 <흥부전>의 경우와 상통하는 점이 있을 수 있으며, 이 점에 초점을 두어 <흥부전>의 간접적, 잠재적 수용/계승의 문제를 다룰 수 있다고 본다. 그것은 어떻게 보면 특정 사안에 대해 시대에 따라 달리 구현된 문제적 의식을 더 근원적인 차원에서 비교

2) <흥부전>의 후대적 수용 문제는 신상철, 「놀부의 현대적 수용과 그 변형」, 『흥부전연구』(인권환 편), 집문당, 1991; 이수진, 「<흥부전>의 현대적 수용 양상」, 한국학중앙연구원 석사논문, 2007; 권순긍, 「<흥부전>의 현대적 수용」, 『판소리연구』 29, 판소리학회, 2010 등에서 논의된 바 있다.

하고 포괄하는 일이 될 수도 있다.

그렇다면 결국 이러한 논의는 특정 제재를 중심으로 한 주제사적 논의로 수렴된다고 볼 수도 있다. 貧富 갈등은 언제 어디서든 나타날 수 있는 문제이므로 <흥부전> 이전에도 그러한 문제를 다룬 작품들이 있었을 수 있고 그 이후 역시 마찬가지일 것이기 때문이다. 다만 여기에서는 그러한 문제가 본격적으로 조명되는 시기가 조선 후기이고, 이때 이러한 문제를 다룬 작품들 중 정점에 있는 작품이 <흥부전>이라 보아, 이 작품을 준거로 삼아 후대 작품과 비교해 보려는 것이다.

이러한 전제 하에 여기서 <흥부전>과 비교해 보고자 하는 작품들은 신소설들이다. 신소설들을 택한 것은, <흥부전>에서 다루어진 문제들이 근대로 접어들 무렵 시대적 맥락 하의 작품들에서는 어떻게 의식되고 구현되었는가 하는 점을 살피고 싶어서이다. 특히 이 즈음 흥부형 빈민이 어떠한 모습으로 포착되었는지 알아 보고 싶어서이다. 근대초는 전근대와 근대가 혼종, 착종되던 시기이다. 게다가 일제에 의해 사회경제적인 침탈이 시작되던 시기였기도 하다. 그러므로 이 시기 궁핍의 문제, 돈과 윤리의 문제는, 한편으로는 전근대로부터 지속되던 문제에 근거한 것이면서, 또 다른 한편으로는 당대적 맥락 하에 새로이 나타난 현상 및 의식과 관련되던 것이기도 하다. 앞질러 말해두자면, 뒤에 본격적으로 살필 신소설들에서 주인공인 빈민들이 터를 잃은 농민 혹은 몰락한 양반 출신으로 설정된 것은 <흥부전> 시대의 문제의식과 상통하며, 반면 의외의 금전 획득에 그런 대로 합리적 이유를 부가한 것은 새로운 사회경제적 인식을 염두에 둔 데 따른 것일 가능성이 높다. 궁핍의 문제와 관련한, 이러한 전환기적인 면모를 읽어내기 위해서는 신소설이 적절한 대상인 것이다.[3] 또한 신소설과의 비교 작업은 추후 유사 제재를 다룬 근대 이후 작품들을 논하기 위한 전 단계로서의 의의도 지닌다. 다만 신소설로부터 끌어낸 그러한 면모는 <흥부전>의 의식적 계승에 기인한 것이 아닌, 당대의 사회적 맥락에 의거한 것일 수 있으므로, 본 논의를 '<흥부전>과 신소설의 접점 고찰'이라 지칭해야 할는지도 모른다. 아무튼 이를 통해 빈민의 주제사적 논의를, 근대초를 매개 지점으로 하여 풀어나가기에 신소설은 적절한 대상일 수 있다고 본다.

속칭 딱지본들, 그 중 신소설로 분류될 수 있는 작품들로는 1907년의 <혈의누> 이후 1935년까지 180작품이 출간된 것으로 알려져 있다.[4] 이들 작품을 모두 검토할 수는 없었으나 대략 이 중 <흥부전>과 비교해 볼만한 작품들로는 판소리의 자장 속에서 창작된 작품이면서 놀부 박타는 대목이 길게 인용된 <은세계>와 흥부의 형상이 어느 정도 이어지고 있다고 여겨지는 <황금탑>이 눈에 띄었다. 그리고 흥부가 획득한 의외의 행운으로서의 일확천금의 문제가 그 자격의 문제와 관련하여 그려진, 『공진회』 속 <인력거꾼>도 그 연장선상에서 다룰 수 있을 것이다. 비교 기준을 좀 더 느슨하게 취할 경우, 남녀 간 애정의 문제를 주로 다루었으나 그 속에 재물욕과 양심의 문제가 비중 있게 개입된 <황금의 몽>, 동생의 과오를 덮어주는 과정에서 형이 위기에 몰리게 되는 형제 갈등이 핵심 갈등인 <형제> 등을 비교할 만한 대상 작품으로 선정할 수 있었다.[5] 이들 중 <흥부전>보다는 <춘향

3) 신소설은 당시 출판 상황과 맞물려 대중성쪽에 더 의존하게 되면서 문학적 형상화의 면에서 엇갈린 평가를 받고 있는 것이 사실이다. 하지만 이 문제는 본 논의와는 별도의 사안이다.

4) 오윤선, 「신소설 서지 데이터베이스의 분석과 그 의미」, 『우리어문연구』 25, 우리어문학회, 2005 참조.

5) 향후 더 검토해 보아 대상 작품을 더 늘려갈 필요가 있다. 이와 관련하여 1910년대에 공연된 신파극 중에서도 형제(자매) 갈등을 다룬 작품들이 적잖이 발견된다. <自作孼은 不

전>과 더 높은 관련성을 지닌 <은세계>와, 이 글과는 다른 시각에서 추후 검토하고자 하는 <형제>를 제외한, <황금탑>, <인력거꾼>, <황금의 몽> 등 세 작품을 택하여 비교해 보기로 한다.

2. <흥부전>과 신소설, 접점의 양상

주지하다시피 <흥부전>은 농촌 사회의 빈부 갈등을 배경으로 하여 극단적인 성격의 두 인물을 상반되게 조명해낸 작품이다. <흥부전>에서는 착하지만 때로는 무능하다고 느껴질 만큼 세상 물정 모르는 자가 빈민으로 살아가는 모습을 실감 나게 포착하면서도 그러한 흥부가 의외의 행운을 맞이하여 부자가 되는 환상을 그려내는 한편, 악인 놀부가 실은 돈의 속성을 누구보다 잘 깨달아 당시로서는 선진적 경제관을 지니고 있어 부자로 살아가지만 또한 그칠 줄 모르는 재물욕 때문에 파멸하는 모습을 그려내고 있다. 세계를 대하는 두 인물의 상반된 인식과 태도를 통해, 빈민의 참담한 실상, 의외의 행운으로 표출되는 부에 대한 열망, 형제 관계까지도 파탄에 이르게 하는 物神 수준의 돈에 대한 인식, 나아가 부에 수반되는 윤리, 선악 심성의 문제 등 여러 가지 논란거리들을 던져 주고 있는 작품인 것이다.

<흥부전>과 비교하고자 하는 신소설 <황금탑>, <인력거꾼>, <황금의 몽> 등의 작품에 설정된 사건 자체는 <흥부전>과는 다르다. 세 작품들끼리도 그 양상이 제각각이다. 하지만 그럼에도 불구하고 각각의 작품은 <흥부전>과 비교해 볼 때 저마다 몇 가지씩 상통하는 면모

可活>, <庶勝於嫡>, <天道照正>, <親仇義兄殺害>, <短銃女盜> 등이 그것들이다. 우수진, 『한국 근대연극의 형성』, 푸른사상, 2011, 350-361쪽 참조.

를 드러낸다. 이 점들을 하나씩 짚어 보기로 한다.

1) 도시 빈민의 현실 : 〈황금탑〉

<황금탑>은 1912년 보급서관에서 출간된 비교적 초기의 신소설이다.[6] 이 작품은 신소설 중에서도 이색적인 작품으로 일찍이 주목받은 바 있다. 황문보라는 한 가난한 도시 소노동자가 물질 중심적 사고가 횡행하는 시정 세태 하에 몇 차례의 경제적 수난을 당하지만 우연한 행운을 얻어 결국 부자가 된다는 내용으로 이루어져 있는 바, 당대 하층의 현실이 객관적으로 반영되어 있다는 점에서 사실성을 확보한 작품으로 평가받았다.[7] 황문보라는 인물을 둘러싸고 벌어지는 사건이 여타 신소설에서 볼 수 없는 새로운 요소임에 주목하여 이 점을 집중적으로 따진 후속 연구도 이어졌다. 황문보는 자신의 노력으로 富를 획득하려는 근대적 시민의 모습을 띠고 있다는 점, 황문보가 겪는 고난이 위조지폐, 색주가 등 당시 매판적 지배에 의해 야기되고 있어 역사적 현실성을 띤다는 점, 다만 우연한 계기로 인해 부를 획득하는 결말 처리 방식은 작품의 한계라는 점 등이 지적되었다.[8]

---

6) <황금탑>의 텍스트는 한국학문헌연구소 편, 『신소설 · 번안(역)소설』 6, 아세아문화사, 1978의 영인본을 참조하였다(작품 내용 인용시 작품 명과 쪽수를 본문 속에 포함시켜 표기하고자 한다. 다른 작품들도 마찬가지이다.). 작품의 첫 페이지에 저작자가 金容俊이라 기록되어 있으나 그는 보급서관의 주인이기도 하므로 특정 작가의 작품을 사들인 것일 가능성도 있다. <황금탑>은 단국대 율곡도서관 소장 필사본도 발견된 바 있는데, 강현조는 이 필사본이 1912년 이전에 제작된 텍스트라 본다. 또한 애초에는 『제국신문』에 연재되었을 것이라 보며 실제 저자는 이해조일 가능성이 있다고 하였다. 강현조, 「필사본 신소설 연구-새 자료 필사본 <황금탑> · <추풍감수록>을 중심으로-」, 『현대문학의 연구』 42, 한국문학연구학회, 2010 참조.

7) 김일렬, 「신소설 「황금탑」에 대한 고찰」, 『余泉 徐炳國博士 華甲紀念論文集』, 형설출판사, 1979. 그 외 양문규, 「1910년대 한국소설 연구」, 연세대 박사논문, 1990에서도 근대 사실주의 소설의 가능성을 보인 작품으로 평가한 바 있다.

이 작품과 <흥부전>이 어느 정도의 친연성을 띤다는 점은 김일렬의 논의[9]에 의해 암시된 바 있는데, 그 본격적인 비교 연구도 이루어졌다. 이에 따르면 두 작품은 가난이라는 제재 설정에서 유사성을 띠는 바, 공히 '경제적 수난-극복'이라는 대립 구조로 이루어져 있다는 점, <흥부전>은 조선 후기 농촌 사회의 계층 분화와 상품·화폐 경제 발달을 배경으로 한 반면 <황금탑>의 경우는 물질추구욕으로 도덕의식이 마비된 도시 세태, 선진 문물 수용 및 그와 관련한 토착 자본가들의 위기 등이 그 배경이라는 점, 황문보가 흥부에 대응한다면 변주부는 놀부에 대응시킬 수 있다는 점, 대세계적 현실인식의 측면에서는 공유하는 바가 있으나 윤리의식면에서는 <황금탑>쪽이 상대적으로 약화되어 있다는 점 등을 파악할 수 있다고 하였다.[10]

이상의 기존 연구에 의할 때 두 작품은 흥부형 인물과 놀부형 인물이 등장하고 있으며, 그 사회적 배경 맥락은 서로 다르지만 가난의 문제 및 의외의 행운을 통한 부 획득의 문제가 다루어지고 있다는 점에서 그 친연성이 충분히 인정되고 있는 것 같다. 여기서는 이러한 기존 연구를 참조하고 배경 맥락에 따른 차이를 유념하면서 두 작품의 유사점을 좀 더 깊이 따져 보고자 한다.

우선적으로 지적할 점은 군데군데 <흥부전>에서와 유사한 표현 방식들이 눈에 띈다는 점이다. 그 중 하나를 들어 본다.

> 협슈룩ᄒᆞᆫ 머리에 한포단 단임짝으로 질ᄭᅳᆫ 동이고 ᄉᆡ로 지은 물겹바지 져고리에 ᄉᆞ승포 다 ᄯᅥ러진 고의적삼을 덧입은 막버리군 하나이 부퀴가 곡식 한 말 너으니만ᄒᆞᆫ 자루를 이 억ᄀᆡ 뎌 억ᄀᆡ 갈나메며

8) 한기형, 「『황금탑』 연구」, 『한국 근대소설사의 시각』, 소명출판, 1999.
9) 김일렬, 앞의 글.
10) 장정인, 「「흥부전」과 「황금탑」의 비교 고찰」, 경북대 석사논문, 2007.

남문안장에셔 썩 나아오더니(<황금탑>, 1쪽)

이는 판소리 사설에서 흔히 등장하는 복색치레와 그 표현 방식이 유사하다.[11] 그뿐이 아니다. 군데군데 <흥부전>과 유사한 장면들도 배치되어 있다.

엇던 친구의 련비로 남촌 언의 대가집에 가 ᄒᆡᆼ랑살이를 ᄒᆞ고 일슈돈을 ᄂᆡ여 인력거를 ᄉᆞ가지고 병문버리를 시작ᄒᆞ얏더라 날마다 얼마식을 벌던지 그 즁에셔 두 식구 먹을 량식 팔고 나무 사고 남져지ᄂᆞᆫ 쏙〃 져축을 ᄒᆞᄂᆞᆫᄃᆡ 계집은 안쥬인의 빨ᄂᆡ가지도 ᄒᆞ야 쥬고 이웃사ᄅᆞᆷ의 침션가지도 ᄒᆞ야 쥬어 푼〃젼〃 보ᄐᆡ여 모더라(<황금탑>, 17쪽)

에그 사ᄅᆞᆷ이 복이 업스니 엇지면 요 모양인가 한번도 안이오 두 차례나 ᄀᆡ얌이 금탑 모듯ᄒᆞ야셔ᄂᆞᆫ 가븃한 의복 한 가지 맛잇ᄂᆞᆫ 음식 한 그릇 제법 입고 먹도 못ᄒᆡ 보고 번〃히 일죠일셕에 ᄉᆞᆲ결ᄀᆞᆺ치 빈손을 털고 나니 이것이 웬 일이야 이번에야 빈손만 틀쑨인가 남의 빗ᄉᆞ지 ᄐᆡ샨ᄀᆞᆺ치 젓스니 이 노릇을 엇지ᄒᆞ면 됴흔가 ᄒᆞ며 목이 메개 통곡을 ᄒᆞ니 문보ᄂᆞᆫ 무엇이라 한 마듸 만류ᄒᆞᆯ 수도 업고 혼빠진 사ᄅᆞᆷ 모양으로 남산만 건너다 보고 안졋다가 여보 마누라 고만두오 쇽담에 하늘이 문어져도 소ᄉᆞᄂᆞᆯ 구멍이 잇다고 운수가 비ᄉᆡᆨᄒᆞ기로 일ᄉᆡᆼ 비ᄉᆡᆨᄒᆞ겟소 우리가 아즉도 년부력강ᄒᆞᆫ 터이니 또 힘드려 버려셔 빗도 갑고 집도 장만합시다그려(<황금탑>, 32-33쪽)

---

11) 이러한 사항은 이미 한기형, 앞의 글, 131쪽에서 지적된 바 있다. 그는 색주가의 건달에 대한 묘사인 "안으로셔 삼십여 셰 가량쯤 된 남ᄌᆞ 한아이 삼팔 바지에 ᄃᆡ님관ᄉᆞ 막고 ᄌᆞ을 닙고 김데망건에 불호박풍잠을 부친 우에 졔곳소탕을 편ᄌᆞ에 달낙몰낙ᄒᆞ게 쓰고 부산슈복ᄃᆡ에 양칠간쥭을 길쯤ᄒᆞ게 맛쳐 진에불 갓흔 셔초를 퍽〃 피며 눈을 곱지 안케 쓰고 쓱 나아오더니"(<황금탑>, 11-12쪽)를 들고 있는데, 이 역시 판소리 복색치레의 연장선상에 놓인다.

앞의 것은 황문보가 색주가에서 돈을 잃어버린데다 신용도 잃어 짐방벌이를 더 이상 할 수 없게 되자 할 수 없이 부부가 품팔이에 나서는 장면인데 이는 <흥부전>에서 놀부에게 쫓겨난 흥부 부부가 각종 품팔이를 하는 대목을 연상케 한다. 뒤의 것은, 다시 사기를 당한데다 빚까지 지게 되어 아내가 자탄하며 괴로워할 때[12] 황문보가 위로하는 부분이다. 이 역시 <흥부전> 중 극단적인 궁핍의 상황에 내몰린 흥부 부부가 서로 위로하며 앞날을 기약하는 내용과 통한다. 이 외에, 황문보 고향 동네의 건달패들이 황문보가 도적질을 아니하고는 재물이 생겼을 리 없다고 하며 그를 해할 모의를 하는 부분도 <흥부전>에서 놀부가, 부자가 된 흥부의 재산을 빼앗을 궁리를 하는 부분과 유사하다.

따라서 <황금탑>의 작자는 판소리의 표현 방식을 잘 알고 있었으며 판소리계 작품들 중 <흥부전>을 의식하고 있었을 가능성이 높다고 본다. '흥보'를 연상케 하는 황문보라는 이름도 아무렇게나 지은 것은 아닐 것이다.

황문보는 여러 모로 흥부의 연장선상에 놓여 있다. 흥부가 형으로부터 쫓겨나서 각종 품팔이 노동자로 전락한 것처럼 황문보 역시 강원 회양의 농민이었다가 흉년을 당하여 서울로 와서 "먹도 안이ᄒᆞ고 입도 안이ᄒᆞ며 지악시럽게 벌이를" 해야 했던 도시 품팔이 노동자로 전락하였다. 둘은 경작 농지로부터 유리된 빈민들이었던 것이다. 앞서 인용한 가난상은 흥부와 황문보가 맞닥뜨린 상황이 얼마나 심각했는가 하는 것을 알게 해 준다. 가진 것이라고는 몸뚱아리 하나뿐이었던 그들은 각종 품팔이에 나서 생계 문제를 해결해야 했다. 당대의 사회적 모순에 기인한 궁핍을 전제하고, 이에 처한 그들의 행방을 추적해

12) 여기서 황문보 아내가 넋두리하는 부분도 일종의 자탄사설로서 <흥부전>의 것들과 비교할 만하다.

가고 있다는 점에서 두 작품은 공통된 문제 의식을 드러내고 있는 것이다.

흥부의 숫하고 착하며 정직한 성품을 황문보 역시 갖추고 있다. 서술자의 말과 황문보 주변 사람들의 평판을 통해서도 알 수 있듯 그는 인자하며 얌전한 사람이었다. 우연히 주운(실은 외국인의 사기임) 돈가방을 박서방이 황문보로 하여금 자신의 것이라 우기게 하여 같이 찾아 절반씩 나누자고 했을 때도 황문보는 털끝 같은 것이라도 취하는 일이 온당치 않다며 광고를 내자고 한 바 있다. 또한 황문보는 변주부의 약국에서 일을 하다 아궁이에 있던 돈을 발견하여 횡재하게 되었을 때에도 양약국의 등장으로 어려움에 빠져 있던 변주부에게 사실대로 말하며 도와준다. 이로 인해 변주부의 계교에 빠지지만 그래도 변주부를 원망하지 않으며 더구나 끝에는 돈까지 주어 돌려보낸다.

하지만 이러한 성품의 황문보에게 있어 당시 세상은 녹록치 않았다. 색주가와 위조지폐 사기를 당한 것은, 그가 흥부처럼 숫한[13] 성격의 인물이기 때문이기도 했지만, 자신의 이익을 위해 남을 해하는 일도 서슴지 않던 당시 물질 중심적 세태에 말미암는다. 위조지폐 사기를 함께 당한 박서방이나 녹용을 짊어지고 가다 사기를 당한 최군심도 황문보와 동류의 사람들이었던 것이다. 돌이켜 보면 흥부 역시 그러한 상황에 놓였었다. 매품을 팔 수 있다는 일 자체가 일그러진 사회 풍조를 대변하는 것이지만 흥부는 그 매품 일조차도 이웃 집 꾀쇠아비에게 발등걸이 당하고 말았던 것이다.

여기에다 황문보는 위조지폐 사기를 당한 후 드난살이할 수 있게

13) 황문보는 여각주인의 심부름꾼으로 돈을 찾아서 가다가 색주가에서 술을 마셔 정신을 잃고 돈을 빼앗겼을 때 심증은 있으나 물증은 없어 건달과 주인 앞에서 좋은 말로 돈을 돌려달라 하는 바, 이는 환자섬을 빌러 관아로 가면서 호방에게 말을 높여야 할지 낮추어야 할지 고민하는 흥부의 '숫한' 모습과 통한다.

해 주었던 변주부에게도 사기 당한다. 변주부는 건재약국을 경영하는 도시의 소자산가였다. 그는 애초에 자신이 신세를 진 지인이 죽자 그와의 의리를 저버리고 그의 아내와 딸을 데려와 종 부리듯 한 바 있었던 인물이었다. 아주 나쁜 사람이라 할 수는 없으나 물욕으로 가득찬 표리부동한 인물이었던 것이다. 그는 처음에는 황문보 부부를 신임했었으며 약국도 잘 운영했었던 것 같다. 하지만 洋藥局의 출현으로 인해 점차 건재약국도 패운의 위기에 몰려 갔고, 그러던 중 황문보로부터 돈가방 습득 얘기를 듣고 연극을 꾸며 비열한 방법으로 황문보의 돈을 뜯어 갈 생각을 했던 것이다. 황문보는 "제국주의의 침탈 앞에서 자신의 이익을 지키려는 소자산계급에 의해서까지 억압"[14]되고 있었던 것이다. 이는 흥부가 비도덕적 富民의 일원이던 놀부에게 근거를 잃고 밖으로 내몰렸던 것과 동궤의 사건이라 할 수 있다. 결국 놀부가 그러했듯, 변주부도 돈을 잃었으며 건달패에게 폭행을 당한 후 자신의 잘못을 인정한다.

그런데 황문보와 흥부 간에는 중요한 차이점이 발견된다. 흥부는 그저 착하기만 할 뿐 경제적으로는 대책 없는 인물로 그려진 반면, 황문보는 때로는 물욕에 이끌리기도 하고 우연히 발견한 돈을 차지하기 위해 거짓말을 하기도 하는 인물로 설정되어 있기 때문이다. 애초에 박서방이 돈이 든 가방을 황문보로 하여금 자신의 것이라고 우겨 찾아 반분하자고 했을 때 앞서 언급한 것처럼 처음에는 황문보도 거절했었다. 하지만 결국에는 이끌려 들고 만다. 이때 서술자는 "문보가 본릐 마음이 검은 사롬은 안이엇마는 셩인 안인 바에 엇지 리욕에 쓸

14) 한기형, 앞의 글, 152쪽 참조. 그에 따르면 이는 변주부와 같은 부류들이 제국주의 자본과의 경쟁 속에서 자신을 방어하거나 새로운 길을 모색하지 못했음은 물론 그 손실을 동류 국내인에게 전가시키려 했던 부정적인 세태에 근거를 둔다. 그는 비도덕적으로 변질되어 가는 토착 자본가의 모습이었던 것이다.

린 바가 되지 안이ᄒᆞ리오"라 하며 황문보가 놓인 처지가 그러하니만큼 문보의 결정을 지지한다.

아궁이에서 발견한 돈 가방 사건은 황문보의 이러한 면모를 더 분명히 보여준다. 황문보가 변주부집에 드난살이하고 있을 때의 일이다. 한 날은 불을 때려고 아궁이를 보다가 우연히 가방 둘을 발견했는데 속을 살펴보니 지폐와 은전이 들어 있었다. 문보는 고민하다가 지폐 가방은 의복함 속에 숨기고 은전이 있는 가방은 그대로 아궁이에 두고 불을 때었다. 그 돈가방들은 예전 색주가에서 보았던 건달이 숨겨둔 것이었다. 곧 순사가 그 건달과 함께 와서 가방을 찾을 때 문보는 자신은 아무것도 모르고 불만 때었다고 거짓말을 한다. 모두가 자기 이익만 추구하는 험악한 세상살이에서 흥부류의 인물이었던 황문보도 적응해 갈 수밖에 없었던 것일까. <황금탑>의 흥부 황문보는 세계의 횡포에 무조건 당하기만 하는 대책 없는 인물은 아니었던 것이다. 이 점이 <흥부전> 문제의식의 퇴보인지, 아니면 진전인지 단정 지어 말하기는 어려울 것이다. 분명한 것은 <흥부전>에 비해 <황금탑>에서는 부와 윤리의 관계 문제를 상대적으로 덜 중요시하고 있다는 점이다.

아무튼 <황금탑>도 <흥부전>처럼 행복한 결말을 맺는다. <황금탑>에서는 돈이 든 가방 혹은 주머니가 여러 차례 나온다. 그것은 <흥부전>의 제비박에 대응되는 모티프의 반복이라 할 수 있다. 하지만 <황금탑>에서 첫 돈가방은 오히려 황문보가 사기에 걸려 빚을 지게 되는 결과를 낳고 두 번째 돈가방에 들었던 돈도 그 상당액을 변주부의 비열한 연극으로 인해 역시 잃어버리고 만다. 흥부에게 있어 제비박은 일거에 그로 하여금 부자가 되게 하고 있으나 황문보에게 있어 돈가방은 일시적으로는 부자의 꿈을 꾸게 하지만 오히려 예기치 않은 패몰의 결과를 가져 오게 한 것이다. 그러한 일이 사기 행위를 동반하고 있다는 점에서 당시 세태 하에 황문보와 같은 계층의 인물이 부를 축적한다는 것은 쉽지 않았음을 드러낸다. 물론 황문보는, 변주부 지인의 딸이 변주부의 돈주머니를 훔쳐 와 그것을 기반으로 하여 재혼도 하고 치산도 하여 강원도 제일 부자가 되는 것으로 결구된다. <흥부전>의 결말과도 결과적으로는 상통하게 되었다.

이러한 결말은 일정 정도 <흥부전> 문제의식의 연속선상에 놓인다.[15] 녹록치 않은 세상살이에서 흥부와 같은 농촌 빈민이 그러한 꿈이라도 꾸어야 했듯, <황금탑>의 황문보와 같은 도시 빈민 역시 마찬가지였기 때문이다. 그러한 결말은, 그것이 현실 속에서는 꿈일 수밖에 없음과, 정직, 진정성만으로는 타락한 시대에 몸을 일으키기 쉽지 않다는 것, 그들이 처한 실제적 현실과 소망 사이에는 너무나 큰 간극이 있음의 역설적 구현이기도 했다. 이러한 착종된 의식을 담아내고 있다는 점에서 <황금탑>은 <흥부전> 문제의식의 연속선상에 놓여 있는 작품이다.

2) 일확천금의 자격 : 〈인력거꾼〉

<인력거꾼>은 安國善이 1915년 총독부 주최 조선물산공진회에 부응해 출간한 단편소설집 『共進會』 중 한 작품이다.[16] 그 내용은 이러하다. 술을 좋아하는 한 도시 노동자가 하루 벌어 하루 먹으며 겨우 연명해 가다 어느 날 우연히 20만 냥에 해당하는 지전 뭉치를 발견하게 된다. 그는 부자로 살 생각에 즐거워하나 아내의 기지로 인해 꿈

15) 한기형, 앞의 글, 153-155쪽에서는 황문보가 우연의 연속으로 행복한 결말을 맞이하지만 그것은 불가능한 현실의 상상일 뿐이므로 결말 구조로서 한계를 지닌다고 보았다.
16) 그 텍스트는 전광용 외 편, 『한국신소설전집』 8, 을유문화사, 1968의 것을 택했다.

속 일로 여기고 만다. 그 뒤 인력거꾼으로 부지런히 일을 하여 3년 후 그런 대로 여유가 생길 즈음 아내로부터 지전 뭉치를 주운 것은 꿈 속 일이 아닌 실제의 일이었고 경찰서에 맡겼으나 임자가 나타나지 않아 돌려받았다는 얘기를 듣는다. 그는 아내에게 고마움을 표하면서 돈을 알아서 활용하라 하고 자신은 계속 인력거꾼으로 나서게 된다.

그런데 이러한 인물 설정과 사건 구성이 일본 공연물 라쿠고[落語]의 텍스트 중 하나인 <시바하마[芝浜]>와 유사하여 <인력거꾼>은 그 번안작임이 판명되었다.[17] 나아가 욕망을 억제하는 성실한 노동자의 이상을 강조함으로써 피식민인의 열등성에 대한 제국주의자의 관점이 암묵적으로 개입된 작품으로 평가받기도 하였다.[18] 그러므로 이 작품은 <흥부전>과 신소설의 접점을 다루는 이 자리에서 논의하기 적절치 않은 작품이라 볼 수도 있다. 하지만 기존 논의에서 지적한 것처럼 <인력거꾼>은 <시바하마>와 비교할 때 차이점도 적지 않게 발견되고 있으며,[19] 번안자가 특정 작품을 텍스트로 번안을 하려 한 데에는 그 나름대로의 맥락과 이유가 있을 것이고 번안 과정상 자신이 이미 습득한 서사 전통도 알게 모르게 작용하게 마련임을 고려할 필요가 있다. 이러한 시각에서 볼 때 주인공 김서방의 이면에 흥부의 그림자가 드리워져 있음을 놓쳐서는 안 된다고 생각한다. 우연한 재물 획득 화소 역시 <흥부전>의 연장선상에 놓인다.

---

17) 이건지, 「安國善과 라쿠고(落語) – 小說集 『공진회(共進會)』에 나타난 「시바하마(芝浜)」의 영향」, 『비교문학』 별권, 한국비교문학회, 1998.

18) 김주리, 「제국 텍스트의 번안과 계몽의 식민성」, 『한국현대문학연구』 35, 한국현대문학회, 2011 참조. 이 논의에서는 안국선의 <인력거꾼> 외에 윤백남이 1919년 1월 1일 『매일신보』 13면에 게재한 <몽금>도 <시바하마>의 번안작임을 지적하고 세 작품에 대한 비교 논의를 전개하였다.

19) 예컨대 <인력거꾼>에서는 비극적 정조가 오히려 더 지배적이며 지전 뭉치의 교환가치적 성격이 더 부각되고 있고 결말 부분에서는 금주와 성실의 약속을 지키는 것이 강조된다. 자세한 논의는 김주리, 앞의 글 참조.

<인력거꾼>의 김서방은 도시의 노동자이다. 그는 원래는 양반 집안에서 태어났으나 가세가 타락하여 남의 집 행랑채를 얻어 지게벌이, 심부름 등 각종 품팔이를 하며 하루 벌어 겨우 연명하는 빈민으로 설정된다. 작품 서두에는 부부가 쌀이 없어 밥도 제대로 먹지 못하는 극단적인 상황이 제시되는데 이는 <흥부전>의 흥부 가족을 연상케 한다. 이와 관련하여 김서방이 이렇게까지 가난하게 된 이유를 주목할 필요가 있다.

> 『우리 집안이 그전에는 그렇지 아니하던 집으로 오늘날은 떨어져서 이 지경이 되었으니 어떻게 하든지 돈을 모아 집을 성가(成家)하여 남부럽지 아니하게 살아보아야 할 것 아니오. 또 삼촌이 잘 살면서 자기 조카를 구박하여 죽이려 하고, 나중에는 내어쫓은 일을 생각하면 우리가 이를 갈고 천하고 힘드는 일이라도 아무쪼록 벌이하여 돈을 모아 분풀이를 하여야 할 것 아니오니까. 그까진 술좀 아니 자시면 어떠하오? 내가 무슨 저녁밥을 좀 못먹어서 분하겠소?……』
> (<인력거꾼>, 53쪽)

김서방의 아내가 술독에 빠진 남편을 원망하며 하는 말이다. 원래는 그런 대로 살아가던 집안이었으나 뜻하지 않게 몰락하였는데 그 이후 삼촌에게도 당해 억울하게 쫓겨났다는 것이다. 아마 재물 문제가 사건의 발단이었을 텐데 삼촌이 구박하여 죽이려고까지 할 정도였다면 그들 간에는 심각한 갈등이 있었던 것 같다. 이는 놀부가 적장자의 권위를 내세워, 재산만 축낸다고 생각한 흥부를 내쫓은 <흥부전>의 설정을 떠올리게 한다. 그 갈등의 내막은 알 수 없으나 재물 문제로 인해 가족 구성원 간 최소한의 윤리조차 파괴되어 간 저간의 사정은 짐작할 수 있다. 흥부처럼, 김서방도 그러한 세태의 희생자였던 것이다. 그가 술을 위안으로 삼게 된 것도 그것이 그나마 현실의 고통을 잊을 수 있는 의지처였기 때문일 것이다. 그러므로 <인력거꾼>의 김서방은 흥부류 인물에 해당한다고 볼 수 있다.

아무튼 아내의 간곡한 권유로 술을 끊고 열심히 살겠다고 다짐한 김서방은 인력거를 세 내어 끌러 나가고 아내는 바느질 등 각종 품팔이를 하며 지낸다. 그러던 어느 날 김서방은 초저녁 종소리를 듣고 새벽인 줄 알고 잘못 나갔다가 지전 뭉치를 발견하게 된다. 그것은 흥부의 제비박에 대응되는 의외의 행운이다. <흥부전>의 제비박은 초월계의 개입에 말미암는다. 현실 논리로는 설명할 수 없는 사안이다. 그만큼 흥부가 부자가 된 일은 현실적 불가능성의 역설적 설정인 것이다.[20] <인력거꾼>의 지전 뭉치 역시 김서방에게 있어 어느 정도는 그러한 성격을 지닌다. 앞서 살핀 <황금탑>에서의 돈가방과 돈주머니는 그 나름대로의 내력을 지닌 것으로 설정되어 있었으나, 이 작품에서의 지전 뭉치는 전혀 그 내력을 알 수 없는 것으로 되어 있기 때문이다.

그런데 문제는 지전 뭉치의 우연한 획득이 흥부의 제비박처럼 초월계의 도움으로 인한 것이라 하더라도 김서방이 그것을 얻을 자격이 있는지는 판단하기 어렵다는 데 있다. 이 점, 흥부의 경우와 다르다. 흥부는 미물도 소홀히 대하지 않을 만큼 인정 있고 선량한 인물이었으며, 또한 정직하고 올바르게 살아가려는 인물임에도 불구하고 비윤리적인 수탈과 극심한 궁핍을 겪었다. 그러므로 작품 내외적 논리상 그러한 보상이 주어질 만했다. 하지만 김서방의 경우는, 삼촌에게 구박당했다는 사실 자체 외에, 긍정적인 성품에 대한 묘사도, 수탈당함에 대한 구체적인 정보도 거의 제시되어 있지 않으며, 극심한 가난상

20) 부자가 되는 일은 물론 어느 정도는 인간 의지의 영역을 넘어서는 측면이 있다. 하지만 여기서는 이러한 성격의 富를 말하는 것은 아니다.

에 동정이 가기는 하나 습관적인 음주로 인해 상쇄되는 측면이 있다. 따라서 그야말로 우연한 행운으로 여겨질 수 있었다. 그 때문인지 지전 뭉치의 온전한 전유는 3년 간 미루는 것으로 처리된다. 정직한 아내가 기지를 내어 남편을 속이고 경찰서에 습득물로 신고했던 것이다.

김서방은 아내에게 속아 지전 뭉치의 습득이 꿈속의 일이라 여기고 이렇게 살아서는 안 되겠다며 이후에는 근검절약하면서 부지런히 일한다.

> 그날부터 부지런히 인력거벌이할 새, 새벽에 나가서 저녁까지 술도 아니 먹고 용돈 과히 아니 쓰고 한 냥을 벌든지 열 냥을 벌든지 집으로 가지고 가서 마누라에게 맡겨두고, 밥을 조금 많이 담아도 쌀 많이 없어진다고 말을 하며, 반찬을 조금 잘하여 놓아도 용돈 과히 쓴다고 잔말을 하여 아무쪼록 적게 쓰고 아무쪼록 많이 모으려 하며, 벌이를 할 때에도 동리사람에게 신실하게 보이고 동무에게 밉지 아니케 굴어 다른 인력거군은 열 냥 받고 다니는 데를 김서방은 일곱 냥이나 여덟 냥을 받고 다니며 힘을 들여 인력거를 끄니, 동리 양반들이 인력거를 탈 일이 있으면 김서방을 부르고, 심부름을 시킬 일이 있더라도 김서방을 찾아서 그 신실하고 튼튼한 것을 어여삐 보아 삯전도 많이 주고 행하도 후히 하여, 일년 지나 빚 다 벗고 이태 지나 인력거 사고 삼년 지나 돈 모았다.(<인력거꾼>, 59쪽)

이렇게 일하여 3년째에는 돈도 모으게 되었다. 김서방은 이제 근검, 절약하며 부지런히 일하는 일꾼이 되었다. 게다가 다른 인력거꾼은 10냥 받을 때 자신은 7-8 냥에 일을 맡는가 하면 잔심부름도 적극적으로 나서는 등 그 나름대로의 상술도 갖추게 되었다. 그러나 엄밀히 말해 이는 차라리 놀부가 갖추었을 법한 덕목들이다. 흥부의 선량함, 인정과는 질적으로 다른 덕목들인 것이다. 흥부형 인물 김서방은 점차 놀부형 인물이 되어 가고 있었던 것이다.

이제서야 김서방은 지전 뭉치를 전유할 만한 자격을 갖추었다고 보았을까. 작자는 3년이 지나 아내의 말을 통해 예전 지전 뭉치 얘기를 남편에게 들려주도록 설정한다. 김서방은, 그 지전 뭉치가 꿈 속 일이 아니라 실제의 일이며 그때는 경찰서에 임자를 찾아 주라고 신고했으나 3년이 되어도 임자가 안 나타나 돌려받게 되었음을 알게 된 것이다. 일제 경찰서이기에 합리적으로 일을 처리하였고 김서방 부부는 그 돈을 완전히 자기 소유로 만들 수 있었다. 그 결과 일확천금의 전유에는 교묘한 합리성이 부여되었다.

그런데 김서방은 의외로 즐거워하기보다는 오히려 눈물이 핑 돌면서 그때 아마 돈을 다 썼다면 징역을 살았을 것이라 하며 아내에게 그 돈을 맡긴다. 자신은 여전히 인력거꾼으로 나서는 데 만족한다. 김서방은 이후 한 개체로서의 삶에 충실한 생활인이 되었을 것이며, 근면, 절약하면서 성실히 자신의 노동에 종사하며 살아갔을 것이다. 그것은 식민 통치자의 이해관계와도 맞물렸을 것이다.[21]

선량하고 정직하게 살아가는 흥부의 고난은 그 강도가 높을수록 세계의 구조적 모순을 더 가슴 아프게 되새기게 만들었었다. <황금탑>의 황문보는 한편으로는 흔들리면서도 선량함의 덕목은 지켜 나가고자 했다. 하지만 <인력거꾼>의 김서방의 경우 그러한 덕목도 없지는 않았을 터이나 그보다는 근검절약하며 부지런히 자신의 노동을 수행함으로써 얻어진 경제적 성공에 높은 가치가 부여된다. 우연히 습득한

21) 작자는 追記의 형식으로 공진회에 200원을 기부한 무명씨가 아마 김서방인 듯하다고 끝맺는다. 김주리, 앞의 글, 27쪽에 의하면 <인력거꾼>의 이러한 결말은 "제국의 시선이 식민지인에게 지주가 되기보다 이상적 노동자가 되기를 요구해 온 사실과 무관하지 않다."고 평가한 바 있다.

지전 뭉치의 셈을 정확히 하는 모습에서 돈의 교환가치적, 물신적 속성에도 익숙한 것으로 나온다. 이는 놀부의 면모이다. 하지만 김서방이 흥부로부터 놀부 쪽으로 이끌려 간 결과 당초 세계의 문제적 성격은 숨겨지고 만다. 더구나 김서방은 놀부와 같은 富民, 자본가의 길도 걷지 않게 되면서 세계의 실체는 괄호 속에 봉인되어 버린다.

3) 가난과 양심 : 〈황금의 몽〉

<황금의 몽>은 1934년 세창서관에서 출간[22]된, 신소설로서는 후대의 작품이다. 신소설이라기보다는 딱지본 대중소설이라는 명명이 더 어울리는 작품인지도 모른다.[23] 이러한 류의 소설들에서는 초기 신소설의 계몽성과 정론성이 약화되면서 상대적으로 대중성이 강화되는 모습을 보인다. 특히 가정 공간에 주목하는 소설들이 많았는데, 그것은 이 시기의 가정이 신구 가치의 대립으로 인해 갈등이 첨예해지던 공간이었기 때문이다.

여기서 다룰 <황금의 몽> 역시 남녀 관계에 초점이 두어지기는 하나 어느 정도는 이러한 부류에 포함되는 소설이다. <황금의 몽>은 어머니를 모시고 가난하게 사는 20대 청년 윤시연이, 현숙한 여성이면서 배우자 선택에 있어 그 나름대로의 주관을 지닌 김정순에 의해 배필로 선택되어, 허영의 꿈으로 가득 찬 악인 이재경의 방해를 극복하고 인연을 이룬다는 내용의 작품이다. 전통적 가치관을 지닌 남성과 신식

22) 오윤선, 앞의 글, 570쪽. 본 연구에서는 1952년 세창서관본을 텍스트로 하여 분석하였다.
23) 1930년대이므로 본격소설을 문제 삼아야 하는 시대임을 인정한다. 하지만 이 글에서는 신소설이라는 범주를 설정하여 비교를 수행하고 있으므로 그 연장선상에서 이 작품을 다루고자 한다. 본격소설과의 비교는 추후 작업으로 돌림을 양해 바란다.

여성 간의 애정이 서사의 주 구성인 것이다.

그러므로 이 작품을 제대로 분석하기 위해서는 남녀 애정에 초점을 맞추어 그와 유사한 설정을 지닌 다른 딱지본 작품들을 견주어 가면서 인물, 구성, 주제 의식, 시대적 대응성 등의 사항들을 종합적으로 읽어내야 할 것이다.[24] 하지만 여기서는 앞서의 관점을 이어 <흥부전>과의 접점을 찾아보는 읽기를 하고자 한다. 남녀 애정의 문제를 괄호 속에 넣고 보면, 이 작품은 두 남성 인물의, 재물에 대한 상반된 가치관이 흥부와 놀부의 그것에 닿아 있으며, 한 여성을 매개로 한, 둘의 대결이 선악 대결의 양상을 띠고 있고, 결국 남주인공이 획득한 행복한 결말이 빈곤을 극복한 경제적 성공이기도 하다는 것 등에서 <흥부전>과 비교할 여지도 다분하다. 이 점을 전제로 하여 살피고자 한다.

주인공인 윤시연은 노모를 모시고 다 쓰러져 가는 초가집에서 가난하게 살아가는 20대의 청년이다. 모친은 병들어 있고 '시운의 불행 때문인지 주선력이 없음 때문인지' 취직도 못한데다 살던 집도 일본인에게 넘어가 있는 상황이다. 김정순을 만난 그날도 도저히 더 이상 굶을 수 없어 전당 잡힐 것을 찾다가 낡은 사전 한 권을 발견하여 고본 매입소로 갔던 것이다. 책의 상징성으로 미루어 볼 때 윤시연 집안이 가난해진 이유는 그들이 전통적 가치를 중시함으로써 사회 전반에 걸쳐 닥쳐 온 근대적 변화에 제대로 적응하지 못한 데 있었던 것으로 추측된다. 책을 받아주지 않아 매입소에서 나오다가 우연히 김정순을 만났을 때 윤시연의 태도도 이러한 관점에서 볼 때 충분히 이해된다. 김정

24) <황금의 몽>은 거의 논의된 바 없는 작품이다. 김청강, 「딱지본 대중소설, 혼란과 판타지」, 『대중서사연구』 15, 대중서사학회, 2006에서 여타 딱지본 소설들과 함께 다루어졌을 뿐이다. 이 논의에서는 근대에 적응하지 못하는 무능력한 남성들의 수난과 극복 문제를 다룬 작품 중 하나로 <황금의 몽>을 읽어내었는데, 이 작품의 당대적 의미 위상에 대해서는 이 논의에 미루고자 한다.

순은 사전 값으로 1원을 주겠다고 했지만 윤시연은 양심적으로 너무 과한 값이니 술국밥 두 그릇은 먹을 요량으로 20전만 달라고 한다. 뒤에 김정순이 윤시연의 집에 찾아 왔을 때에도 혹시나 20전을 물러달라고 할까 싶어 그녀를 알아보지 못하는 체하기도 한다. 양심적이며 정직하고 또한 순박한 모습, 孝·友의 윤리를 중요시하지만 세상살이에는 무능력한 모습, 윤시연은 흥부와 동류의 사람이었던 것이다. 다만 그에게도 욕망이 없지 않았을 터인데 김정순은 그러한 욕망을 이루어줄 사람으로 등장한다. 윤시연에게 있어 김정순은 흥부에게 있어 제비박에 해당할 수 있다고 보는 이유이다.

김정순은 문명 지식을 더 연구하여 조선의 몽매한 여자들을 깨우치자는 목적으로 동경 사범학교로 유학 간 지식인 여성이다. 그런데 그러한 김정순이 왜 처음 본 남자를 자신의 배필로 선택하고 적극적으로 다가가고 있는가. 물론 여기에는 김정순 나름대로의 의도가 있다. 정순의 어머니 안정자는 남편의 유산으로 고리대금업을 하는 부자이고 자신은 그녀의 외동딸이다. 그러니, 초년 고생 모르는 자의 손에서는 재산도 흩어지기 쉬워 자기 집안의 재산을 지켜주기는 적절치 않다는 생각을 평소에 해왔었다. 그러다 우연히 고본 매입소 앞에서 윤시연과 마주쳤는데, 얘기를 나누어 보니 가난한 집 출신이나 정직하고 양심적인 인물이라는 판단이 든 것이다. 이 사람이라면 어머니를 도울 수 있고 또한 자신이 평생 의지해도 괜찮으리라 생각했던 것이다. 요즘 시대는 배필을 자신이 택하는 자유연애의 시대라는 점까지 거론하여, 다른 사람을 사윗감으로 생각하고 있던 어머니도 설득했었다.

하지만 이러한 설정 이면에는 윤시연이라는 한 가난한 남성의 욕망이 전제된다. 초월계가 마련한 듯한 그녀와의 우연한 만남은 현실 대응력이 거의 없다시피 한 그에게 급작스러운 계층적 상승을 가져다 줄 것이다. 富도 그에 수반될 것임은 물론이다. 그러하리라 예상했기에 윤시연은 또 다른 여인 최옥희의 구애는 거절했던 것이다. 앞서 언급한 고리대금업을 하는 김정순 집안의 사윗감 자격 문제와, 결혼에 있어 김정순의 진보적 의식은 윤시연이 의외의 행운을 얻음에 있어 최소한의 서사적 합리성을 부여하는 의의를 지닌다.

욕망은 환상으로 이어지게 마련이다. <흥부전>의 작자가 가난하게 살아가던 흥부로 하여금 제비박 속 군상들을 통해 그의 환상을 구현해 놓았듯, <황금의 몽>의 작자는 도시 소시민 미혼 남성인 윤시연의 환상을 김정순을 매개로 하여 그려 나갔다. 그리고 그는 순박하면서도 양심적인 인물이므로 그것이 현실화되는 것에 대해 독자로서 별 이의는 없는 것이다.

윤시연의 연적이라 할 만한 이재경 역시 이러한 환상을 꿈 꾼 것으로 설정된다. 그는 놀부의 형상에다 악인으로서의 성격을 더 강화시킨 인물이다. 최소한, <흥부전>의 놀부는 가식적이지는 않다. 하지만 그는 배운 학식으로 자신을 위장하고 가식적으로 꾸미기까지 하는 인물로 설정된 것이다. 그만큼 놀부 형상의 부정적 측면을 강화한 인물이라 볼 수 있다. 실은 김정순의 어머니 안정자 역시 남편의 유산으로 고리대금업을 하고 있어 근대의 놀부에 해당한다 할 수 있다. 하지만 그녀는 악한 심성을 지닌 인물은 아니다. 선인 계열과 대립하는 악인은 안정자 곁에서 취리 문서 정리를 맡고 있는 이재경으로 설정된다. 이재경은 김정순을 사이에 두고 윤시연과 대립한다. 그 역시 김정순과의 혼인으로 자신이 꿈꾸던 바를 이룰 수 있다고 생각했기 때문이다. 그러나 그는 윤시연과 달리 돈에 좌우되는 시정 세태에 익숙해져 있는 인물이다. 그에게 찾아 온 최과부와 돈을 매개로 서로의 이익을 약속하는가 하면, 돈이 오고간 장부에도 작간을 가한 인물인 것이다. 그러므로 그가 김정순을 놓고 윤시연과 벌이는 대결은 돈을 매개로 한 가치관의 대결이자 선악 심성의 대결이기도 하다. 이는 어느 정도는 <흥부전>의 인물 간 대립을 연상케 한다.

이재경은 사정이 여의치 않자 잔혹한 악행을 행한다. 윤시연을 죽이려고 그의 집에 불을 질렀던 것이다. 마침 윤시연은 김정순과 잠시 함께 나가 있었으므로 화를 피했으나 윤시연 모친은 당하고 만다. 이재경은 형사에게 잡혀 갔고 서술자의 말에 의하면 교수대의 혼이 되었으리라 한다. '황금의 몽'에 집착하여 부정적인 방법으로 물질적 욕망을 추구한 자의 종말인 것이다.

<황금의 몽>에서는 이처럼 성공과 실패의 원인을 개인의 심성에서 찾으려는 소박한 권선징악으로 귀결된다. 작가 역시 작품 서두와 끝에서 "사람은 굴머서 죽으면 죽엇지 비리의 짓은 아니한다", "사람이란 분수 박게 허영을 탐내면 실패를 당하는 것이다" 등의 주장을 내세운 바 있다. 그렇다면 이는 사회적 맥락을 소거한 <흥부전> 근원설화 수준의 담론이다. 1930년대 복잡한 담론들이 뒤엉켜 있던 당대에 이와 같은 보편적 가치를 소박한 차원에서라도 내세우려 하는 것 역시 근대초 문학의 한 모습이었을 것이다.

3. <흥부전> 문제의식의 사적 조망

형제 간 혹은 이웃 간 심성과 빈부의 엇갈림에 대한 이야기는 그 내력이 오래다. <방이설화>가 신라의 설화로 알려져 있는 터이니 그 이후에도 유사 유형의 설화가 지속적으로 전승되었을 것임은 충분히 짐작할 수 있다. <빈녀양모> 설화처럼 윤리적 인물이 가난하게 살아가야 하는 혹은 가난 때문에 인간의 도리를 다하지 못하는 이야기도 널리 퍼졌을 것이다. 그러한 이야기들이 조선 후기를 배경 맥락으로 하여 판소리 작품화한 것이 <흥부전>이다.

<흥부전>은 선량한 사람이 잘살아야 함에도 불구하고 빈곤한 삶을 이어가야 하는 반면, 악한 사람은 잘살고 있는 모순된 현실을 비판적으로 바라본다. 그러면서 빈곤의 원인으로서 악질 지주의 수탈에 가까운 횡포, 빈곤한 상태를 벗어나기 쉽지 않은 사회의 구조적 모순 등을 판소리 나름의 서술 방식을 통해 문제적으로 바라보게 한다. 그 역사적 맥락으로는 농업 생산성의 향상과 맞물려 농민층 내부에 부농이 출현하는 한편 제대로 생산 수단을 활용할 수 없게 되어 전유력까지 상실한 빈농이 발생하는 빈부 양극화 현상이 거론되기도 했다.[25] 특히 빈민의 문제가 심각해져 가는 양상이 문제시되었다. 지식층이라 할 수 있는 양반들도 몰락하면 빈민과 다를 바 없는 지경에 놓이기도 했었으며 그러한 면모도 흥부의 인물 형상에 부가되어 갔다. 그것과는 반대의 방향에서 부민들의 윤리도 논란이 되었고, 과연 그들의 부가 떳떳한 것인가 하는 문제도 제기되었다. 그러한 와중에도 하층 빈민의 부에 대한 꿈은 그것 자체로 공감을 얻고 있었다. 이와 같은 저간의 논란이 <흥부전> 수용 과정에서 이본들 및 유사 제재를 다룬 작품들에 의해 각각 담겨 갔던 것이다.[26]

19세기 후반의 인물 신재효대에 와서는 흥부의 선과 놀부의 악에 대한 재평가가 이루어진 바 있다. 흥부의 선량함으로부터 오히려 그 이면에 담긴 경제적 무능력함을 읽어내는 한편, 놀부의 물질 우위의

25) 임형택, 「흥부전의 역사적 현실성」, 『흥부전연구』(인권환 편), 집문당, 1991.
26) 이와 관련하여 놀부 형상만을 따로 분리하여 그 윤리적 문제를 부의 분배 문제와 함께 다룬 <옹고집전>도 기억해야 할 작품이다.

가치관으로부터 오히려 선진적 경제관을 읽어내기도 한 것이다. 이 역시 그 시대 <흥부전> 수용의 한 모습이었다.[27]

그 후 놀부는 토착 자본가로서의 긍정적인 면모가 <은세계>의 최병도에게, 그리고 그 부정적인 면모도, 여전히 이기적이고 탐욕스러운 데다 반민족적 인물인, <태평천하>의 윤직원에게 이어졌다고 한다. 반면 흥부의 경우는 냉혹한 현실을 헤쳐 나가기 쉽지 않은 착하고 여린 심성이 그 가난상에 대한 실감 나는 묘사와 함께 채만식의 일련의 작품에 담기기도 했다.[28]

그런데 앞서 살핀 본 논의에 따르면 <흥부전>을 직접적으로 의식한 것은 아니지만 일련의 신소설들에도 그 잠재적 계승이 이루어지고 있다고 볼 수 있었다. 특히 빈민의 형상 및 의외의 富 획득 문제가 중요시되었다. 주인공인 빈민들이 터를 잃은 농민 혹은 몰락한 양반 출신으로 설정된 것은 <흥부전> 시대의 문제의식과 통하는 반면, 의외의 금전 획득에 그런 대로 합리적 근거가 부가된 것 및 흥부형 인물이 변모를 보이는 것 등은 당대적 맥락에 따른 변화였다.

<황금탑>과 <인력거꾼>의 경우 농토로부터 유리된 혹은 몰락 양반 출신의, 가난한 도시 빈민의 심각한 현실을 전제한다. 또한 주인공의 소망이 현실 속에서 비교적 논리를 갖추어 구현되기도 하였으나 그것이 일확천금의 설정을 지니고 있음은 <흥부전>의 연속선상에 놓여 있었다. <황금의 몽>은 흥부와 놀부의 가치관을 지닌 인물들을 각각 설정하고 그 둘 간에 애정의 문제를 개입시켜 선악의 문제를 환기시킨 작품이었다.

<황금탑>과 <인력거꾼>의 인물 형상에 나타난 특징적인 면모는

27) 정충권, 앞의 글 참조.
28) 권순긍, 앞의 글, 2010, 7-21쪽.

흥부에 해당하는 인물이 놀부적 성격의 일부를 수용하고 있다는 점이었다. 황문보는 윤리적으로 흠결 없는 인물이라 볼 수는 없었다. 또한 김서방은 근면 절약함으로써 부를 획득하려는 의지를 보이는 인물로 설정되어 있었다. 또한 둘다 공히 셈을 잘하는 인물들이기도 했다. 이러한 경향은, 신재효가 개작을 통해 파악했던 흥부의 문제였던, 대세계적 적응성 문제에 대한 반성이 반영된 것이라 할 수 있다. 이들 작품에서 흥부류 인물의 일확천금 획득에 현실적 합리성을 부가하거나 그 자격으로서 새로운 덕목을 부가하려 한 것도 이와 관련된다고 본다. 이는 흥부의 형상을 일그러뜨리고 놀부에게 인간성 회복의 긍정적 형상을 부여한 최인훈의 <놀부뎐>과 비교하며 음미할 점이 있다고 본다.

<흥부전>이 내걸었던 화두의 후대적 형상화 문제는, 향후 작품의 범위를 확대하여 더 넓고 깊게 살필 필요가 있다.[29] 예컨대 빈부 대립 및 가난의 문제를 다룬 일제 강점기 신경향파 문학 작품들을 <흥부전>과 관련하여 주목해야 할 것이다.

李箕永의 1925년 작품인 <가난한 사람들>에서는 흥부와 같은 빈민들의 내면 의식이 깊이 있게 형상화되어 있음을 볼 수 있다. 처자식 외에 삼촌, 동생과 함께 살고 있는 주인공 성호는 양식이 떨어진 지 벌써 석 달이 지나 어떻게든 생계 대책을 강구하느라고 전재산이다시피 한 10전으로 우표를 사서 친구에게 구직 편지를 부친다. 작품은 그

29) 김종철, 「흥부전」, 『고전소설연구』(華鏡古典文學研究會 편), 일지사, 1993에서는 문학사적 관점에서 <흥부전>과 근대문학과의 관계에 대한 연구로서 향후 중심이 되어야 할 사항들로, 첫째 <흥부전>에서 다룬 빈부의 갈등과 그 극복 문제, 돈을 최고의 가치로 보는 냉혹한 현실 문제 등이 근대문학에 이어진 양상 탐구, 둘째, 놀부와 같은 서민 부농의 역사적 행방, 흥부와 같은 빈민의 역사적 행방에 대한 문학사적 맥락에서의 탐구, 셋째, <흥부전>의 두 전형에 대한 작가의 시각이 근대문학에서는 어떻게 드러나고 있는가에 대한 탐구 등을 거론한 바 있다.

이후 결국 거절의 편지를 받기까지의 성호의 내면 의식을 중심으로 하여 서술된다. 인간의 약함, 스스로 느끼는 비루한 동물성, 알량한 자존심, 아내에 대한 화풀이, 부자로 사는 육촌형 큰집으로부터의 박대에 대한 서글픔 등등이 표출되고 있는 것이다. 이러한 상황에서도 그는 흥부와 같은 꿈은 꾸지 못한다. 현실적으로 불가능하다는 것을 잘 알고 있기 때문이다. 출구 없는 삶 속에서 그는 이를 벗어날 유일한 방법은 가진 자들에 대항한 투쟁과 혁명뿐임을 직감한다. 하지만 곧 배가 고파 어머니를 조르는 아이들의 소리, 그런 아이들을 아내가 때리는 소리, 아이들의 울음소리를 듣고는 누구든지 닥치는 대로 때리고 죽이고 싶은 충동을 느낀다. 구직 거절 편지를 받은 후 그 충동은 끔찍한 자학적 환영으로까지 이어진다. 그에게 있어 이 세상은 악마의 세상이니 악마에 대항하기 위해서는 악마가 될 수밖에 없으리라는 충동을 느끼며 작품은 끝을 맺는다. 빈민에게 있어 흥부의 꿈이 그 간 그런 대로 안전장치의 역할을 해 온 데 대해 <가난한 사람들>에서는 그것이 이제 더 이상 안전장치의 기능을 하지 못함을 목도할 수 있다. 이러한 일련의 작품들을 <흥부전> 문제의식의 연장선상에서, 당대 빈민의 실상을 염두에 두며 논의할 필요가 있는 것이다.

<흥부전>의 화두 중 貧富 갈등 및 富의 윤리 문제는 오늘날 후기 산업사회에 접어들어서 더욱 심각한 문제가 되고 있다. 우리 근대인들은 실제로는 놀부처럼 살면서(혹은 살아야 하면서) 겉으로는 흥부임을 가장하는(혹은 가장해야 하는) 존재들인지도 모른다. 한 동안 놀부의 가치철학이 자본주의 사회에는 더 중요하다는 평가를 받기도 했고 근래에는 흥부자본주의라는 새로운 용어가 그 대안으로서 창안되기도 했다. 이러한 추이를 지켜보면서, 그리고 <흥부전> 문제의식의 연속선상에서 근래의 작품들도 계속 살펴 볼 필요가 있을 것이다.

4. 맺음말

이상으로 세 작품을 통해 <흥부전>과 신소설의 접점을 살펴보았다. 본격적인 논의에 앞서 전제해 두었듯 이 글에서 목표하는 바는 <흥부전>을 의식하여 패러디한 소설 작품을 택하여 <흥부전>의 문제적 설정이 이들 작품에서 어떻게 나타나고 있는가 하는 것을 규명하려는 것이 아니라, 직접적으로는 <흥부전>을 의식하지 않았다 하더라도 <흥부전>과 유사한 인물 형상 및 문제의식이 발견되는 신소설들을 통해 그 '잠재적' 수용 양상 및 의미를 살피는 데 있었다. 이 작업을 위해 신소설 중 <황금탑>, <인력거꾼>, <황금의 몽> 등 세 편을 검토하였다.

그 결과, 물질 지향적 현실 세태를 배경으로 하여 빈민 혹은 그에 준하는 인물이 우연한 행운을 얻어 경제적인 성공을 이룬다는 내용으로 구성되어 있다는 점에서 <흥부전>의 주요 설정과 상통하는 점이 있음을 알 수 있었다. 게다가 흥부형 인물과 놀부형 인물이 대립하고 있기도 하며, 흥부형 인물만 등장할 경우도 극단적인 가난상이 제시되어 있음이 <흥부전>과 유사했다.

하지만 이들 작품에서는, <흥부전>에서 초월계의 몫으로 남겨 두었던 富의 획득 방식을 합리화하는 경향이 두드러졌다. <황금탑>과 <인력거꾼>에서는 각각 우연히 주운 돈가방과 지전 뭉치로 인해 우여곡절을 거치기는 하지만 부자가 되는 것으로 설정되어 있으며, <황금의 몽>에서는 신식 여성과의 애정 문제를 개입시켜 우연한 행운에 근거를 부여하였다. 이와 함께 이들 작품에서는 흥부형 인물을 '숫한' 인물로만 그리지는 않았다. <황금의 몽>에서는 그런 대로 남주인공이 흥부에 가까운 형상을 지녔다고 볼 수 있으나, <황금탑>과 <인력거

꾼>에서는 흥부형 인물이 셈에도 밝은 자이면서 근면 절약이라는 새로운 덕목을 내면화한 모습을 보이고 있는 것이다. 하지만, 그 결과 <황금탑>에서는 도시 소시민의 형상을 띠게 되었으며, 일본 공연물의 번안작인 <인력거꾼>에서는 그저 노동자에 만족하는 소극적인 형상에 그치고 만다.

<흥부전>과 비교하면서 살핀 이러한 차이는 이들 작품이 생성된 시대적 맥락이 달랐던 데 말미암는다. 또한 그만큼 당대 현실을 포착하고 그 나름대로 의미를 부여하려는 작자의 현실 감각에도 편차가 있었음을 뜻한다. 이들 작품에 대한 최종 평가는, 향후 대상 작품을 넓혀 그곳의 흥부형, 놀부형 인물의 행방을 추적하면서 <흥부전>의 문제의식이 어떻게 변용되고 있는가 하는 논의를 더 축적시킨 뒤에나 가능하리라 생각한다.

부 록

〈흥부전〉 연구논저 목록

(2003-2019, 저자명 가나다순)

<홍부전> 연구논저 목록*

(2003-2019, 저자명 가나다순)

강미정, 「<홍보가>에 나타난 관계 지속의 문제와 그 문학치료적 효용」, 『판소리연구』 30, 판소리학회, 2010.

강성오, 「강태홍과 박귀희의 가야금병창곡 비교분석 : 홍보가 中 '유색황금눈'을 중심으로」, 원광대학교 교육대학원 석사학위논문, 2014.

강재홍, 「이본 생성 원리를 활용한 <홍부전> 교수 · 학습 방안 연구」, 홍익대학교 교육대학원 석사학위논문, 2005.

강지현, 「『히자크리게』와 『홍부전』의 비교문학적 연구 가능성에 대하여」, 『일본어문학』 16, 일본어문학회, 2003.

강한나, 「동편제 홍보가 <화초장타령>의 바디별 고찰」, 전북대학교 대학원 석사학위논문, 2018.

고향임, 「놀보제비노정기 비교연구 : 박송희(동편제)와 오정숙(동초제)의 소리를 중심으로」, 목원대학교 대학원 석사학위논문, 2004.

공영희, 「문학 작품을 활용한 한국 문화 교육 방안 : <홍부전>을 중심으로」, 계명대학교 교육대학원 석사학위논문, 2009.

* 『홍부전 연구』(월인, 2003) 부록에 실은 「<홍부전> 연구논저 목록」의 연속선상에서 작성한 것이다. 시기상 그 이후인 2003년 7월부터 2019년까지 발간된 학술지 논문 및 석사, 박사 학위논문 목록이다. <홍보가> 혹은 <홍부전>을 핵심적으로 다룬 연구 논저들을 대상으로, 한국교육학술정보원에서 제공하는 목록의 검색을 통해 작성하였다. 교육대학원 석사학위논문까지 모든 논문들을 포함하고자 하였다. <홍보가>, <홍부전>이 오늘날 다루어지거나 활용되고 있는 실상을 그대로 제시할 필요가 있다고 생각했기 때문이다. 목록 작성자로서 미처 알지 못해 포함시키지 못한 논문들도 있을 수 있음을 양해바란다.

권순긍, 「<흥부전>의 현대적 수용」, 『판소리연구』 29, 판소리학회, 2010.
권혁래, 「일제하 『흥부전』의 전래동화화 작업에 대한 고찰」, 『동화와 번역』 13, 건국대학교 동화와번역연구소, 2007.
권혁래, 「한국・베트남 선악형제담의 양상과 문화소통방안 고찰」, 『국제어문』 82, 국제어문학회, 2019.
김기호, 「판소리 <홍보가> 중 중모리 장단의 고법 분석 연구」, 영남대학교 대학원 석사학위논문, 2015.
김남석, 「<홍보가>의 현대적 변용 양상 연구」, 『판소리연구』 21, 판소리학회, 2006.
김남석, 「조선성악연구회의 창극 <홍보전>과 <심청전>에 관한 일 고찰」, 『국학연구』 27, 한국국학진흥원, 2015.
김동욱・정병설, 「<흥부전>의 새 이본 <홍보만보록> 연구」, 『국어국문학』 179, 국어국문학회, 2017.
김명수, 「소시민적 영웅서사로 본 <홍보가>의 문학적 의미 고찰」, 건국대학교 대학원 석사학위논문, 2013.
김문희, 「판소리 홍보가 중 <놀보 박 대목> 연구 : 박록주・성우향의 창을 중심으로」, 한양대학교 대학원 석사학위논문, 2016.
김민정, 「<흥부전> 교육 방안 연구」, 연세대학교 교육대학원 석사학위논문, 2009
김민희, 「<흥부전>의 현실성과 현대적 의의」, 순천대학교 교육대학원 석사학위논문, 2012.
김석배, 「박록주 <홍보가>의 정립과 사설의 특징」, 『판소리연구』 21, 판소리학회, 2006.
김석배, 「고창판소리박물관 소장 <홍보가>에 대하여」, 『선주논총』 12, 금오공과대학교 선주문화연구소, 2009.
김선자, 「판소리의 장르적 특성에 기초한 영역 통합적 감상지도 방안연구 : 놀부심술대목・박타령을 중심으로」, 경인교육대학교 석사학위논문, 2015.
김선현, 「<흥부와 놀부>(1967)의 <흥부전> 서사 전용 양상과 의미」, 『우리문학연구』 64, 우리문학회, 2019.
김승은, 「역할놀이를 통한 고전소설 교육 활용 방안 연구 : <흥부전>, <김인향전>을 중심으로」, 아주대학교 석사학위논문, 2008.
김예진, 「동초제 <홍보가> '박타령' 이면 연구 : 이일주 소리를 중심으로」, 중앙대학교 대학원 박사학위논문, 2017.
김유정, 「'흥부전'을 활용한 가치 중심 문학 교수・학습 방안」, 부산대학교 대학원 석사학위논문, 2017.
김은영, 「판소리 홍보가 <가난타령> 연구」, 이화여자대학교 대학원 석사학위논문, 2007.
김응교, 「한국 「흥부전」과 일본 「혀 잘린 참새(설절작(舌切雀))」, 그리고 문화교육」, 『인문과학』 41, 성균관대학교 인문과학연구소, 2008.

김임구, 「부자가 되는 세 가지 방법-재산 형성의 정당성 시각에서 본 『흥부전』」, 『비교문학』 39, 한국비교문학회, 2006.

김재환, 「「흥부전」에 나타난 '올바른 삶'의 의미」, 서울교육대학교 교육대학원 석사학위논문, 2006.

김종철, 「흥부와 놀부 박의 화두-행복과 욕망, 그리고 선악-」, 『선청어문』 36, 서울대 국어교육과, 2008.

김주경, 「판소리의 요소별 감상지도방안 연구 : <흥보가>의 '흥보 박타는 대목'을 중심으로」, 한국교원대학교 대학원 석사학위논문, 2009.

김창현, 「『흥부전』의 주제와 현대적 의미-근대극복을 위한 문학연구 방법론 모색 시고」, 『비교문학』 41, 한국비교문학회, 2007.

김창현, 「서사의 장르적 특성에 기초한 고전소설의 재창조 모형 연구-「홍길동전」과 「흥부전」을 중심으로」, 『비교한국학』 18, 국제비교한국학회, 2010.

김향, 「허규 연출 완판창극의 창극술 연구-<흥보전>(1982)과 <흥보가>(1984)를 중심으로-」, 『공연문화연구』 34, 한국공연문화학회, 2017.

김현주, 「판소리 흥보가 中 '박타령' 비교연구 : 박송희(동편제), 김수연(서편제) 唱의 비교를 중심으로」, 중앙대학교 국악교육대학원 석사학위논문, 2014.

김혜정, 「동편제 흥보가 박타령의 바디별 음악적 구조와 특성」, 『남도민속연구』 20, 남도민속학회, 2010.

김화신, 「전래동화를 활용한 한국어 교육 방안 연구 :<흥부와 놀부>를 중심으로」, 고신대학교 교육대학원 석사학위논문, 2019.

김효정, 「놀부의 삯군, 째보형 인물의 기능과 그 변이」, 『고전문학과 교육』 29, 한국고전문학교육학회, 2015.

남혜경, 「음악마당극 놀부영감전」, 숙명여자대학교 음악치료대학원 석사학위논문, 2011.

도혜정, 「구연성을 활용한 <흥보가> 교수 · 학습 방안 연구」, 경북대학교 교육대학원 석사학위논문, 2008.

문현주, 「안향련의 <흥보가> 연구」, 전북대학교 일반대학원 석사학위논문, 2013.

박계옥, 「<흥보가>의 양극성 분석과 상징적 공간 '中國江南'의 의미」, 『한국언어문학』 104, 한국언어문학회, 2018.

박균섭, 「발전교육론의 관점에서 본 흥부와 놀부의 인성」, 『인격교육』 12-1, 한국인격교육학회, 2018.

박단아, 「<흥보가>의 학습자 중심 교육 방안 연구 : 구성주의를 중심으로」, 경희대학교 교육대학원 석사학위논문, 2012.

박문성, 「판소리를 활용한 만화 지도 방안 연구 : <흥보가>를 중심으로」, 춘천교육대학교 교육대학원 석사학위논문, 2004.

박미정, 「"興夫傳"의 敍事構造와 意味 硏究」, 원광대학교 석사학위논문, 2007.
박희영 · 전윤갑 · 황지영, 「'전문(全文) 읽기'를 통한 「흥부전」 가르치기」, 『우리말교육현장연구』 11-2, 우리말교육현장학회, 2017.
배슬아, 「문학치료적 접근을 통한 <흥부전>의 교수 · 학습 방안」, 인하대학교 교육대학원 석사학위논문, 2008.
배연형, 「興甫歌(聲樂會 本) 소리책 연구」, 『판소리연구』 30, 판소리학회, 2010.
변지윤, 「문화 간 의사소통능력 활성화를 위한 <흥부전> 교육 연구」, 서울대학교 대학원 석사학위논문, 2011.
서정민, 「흥보가 중 제비가에 나타난 설렁제의 구현 양상」, 『판소리연구』 27, 판소리학회, 2009.
서진경, 「동편제 <흥보가> 박록주와 박송희 명창의 예술활동과 전승음악의 특징 비교 연구」, 동국대학교 대학원 석사학위논문, 2018.
서현주, 「문학작품에 나타난 형제 관계 비교 연구-「토지」와 「흥부전」을 중심으로-」, 『국제한인문학연구』 18, 국제한인문학회, 2016.
서홍성, 「<흥부전>의 지도방안 연구」, 순천대학교 교육대학원 석사학위논문, 2003.
소민영, 「강도근과 박봉술 <흥보가>의 음악적 특징 비교연구 : 장단별 소리대목에 한하여」, 전남대학교 대학원 석사학위논문, 2012.
송소라, 「『조선창극집』(1955) 소재 창극 대본 <흥보전>의 특징과 의미」, 『국어국문학』 170, 국어국문학회, 2015.
송소라, 「<흥부전>에 내재된 권선징악의 함정」, 『어문학』 138, 한국어문학회, 2017
송지은, 「<흥부전>의 주제의식 연구 : 사회상과 인물형상을 중심으로」, 공주대학교 교육대학원 석사학위논문, 2005.
신동훤, 「학습자 중심의 판소리 문학 지도 방안 연구 : 중고등학교 국어 교과서에 수록된 <흥보가>, <춘향전>을 중심으로」, 경희대학교 교육대학원 석사학위논문, 2005.
신리라, 「흥부전 박사설 연구」, 경원대학교 교육대학원 석사학위논문, 2011.
신성희, 「패러디소설을 활용한 <흥부전>의 교수, 학습 방안 연구」, 충남대학교 교육대학원 석사학위논문, 2009.
신윤아, 「중학교 특기적성 교육을 위한 가야금병창 지도 방법에 관한 연구 : 홍보가 中 유색황금눈 중심으로」, 용인대학교 석사학위논문, 2008.
신호림, 「<흥부전>에 나타난 聖과 俗의 統攝 양상과 의미」, 『한국고전연구』 39, 한국고전연구학회, 2017.
심상윤, 「박록주제 홍보가 中 진양조의 내드름 연구」, 서울대학교 대학원 석사학위논문, 2013.
신재홍, 「숙향, 심청, 흥부의 덕목들」, 『고전문학과 교육』 19, 한국고전문학교육학회,

2010.
양운유, 「<興夫傳>을 활용한 韓國語 教授-學習 指導方案 研究 : 中國人 학습자를 중심으로」, 중앙대학교 대학원 석사학위논문, 2012.
오윤정, 「교육연극을 활용한 <홍보가>의 교수, 학습 방안」, 부경대학교 석사학위논문, 2011.
왕장희, 「흥부전 『박사설』에 관한 硏究」, 경희대학교 대학원 석사학위논문, 2013.
王惠麗 · 김남석, 「심택추자희 『포공출세(包公出世)』와 창극 『흥보전』의 미학적 비교」, 『중국학』 61, 대한중국학회, 2017.
왕효동, 「중국인 고급 학습자를 위한 <흥부전> 교육 연구」, 한양대학교 대학원 석사학위논문, 2014.
우소혜, 「판소리 박타령을 통한 국악교육연구 : 초등학교 4학년을 중심으로」, 중앙대학교 국악교육대학원 석사학위논문, 2012.
유광수, 「<흥보전> 연구의 검토와 전망」, 『우리어문연구』 23, 우리어문학회, 2004
유미영, 「창극(唱劇) <오-케판 흥보전>의 음악연구 : '기악 반주 음악'을 중심으로」, 한국예술종합학교 전통예술원 석사학위논문, 2007.
유미영, 「창극 <오-케판 흥보전>의 기악 반주 음악에 관한 연구」, 『한국악기학』 5, 한국퉁소연구회, 2007.
유미영, 「창극 <오-케판 흥보전>의 기악 반주 악보」, 『한국악기학』 6, 한국퉁소연구회, 2009.
유성남, 「동초 김연수제 <홍보가> 연구 : 제비노정기를 중심으로」, 원광대학교 석사학위논문, 2007.
유육례, 「<흥부전>의 변이양상 연구」, 조선대학교 대학원 박사학위논문, 2006.
유육례, 「<흥부전>의 인식 변이 양상」, 『남도문화연구』 22, 순천대학교 남도문화연구소, 2012.
유육례, 「<흥부전>의 현장문학적 성격」, 『남도문화연구』 24, 순천대학교 남도문화연구소, 2013.
유육례, 「<흥부전>의 인간의 변이양상」, 『동양문화연구』 25, 영산대학교 동양문화연구원, 2016.
劉涵涵, 「<흥부전>을 통하여 본 한 · 중 양국의 전통」, 『한중경제문화연구』 2, 한중경제문화학회, 2014.
유현화, 「교과 통합을 통한 음악극 <흥보 박타는 대목> 만들기 지도방안 연구」, 한국교원대학교 교육대학원 석사학위논문, 2007.
윤경수, 「『흥부전』에 나타난 홍익인간사상 탐구」, 『한국사상과 문화』 58, 한국사상문화학회, 2011.
윤상미, 「홍보가 중 '놀보 박타는 대목' 비교 연구 : 김연수 · 박동진 창을 중심으로」,

이화여자대학교 대학원 석사학위논문, 2013.

윤성환, 「판소리 동화 <홍부가>의 전자책(e-book) 콘텐츠화 방안 연구」, 고려대학교 대학원 석사학위논문, 2010.

윤아련, 「박송희와 김수연 창본의 <흥보가> 사설비교연구」, 추계예술대학교 석사학위논문, 2010.

윤지혜, 「문학치료 관점에서의 <흥부전> 교육 방안」, 한양대학교 교육대학원 석사학위논문, 2014.

이가영, 「<흥보가>의 문예적 특성과 교육 방안 연구」, 충남대학교 대학원 석사학위논문, 2017.

이가원, 「비교문학 관점에서 본 설화의 한국어 문화교육적 의의와 가치 연구-한국, 베트남, 우즈베키스탄의 흥부놀부형 설화를 중심으로」, 『한국문예비평연구』 62, 한국현대문예비평학회, 2019.

이규호, 「박록주 <흥보가>의 성립과 전승에 대하여」, 『판소리연구』 21, 판소리학회, 2006.

이나영, 「문화콘텐츠를 활용한 고전소설 교육 방안 연구: <흥부전>과 웹툰 <제비전>을 중심으로」, 국민대학교 교육대학원 석사학위논문, 2019.

이덕기, 「주영섭의 이동연극 대본 <흥부전>에 대하여」, 『한국극예술연구』 30, 한국극예술학회, 2009.

이문석, 「전통음악을 原形으로 한 윈드오케스트라의 활용에 관한 연구 :판소리와 윈드오케스트라를 위한 <흥보가>를 중심으로」, 한국예술종합학교 석사학위논문, 2018.

이미연, 「교육연극을 활용한 <흥부전>의 교수·학습 방법 연구」, 한국교원대학교 교육대학원 석사학위논문, 2012.

이봉휘, 「논술지도 관점에서 본 흥부전의 교수-학습 방법론 : 선과 악을 중심으로」, 전북대학교 교육대학원 석사학위논문, 2006.

이상일, 「<흥부전>에 나타난 인간 소외의 두 양상 : 흥부와 놀부의 욕망을 중심으로」, 『고전문학과 교육』 27, 한국고전문학교육학회, 2014.

이상현·이진숙·장정아, 「<경판본 흥부전>의 두 가지 번역지평-알렌, 쿠랑, 다카하시, 게일의 <흥부전> 번역사례를 중심으로-」, 『열상고전연구』 47, 열상고전연구회, 2015.

이수진, 「<흥부전>의 現代的 受容 樣相」, 한국학중앙연구원 한국학대학원 석사학위논문, 2007.

이예임, 「이해를 위한 교수모형(TFU)에 따른 판소리 <흥보가> 지도 방안 연구」, 충남대학교 교육대학원 석사학위논문, 2011.

이유경, 「<흥부가(전)> 초기 전승의 양상과 의미」, 『한국어와 문화』 20, 숙명여자대학교 한국어문화연구소, 2016.
이은아, 「창극 홍보가의 음악적 특징 및 공연형태 변천 연구」, 원광대학교 박사학위논문, 2015.
이재호, 「『흥부전』의 교수 학습 방안 연구 : -「홍보씨」·「놀부뎐」을 중심으로」, 강원대학교 교육대학원 석사학위논문, 2012.
이정현, 「고전소설을 통한 창의·인성교육 방안연구 : <흥부전>을 중심으로」, 전북대학교 교육대학원 석사학위논문, 2013.
이지은, 「표현영역에서의 판소리 지도방안 : <홍보가>의 '박타령' 중심으로」, 공주대학교 교육대학원 석사학위논문, 2018.
이진숙·이상현, 「『게일 유고』 소재 한국고전번역물(2)-게일의 미간행 육필 <흥부전 영역본>에 대하여-」, 『열상고전연구』 48, 열상고전연구회, 2015.
이진경, 「동냥하는 심청과 날품 파는 홍부 : 공동체의 능력과 무능력」, 『파격의 고전』, 글항아리, 2016.
이진주, 「홍보씨 : 홍보 혹은 홍보歌의 자기부정」, 『공연과이론』 66, 공연과이론을위한 모임, 2017.
이해진, 「<박타령>의 시점 혼합 양상과 신재효의 의식지향」, 서강대학교 대학원 석사학위논문, 2014.
이해진, 「<박타령>과 <치산가>에 나타나는 신재효의 현실인식」, 『판소리연구』 38, 판소리학회, 2014.
임혜련, 「전래동화를 활용한 한국어문화교육 방안연구」, 부산교육대학교 교육대학원 석사학위논문, 2019
임효은, 「동초제 홍보가 中 놀보 박타는 대목 고법 비교분석 연구 :김동준·김청만의 북가락을 중심으로」, 중앙대학교 대학원 석사학위논문, 2019.
장경남, 「<흥부전>의 인물 형상-경판본과 <연의각>의 비교를 중심으로-」, 『고소설연구』 34, 한국고소설학회, 2012.
장숙영, 「판소리 사설에 나타난 의성의태어 연구-<홍보가>를 중심으로-」, 『겨레어문학』 56, 겨레어문학회, 2016.
장아영, 「협동학습을 통한 <흥부전>의 교수-학습 방안 연구 : Co-op Co-op 모형을 중심으로」, 동국대학교 석사학위논문, 2014.
장정인, 「「흥부전」과 「황금탑」의 비교 고찰」, 경북대학교 대학원 석사논문, 2007
전인숙, 「융의 분석심리학과 악의 문제 : 흥부전에 나타난 그림자의 문제를 중심으로」, 협성신학대학원 석사학위논문, 2013.
전현옥, 「자율적 협동학습(Co-op co-op)을 통한 <흥부전> 교육방법 연구」, 한남대학교 교육대학원 석사학위논문, 2015.
전혜경, 「가드너의 다중지능이론을 적용한 판소리 '홍보가' 지도방안연구 : 중학교 1학년을 중심으로」, 경희대학교 교육대학원 석사학위논문, 2009.
정고운, 「『흥부전』의 기호-설화분석-Greimas 기호학을 중심으로」, 『콘텐츠문화』 6, 문화예술콘텐츠학회, 2015.
정다운, 「스토리텔링을 적용한 장신구 디자인 개발 연구 : 흥부전 스토리를 중심으로」, 서울산업대학교 IT 디자인 대학원 석사학위논문, 2008.
정보경, 「판소리 <興甫歌> 中 '박타령'의 선율 분석 : 한농선 바디와 박동진 바디를 중심으로」, 이화여자대학교 대학원 석사학위논문, 2012.
정소희, 「교육연극을 활용한 판소리계 소설의 교육 방안 연구 : 고등학교 『문학』 교과서에 수록된 <흥부전>을 중심으로」, 경희대학교 교육대학원 석사학위논문, 2014.
정수인, 「흥보가 中 '제비노정기'연구」, 서울대학교 대학원 석사학위논문, 2005.
정충권, 「<흥부전>과 <바리공주>의 문학치료적 독해-비교의 관점에서」, 『문학치료연구』 3, 한국문학치료학회, 2005.
정충권, 「<연의각>의 계통과 성격」, 『개신어문연구』 24, 개신어문학회, 2006.
정충권, 「<흥보가> '비단타령'에 나타난 언어 놀이」, 『선청어문』 36, 서울대 국어교육과, 2008.
정충권, 「<흥부전>의 아이러니와 웃음」, 『판소리연구』 29, 판소리학회, 2010.
정충권, 「동초제 <흥보가>의 구성과 특징」, 『문학치료연구』 28, 한국문학치료학회, 2013.
정충권, 「<흥보전> 박대목들의 대비적 고찰」, 『국어국문학』 164, 국어국문학회, 2013.
정충권, 「구활자본 <흥부전>의 특성」, 『판소리연구』 37, 판소리학회, 2014.
정충권, 「<흥보전>을 통해 본 한국문화교육」, 『개신어문연구』 39, 개신어문학회, 2014.
정충권, 「형제 갈등형 고전소설의 갈등 전개 양상과 그 지향점-<창선감의록>, <유효공선행록>, <적성의전>, <흥부전>을 대상으로-」, 『문학치료연구』 34, 한국문학치료학회, 2015.
정충권, 「<흥부전>과 신소설의 접점」, 『국어교육』 149, 한국어교육학회, 2015.
정충권, 「<흥부전>에 나타난 분가와 우애 문제」, 『고소설연구』 40, 한국고소설학회, 2015.
정충권, 「<박타령>에 나타난 재화(財貨)의 문제와 신재효」, 『고전문학과 교육』 35, 한국고전문학교육학회, 2017.
정충권, 「<흥부전>의 장면 구현 양상과 민중적 상상력」, 『어문논집』 83, 민족어문학회, 2018.
정출헌, 「탐욕이 넘쳐나는 시대에 『흥부전』 다시읽기」, 『문학과경계』 3-2, 문학과경계사, 2003.

조성희, 「스마트 기기를 활용한 『흥부전』 교수학습방법 : 효과적인 학습 여건 제공을 중심으로」, 성신여자대학교 석사학위논문, 2011.

주형예, 「『연의각』 장면・재담・서술의 독서 효과-1910년대 통속소설 독서경험 구성을 위한 한 사례로서-」, 『한국고전연구』 23, 한국고전연구학회, 2011.

지미희, 「판소리 흥부가와 가야금병창 중타령・집터잡이 비교연구」, 부산대학교 대학원 석사학위논문, 2018.

진소정, 「<흥부전> 다시쓰기 양상 연구」, 한국교원대학교 교육대학원 석사학위논문, 2012.

진영, 「<흑백기>와 <흥부전>의 비교연구」, 『판소리연구』 34, 판소리학회, 2012.

진은진, 「<흥부전>에 나타난 악과 세속적 욕망」, 『판소리연구』 26, 판소리학회, 2008.

진은진・김동건, 「<개량박타령> 연구」, 『한국고전연구』 41, 한국고전연구학회, 2018.

진은진, 「장혁주의 일본어 개작 <흥부와 놀부> 연구」, 『동아시아고대학』 56, 동아시아고대학회, 2019.

최기숙, 「자선과 저금: 『매일신보』 '경제' 기사의 문화사적 지형과 <연의각> 연재의 맥락」, 『고전문학연구』 46, 한국고전문학회, 2014.

최동현, 「<흥보가> '놀보 박 타는 대목'의 전승에 관한 연구」, 『판소리연구』 35, 판소리학회, 2013.

최문정, 「판소리에 나타난 인물의 형상화와 유교이념-흥부가, 심청가, 변강쇠가를 중심으로-」, 『비교문학』 44, 한국비교문학회, 2008.

최민, 「<흥부전>에 나타난 가족주의의 양상과 의미 연구」, 건국대학교 대학원 석사학위논문, 2015.

최지연, 「노동요 톱질소리와 판소리 <흥보가> 박타령의 비교 연구」, 서울대학교 대학원 석사학위논문, 2014.

최진형, 「「흥부전」의 전승 양상-출판문화와의 관련을 중심으로-」, 『어문연구』 34권 4호, 한국어문교육연구회, 2006.

최진형, 「고전 소설 교육의 문제점과 개선 방안-'문학' 교과서 수록 <흥부전>을 중심으로」, 『인문과학연구』 13, 덕성여자대학교 인문과학연구소, 2010.

최진형, 「재담의 존재양상을 통해 본 <흥부전>의 전승과 변모」, 『반교어문연구』 43, 반교어문학회, 2016.

최하늘, 「흥보가 중 '놀보박' 사설구성 비교분석 : 김연수・박봉술・박동진 唱을 중심으로」, 중앙대학교 대학원 석사학위논문, 2019.

최혜진, 「박초월 바디 <흥보가>의 전승과 변모」, 『한국언어문학』 57, 한국언어문학회, 2006.

최혜진, 「<흥보가> 놀보 박 대목의 전승 현황과 의미-김정문 바디를 중심으로-」, 『열상고전연구』 25, 열상고전연구회, 2007.

최혜진, 「심정순 창본 <홍보가>의 판소리적 특징과 의미」, 『비교민속학』 52, 비교민속학회, 2013.

하성란, 「놀부박사설의 성격과 화폐경제인식-퇴장화폐 문제를 중심으로-」, 『한국어문학연구』 55, 한국어문학연구학회, 2010.

하성란, 「경판본 『흥부전』에 나타난 수(數)의 의미-<박사설>을 중심으로-」, 『동방학』 26, 한서대학교 동양고전연구소, 2013.

허원기, 「흥부전의 인성론적 의미」, 『한민족문화연구』 19, 한민족문화학회, 2006.

홍보람, 「문학교육에서 형제갈등담을 활용한 글쓰기 교육방안 연구 : <흥부전>과 <우리형>을 중심으로」, 아주대학교 교육대학원, 석사학위논문, 2010.

홍순일, 「<흥보가>에 나타난 극적 갈등의 변이와 의미」, 『어문연구』 48, 어문연구학회, 2005.

홍원표, 「<흥부전>에 나타난 朝鮮 後期의 社會的・經濟的 面貌」, 충남대학교 교육대학원 석사학위논문, 2005.

황혜진, 「고우영의 만화 <놀부뎐>의 서사 변용 양상과 흥부전의 수용문화」, 『고전문학과 교육』 33, 한국고전문학교육학회, 2016.

황혜진, 「조선후기 요호부민(饒戶富民)과 부(富)에 대한 시선: '놀부'와 '옹고집'을 대상으로」, 『판소리연구』 43, 판소리학회, 2017.